Kerstin und Gunnar Decker

Gefühlsausbrüche
oder
Ewig pubertiert der Ostdeutsche

Reportagen, Polemiken, Porträts

Das Neue Berlin

Inhalt

Die Ostdeutschen sterben aus ... 9

I. *Liberos ohne Mannschaft*

Heiner Geißler zieht um ... 22
Johannes Raus Tante. Uta Ranke-Heinemann will Bundespräsidentin werden ... 28
Hans Modrow, der Asket vom Frankfurter Tor ... 35
IM Heiner? Heinrich Fink, der Allesversöhner ... 40
Böwe, das Beuteltier ... 46
Leben, was man singt – Barbara Thalheim ... 53
Die Müllexpertin ... 58
Die Übertreterin – Wie die Neuköllner CDU ihre absolute Mehrheit verlor ... 61
Rabe mit Brille. Honeckers Anwalt Friedrich Wolff ... 66

II. *Die Eroberer*

Vom Octopus zum Oxymoron. Der Philosoph in den Hackeschen Höfen ... 73
Der Schlagzeilenpoet – Franz Josef Wagner, Chefredakteur von Berlins größter Zeitung ... 85
Peymann, der Bewässerungsingenieur ... 89
Dagmar Schipanskis Lippenstift ... 92
Mit der Aura von Zeus und Beuys – Peter-Klaus Schusters Jahrhundertausstellung ... 98
»Ich will das Mahnmal!« Lea Rosh ... 103
Paul Raabe, der Wundertäter ... 109

III. *Die Wiederkommer*

Gysis große Schwester ... 115
Heinrich Vogelers Sohn kehrt zurück ... 120
Günter Schabowski macht wieder eine Zeitung ... 126

Marianne Rosenbergs Vater, ein Sinti in Auschwitz .. 133
Jeanne d'Arc im Rechtsstaat. Als Daniela Dahn Verfassungsrichterin werden wollte 138
Als ich wie ein Vogel war. Thomas Schoppe von Renft 143
Heinz Florian Oertel in Eisenhüttenstadt 149
Der Schreiebändiger. Darf Bernhard Heisig in den Reichstag? 155
Lebenslänglich Goethe: Egon Günther 160

IV. *Die Melancholiker*

Das Volk, so nah. Wolfgang Thierse macht Wahlkampf 164
Robert Havemanns Sohn wird Verfassungsrichter ... 169
Ist André Brie zu intelligent für seine Partei? 176
Manfred Bofinger wäre gern wieder Kind 182
Der Mambospieler. Michael Gwisdek will immer die große Tasse 185
König im Niemandsland. Hilmar Thate 189
Christoph Schlingensief und die totale Aktion 194
Kindfrau traumverloren. Regine Zimmermann am Gorki-Theater 197
Nuria Quevedos Bilder 201
Benno Pludra, ein Seemann auf Dauerlandgang 204

V. *Gärten und Straßen*

Wohnen in Mitte 211
Wismar und die Schatten der Vergangenheit 216
Genau wie Neapel. Chemnitz 221
Sinnbild Golzow 227
Original und Kopie in Weimar 229
Obdachlosenzeitungen verkaufen mit OKW 235
Hundertwasser in Wittenberg 240
Die Kneipen vom Schiffbauerdamm 245
Liebe Provinz! 247

VI. *Finten, Scheinangriff und Grabenkampf*

Günther Krause und der unstillbare Ehrgeiz 250
Karl Eduard von Schnitzler kämpft noch immer gegen den Klassenfeind 256
Von Eisbären und Liquidatoren 263
Wem gehört das Deutsche Theater? 272
Zweimal Brussig im Kino 275
Werden aus DDR-Kleinkindern Ausländerfeinde? ... 281
Die Ostdeutschen und der Krieg 290
Der Politbüroprozeß. Eine Betrachtung am Vorabend des 9. November 1999 292
Ödipus fatal 299
Abbilder, Urbilder, Vorbilder in Weimar 302

VII. *Zum Schlu(ss)ß: Arme Sprache!*

Und langsam stirbt der Seelefant 309
Das Fremde in der Sprache 314
Gratulation, Glückwunsch, Dank! 317

Die Ostdeutschen sterben aus

Die Ostdeutschen sterben aus. Man erkennt es daran, daß schon unsere Kinder das Wort DDR aussprechen, als sagten sie Der dreißigjährige Krieg oder Das alte Rom. Wir sind Vorvergangenheit. Wir haben keine Chance. Unsere Kinder werden keine Ostdeutschen mehr sein. Und auch für uns wäre es einfacher, wir besserten uns gleich.

Mit Ostdeutschland ist es genau wie mit Nordrhein-Westfalen. Das allein hat so viele Einwohner wie früher die DDR. Fast 17 Millionen. Viele Nordrhein-Westfalen waren Bergarbeiter. Jetzt nicht mehr. Die nordrhein-westfälischen Bergarbeiter sind auch schon ausgestorben. Ging ganz schnell. Deshalb müssen wir uns fragen: Sind wir wirklich wichtiger als nordrhein-westfälische Bergarbeiter? Nein. Wir sind vielmehr ihre legitimen Nachfolger. Sozusagen die Nibelungen der Nation. Irgendwie sehr unterirdisch. Verstockte Kollektivhöhlenbewohner. Mit geschlossenem Grubenbewußtsein. Wir sehen auch so aus, sagen manche. Nibelheim war auch eine Diktatur. Und wenn uns jetzt das helle Tageslicht der Demokratie ins Gesicht scheint, fangen wir an zu blinzeln. Sagt man. Haben Grubengeborene Talent zur Freiheit?

Alles begann 1990 mit unserem Westonkel. Er brachte noch immer sein eigenes Klopapier und Mineralwasser mit wie all die Jahre zuvor. Aus Gewohnheit. Aber er schenkte uns etwas ganz anderes zum Geburtstag. Keinen Kaffee mehr. Keine Jeans. Wir bekamen Hans-Joachim Maaz' »Gefühlsstau«. »Lest einmal, wie krank ihr seid!«

Mit einem Schlag war ein jahrzehntelang zäh geführter Kampf entschieden. Unsere Westverwandten glaubten nämlich fest daran, daß eine überlegene Gesellschaft als ihr natürlichstes Produkt auch einen überlegenen Geist hervorbringt. Natürlich haben wir uns gewehrt. Nicht zu sehr, denn wir hatten sie ja auch gern. Und dachten immer, die fahren auch wieder weg. Bisher stimmte das jedesmal. Und nun schenkten sie uns ein Buch. Und fuhren nie wieder so richtig weg. Ausgerechnet in dem Augenblick war alles entschieden. Egal, was wir noch sagten. Denn in dem Buch stand, daß wir unglaublich verformt sind. Seelisch. Moralisch. Geistig. Sexuell. Sexuell vor allem. Das hat uns besonders gekränkt. Verformte haben niemals recht.

Was ist die logische Folge eines »Gefühlsstaus«? Der radikale Ausbruch. Und der kommt jetzt. Aber so radikal nun auch wieder nicht. Besser sind viele kleine »Gefühlsausbrüche«. Vorbilder fürs Ausbrechen sind natürlich die Vulkane. Manchmal rauchen sie auch nur bedrohlich. Und sind trotzdem tätig! Inzwischen gibt es sagenhaft viele Verformungsbücher. Je länger die Einheit, desto mehr Bücher gibt es. Ein Land voller Westonkels. Und wir hielten ihn für ein Unikat. Wo soll das enden? Jetzt kennt jeder ein garantiert sicheres Merkmal, an dem man Verformte erkennt. Sie streiten immer alles ab. Sie sagen, sie wären völlig gesund. Daran erkennt man Verformte.

Bei Christian Pfeiffer, dem Hannoveraner Kriminologen, ist das auch so. Pfeiffer hat die Ursache des jugendlichen Rechtsradikalismus in Ostdeutschland entdeckt. Es liegt an der frühkindlichen Erziehung in der Diktatur!, sagte er. Pfeiffer erntete Erbitterung im Osten. Das bewies ihm schlagend, daß er recht hatte. Die Menschen wollen die Wahrheit nicht hören, woran Pfeiffer sofort erkannte, wie nötig sie die Wahrheit haben. Darum macht er immer weiter.

Wieviel Wahrheit braucht der Mensch?

Auf einer Psychoanalytiker-Tagung ist kürzlich rausgekommen, daß der typische Ostdeutsche nicht nur frühkindlich verformt wurde, sondern gar nicht erst erwachsen. Der Staat, Schule, FDJ und Armee machten ihm immerzu »inzestuöse Angebote«. Und darum brachte er nie den Ödipuskomplex hinter sich. Den Ödipus-Komplex, finden die Psychoanalytiker, braucht man aber unbedingt zum Erwachsenwerden. Um sich bewußt zum Gesetz zu verhalten. Und nicht bloß mit ihm zu spielen wie wir früher in der DDR. Spielen, sagen die Psychoanalytiker, ist was für Kinder. Finden wir eigentlich nicht, aber darüber mehr weiter hinten im Buch.

Waren die Bürgerrechtler also die einzigen Erwachsenen in der DDR? Mit ihrem tiefen, tiefen, uns oft ein wenig abschreckenden Ernst? Jedenfalls, so der Befund der Freudianer, ist der typische Ostdeutsche gar kein Erwachsener. Er sieht nur so aus.

Bei dieser Nachricht erkannten wir zum ersten Mal das ganze Ausmaß unserer Lage. Wir sterben mitten in der Pubertät aus!

Es gibt inzwischen auch schon Überlegungen zur aktiven Sterbehilfe. Die gerade bekannteste heißt »Plädoyer für das Ende der Schonfrist«. Das ist der Untertitel. Darüber steht: »Arbeiten wie bei Honecker, leben wie bei Kohl«. Ein Buch, in dem Thomas Roethe einmal aufgeschrieben hat, woran die DDR wirklich untergangen ist. An der Faulheit! Die DDR – das war die Faulheit als System. Sicher eine inzestuöse Faulheit. Die Genialität dieses Gedankens erkennt man daran, daß nicht einmal unser Westonkel darauf gekommen wäre. Keine Ahnung, ob Roethe schon weiß, daß die Ostdeutschen aussterben. Man muß es ihm sagen. Denn die Faulheit, dieses realsozialistische Erbe, so Roethe, ist gerade dabei, die alte Bundesrepublik allezumachen. Vielleicht sollte man das ein bißchen erklären.

Roethe schreibt die jüngere deutsche Geschichte neu. Das ist völlig in Ordnung, weil es sonst gar nicht lohnen würde, überhaupt anzufangen. Woher, fragt der Autor, kommt es wohl, daß sich die Elendsviertel der USA vom Erscheinungsbild der vormaligen DDR durch ihre wohltuende Partialität unterschieden? – Der 17. Juni 1953 war schuld. Von diesem denkwürdigen Datum leite sich der eigentliche Gesellschaftsvertrag der DDR her. Eben die Faulheit als System. »Zum Tag der Deutschen Einheit wurde ein Tag der Arbeits- und Aufbauverweigerung erklärt ... Noch im Verlauf des Juni-Aufstandes nahm die Deutsche Demokratische Republik die Arbeitsnormen zurück und handelte sich damit ein Dauerproblem ein, das bis 1989 fortwirkte, letztlich zu ihrem Scheitern führte ...« Fazit: »Das System kann es wirklich nicht gewesen sein.« Nein, es war die Faulheit.

Ungefähr dort, wo Roethe die Inschrift am Lagertor von Auschwitz »Arbeit macht frei« nicht eigentlich falsch und das Adolf-Hennecke-Lied (der DDR-Aktivistenbewegung) »überaus stimulierend« findet, haben wir vorsichtshalber aufgehört zu lesen.

Nein, man müßte darüber vielleicht gar nicht reden. Allein – es ist symptomatisch. Für eine, sagen wir, neue Bescheidenheit des Geistes. Roethe selbst fand auf Seite 181 die berückende Wortverbindung von der »intellektuellen Hinfälligkeit«. Manchmal fragt man sich, durch welches Parteilehrjahr die eigentlich gegangen sind.

Heiner Müller hat gesagt, Diktaturen sind Glücksfälle für die Kunst. Auch fürs Denken? Man bekommt einfach ein Gespür dafür, daß alles immer viel schwerer ist, als es scheint. Sollte dagegen unsere neue faltenlose Gesellschaft einen genauso faltenlosen Verstand hervorbringen? Nehmen wir nur mal die Sache mit den jungen Neonazis im Osten. Es ist schon viel über den geistigen Ursprung dieser betrüblichen Zeitgenossen vermutet worden. Im Grunde sind sich alle einig: Die jungen Rechten exekutieren nur die Ideale ihrer Eltern. »Ihre Nachkommenschaft aber haben sie scharf wie Eierhandgranaten gemacht, indem sie ihnen von krummen Babybeinen an beibrachten, sich der Gruppe unterzuordnen, wie Brandenburgs Generalstaatsanwalt Erardo Rautenberg vermutet«, bemerkte gerade Klaus Bittermann in seinem erleuchteten Essay »Jenseits der Zivilisation. Die Rache der Zonen-Zombis«. Er meint es todernst. Keiner, der das Einfachste bemerkt. Daß Kinder, wenn sie welche sind, niemals die Ideale ihrer Eltern exekutieren. Daß sie nur gegen etwas erwachsen werden. Daß jede Generation sich neu erschafft! Und wenn es dann doch den Anschein hat, als führten die Jungen nur aus, was die Alten wollen, dann ist das gerade keine Erklärung, sondern Symptom für enorme Verwerfungen am Grunde. Wir sind ihnen in diesem Buch nachgegangen.

Bittermann fand übrigens auch heraus, warum der deutsche Fußball pleite machte. Nicht, weil es nirgends wirklich konsequente Nachwuchsförderung gibt, nein, der Osten ist schuld: »... seitdem die Zonis mitmachen dürfen, ist aus der Fußballmacht Deutschland ein Fußballzwerg geworden.« Denn, »wer Ossis im Kader hat, dem ist in der Regel nicht mehr zu helfen.«

Der Osten denkt wohl wirklich anders. Im Angesicht des Kosovo-Krieges und des Politbüro-Prozesses war das zu spüren. Der Westen urteilt viel geradliniger und – moralischer. Er fand den Kosovo-Krieg moralisch gerechtfertigt und wünschenswert. Der Menschenrechte wegen. Der Osten dagegen sagte: Nein! Nicht, weil er gegen die Menschenrechte war. Aber er hatte vor allem Angst. Es entsprach seiner Lebenserfahrung. Er wußte, daß den besten Absichten oft die fatalsten Wirkungen folgen. Man kennt inzwischen die »Ergebnisse«. Und moralisches Denken – gibt es das überhaupt?

Moralisch denken ist Wünschen. Der Kommunismus war vor allem eine moralische Idee. Der Gedanke einer Menschheitsverbrüderung, dem man sich so schwer entziehen konnte. Und dessen Ergebnis vor allem Zwang und Unfreiheit waren. Warum ist das so? haben wir uns in der DDR gefragt. Weil man moderne Gesellschaften nicht auf moralische Ideen gründen kann. Weil die ursprüngliche Geistgemeinschaft – real gesetzt – zur bewegungsunfähigen Hierarchie gefriert. Sektendynamik.

Das groteske Scheitern des sozialistischen Versuchs, eines plebejischen Traums – der Westen begreift es nicht als sein Schicksal. Er sagt nur Unfreiheit und Diktatur. Das ist eine äußerliche Erklärung. Ist es überhaupt eine Erklärung? Der Westen scheut sich nicht, die DDR neben den Hitler-Staat zu stellen. Zwei Diktaturen auf deutschem Boden! Die Weimarer Ausstellung »Aufstieg und Fall der Moderne« im letzten Jahr hat nichts weiter getan, als diese These zu bebildern. Derart augenfällig gemacht, schrie fast das ganze Land auf.

Der Westen denkt gern abstrakt. Und formal. Er macht eine Zwischenstufe des Denkens zum Ergebnis. Er macht die DDR zum Kriminalfall, zum Verbrechen. Vor zehn Jahren hätte uns keiner sagen dürfen, daß wir einmal das Politbüro verteidigen würden. Wir hätten ihn ausgelacht. Jetzt gewöhnt man sich daran, daß sogar die Verdächtigungen wieder so klingen wie früher in der DDR. Du denkst nicht wie wir? Also bist du für die anderen! Wer die Politbüro-Urteile nicht befürwortet, sei noch nicht im Rechtsstaat angekommen, hört man. Im Gegenteil. Man sollte den Rechtsstaat endlich aus der Weltgeistrolle entlassen. Er ist kein Mega-Historiker. Er kann Geschichte nicht begreifen.

Fast jeden Tag steht in der Zeitung, daß die DDR eine Diktatur war. Manchmal lächeln wir schon darüber, obwohl es ja stimmt. Und nicht nur, weil Marx das unbeholfene Wort von der »Diktatur des Proletariats« fand, um einen gesellschaftlichen Zwischenraum zu benennen, der sich seiner klaren Imagination entzog. Diktatur – Marx wollte mit dem Wort das Provisorische, Zwanghafte eines Übergangs andeuten. Die DDR hat beides, das Provisorische und das Zwanghafte, auf Dauer gestellt. Und dennoch – das Wort klingt nach blutiger Gewaltherrschaft. Der nur-moralische Blick, dem die Diktatur als böse gilt und die Demokratie als gut, wird dieses immer ein bißchen lächerliche Land nicht verstehen. Diktatur oder Demokratie. Vielleicht muß so reden, wer nur diese beiden Worte hat. Aber warum sollte man nur zwei Worte haben?

Die DDR war tief ungerecht gegenüber dem Individuum und anmaßend wie jede vormoderne Gesellschaft. Sie wollte die Überwindung des Kapitalismus sein und fiel doch hinter ihn zurück. Sie war ein Arbeiterfeudalismus. Eine dilettantische Monarchie. Mit Hofstaat, Hofnarren und Großwesiren. Und natürlich mit viel zu vielen Kurieren in speziellem Auftrag. Selbstredend stand Schlimmes auf Majestätsbeleidung. Auch durften die Untertanen nicht mal so einfach ihren König verlassen und fahren, wohin sie wollten. Das nahmen sie ihm allzeit sehr übel. – Monarchien kann man wunderbar parodieren.

Sogar unser Bundestagspräsident Thierse sagt, daß er aus dem Osten kommt, habe er eigentlich erst hinterher gemerkt.

Das muß sie sein, die späte Rache der Toten. Hatte Honecker nicht gedroht, kurz bevor er nach Chile ging, wir werden noch an die DDR denken?

Und nun ist der Geist der Verblichenen nach Art aller Gespenster sehr umtriebig geworden. Gespenster sind die falsch Bestatteten. Alte Kulturen hatten großen Respekt vor den Geistern der Toten. Wir nicht. Die Alten fürchteten ihre Rache. Wir nicht. Das war sehr leichtfertig von uns. Denn so richtig siegt die DDR erst jetzt über uns.

Die DDR als Gespenst.

Wir haben die Interpretationshoheit über sie verloren. Und der Westen hält uns für die DDR. Erst heute entsteht das Staatsvolk, das sich die SED so sehr wünschte und nie bekam. Der Westen macht keinen Unterschied zwischen Staat und Gesellschaft. Oder zwischen der Erziehungsabsicht der DDR und dem Ergebnis. Endlich nimmt also einer Margot Honecker ernst.

Die DDR war doch nur zum Schein eine geschlossene Gesellschaft. Man muß sich das vorstellen wie ein Haus mit Mauer drumrum und offenen Fenstern. Die DDR bekam einfach die Fenster nicht zu. Es herrschte ständig ideologische Zugluft. Jeden Abend die kollektive Ausreise in die Bundesrepublik. Und zehn Jahre lang gingen wir fast jeden Tag mit der Presseschau des Deutschlandfunks zur Schule. Viertel acht war sie zu Ende, da wußten wir immer, daß es Zeit war. Manchmal gingen wir direkt in die »Anleitung für junge Agitatoren«.

Die Gretchenfrage in der DDR lautete: »Bist du überzeugt?« Da mit »ja« zu antworten, war ungefähr so, als würde man zugeben, dreimal durch die Fahrprüfung gefallen zu sein. Man war gesellschaftlich deklassiert in beiden Fällen. Andererseits weiß man heute, daß nur ein Fünftel der Ostdeutschen nach zehn Jahren Einheit die Demokratie westdeutscher Prägung für die beste aller Staatsformen hält. Im Westen sind es drei Viertel. Der Graben zwischen Ost und West, so das Fazit soziologischer Institute im zehnten Jahr der Einheit, ist tief wie vor zehn Jahren.

Es geht um Dinge, die unter der Schwelle des Bewußtseins liegen. Man war es gewohnt in der DDR, wichtig zu sein. Gerade in seiner Widerspenstigkeit ernstgenommen zu werden vom Staat. »Kollege, willst du dir das nicht noch mal überlegen? Wir helfen dir!« Natürlich waren das zweifelhafte Angebote, vor allem wenn es sich um die »Richtigstellung« politischer Ansichten handelte. Dennoch, es tut wohl, umworben zu sein. Etwa so wie die alten Frauen im Narva-Glühlampenwerk, wenn sie wieder eine Sonderschicht machen sollten. Das ganze Ingenieurswesen samt Generaldirektor kam und begann unter Inkaufnahme erheblicher Verletzungen des eigenen Egos die Unentbehrlichen zu gewinnen. Man hat gesagt, daß die Demokratie in der DDR am Werktor anfing und dort auch wieder aufhörte. Heute sei es eben bloß umgekehrt. Auf der Ebene subjektiver Erfahrung stimmt das sicher. Wichtig zu sein ist ein sehr schönes Gefühl. Lästig zu sein dagegen war ein neues Gefühl. Als Nummer beim Sozialamt und Kostgänger des Staates Haltung zu bewahren erfordert eine ganz andere Art innerer Renitenz, als der Ostdeutsche sie ausgebildet hat. Auch hält er den Sozialhilfeempfänger, der immerzu seine Meinung sagt, nicht für eine Emanzipationsfigur.

Manchmal glaubt der Ostdeutsche, daß er und das Grundgesetz wirklich sehr verschiedene Ansichten haben. Zum Beispiel über menschliche Würde. Wenn man da wenigstens ab und zu ein bißchen tauschen könnte. Zum Beispiel die Würde, Arbeit zu haben, gegen die Würde, öffentlich seine Meinung sagen zu dürfen. Aus eigener Kraft existieren – natürlich hat das mit Würde zu tun. Die bürgerlichen Freiheitsrechte sind ursprünglich ein Reflex auf das beweglich gewordene Eigentum, später auch Kapital genannt. Die Autonomie des Einzelnen war – wirtschaftlich – die Voraussetzung des bürgerlichen Zeitalters. Insofern haben selbst »transzendentale«, überzeitliche, universalistische Werte durchaus nichttranszendentale, ausgesprochen zeitliche, nichtuniversalistische Ursprünge. Das entwertet sie nicht (hier liegt der Irrtum aller »Ideologiekritik«!), im Gegenteil, es macht sie sogar kostbarer, weil man um ihre Verletzlichkeit weiß. Nur sollte man in solchem Bewußtsein davor zurückschrecken, die Worte Demokratie und Freiheit gerade so inflationär zu benutzen wie die DDR die Worte Frieden und Sozialismus. Der Ostdeutsche registriert überraschende Parallelen, auch wenn sie ganz verschiedene Wurzeln haben. Immerhin kennt er schon zwei Systeme. Eigentlich eine spannende Sache. Manche sagen, die Summe der Repressionen bleibe immer die gleiche. Das mag sein. Man muß nur die Einsicht hinzufügen, daß die DDR eine zivilisatorische Sackgasse war. Denn dieser Satz, nicht alles sei schlecht gewesen in der DDR, ist sehr einfältig. Als ob man nur das Gute hätte mitnehmen müssen. Als ob diese Sicherheit nicht ihren hohen, allzu hohen Preis hatte. Und doch wäre es Lüge, solche Sätze nicht zu sagen. Aus beidem, sie zu denken und sie zu durchschauen, wächst Erfahrung.

Freiheit, erfuhren die Ostler, hat mit Fahrten im offenen Cabrio nur sehr bedingt zu tun. Vor allem ist sie ein System von sehr subtilen Zwängen. Und ein anderes Wort für die Möglichkeit zu verlieren. Auch ein Wort für das Recht des Stärkeren. Darwin analysierte das mal anhand des Tierreichs. Man hat den Freie-Wildbahn-Charakter dieser Gesellschaft inzwischen abgemildert. Zwar scheint sich die Tendenz wieder umzukehren, aber für den Osten hat man doch Schutzräume eingerichtet.

Enorme Transfergelder sind dorthin gegangen. Der Lebensstandard wäre anders nicht hoch zu halten. Die Ostdeutschen wissen das. Sie wissen es auch zu schätzen. Zugleich sind 95 Prozent des Eigentums in westdeutscher Hand. Es gibt keine ostdeutsche »Oberschicht«. In Führungspositionen kommen Ostdeutsche fast nicht vor. Zehn Prozent der ostdeutschen Wissenschaftler sind noch tätig. Ostdeutsche Kultur ist Folkore geworden. Wir haben keine eigenen Kommunikationsnetze, fast keine populären Zeitschriften mehr. Nur »Magazin« und »Eulenspiegel« halten noch durch. Der eigene Demokratieversuch nach '89 brach abrupt ab.

Die Ostdeutschen haben ihre Sprache in dem Augenblick verloren, als sie anfingen, öffentlich zu reden. Sie hatten kaum einen Anteil an der Vereinigung, blieben Übernommene. Das war vielem geschuldet. Dem Tempo des Zusammengehens. Den Sachzwängen. Und wahrscheinlich dachten auch viele im Westen, es komme unserem natürlichen Trägheitsmoment entgegen. Wer vierzig Jahre DDR aushält! Und zeigten wir nicht ein geradezu kindliches Vergnügen an materiellen Dingen?

Das ist keine Klage. Das sind Wittgensteinsche Protokollsätze. In ihnen eingeschlossen sind Verlust, aber auch die Freude, manche Dinge so schnell losgeworden zu sein. Diese Sätze erklären Fremdheit. Man könnte das auch mit Marx machen. Der Marxsche Eigentumsbegriff ist dialektisch: Man besitzt nur, was man sich tätig aneignet. Nichtbesitz ist nicht unbedingt Armut. Es ist einfach Fremde. Seelisch gilt der Marxsche Eigentumsbegriff noch immer.

Und dieses Gefühl, nicht wirklich Anteil zu haben an dem, was mit einem passiert, ist nicht unproblematisch. Vielleicht hat der Westen die ostdeutsche Tradition, den Regierenden zu mißtrauen, unterschätzt. Den Oberen glaubt man nicht, war ein Gebot des geistigen Überlebens. Der Ostler war in dieser Hinsicht noch nie harmoniebedürftig und kehrte – nach einer kurzen, etwas einseitigen, unglücklichen Liebe – einfach in die alte Rolle zurück.

Der Gemütszustand des schon etwas älteren Ostdeutschen gleicht sicher dem einer gut verheirateten Ehefrau. Materiell zumeist wohlversorgt, aber nicht recht gebraucht, verharrt er fortan in einer Pose des unbestimmten inneren Widerstands. Psychologen nennen das eine narzißtische Kränkung. Sie wirkt fort.

Im Westen setzt man still voraus, daß die Einheit vollendet sein wird, wenn aus dem letzten Ostler ein Westler geworden ist. Das ist sehr realistisch. Aber auch irgendwie schade.

Die heute unsichtbare Grenze zwischen Ost und West ist vor allem eine Werte-Grenze. Die DDR war plebejischer, proletarischer. Mancher im Westen empfindet den Umstand, daß ein einfacher Arbeiter das Bewußtsein eines einfachen Arbeiters besitzt, als Zumutung ersten Ranges. Oder Luise Endlich, bekanntgeworden als Wuppertalerin in Brandenburg. Sie zog aufs Dorf und erschrak zu Tode, als sie auf echte Dorfbewohner traf. Die kannten nicht mal Oreganum. Luise Endlich nahm es als Indiz. Vielleicht nahmen die Brandenburger auch Luise Endlich als Indiz.

In der DDR war nie so spürbar, daß gesellschaftliche Verkehrsformen immer auch Verstellungsformen sind. Die DDR war – paradox genug – im Umgang miteinander die offenere Gesellschaft. Der kleinbürgerlichere Osten registriert das Scheinhafte am neuen gesellschaftlichen Sein, und manchmal verachtet er es: Alles Fassade! Aber keine hochkomplexe Gesellschaft existiert ohne diese Fassaden. Vielleicht sollte man solche Dialektiken nicht den Luise Endlichs des Landes überlassen. Und wahrscheinlich haben sie nicht so sehr mit unserer moralischen, geistigen und sexuellen Verformung durch die Diktatur zu tun als vielmehr mit dem Fall aus einer wesentlich vormodernen Gesellschaft in eine Hochbeschleunigungsgesellschaft.

Und wer sagt eigentlich, daß wir dabei nicht auch etwas verlieren? Scham, Bescheidenheit, die Fähigkeit zur Zurückhaltung. Lauter unzeitgemäße Tugenden. Kant sah das Ende der Scham als das Ende der Kultur. Diese Grenze haben wir schon hinter uns. Christian Pfeiffer bemerkte, daß Menschen im Osten einem oft nicht gerade in die Augen sehen. Er diagnostizierte eine weitverbreitete Ich-Schwäche. Menschen, die noch den Blick abwenden. Bald wird es sie vielleicht nicht mehr geben. Wer aus der DDR kommt, hat nie gelernt »sich zu verkaufen«. Und manche werden nie gut darin sein. Wer nicht im Besitz eines triumphalen Ichs ist, leidet an Ich-Schwäche?

Vielleicht muß man Kant korrigieren. Erst wenn das infantil-triumphale Vollsynthetik-Ich, gezüchtet von Deutschlands erfolgreichstem Motivationstrainer Jürgen Höller (»Sprenge Deine Grenzen!«), einmal als einzig wahres Ich gelten sollte, haben wir die Demarkationslinie der Kultur endgültig überschritten.

Die Ostdeutschen sterben aus. Ein Sonderweg der Evolution ist bald abgeschlossen. Höchste Zeit also, die eigentümliche Unterart der Gattung homo sapiens noch einmal von nahem zu betrachten. Und aus dem Medien-Spiegelkabinett herauszutreten, in dem wir uns fast täglich erblicken. Entweder als IM oder als Neonazi.

Zwar fehlen IMs und Neonazis auch in diesem Buch nicht, doch treten sie nur als Nebenfiguren auf. Sonst aber kommen fast alle Charaktere des wirklichen Lebens vor: Liberos ohne Mannschaft, die klassischen, etwas unzeitgemäßen Alleindenker also, ein Typus, dem wir auch in westelbischen Gebieten begegnet sind. Außerdem trafen wir neue Eroberer und die etwas langsameren Wiederkommer sowie die natürlichen Zeitgenossen aller Umbrüche, die Melancholiker. Wir porträtieren Gärten und Straßen zwischen Wismar und Chemnitz und denken nach über Finten, Scheinangriffe und Grabenkämpfe der Gegenwart. Ganz am Schluss(ß) auch noch über die Sprache. Denn im letzten Jahr war es soweit. Nicht das Neusprech wie in Orwells »1984«, aber immerhin das Neuschreib wurde hier zu Lande eingeführt. Jawohl, hier zu Lande, heißt es jetzt. Also nicht zu Wasser, nicht in der Luft. Die neue Art zu schreiben, paßt sehr gut zu der neuen Art zu denken. Das Stellen-wir-uns-einmal-ganz-dumm! wird zum Sprachprinzip. Es war das einzige Mal in zehn Jahren, daß wir uns die DDR doch zurückwünschten. Denn als Mitglied der deutschen Sprachgemeinschaft hätte sie die Reform bestimmt verhindert. Schon aus Prinzip. Selbstredend fühlt sich dieses Buch der alten Rechtschreibung verpflichtet.

Bleibt ein einziges Risiko, das es ganz allein zu tragen hat. Und wenn wir doch nicht aussterben? Friesen und Oberbayern existieren schließlich auch beharrlich in all ihrer Absonderlichkeit. In diesem Falle möchte sich vorliegender Band jetzt schon als Leitfaden des Überlebens verstanden wissen.

Natürlich glauben wir an die Auferstehung der Toten. Es gibt sogar falsche Auferstehungen, etwa die DDR als Sehnsuchtsbild einer heileren Gesellschaft. Die DDR als Idylle. Leander Haußmanns »Sonnenallee«, wahrscheinlich der erfolgreichste deutsche Kinofilm des letzten Jahres, ist dagegen eine »richtige« Auferstehung. Weil wir wieder über die DDR lachen können wie früher. Über sich selbst lachen – das ist nie Verharmlosung. Aber es nimmt die Verhärtungen.

Und Ostalgie? Ostalgie ist die Fähigkeit, darüber zu trauern, daß es nicht mehr so ist, wie es auch früher nie war, stand gerade im Internet. Ein, recht betrachtet, überaus schöpferisches Vermögen!

Kerstin und Gunnar Decker, Berlin im Januar 2000

I. Liberos ohne Mannschaft

Heiner Geißler zieht um

Bonn im Januar. Heiner Geißler hat die Rollos auf der Rhein-Seite seines Arbeitszimmers heruntergelassen. Sicher kann er die Klagen der Rheintöchter über ihr verlorenes Kapital nicht mehr hören. Das Geld gehört in den Fluß! Wagner hat mal eine ganze Oper darüber geschrieben. Heiner Geißler eben gerade ein Buch, nicht ganz so fundamentalistisch. »Zeit, das Visier zu öffnen«, heißt es. Ein richtiger Nibelungentitel. Vorn drauf der vormalige CDU-Generalsekretär in schneidendem Profil, den Mantelkragen hochgeschlagen. Ein markiger Imperatorenkopf, den Blick fest in eine unermeßliche Ferne gerichtet. Geißler sieht offenbar etwas, was andere nicht sehen. Er hat seiner Partei die Rechnung aufgemacht. Sie mußte die Wahl verlieren, weil sie das »Soziale« an der »sozialen Marktwirtschaft« gefährdet habe. Weil sie auf die Neoliberalen hörte. Die CDU verlor in dem Augenblick, als sie das »Bündnis für Arbeit« kündigte. Schon 1996. Sagt Geißler. Was folgt aus Moral und Ethik für Wirtschaft und Globalisierung, fragt er. Müßte er das nicht endlich zeitgemäß umkehren: Was folgt aus Wirtschaft und Globalisierung für Moral und Ethik? – Geißler sitzt an seinem schwarzen Konferenztisch und sagt langsam wie vor ihm Wotan: Das ist das Ende! – Die beiden haben schon lange dasselbe Problem. Eine neue Generation ist dabei, die alten Götter beseitezuschieben, die alten Verträge aufzulösen (war die »soziale Marktwirtschaft« etwa nicht für eine neue Ewigkeit erdacht?), und inzwischen vagabundiert ohne Aufsicht das spekulative Kapital wie einst das Rheingold. Weltweit.

Berlin im Oktober. Heiner Geißler hat die Rollos seines Arbeitszimmers hochgezogen. In einer Großstadt sollte man besser alles im Blick haben. Rechts das Adlon, gegenüber die Baustelle, unten die Autos. Eine Art Ersatzfluß. Der Ersatzfluß habe jetzt einen eigenen Kanzler, sagen manche. Heiner Geißler sitzt an demselben schwarzen Schreibtisch, hinter sich im Regal den Leitfaden »Oskar Lafontaine« von Werner Filmer/Heribert Schwan und findet sein Buch noch immer hochaktuell. Die schnelle Rekonvaleszenz der CDU hat ihn also nicht erstaunt? Die harte Kritik nicht gereut? Geißler lächelt. Er schaut hinunter auf die Autos sowie ihren unsichtbaren Kanzler und sagt entschieden: Nein! – Im Januar brauchte er für die Entwicklung der CDU in den letzten Jahrzehnten genau einen Satz: 48,8 Prozent aller Stimmen für die Union 1983 »während meiner Verantwortung als Generalsekretär«, 35,1 Prozent heute.

Es gibt mehrere Hauptarten von Heiner-Geißler-Sätzen. Die erste fängt so an: »Ich war zwölf Jahre lang Generalsekretär der CDU ...« oder »Ich war gerade ein paar Monate Generalsekretär, als der Kohl zu mir kam ...« Diese Sorte ist sehr häufig und läßt schon vom Tonfall her keinen Zweifel, daß er die zwangsläufige Vergangenheitsform dieser Aussage für ein großes Unglück hält. 1989 wurde Geißler gegen den Widerstand der Mehrheit in Parteipräsidium und Bundesvorstand abgelöst. – Die zweite Art sind die Aristoteles-Sokrates-Pascal-Sätze: »Ich habe versucht, ein Buch über die Wahrheit zu schreiben, obwohl das nicht ganz ungefährlich ist, das wußte schon Sokrates.« Ein anderer macht gerade eine ähnliche Erfahrung. Bei Sabine Christiansen stand Geißler ihm bei.

Der Mann hat ein Buch geschrieben, das wird doch noch erlaubt sein, ruft Geißler. Er weiß, wovon er spricht. Als seins erschien, faßte Michael Glos von der CSU diesen Umstand in der Frage zusammen: Hat es der Geißler bei seiner Altersversorgung eigentlich nötig, auch noch durch Bücher aufzufallen? Doch mit dem Bücherschreiben fing Geißler, genau wie Lafontaine, schon viel früher an. Seine »Neue soziale Frage« erschien 1975. Den Aufruhr von damals (Forderung nach neuer sozialpolitischer Konzeption) löste er seitdem regelmäßig schon im Vorfeld aus. Zwei Bücherschreiber also. Zwei sehr ähnliche Diagnosen. Aber Geißler findet überhaupt nicht, daß er eine Nähe zu Lafontaine habe. Er findet vielmehr, Lafontaine besitze eine entschiedene Nähe zu ihm.

Oder wer hätte wohl zuerst über die Globalisierung nachgedacht?

Ordnung, sagt Geißler, was wir brauchen, ist Ordnung! Aristoteles. Und nicht nur eine für uns, sondern eine Weltordnung! – Nach den neueren Philosophien ist Ordnung nur ein Spezialfall des Chaos, aber Geißler, der gelernte Jesuit, mag die neuen Philosophien nicht. Und am allerfalschesten seien eben der Neoliberalismus sowie das Schröder-Blair-Papier. Amerika, das Jobwunder? Ja, natürlich, das sei eine ganz neue Qualität: Arm sein mit Arbeit! Und das ist jetzt unser Vorbild? Oder England. New Labour? – Im Januar in Bonn folgte an dieser Stelle ein Weltuntergang in Milliarden und Prozenten, in dessen Verlauf das Gesicht des Redners seltsam aufklarte, ja eine losgelöste Begeisterung erschien darin. Sehen Sie doch mal, sagte der vormalige Generalsekretär, wenn heute ein Einzelner durch Spekulation das englische Pfund abstürzen läßt – George Soros, der Mann, der die Bank von England knackte –, das könne doch nicht gesund sein. Und das würden inzwischen selbst die Neoliberalen begreifen. Der Soros habe auch ein Buch geschrieben, »Die Krise des globalen Kapitalismus«. Da stünde drin, wo das noch mal endet – ohne Ordnung. Und keiner solle denken, was wir hier hätten, sei Kapitalismus. Kapitalismus wäre was ganz anderes und genauso falsch wie der Sozialismus. Die soziale Marktwirtschaft, sagt Geißler, war nämlich die Reaktion auf zwei verkehrte Systeme.

Er spricht jetzt wieder über Wirtschaft, aber es klingt, als spräche er über eine Idee. Genau wie Lafontaine? Geißlers Begriff von Ökonomie, das spürt man, ist nicht der geläufige. Eher aristotelisch, als Ökonomie (von »oikos«) noch die Kunst der Haushaltung meinte. Geißler verteidigt nicht bloß ein Wirtschaftsmodell gegen die Anzeichen seiner schrittweisen Auflösung, er verteidigt mehr: das eigene geistige Herkommen, die katholische Soziallehre, die Freiburger Schule. Konsens statt Konfrontation! Alles, wofür er selbst stand, seit er in den Siebzigern als Minister in Rheinland-Pfalz Altenpläne, Gesetze zur Sportförderung und Kindergärten sowie die ersten Sozialstationen der Bundesrepublik durchbrachte. Darum mußte ihn das Scheitern des Bündnisses für Arbeit unter der CDU-Regierung so schmerzen. Er sah es als Zäsur. Darum muß er jetzt lächeln. Die »Sozis« machen genau dieselben Fehler.

In Bonn blickte Heiner Geißler auf eine Zimmerwand voller Berge – große Berge, kleine Berge, spitze Berge, runde Berge. Jetzt sieht er vor sich nur ein Bündel Bretter an der Wand, das, versprechen Fachleute, später ein Regal werden soll. Ein Zettel mit der Aufschrift »Dr. Geißler« klebt daran. Gibt es ein Leben ohne Berge? Gibt es ein Leben in Berlin? Hinter ihm stehen als Rückendeckung drei Bände Fontane. Die gab es im Januar noch nicht. Das Unmögliche, es soll also möglich sein – Preußen zu lieben. Geißler sitzt da, immer ein bißchen gebeugt. Aber das täuscht. Es handelt sich um eine taktische Krümmung. Denn kerzengerade kommt keiner, sagen wir, den Grand Casse hoch. 3865 m. Und Heiner Geißler mußte da rauf: »Ich hatte in jenem Winter 1982/83 wegen des Bundestagswahlkampfs wenig Zeit, wollte aber unbedingt …« Übers Bergsteigen hat Geißler auch schon ein Buch geschrieben. Es trägt den Titel »Bergsteigen«, und das erste Kapitel heißt »Nichts ist umöglich«. Im Falle Geißlers sollte man solche Sätze sehr ernst nehmen.

Es ist mit dem Bergsteigen wie mit der Politik. Keiner weiß genau, warum einer das eigentlich macht. Dieser ewige Aufstieg, nur um einmal von ganz oben runtergucken zu können. Vielleicht denkt Geißler deshalb immer von oben nach unten, von den letzten Fragen (Was ist der Mensch?) abwärts bis zur Steuerreform. Andererseits ist Von-Bergen-Runtergucken natürlich eine ganz ausgezeichnete Übung. Man sieht einfach viel mehr. Nichts erscheint isoliert und Hindernisse nur halb so groß.

Geißler stört es nicht, daß mancher ihn für eine ziemlich rote Socke hält, nur wegen seines Vorschlags, die PDS nicht zu ignorieren. »Wissen Sie, in Deutschland gilt mancher schon als rechtsradikal, wenn er morgens pünktlich zur Arbeit kommt und als linksradikal, wenn er eine berufstätige Frau hat.« Und in der CDU sei eben Extremist, wer nicht umstandslos an die Gleichung Kommunismus gleich Faschismus glaube. Historisch falsch und absurd, schrieb Geißler und zitiert den SPD-Mann Eppler: »Das NS-Reich hat Berge von Leichen hinterlassen. Die SED hat Berge von Akten hinterlassen ...« So ist er nun mal, dieser Heiner Geißler. Man müsse überhaupt über den Begriff Loyalität ganz neu nachdenken, sagte er. Sagt er jetzt wieder. Und daß er gegen ein geistiges Sultanat sei.

Heiner Geißler, einer der letzten Linken von Bonn!, kündigte Klaus Bresser seinen Gast bei der allerersten Lesung seines Buches an und balancierte dabei die Andeutung eines Lächelns im rechten Mundwinkel. Jetzt hat Geißler schon wieder ein Buch. Oder jedenfalls ein paar Seiten darin. Im »Deutschen Theater« wurde es gerade vorgestellt. »Und links außen – Heiner Geißler«, begrüßte man ihn auf dem Podium. Er saß wirklich da, links außen. Das Buch heißt »Einigkeit und aus Ruinen«. Es enthält 50 Gedichte und 50 Gedichtinterpretationen, für jedes Jahr Bundesrepublik eins. Rechts außen saß Hildegard Hamm-Brücher, und sofort kam es zwischen beiden zu einem heftigen Generationenkonflikt, der in dem Hamm-Brücher-Satz gipfelte: »Herr Geißler, Sie sind doch viel zu jung!« Zu jung, um bestimmte Dinge am Beginn der CDU sowie der Bundesrepublik überhaupt mitbekommen zu haben. Geißler entschuldigte sich inständig, er sei Mönch gewesen damals, jedenfalls fast, und hatte das Armuts-Gehorsams-und Keuschheitsgelübde abgelegt, jedenfalls fast, da kriege keiner alles mit: »Sie können sich denken, an welchem Gebot ich gescheitert bin!« Am Gehorsam?

Und dann interpretiert er das Gedicht »Melancholie« von Helga M. Novak. Es endet »Melancholie gnädige Trösterin«. Hildegard Hamm-Brücher ist aufrichtig erstaunt. Daß der Geißler Ahnung hat von Melancholie! Der vormalige Generalsekretär der CDU wehrt sich, vielleicht weiß er, daß die Melancholie, katholisch betrachtet, eine der sieben Todsünden ist. Er habe sich das Gedicht gar nicht ausgesucht, sich dann aber furchtbar angestrengt. Man merkt das auch. Die

Gedichtinterpretation des Bundestagsabgeordneten Heiner Geißler mündet in den Ausblick der Überwindung jedweder Melancholie im Zeichen von Zukunftsoptimismus und Aufbruch – im Prozeß der europäischen Einigung.

Heute, ein paar Monate später, würde Geißler das vielleicht etwas anders schreiben. Denn jetzt ist er in Berlin. In Berlin-Mitte. Versuchen Sie mal in Berlin-Mitte einen Bohrer zu kaufen, sagt er. Bis nach Weißensee habe man ihn geschickt, zu irgendeinem Obi-Baumarkt. Und da sei er unterwegs richtig melancholisch geworden. Muß eine Stadt denn wirklich so groß sein und – so eben? Ja sicher, der Außenminister joggt einfach nach Potsdam, aber er? Nicht mal Mountain-Bike-Fahren könne man hier. Heiner Geißler, sagt man, hat den schönsten Wahlkreis Deutschlands. Die Südpfalz. Und den behalte er auch.

Trotzdem möge er Berlin. Er sei ausdrücklich für Berlin gewesen! Den Osten möge er auch. »Das ist unentdecktes Land für mich.« Allein, daß die so komisch wählen hier! Manche Neuberliner sollen an den angrenzenden Wohnungstüren geklingelt haben mit den Worten: »Guten Tag, ich bin ihr neuer Nachbar!« Die Antwort war ein aufrichtiges »Na und?«. Heiner Geißler hat es wohl besser gehabt mitten im Osten. Darum ist er auch nicht Mitglied der neugegründeten Selbsthilfegruppe der Bonner im Exil »Berlin tut weh«.

Im Januar in Bonn fragte ein sehr junger Mann, warum er, Geißler, eigentlich noch in der CDU sei. Für einen Augenblick wurde sein Blick schmal und kalt. Dann lächelte er wieder, dieses ewig jungenhafte Geißler-Lächeln und sagte: Wer so was frage, habe ganz falsche Vorstellungen von der CDU! – Aber der empfindliche Punkt war getroffen. Auch Nonchalance kann ihn nicht mehr überdecken. Man klettert nicht gut allein. Das weiß er vom Bergsteigen. Und daß die Abstiege oft viel mühsamer sind als das Hinauf. Im Oktober 1998 wurde Heiner Geißler nicht mehr als stellvertretender Bundestags-Fraktionsvorsitzender seiner Partei wiedergewählt. Er ist jetzt Berater von Angela Merkel. Die hat auch mal ein Buch geschrieben. Es heißt »Der Preis des Überlebens«.

Johannes Raus Tante. Uta Ranke-Heinemann will Bundespräsidentin werden

Ein Schritt nur, und aus der Sechziger-Jahre-Vorstadtwelt wird die Uta-Ranke-Heinemann-Welt. Weite Bibliothek, bewacht von zwei überlebensgroßen schwarzen Holzgöttinnen. Zwischen beiden Welten ist nichts. Nicht mal ein Hausflur. Uta Ranke-Heinemann, die Frau ohne Übergänge?

Sie steht da in blauer ausgebeulter Trainingshose, dazu passendem Pullover und Kardinalskette. Muß jedenfalls ungefähr so schwer sein. Aber daran erkennt man die wirklichen Damen. Sie spüren ihre Ketten nicht mehr. Jogginghose mit Diamanten. Nein, es ist nichts dazwischen. Entweder oder. Krieg oder Frieden.

Sie wolle doch gar nicht Bundespräsidentin werden, sagte die PDS-Kandidatin in den ersten Interviews. Es klang kokett. Auch verstehe sie nichts von Politik. Es klang leichtfertig. Und von der PDS wisse sie auch nichts. Es klang naiv. Was will sie denn? Frieden. Oder doch die Provokation?

Aber so kann man Uta Ranke-Heinemann nicht fragen. Die Tochter des einstigen Bundespräsidenten Gustav Heinemann bestimmt selbst, worüber sie spricht. Zuerst über Computer. Denn Computer gehören schon viel länger zur Uta-Ranke-Heinemann-Welt als die PDS. Seit gestern habe sie »den Aldi« und schon einen Fehler gefunden! Oder, sagen wir, Ungereimtheiten. Deshalb schreibe sie sich ihre Computergebrauchsanleitungen auch immer selber. Denn richtig gute Computergebrauchsanleitungen wären genau so selten wie richtig gute Theologien, aber schließlich könne sie ja nicht alles selber machen. Nehmen wir nur mal den »geschützten Trennstrich«, ein überaus wünschenswertes Zeichen, unabdingbar etwa für die Wortverbindung Ranke-Heinemann ... Die »NDR-Talkshow« unterbricht den Trennstrich-Exkurs der PDS-Kandidatin fürs Bundespräsidentenamt und fragt, wie sie die Flugtickets schicken soll. Bloß nicht per Eilboten, ruft Uta Ranke-Heinemann in den Hörer, da stehen die morgens um sechs schon vor der Tür. Sie kenne das. Frau Ranke-Heinemann hat ein neues Thema. Sie redet jetzt über Eilboten und findet, nachdem die »NDR-Talkshow« die Leitung geräumt hat, sogar einen gelungenen Übergang zurück zu den geschützten Trennstrichen. Ihr Mann, den Uta Ranke-Heinemann nur »Häschen« nennt, schweigt. Bestimmt hat er Übung darin. Irgendwann bin ich sicher, sie hat sich den »Aldi« nur gekauft, um rauszukriegen, wie er funktioniert. Zum Schreiben nimmt sie ja doch den Uralt-IBM.

Dann der Verdacht, der plötzlich alles zu erklären scheint: Hält sie es mit den Religionen etwa genauso? Rauskriegen, wie sie funktionieren und die Fehler suchen. Warum ist sie damals zum Katholizismus übergetreten? – Uta Ranke-Heinemann läßt langsam die Computerhefte sinken und fragt, ob ich wisse, wie einem der Prostestantismus auf die Nerven gehen kann. Und dann war da noch diese rote Linie in der Mitte ihres Schulhofs. Auf der einen Seite die Protestanten, auf der anderen die Katholiken. Man sprach nicht miteinander. Natürlich sei ihr Weltbild damals »stockprotestantisch« gewesen, weshalb sie auch glaubte, daß Katholiken erst lügen, dann beichten, dann wieder lügen, beichten und immer so weiter ... Im Grunde doch eine sehr menschenfreundliche Religion, gebe ich zu bedenken, aber Uta Ranke-Heinemanns Wahrheitsanspruch war schon damals viel zu ehrgeizig für solche Erwägungen. Sie entdeckte etwas ganz Furchtbares: Die Protestanten lügen auch! Darum die Konversion. Nebenbei habe sie natürlich mal geschaut, wie der Katholizismus funktioniert und, was solle sie sagen, auch ein paar Fehler gefunden ... Aus den Fehlern wurden Bestseller.

Kardinal Ratzinger, der Chef der Glaubenskongregation, sei übrigens der einzige in Rom, der sie noch grüße. Sehr höflich. Man hätte ja auch zusammen studiert. »Der Ratzinger ist übrigens gar nicht dumm ...«, hebt Uta Ranke-Heinemann an zum nächsten Exkurs. Es ist das höchste Lob, das sie zu vergeben hat. Denn Dummheit, setzt sie hinzu, sei viel schlimmer als Laster. Und ob ich die Verzweiflung ahne, die sie jedesmal packe, wenn sie einen dummen Frommen treffe? Uta Ranke-Heinemanns Gesicht nimmt jetzt einen Ausdruck an, dessen Anblick Anhänger von Naturreligionen sofort in die Flucht schlagen müßte.

Uta Ranke-Heinemanns Voraussetzungen fürs Bundespräsidentenamt sind an sich gar nicht schlecht. Man könnte ihr auch den Beinamen »Erste Frau der Welt, die ...« geben. Erste Frau der Welt, die sich in katholischer Theologie habilitieren durfte. Erste Frau der Welt, die eine Professur für katholische Theologie erhielt. Erste Frau der Welt, der sie dann wieder entzogen wurde. Es ist eben nichts vollkommen.

»Gestern, an der Ampel stieg eine Frau aus ihrem Wagen, kam auf mich zu und hat mich umarmt.« Da wußte sie, daß ihre Entscheidung zu kandidieren richtig war. Und wegen der Menschen, die plötzlich anrufen. Dabei hatte ihr Mann sie so gewarnt: Mach' das bloß nicht, du kriegst nur Ärger! – »Siehst du, Häschen, stimmt gar nicht«, ruft Uta Ranke-Heinemann ans andere Ende des großen Zimmers, das in der Mitte so leer ist wie ein Ballsaal. Ein düsteres Schweigen ist die Antwort.

Daß sie früher wohl als Hexe verbrannt worden wäre, weiß sie selbst. Diese seltsame Mixtur aus höchster Intelligenz, daß einem fast schwindlig wird, und Hausfrauenverstand. Können Hexen eigentlich Bundespräsident werden? Uta Ranke-Heinemann war schon immer ein bißchen anders als andere Kinder: »Ich höre noch meine Mutter zu meinem Vater sagen: Du Gustav, komm doch mal her, die Uta sitzt unterm Christbaum mit 'ner griechischen Grammatik!« Da war sie sieben und wollte rauskriegen, wie Griechisch funktioniert. Wegen Griechisch und der vielen anderen Sprachen kam sie dann auf das Essener Burggymnasium. Als erstes und einziges Mädchen. Und machte ihr Abitur mit Auszeichnung. 1947. Seit dreißig Jahren hatte es das nicht mehr gegeben am Burggymnasium, und als sie weg war, lange Zeit auch nicht mehr. Das einzige Mädchen zu sein unter 800 Jungs, störte sie nicht? Aber nein, sagt Uta Ranke-Heinemann, sie dachte nur: Jetzt hab ich die Auswahl. Ich will den Schönsten, Intelligentesten, Witzigsten, Treuesten! Das »Häschen« also.

Nur im Augenblick ist es etwas ungehalten, weil seine Frau nicht ans Telefon geht. Ein Herr Schmoll von der Nachrichtenagentur AP sei dran und wolle wissen, wann Gysi zu ihr kommt. Ihr Mann gibt den Rat, die genaue Uhrzeit nicht mitzuteilen, damit kein Killer vor der Tür steht. Uta Ranke-Heinemann begreift sofort die Dramatik der Situation: »Herr Schmoll, was sagten Sie gerade oder sagten Sie nichts? Also bitte, keine Killer, die mag ich nicht, hören Sie?«

Wir gehen in die Küche. Küche ist gut. In der Küche kann man alles fragen. Auch nach der PDS. Der Geschirrspüler ist weit offen und noch nicht ausgeräumt. In einem Tagesspiegel-Porträt Uta Ranke-Heinemanns von 1971 steht, daß sie keine Spülmaschine wolle, weil sie viel schneller spülen könne. Hat sie es sich also doch anders überlegt. Nur das mit Krieg und Frieden offenbar nicht. Was, den Frieden könne man plötzlich herbeibomben? Über sowas diskutiere sie doch gar nicht. Damals, 1971, forderte sie gerade das Verbot der Napalm-Waffe, ein Jahr später reiste sie nach Nordvietnam und traf den Ministerpräsidenten Pham Van Dong. Ein großes Foto mit ihr und Pham Van Dong hängt noch im Wohnzimmer. Überm Küchentisch finden sich dafür die Sachbuch-Charts der verschiedensten Länder. Überall, wo die »Eunuchen für das Himmelreich« oder »Nein und Amen. Anleitung zum Glaubenszweifel« ganz vorn lagen, ist ein Kreuz daneben. In Polen hat sie das Papst-Buch um Längen geschlagen. Das gefällt ihr.

»Also der Bisky rief an, hier saß ich, pellte eine Kartoffel und machte ihm klar, was er an mir hat, nämlich nicht sehr viel. Er war einverstanden.« Und warum eigentlich solle die PDS tabu sein? Wegen ihrer Vergangenheit? Da könne sie auch fragen: Christen, warum seid ihr noch in der Kirche? »Wissen Sie, wie Sevilla geraucht hat 1492, das waren die brennenden Ketzer!« Nein, man müsse ihr glauben, es sei wirklich alles ganz einfach. Wenn die PDS sage, zwei plus zwei sei vier, Krieg sei falsch, dann antworte sie: Die PDS hat recht! Und soweit sie sehen könne, sage das im Augenblick nur eine einzige Partei. Sie beurteile Menschen wie Parteien nach ihren

Taten. Hervorragende Methode, findet Uta Ranke-Heinemann. Nicht ein wenig ungewöhnlich für eine Intellektuelle? Warum schreibt sie dann Bücher mit lauter Gedanken drin?

Irgendwie fehlen ihren Büchern auch die Mittelglieder. Zum Beispiel bei der Jungfrauenempfängnis und -geburt. Die PDS-Kandidatin fürs Bundespräsidentenamt mag Marias Jungfrauenstatus nicht. Aber wie hätte der heilige Geist sich denn sonst Maria nähern sollen? Lüstern, wie ein liederlicher polytheistischer Gott? Religionsgeschichtlich unmöglich. Und ein wunderbares Bild bleibe es doch: die Jungfrau und das Kind. Uta Ranke-Heinemann, »die erste Frau der Welt, die ...« sieht plötzlich sehr traurig aus. Nein, sie wolle gar nicht alles kaputtmachen. Von ihr aus könne alles so bleiben, wie es ist. Sie möchte nicht mal der neue Luther sein, wie eine polnische Zeitschrift sie nannte. Das habe sie auch jenem wunderbaren polnischen Journalisten gesagt, der mal mit einer Rose vor ihrer Tür stand.

Andererseits – die irrlichternden Punkte kehren zurück in Uta Ranke-Heinemanns Blick – muß man doch sagen dürfen, was nicht stimmt: Also, erstens, die Bibel ist nicht Gottes-, sondern Menschenwort. Zweitens. Daß Gott in drei Personen existiert, ist menschlicher Phantasie entsprungen ... Es werden insgesamt sieben Punkte. Uta Ranke-Heinemanns negatives Glaubensbekenntnis. Als sie fertig ist, ist nichts mehr übrig. Oben auf dem Foto an der Küchenwand lehnt eine lachende Frau im hellblauen Kostüm in der Hollywoodschaukel und hat mindestens so schöne Beine wie Marlene Dietrich. Sie ist es, die Alleszertrümmerin. Aber was, frage ich sehr vorsichtig, wäre denn nun das Katholische an ihr? Uta Ranke-Heinemann blickt ihr Gegenüber an, wie man einen Schaden besieht: »Ich bin doch gar nicht katholisch«, sagt sie. – »Also doch ... Atheistin?« – Jetzt kann Gustav Heinemanns Tochter nicht mehr an sich halten: Atheistin, so ein Quatsch! Atheistin könne man überhaupt nicht werden. Schon wegen der Unsterblichkeit. Ohne die Unsterblichkeit sei es überhaupt nicht auszuhalten. Seit sie ein Kind war, habe sie diese panische Angst vor dem Tod. Dagegen helfe nur das ewige Leben. Dann ein Zögern auf die Frage nach ihrem Gottesbild und sehr bestimmt die Antwort: Descartes.

Sie findet einen kleinen, abgegriffenen Zettel in ihrer Tasche, geschrieben auf dem Uralt-IBM. Ein Auszug aus den »Meditationen über die Metaphysik«: »Ich möchte einen Augenblick verweilen bei der Betrachtung dieses vollkommenen Gottes ...« Sie lerne das immer auswendig, wenn sie bei Aldi an der Kasse stehe. Heute morgen auch, als sie die beiden Geranien kaufte.

Descartes sei überhaupt gut, zum Beispiel bei der Beurteilung Clintons. Sie sieht also Clinton, will sich schon aufregen, dann fällt ihr Descartes ein, und sie sagt sich: Der weiß ja selbst nicht, was er spricht. Einerseits könne sie dieses leichtfertige, unreflektierte Universalismus-Gerede nicht mehr ertragen, aber dann höre sie wieder ihren Descartes: Der Mensch ist ungeheuer anfällig für Irrtümer. Das sei übrigens Descartes Ansicht über das Böse, die einzige Erklärung, die sie je akzeptieren konnte.

Es ist 17.00 Uhr. Uta Ranke-Heinemann hat gleich ein Interview mit dem Schweizer Rundfunk. Wegen der vergewaltigten Frauen in Jugoslawien, denen der Papst rät, nicht abzutreiben. Wir gehen hoch in ihr Arbeits-Schlaf-Wachzimmer. Uta Ranke-Heinemann schläft schlecht. Deshalb hört sie jeden Abend den Papst und paßt auf, ob die Jungfrau Maria schon im ersten oder erst im dritten Satz vorkommt. Das beruhigt. Nebenbei liest sie »Oggi« und andere italienische oder spanische Illustrierte. Damit es nicht so langweilig ist, sagt sie. Hier steht auch die große Descartes-Ausgabe, nein, viele Descartes-Ausgaben. Im altfranzösischen Original. Den »Discours de la methode« hat sie gerade zum 18. Mal gelesen. Vielleicht muß sich der Mensch wirklich für eine Lektüre entscheiden: Descartes oder Parteiprogramme. Uta Ranke-Heinemann erklärt mir die Ungenauigkeiten der Übersetzung aus dem Altfranzösichen in der heutigen französischen Schulausgabe. Da, »corps« müsse es heißen nicht »chose«! Sie ist endgültig zurückgetaucht in die Uta-Ranke-

Heinemann-Welt, wo Diderots »Enzyklopädie« mit dem Gewicht ihrer gesammelten Bände daran arbeitet, den Kleiderschrank der Bundespräsidenten-Kandidatin zum Einsturz zu bringen. Nein, was die damals über Onanie dachten! Und sowas nenne sich Aufklärung? Also reden wir über Onanie in Uta Ranke-Heinemanns Schlafzimmer und ob man tatsächlich ein Rasseln im Kopf davon bekomme, wie Tissot annahm. Zwischendurch ein allerletzter Versuch, sie auf das Kriegs-Friedens-Thema zu bringen. Daß soviele Gefährten aus der Friedensbewegung für diesen Kosovo-Krieg sind, irritiert sie nicht? Nein, antwortet sie, es irritiere sie nicht. Ihr Blick ergänzt: Descartes. Irrtum als anderes Wort für menschliche Existenz. Aber ihr Glaube, daß ein unpolitischer Mensch auf politischem Terrain ein unpolitischer Mensch bleiben könne – damals Anfang der Achtziger in der DKP-gesteuerten »Friedensliste« und heute wieder – ist der nicht auch ein Irrtum?

Uta Ranke-Heinemann weiß es nicht. Der kleine Junge in Nordvietnam fällt ihr wieder ein, dem beide Beine fehlten. Sie habe ihn im Krankenhaus besucht. Nie wieder sah sie ein so trauriges Kind. Etwas später existierte das Krankenhaus nicht mehr. Die Amerikaner hatten es weggebombt. Aus Versehen. Seitdem denke sie nicht mehr über die Frage nach, ob Bomben den Frieden bringen können.

Das Rundfunk-Interview beginnt. Uta Ranke-Heinemann erklärt, daß die vergewaltigten jugoslawischen Frauen bis 1869 hätten abtreiben dürfen, als in der katholischen Kirche noch die jahrhundertealte Idee der sukzessiven Beseelung nach 80 Tagen galt. Abgeschafft, da man an »Mariä Empfängnis« schließlich nicht den unbeseelten Körper Mariens feiern könne. Darum habe man jetzt die »Sofortbeseelung« und dürfe nicht abtreiben. Nein, Kirchengeschichte sei nicht lebensfern. Kriegsfern auch nicht.

Es war nicht prägnant genug, findet sie nach dem Interview. Uta Ranke-Heinemann wird jetzt noch die beiden Aldi-Geranien pflanzen und wieder über Descartes nachdenken. Über die PDS nicht.

Hans Modrow, der Asket vom Frankfurter Tor

Manchmal wartet er morgens im U-Bahnhof. Immer in der Mitte des Bahnsteigs. Vielleicht hat ihm mal jemand gesagt, daß vormalige DDR-Ministerpräsidenten und SED-Bezirkssekretäre besser nie zu dicht an den Gleisen stehen sollten. Das Volk ist ja so nachtragend. In der U-Bahn lernt ein junges Mädchen Englisch. Modrow schaut mit ins Buch und sagt ihr dann irgendwas Ermutigendes über das Lernen überhaupt sowie das der englischen Sprache im besonderen. Wie das ältere Männer immer machen. Das Mädchen schaut strafend auf und rückt ein wenig zur Seite. Sie erkennt ihn nicht. Dazu ist sie nun doch zu jung.

Frankfurter Tor. Synthese von Leihklassizismus und Bunker, wenn man eintritt. Aber die Schuhe stehen vertrauensvoll vor den Türen. Zum Zeichen, daß an diesen nackten, spiegelglatt polierten Fluren Menschen wohnen. Der Fahrstuhl probiert wie früher die DDR einen dritten Weg zwischen Bewegung und ultimativem Stillstand. Im zweiten Stock verzweifelt anfangen, das Baujahr zu suchen. Da steht einer vorm Lift! Es ist Hans Modrow. Der vormalige DDR-Ministerpräsident nickt einen kurzen Gruß und beginnt, die Innentüren des Lifts in akkurate Parallelstellung zu bringen. Er bekomme sonst großen Ärger mit den Mietern. In Häusern wie diesem zieht man ganz selbstverständlich die Schuhe aus und bekommt ebenso selbstverständlich ein Paar Pantoffeln gereicht. Aber in Japan nicht, da müßten Sie jetzt auf Strümpfen laufen, sagt Modrow, und mir fällt ein, daß er früher auch schon Bücher geschrieben hat. Eins davon heißt »Die DDR und Japan«, erschienen 1983. Es ging darin um die Frage aller jungen Mädchen, ob man sich mit unberechenbaren Machotypen einlassen sollte und wenn ja, wo ist die Grenze? Die DDR wirklich mit Japan (»imperialistisches Hauptland«)? Alles sei möglich, schrieb Modrow damals als »Leiter des Autorenkollektivs«, nur kein Sex! Sinngemäß.

Blumen in der Vase, Blumen auf der Tischdecke. Zwischen all den Blumen sitzt Hans Modrow in auffällig kleinkariertem Hemd und sieht trotzdem sehr staatstragend aus. Er spricht auch so. Über André Brie. Jawohl, er fände es noch immer empörend, was Brie gesagt hätte. Daß der Sozialismus in gewissem Sinne noch totalitärer gewesen sei als der Nationalsozialismus. 1994 hätte die PDS-Bundestagsgruppe sehr intensiv über die Totalitarismusthese nachgedacht und sei zu einem »von sechzehn Abgeordneten mehrheitlich beschlossenen Ergebnis« gelangt. Kann man Denken eigentlich beschließen, mehrheitlich? Ich versuche mir vorzustellen, wie Kants »Kritik der reinen Vernunft« ausgesehen hätte, wenn er sie von Jacobi, Wolff und den anderen hätte beschließen lassen. Modrow ist inzwischen beim Unterschied zwischen einem Marxisten und Brie. Brie denke formal; Marxisten denken inhaltlich. – Aber war nicht genau das immer ihr Fehler, den Eigenwert von Formalkonstruktionen (Rechtsformen!) unterschätzt zu haben? Der Nationalsozialismus hätte doch tatsächlich in die bürgerliche Lebens- als Eigentumsordnung weniger eingegriffen. – Sage es und sehe im selben Augenblick, wie fremd und zynisch diesem Mann solche Erwägungen scheinen. Modrow zieht schweigend zwei dicke schwarze Striche auf das Papier vor sich und sagt: »Das ist Stettin-Pöhlitz. Wenn ich hier als Lehrling des Hydrierwerks auf der einen Straßenseite lief und sah mir auf der anderen die KZ-Kolonne entgegenkommen, dann wußte ich doch im selben Augenblick, daß ich genausogut auf der anderen Seite hätte marschieren können.« Ein falsches Wort wäre dafür genug gewesen. Brie kenne bloß die DDR, darum könne er sowas sagen.

Bisher war alles viel einfacher. Von Stoiber, Hintze, Gauck und Eppelmann erwartete Modrow solche Vorstöße. Von den eigenen Genossen nicht. Wohl deshalb schloß er seine Entgegnung an Brie im »Neuen Deutschland« mit dem noch so vertrauten furchtbaren Satz: »André Brie möge selber prüfen, wo er mit seinen Aussagen steht.« Das alte Leninsche Denkverbot.

Vielleicht wird Modrows Generation nie verstehen, daß der Blick Bries – die kühle, einen Aspekt (!) der Sache einfach registrierende Wissenschaftlersicht – dennoch sein Recht hat.

Man hätte sich gesehen seither. Gesprochen besser nicht. Trotzdem, er könne sich vorstellen, mit Brie zusammen ins Europaparlament zu gehen. Das sei was anderes, politischer Alltag eben. Eine Kampfabstimmung Brie gegen Modrow – neu gegen alt? – auf dem PDS-Wahlparteitag am kommenden Wochenende in Suhl soll es nun doch nicht werden. Brie wird sich voraussichtlich um Listenplatz zwei, Modrow um Platz vier bewerben. Manche halten den PDS-Ehrenvorsitzenden für einen Nostalgiker. Der »Spiegel« nannte ihn gar einen »hölzernen Parteisoldaten«. Seine rote Wohnzimmercouch ist wirklich noch aus der DDR. Und die Schrankwand auch. Lauter ziemlich geschlechtsreife afrikanische und indische Holz-Göttinnen stehen darauf in friedlicher Koexistenz mit Porzellantäßchen und einem kleinen Marx-Kopf. Nur daß Marx aus Angst vor den Göttinnen ganz nach links außen gerückt ist. Modrow spricht jetzt über das Europaparlament und seine Kandidatur (»Ich bin der Mann dafür! Und Ökonom.«), auch darüber, daß die Linke (»die drittstärkste Fraktion im Eurpoäischen Parlament!«) dringend Verstärkung aus der Bundesrepublik brauche. Ich suche noch immer irgendwas in diesem Zimmer, das so richtig nach Westen aussieht, finde aber nur den Autoatlas genau zwischen den Bildbänden »Michelangelo« und »Willi Sitte«. Modrow erklärt, daß er den Kontakt des Europaparlaments zu Mittel-und Osteuropa für unerläßlich halte und jetzt vorm Parteitag noch mal kurz nach Moskau fliege, um mit den linken Parteien in der Duma über Europa zu reden. Hinter dem vormaligen Ministerpräsidenten hängt ein Stilleben mit dunklen Bäumen und tiefem Graben. Ein bewohntes DDR-Museum. Aber warum eigentlich Nostalgie? Modrow ist bloß nicht begabt für den Kapitalismus. Möbel kaufen, wenn man schon welche hat? Welch ein Unfug. Sicher geht er durch dieses altneue Land wie einst Sokrates über den Markt von Athen: Wie viele Dinge sehe ich, die ich nicht brauche! Modrow, der Asket. Früher nannte man im Westen den Namen

Modrow gleich zusammen mit seiner Drei-Zimmer-Wohnung in Dresden. Ein vorbildlicher Funktionär, so bescheiden. Keine Datscha. Ein Hoffnungsträger! – Und niemand spürte das Obszöne dieser Wahrnehmung. Denn wie armselig war doch selbst aller Wandlitz-Wohlstand gegen den fast frivolen Reichtum im Westen.

Modrow, der Hoffnungsträger. Wie wird man das eigentlich? Im Frühjahr 1987 nannte der zweite Mann der sowjetischen Botschaft in Ostberlin dem »Spiegel« einen Namen. Es war seiner. So erfuhr schließlich auch Modrow davon. Ein DDR-Gorbatschow sollte er werden. Und dann reichte es nur für die kurze Übergangsregierung bis zum 18. März 1990. Auch über diese Zeit schrieb Modrow schon ein Buch. Es sieht genauso aus wie Helmut Kohls »Ich wollte Deutschlands Einheit« und heißt auch nur ein ganz klein bißchen anders: »Ich wollte ein neues Deutschland.« Die »taz« kommentierte gleich alle beide: »Kohl hat 488 Seiten! Bei Modrow sind es nur 480. Schon wieder verloren.«

Ja, es war nur eine Übergangsregierung, sagt Modrow. Aber de Maiziére sei nur noch die Übergaberegierung gewesen. Er lächelt jetzt. Modrows Lächeln sieht immer aus, als habe er dabei ein schlechtes Gewissen gegenüber dem Ernst des Lebens. Das Verdienst seiner Regierung sei gewesen, daß alles gewaltlos blieb. Aber die Einheit sei zu schnell gekommen: »Meine Überlegungen dazu habe ich im sogenannten Modrow-Plan zusammengefaßt, der ein neutrales Deutschland vorsah.« Gorbatschow selbst habe ihn darum gebeten. Aber die USA hätten darin eine östliche Offensive erkannt. Nach heutigen Erkenntnissen, so Modrow, ging die treibende Kraft zur schnellen Vereinigung von den USA aus. Und Kohl sei nur deren Figur gewesen. Sagt Modrow, der den »Modrow-Plan« noch immer für besser hält. Die langsame Annäherung. Die Konföderation. Hat er nie darüber nachgedacht, wie der Osten zerfallen wäre ohne die Währungsunion? In solche, die DM verdienen, und die anderen. Heute kann man im Zweifel immer dem Westen die Schuld geben. Ist das nicht seelisch viel gesünder? Modrow probiert noch ein Lächeln. Aber man hätte vorher mehr machen müssen, sagt er. Noch viel mehr solche »Modrow-Gesetze« wie jenes, nach dem heute Tausende Prozesse geführt werden. Weil DDR-Bürger nach diesem Gesetz ihre Häuser und ihr Land plötzlich kaufen konnten. Und man hätte die östlichen Märkte nicht aufgeben dürfen. Neunzig Prozent der russischen Schlafwagen wurden in der DDR gebaut, zwei Drittel der ukrainischen Flotte – und niemand repariert das mehr?

Hans Modrow hat mal in Ökonomie promoviert. Politiker, das ist doch kein Beruf fürs Leben. Zum ersten Mal dachte er das wohl, als man ihn 1958 aus dem Zentralrat der FDJ ausschließen wollte. Wegen Aufweichlerei und falscher Vorstellungen von der Jugend. Trotzdem hat er inzwischen auch schon ein Buch über die FDJ herausgegeben. Es heißt »Unser Zeichen war die Sonne«, und da steht drin, wie der Hitlerjunge Hans (und Kriegsverdienstmedaillenträger – wegen lebensgefährlicher Löscheinsätze bei der pommerschen Feuerwehr) aus sowjetischer Kriegsgefangenschaft wiederkam. Von der Antifa-Schule. Und er hatte 1949 wirklich schon wieder Lust, dem nächsten großen Mann hinterherzulaufen, nachdem er den ersten gerade los war? Anders, sagt Modrow. Die Antifa-Schule sei nur ein Endpunkt gewesen. Am Anfang stand die Erfahrung des Siebzehnjährigen, daß da keine Kameradschaft mehr war in der Gefangenschaft. Und dann mußte er ganz allein mit zwei russischen Soldaten einen großen Pferdetransport machen. Ob ich mir vorstellen könne, welche Angst er vor russischen Soldaten hatte? Aber sie wären wie ein Vater zu ihm gewesen. Nein, wie zwei Väter. Deutsch konnten sie nicht, nur ein paar Verse Heine. Mit zwei Versen Heine, lauter Pferden und zwei Vätern in Hinterpommern. So kam der Hitlerjunge und Kriegsverdienstmedaillenträger Hans auf die Antifa-Schule.

Gerade befinden zwei Enquetekommissionen des Bundestages darüber, was in den Schulbüchern des nächsten Jahrtausends über die DDR stehen wird. »Was meine Enkel einmal darüber wissen werden«, sagt Modrow und die bitteren Falten um den Mund graben sich tiefer ein. Nur das Gleichheitszeichen zwischen DDR und Nationalsozialismus sollen sie kennen? Nachdem es 1975 endlich aus den altbundesdeutschen Schulbüchern verschwunden sei. Modrow lacht auf. Vielleicht hat einer wie er ja einfach das Recht, Brie nicht zu verstehen. Nachdem jene Frage, die wie keine andere Differenzierung und intellektuelle Redlichkeit verlangt hätte, so ahistorisch mißbraucht worden ist für den politischen Tageskampf.

Der Lärm der großen Kreuzung steht wie eine unversiegbare Brandung in Modrows Wohnzimmer. Dabei ist es längst Abend. Warum ist er hierher gezogen, ans Frankfurter Tor? Ich wollte zurück ins Kiez, sagt Modrow. Bis 1973 hätte er am Strausberger Platz gewohnt. – Dort, wo auch Franz Fühmann lebte? – Genau, sagt Modrow schon beim Hinausgehen, wir waren auf derselben Antifa-Schule. Kein anderer ist wohl an diesem DDR-Sozialismus so zerbrochen wie Fühmann, der Dichter. Als Neujahrsgruß schrieb er 1981 an Christa und Gerhard Wolf: »Leute, das wird ein Jahr & Jahrzehnt – nun denn! Leute, wird das beschissen werden!« Modrow weiß es. Zu mir, sagt er leise, ist er trotzdem gekommen.

IM Heiner? Heinrich Fink, der Alles-Versöhner

Was war deutsch damals? Natürlich dieses Sehnsuchtsland, unerreichbar weit weg, von dem die Eltern manchmal abends sprachen. Aber Heinrich, der Sohn, träumte eigentlich nie von Deutschland. Denn deutsch, das wußte er schon sehr früh, war alles, was keinen Spaß machte. Ordnung, Fleiß, Sauberkeit. Du bist doch ein Deutscher, sagte man zu ihm, und er wußte nie genau, war das nun eine Auszeichnung oder eine Drohung. Moldauwaner zu werden, wäre zum Beispiel viel einfacher gewesen. Moldauwaner war das größte Schimpfwort, das Heinrichs schwäbische Pietisteneltern kannten. Und dann geschah etwas Seltsames. Der Ruf eines fernen, kleinen Mannes erreichte sie in Bessarabien, nahe Odessa am Schwarzen Meer. Er lautete »Heim ins Reich!«

Also verließen die gehorsamen Eltern ihren Hof und kamen nach Deutschland. Dort nannte der sonst so stolze, gestrenge Vater die Leiter der Umsiedlung dann »Herren aus Deutschland«, und diese wiederum nannten sie einfach »Volksdeutsche«, was irgendwie schon ein bißchen wie Moldauwaner klang. Welterfahrung eines Fünfjährigen.

An dem schönen Haus in Karlshorst steht der Name Fink in deutschen und hebräischen Buchstaben. Eine Mesusa, der jüdische Willkommensgruß an eintretende Fremde, ist auch da. Aber Heinrich Fink ist gar kein Jude. Er hat das Judentum nur zur Mitte seiner christlichen Existenz gemacht. Wer ist Heinrich Fink?

Deutschlands Medien haben beschlossen, den vormaligen Dekan der theologischen Fakultät an der Humboldt-Universität und ersten Nachwende-Rektor nurmehr als »IM Heiner« zu kennen. Und eigentlich wollte er überhaupt nicht mehr mit der Presse reden. Diese Gemengelage aus Halbwahrheit, Verkürzung und Kolportage! Am Telefon, nachdem die Nachricht von seinem nachträglichen Einzug in den Bundestag kam, hatte Fink gleich drei Artikel aus drei Zeitungen parallel analysiert, immer unterbrochen von der selbstgestellten Frage: »Wie kommen die bloß darauf? Wie kommen die nur auf so was?«

Jetzt lehnt er, die Arme ausgebreitet, in einem Möbelstück, das einfach Couch zu nennen weder seinen Ausmaßen noch seinem mutmaßlichen Alter gerecht würde. Man sitzt nicht auf einem solchen Möbel, man thront. Und man erregt sich auch nicht, sondern urteilt über die Welt mit kurzen, müden Fingerzeigen. »Da, sehen Sie, das Haus gegenüber, dort haben wir lange gewohnt. Und unsere Nachbarn hatten eine Abhöranlage, extra für uns. Die Abhöranlage, das war IM Heiner.« Wußte er, für wen dieser Nachbar arbeitete? Geahnt habe er es ja, sagt Fink, und später auch gewußt. Fink sieht nicht besonders zornig aus jetzt. Vielleicht hat er Mitleid mit dem Nachbarn. Das würde zu Heinrich Fink passen. Der Spitzel trank ja immer ein bißchen viel, und da konnte es schon mal passieren, daß er anteilnehmend nach Dingen fragte, von denen er eigentlich keine Ahnung haben konnte. Es ist eben nicht leicht, zugleich ein guter Nachbar und ein guter Spitzel zu sein.

Genaugenommen sah Heinrich Fink nie richtig zornig aus. Er ist wohl einer von denen, die nicht hassen können. Bei solchen Menschen gibt es nur zwei Möglichkeiten. Entweder dieses Unvermögen kommt aus analytischer Schwäche gegenüber der Welt und den Menschen. Oder jemand konzentriert all seine Abwehr auf einen einzigen Punkt, der einen vieles, wogegen man sonst noch sein müßte, einfach übersehen läßt.

Heute noch Herr, morgen schon Knecht. Herr über die Moldauwaner, aber Knecht der Reichsdeutschen. Umgesiedelt werden nach Polen, also wieder Herr sein, jetzt über »die Pollacken«. Die Mutter lief weinend durch die Räume: »Die Betten der Polen sind ja noch warm, das kann man doch vor Gott nicht verantworten!« Und dann Flucht über die Oder, bevor die letzten Brücken hinter ihnen gesprengt wurden. Knecht werden bei den Reichsdeutschen, in Ställen schlafen, selber plötzlich fast ein »Pollacke« sein. – Wäre es da nicht besser, wir werden gleich alle »Pollacken« und bekennen uns dazu? Oder eben – Juden?

Ein jüdischer Leuchter steht bei den Büchern in diesem großen Zimmer, das jetzt ganz hell ist von den gelben Blättern draußen. In der letzten Woche hat Fink am Grab einer Jüdin in Berlin gesprochen. Am Freitag bereitete er mit amerikanischen Studenten eine Fahrt nach Auschwitz vor. Die Presse wollte er nicht dabei haben. Daß die Amerikaner überhaupt noch mit ihm fahren wollen, nach allem, was über ihn zu hören war – mit einem Spitzel nach Auschwitz, ja? –, das wundere ihn ohnehin.

Manche leben aus nur einer Grunderfahrung heraus. Die Mitschuld der Christen an Auschwitz wurde das Lebensthema Heinrich Finks. Darum mußte er auch Theologe werden, obwohl seine Eltern ihn warnten: wer Theologie studiert, verliert den Glauben! Und weil Adenauers Wirtschaftswunder-Demokratie sich mit Globke und Filbinger so gut vertrug, zweifelte er auch nie wirklich an der DDR. Diesen Immunisierungseffekt gegenüber der alten Bundesrepublik, der zugleich kritiklos machte gegenüber der DDR, teilte er mit vielen seiner Generation.

Natürlich hielten manche, gerade Theologen, den Sozialismus für eine Krankheit, aber Fink mochte höchstens zugeben, daß die DDR nicht gerade gesund aussehe. Was wirklich krank ist, kannte er ja schon, bevor er als Vierzehnjähriger irgendwo in Brandenburg aus dem Radio erfuhr, daß er fortan in der DDR lebe. Nun gut, dachte er, jeder da, wo Gott ihn hinstellt. Ein schlagendes Argument gegen »Republikflucht«. Und außerdem sollte diese etwas bläßliche, zu Zwangsneurosen neigende, aber nicht eigentlich bösartige Kranke DDR doch heilbar sein. Nur den Patienten nicht schonen! Anamnese und unbedingte Offenheit! Und ein bißchen freundlich muß man eben zu Kranken sein, denn sie sind ja so empfindlich. So freundlich wie Fink vielleicht. Mut gehöre natürlich auch dazu, denn ungeheuer reizbar sind Geschwächte immer. Dachte Heinrich Fink. Dachte es fast bis zum Schluß, als Polizisten ihn selbst im Oktober 1989 bei der Gethsemanekirche zusammenschlugen, als er dort nach seinen Kindern sehen wollte.

Und dieser Mann, der den verängstigten DDR-Staat durch Offenheit zum Besseren zwingen wollte, über den ein Stasi-Offizier sagte: Wir konnten den doch gar nicht zum IM machen, der hat doch ohnehin mit allen geredet! – er steht sehr lange schon und jetzt wieder da als absichtsvoller Zuträger, als Informant. Es ist nicht leicht, das zu glauben. Und viele fingen auch gar nicht erst damit an.

Fink war vielleicht der erste Fall, wo die Enttarnung eines »IM« eher Mißtrauen erregte als Beifall fand, nicht nur bei Professoren und Studenten. Drei Tage, nachdem Wissenschaftssenator Erhardt am 25.11.1991 den Brief von der Gauck-Behörde bekam – es gäbe Hinweise, daß Fink IM gewesen sein könnte –, hat er ihn als Hochschullehrer (und damit als Rektor) fristlos entlassen. Ohne Anhörung, ohne wirkliche Beweise. Die Universitätsgremien stellten sich mit großer

Mehrheit hinter ihn (nach öffentlicher Verlesung der Akte »IM Heiner«), Studenten demonstrierten (seit wann demonstrieren Studenten für einen Rektor?), und ein Streit um die politische Kultur dieses Landes ging durch die Medien. Im ersten Prozeß wurde Fink von allen Vorwürfen freigesprochen. Als jetzt, sieben Jahre danach, bekannt wurde, daß Fink für die PDS in den Bundestag einzieht, erinnerte sich kaum jemand daran. Man fragte nur: »IM Heiner« kommt in den Bundestag, hält denn die Demokratie das aus?

Den zweiten Prozeß verlor er. »Man erklärte die Zeugen für unglaubwürdig, weil sie ja Stasi-Mitarbeiter waren.« Alle Zeugen hatten ihn entlastet. Und was ist mit dieser Medaille gewesen, die er bekommen haben soll? Wie hieß die eigentlich? – »Moment mal ... gleich ...«, Fink denkt nach, schaut resigniert auf. »Wie soll ich das denn wissen, ich hab doch nie 'ne Medaille gekriegt?!« Genaugenommen müßte es ein recht sympathisches, lustiges Staatswesen gewesen sein, das an seine erklärten Pazifisten die »Verdienstmedaille der Nationalen Volksarmee in Gold« verleiht.

Aber sehen Sie doch mal, ruft Fink, was ich für Post bekommen habe! Er bringt einen großen Korb voller Papier und beginnt, den Inhalt gleichmäßig über das Sofa zu verteilen. Das ist doch mal was anderes als immer die alten Geschichten. »Hier, lesen Sie mal!« – Es ist eine Karte mit dem jungen Brecht vorn drauf und auf der Rückseite steht: »Ob Hegels, ob Brechts List der Vernunft – jedenfalls freue ich mich ungemein für Sie und uns über Ihren Einzug in den Bundestag!« Fink sucht noch andere Briefe. Seine Frau sagt inzwischen, daß sie beide überhaupt skeptisch wären, ob eine bürgerliche Demokratie wirkliche Gerechtigkeit schaffen könne. – Aber das »bürgerlich« bedeute doch gerade den einzelnen als Rechtssubjekt? – Nein, meint die Fabrikantentochter und Pfarrerin Ilsegret Fink entschieden, es bedeute vor allem Eigentum. Eigentum sei geronnene Freiheit und darum zu verteidigen, stünde in der Verfassung, doch sie glaube das so nicht. Wir sehen jetzt beide erwartungsvoll ihren Mann an, aber der hört nichts. Er sortiert Briefe. Ab und zu reicht er einen herüber: »Lieber Heiner! Ich bin zwar kein Freund der PDS, aber vielleicht kannst du trotzdem etwas beitragen ...« Eigentum hat Heinrich Fink noch nie interessiert im Gegensatz zu seinen Eltern. Genau das war ihr Fehler, glaubte er immer. Und die Fabrikantentochter Ilsegret Fink, im Schatten von Buchenwald großgeworden, dachte dasselbe, als sie eines Tages an den Verbrennungsöfen im Buchenwalder Krematorium die Firmenmarke »Topf und Söhne« las. Die Topfs aus Erfurt? Sie waren gute Bekannte ihrer Eltern. –

Heinrich Fink stellt den Korb voller Briefe beiseite und sieht plötzlich sehr tatenfroh aus. Eine Demokratie ist so gut wie ihre Opposition, beschließt er zuversichtlich. Gerade war die erste PDS-Fraktionssitzung, an der er teilnahm. Den größten Flächenwahlkreis Deutschlands hat er für die PDS direkt gewonnen. Spaß habe es gemacht. Dorothee Sölle sei mit ihm in Ludwigslust, Daniela Dahn in Parchim gewesen, Käthe Reichel habe aus der »Heiligen Johanna der Schlachthöfe« gelesen irgendwo in Mecklenburg und immer so weiter. Und da würden die Zeitungen schreiben, von ihm sei nichts mehr zu hören gewesen?

Sicher, Mitte der Neunziger war er mal ein paar Jahre nur für sich. Schrieb für sich, arbeitete für sich und sprach an Schulen über das Judentum. Aber eigentlich ist Heinrich Fink doch eher ein Moderator. Als Theologe moderiert er zwischen Gott und den Menschen. Die Versöhnung ist sein Beruf. Und Fink nahm ihn immer sehr ernst. Er versöhnte einfach alles, die Kirche mit dem Staat, das Christentum mit dem Sozialismus, die Theologie mit der Philosophie. Das war selbst Theologen manchmal schon zuviel Versöhnung. Nur die Vermittlung zwischen Humboldt-Universität und Wissenschaftssenator wollte ihm nicht gelingen. Abwicklung schien ihm denn doch ein allzu unversöhnliches Mittel.

Und jetzt geht Heinrich Fink in die Politik. Aber auch die Grenzen der Versöhnung kennt er genau. Eine christliche Partei zum Beispiel sei Gotteslästerung, denkt er. Heinrich Fink gehört bis heute keiner Partei an.

Böwe, das Beuteltier

»Warum geht das hier jetzt nicht?« Böwe schlägt wütend gegen die Tür. Die Klingel, die Alfred Ill eben in Todesangst drückte, gibt keinen Ton von sich. Komm mach weiter, reg dich nicht auf, ruft Thomas Langhoff aus dem Zuschauerraum hinauf. Zweite Hauptprobe zu »Besuch der alten Dame« von Friedrich Dürrenmatt am »Deutschen Theater«. Die Szene ist hin. Und Böwe außer sich. Ungeachtet der mindestens sieben Fernsehstationen, die sich im Zuschauerraum aufgebaut haben. Böwe läßt sich von niemandem vorschreiben, wann er aufhört sich aufzuregen. Wenn ich mich nicht aufrege, brauche ich hier nicht zu stehen, dröhnt es hinunter. Böwe der Perfektionist. Gibt alles und explodiert, wo er bei anderen Halbheiten wittert. Ein sensibler Koloß.

Ich warte auf dem Geraderobengang. Inge Keller schwebt von der Bühne kommend im schwarzen Kleid mit Schleier vorüber. Eine russische Großfürstin, mindestens. Böwe dagegen stapft heran wie ein alter Bauer, der von der Feldarbeit heimkehrt. Gegensätzlicher kann man sich zwei Schauspieler nicht denken. Die Keller ganz und gar Bühnenkunstwerk, eine Diva. Böwe, dem es unangenehm wäre, hielte man ihn bereits auf den ersten Blick für einen Künstler. Nicht weil er besonders volkstümlich scheinen will. Daß man ihm den Künstler nicht ansieht, braucht er für seine Verwandlungsarbeit auf der Bühne.

»Also dann sag mal, was du von mir willst.« Kurt Böwe läßt sich auf den Stuhl vor seinem Schminktisch fallen. Solange Böwe Du sagt, ist alles in Ordnung. Wenn er sich zum Sie entschließt, wird es gefährlich. Böwe, der Asthmatiker, hat nicht nur zweieinhalb Stunden auf der Bühne gestanden, sondern auch gerade eine Bronchitis hinter sich gebracht und ringt um Luft.

»Ich hab ja schon länger durchgehalten, als man vermuten konnte am Anfang.« Da dachten nämlich alle, der Kurt mit seinem Asthma lebt sowieso nicht lange. Nun werde er siebzig, das sei schon was.

Böwe ist nicht mehr Ensemblemitgleid des Deutschen Theaters. Er ging von selbst, weil er keine Halbheiten erträgt. Ein Theater ohne Konzept sei ein Theater ohne Zukunft. Und irgendwann macht der Radunski hier die Bude zu. Böwe winkt ab. Ich bin ein altmodischer Schauspieler. Böwes Augen sind wie Magneten. Sie ziehen das Gegenüber zu sich heran. Diese Nähe ist es auch, die er von der Bühne herunter zum Zuschauer herzustellen vermag. Ohne Magie, keine große Schauspielerei. Nein, das ist nicht altmodisch. Böwe scheint zufrieden mit meinem Widerspruch. Kein Nostalgiker. Ein lebenslanger Kämpfer. Ob man gewinnt? Absolut uninteressant. Nur wie konsequent man sich gegen Unausweichliches gestemmt hat, zählt am Ende.

Alfred Ill ist meine definitiv letzte Rolle an diesem Theater, sagt er. Aber Glaube nie einem Schauspieler, sagt er auch.

Eine altgewordene Multimillionärin besucht ihre Heimatstadt Güllen. Die ist völlig pleite. Sie stellt eine Spende von einer Milliarde in Aussicht und hat nur eine Bedingung. Alfred Ill, ihre Jugendliebe, von dem sie einst ein Kind erwartete und der es damals verleugnete, soll sterben. Die Honoratioren der Stadt sind entrüstet, zum Schein, und bringen dann Alfred Ill um. Moral wird in dieser Welt eine Frage des Geldes, und Geschichte zu der Lüge, auf die man sich geeinigt hat.

Böwe spielt Alfred Ill als jemanden, der vor langer Zeit Schuld auf sich geladen hat. Der ohnmächtig erlebt, wie diese Schuld zum Vorwand für ein unerhörtes Verbrechen wird. Sündenböcke braucht man, damit die Täter sich ein gutes Gewissen machen können. Eine Lehrstunde auch über die Manipulierbarkeit der »öffentlichen Meinung«. Güllen liegt überall. Für Thomas Langhoff mitten in der aufgekauften DDR. So hat er das Stück inszeniert.

Alfred Ill sieht die Vorbereitungen zu seiner Exekution mit an und flieht nicht einmal? Aber im ersten Akt, da habe ich mich gewehrt, ruft Böwe. Dann nicht mehr, weil Alfred als einziger klar sieht, was geschieht. Er nimmt sein Schicksal an und befreit sich dadurch auch von seiner Schuld.

Wie aufreizend unbefriedigend. Geradezu abstoßend, dieses Einverständnis am Ende mit den eigenen Mördern. Böwe versteht und lacht. Ja sicher, man kann das ganze auch als absurdes Szenario sehen.

Also Kurt, wo bleibst du denn? Thomas Langhoff ist ungehalten. Böwe steckt in seiner Garderobe und läßt alle warten. Böwe lehnt in der offenen Garderobentür, hört, was sein Regisseur zu sagen hat. In guten Momenten ist der angegraute Thomas Langhoff für Böwe schon mal »mein lieber Junge«. Jetzt aber hebt er verärgert an: »Mein lieber *großbürgerlicher* Junge ...« Als sich die Eingangstür hinter mir schließt, verstehe ich, warum man das Deutsche Theater ein von den Schauspielern regiertes Theater nennt. Mancher Intendant soll sich schon auf der Toilette eingeschlossen haben, sobald er hörte, daß sich einer seiner Schauspieler wütend dem Intendantenbüro nähere.

Am Tag nach der Premiere. Böwe jubelt am Telefon. »Ich hätte tanzen können auf der Bühne vor Freude!« Ein Teil des Publikums buhte, die Zeitungen titelten »Publikumsskandal am Deutschen Theater.« Darauf hat Böwe gewartet. Bloß keine gepflegte Langeweile mehr. Dieses ganze bildungsbürgerliche Getöne von der Bühne herunter interessiert mich einen Scheiß. Theater kommt aus dem Spiel!

Böwe kann lange über das reden, was ein Schauspieler zu einem Schauspieler macht. Weißt du, was man braucht, um zu spielen? – Distanz! Man muß zurücktreten können von den angemaßten Bedeutsamkeiten, auch von sich selbst. Nur wer zur Ironie fähig ist, kann sich auch ans Pathos wagen, sonst wird alles Kitsch. Auf dem Theater lügt die Wahrheit! Böwe der Ekstatiker. Groß im Jubeln und Fluchen. Eine Barlach-Figur.

Kurt Böwe hatte bereits 150 Seiten seiner Doktorarbeit über die »Die gesellschaftliche Stellung des deutschen Berufsschauspielers von 1600 bis 1795« fertig und unterrichtete an der Humboldt Universität als Assistent im Fach Theaterwissenschaften. Leute wie Victor Klemperer haben ihn damals ungeheuer fasziniert: »Zuerst verstand ich kein Wort, aber ich spürte die Dimension. Und das ist das Entscheidende überhaupt.«

Nur ein Problem gab es für Kurt Böwe. Er wollte seine Studenten unterhalten, spielte ihnen Szenen aus der Theatergeschichte vor. Und dann ging ich ganz zu den Leuten, die das Theater machen.

Keine Ahnung, ob das hier noch Lichtenberg ist oder schon Hohenschönhausen. Ich suche das Hochhaus, in dem Kurt Böwe wohnt.

Ein grauer DDR-Wohnblock. Deprimierend triste Hauseingänge und Flure. Hier möchte ich nicht wohnen, beschließe ich, dann schon lieber stockdunkler Hinterhof. 18. Stock. Kurt Böwe steht in der Wohnungstür und winkt mich herein. Eine andere Welt hier drinnen. Große lichte Zimmer, Holzfußböden, Regale an beinahe allen Wänden. Thomas Mann, Franz Fühmann, Ernst Barlach. Man sollte nicht anfangen aufzuzählen. Die Wohnung eines Buchmenschen. Wie Montaignes Turm. Oder wie der junge Jadup als Türmer in »Jadup und Boel«. Genau, sagt Böwe, der Fernblick macht den Horizont weit. Das ist wie beim Theaterspielen, immer wieder eine Frage des Abstands, ein herzustellendes Maß von Nähe und Distanz.«

Das Telefon klingelt. Am Vortag ist Rolf Ludwig gestorben. Böwe soll für die Zeitung einige Sätze über den toten Freund sagen. Er nimmt sein neues Buch »Der Unfugladen« und liest den betreffenden Absatz vor. Selbigen, sagt Böwe, hat er an Ludwigs Todestag ahnungslos in Leipzig auf der Buchmesse vorgelesen: »Dieter Franke, Fred Düren, Rolf Ludwig – drei große Namen. Komödianten. Unerwachsene Menschen ...« Nun sind Franke und Ludwig tot, und Düren wird ganz ernsthaft Rabbi. Kann, plötzlich erwachsen geworden, gar nicht mehr Theater spielen. Schauspieler bleiben die anderen, die ewigen Kinder.

Die Grundwurzel jeden Theaters ist der Komödiant, doziert Böwe. Die mit der Narrenkappe sind die eigentlichen Weisen. Sie sprechen mit Lügen wahr. Kurt Böwe ist einer von ihnen. Simplicius Simplicissimus aus der Prignitz, nennt er sich selber. Ein nachdenkliches großes Kind. Das gern und viel redet – ich bin doch ein oller Prediger! –, der aber um so knapper schreibt. Nicht ein schreibender Schauspieler, sondern Schauspieler *und* Schriftsteller. Letztere wird ihm immer mehr zur Rückzugsfigur des Alters. Der Peymann will mich zwar in Wien für Thomas Bernhards ›Der Ignorant und der Wahnsinnige‹ haben. Aber weißt du, was ich mache? Ich setz mich in Krumbeck untern Baum, das mach ich. Die Prignitz, Böwes Zuhause, immer noch. Provinz, geliebt und gehaßt. Land allein macht stumpf. Darum pendelt er. Also nicht Wien als krönenden Abschluß? Nein, sagt Böwe. Und er meint es wohl auch so.

Mit dem Erfolg ist das eine gefährliche Sache. Ich hab das erst spät gemerkt, fast zu spät. Du schaust zurück und siehst plötzlich, hinter dir, da ist nichts mehr, nur Leere. Du mußt lernen, dich zu beschränken. Dazu brauchst du die richtige Frau, eine, die dir die Wahrheit sagt über dich, die dich immer wieder auf den Boden zurückholt.

Heide Böwe erscheint in der Tür. Verzettelt ihr euch nicht? Nein, antworte ich, ich hab hier zwar drei Seiten Fragen, die zu stellen ich wohl kaum Gelegenheit haben werde, aber ein Gespräch ist ja auch kein kein Verhör.

Na dann frag doch, befiehlt Böwe. Gut, sage ich, wieso fängt ein Schauspieler an zu schreiben? Schreiben ist elementar, erklärt Böwe. Da mußt du ganz bei dir sein. Schauspielen auf dem Theater ist für den Augenblick. Ein großer Augenblick, jedesmal neu. Du mußt das Theater jedesmal neu erfinden. Schreiben ist anders, langsamer. Aber ein Buch kannst du auch in hundert Jahren noch lesen. Angefangen hat Böwe als Tagebuchschreiber. In einer Krise, in Sagorsk bei Moskau. Eine andere Welt. Die Welt Dostojewskis. Da begann er zu zweifeln an den offiziellen Zukunftsparolen, die Überkommenes einfach beiseite wischen wollten. An so einem Ort spürt man, daß das nicht geht. Vielleicht wird es sein nächstes Buch.

Fontane war eine kardinale Erfahrung. Wie der mit über sechzig Jahren noch einmal neu anfing! Böwe haben immer

Figuren mit starkem Unabhängigkeitsdrang gereizt. Aussteiger und Außenseiter. Die bekommen plötzlich einen befreiten Blick auf ihr Leben, weil sie den Mut finden, abseits zu stehen.

»Der Unfugladen« ist Böwes neuestes Buch. Nach »Böwes Fontane« und seiner Biographie »Der lange kurze Atem«. Immer zusammen mit Hans-Dieter Schütt. Ein Glücksfall, sagt Böwe. Schütt, das ist ein begnadeter Schreiber.

Und der »Polizeiruf« bleibt als bloßer Spaß, frage ich. Natürlich, antwortet Böwe, reinster Spaß. Oder sei es etwa nicht witzig, wenn gerade er, Böwe, Verbrecher fangen solle? Das glaube ihm ja doch keiner. Genau das reizt den Komödianten in Böwe. Voller augenzwinkernder Melancholie. Also spielt er diesen Kommissar aus Schwerin als eine Art ostdeutscher Erblast. Das ist einer wie ich, ruft Böwe. Ich bin doch ein altes Beuteltier. Wenn ich in meine Kaufhalle gehe, habe ich immer einen Einkaufsbeutel mit. Und in dem mindestens noch zwei andere Einkaufsbeutel. Aus Nylon. Das steckt so drin, das ist Gewohnheit, die wird man nicht los. Und dieser Kommissar ändert sich auch nicht mehr. Die nächste Folge soll »Der Himmel über Schwerin« heißen. Wer da an Wim Wenders denkt, ist selber schuld. Schelmenstücke sind diese Polizeirufe für Böwe alle. Und wenn so einer am Ende dann auch einmal gewinnt ...

Die Fotografin kommt. Schön, dann fotografier mal meinen großen Kopp! Böwes Gesicht hat eine starke Präsenz. So ein Gesicht braucht Zeit. Sein richtiges Gesicht habe er erst mit sechzig oder noch später bekommen, befindet Böwe. Genau wie Fontane. Urspünglich mochte er diesen preußischen Junkerknecht überhaupt nicht. So kann man sich manchmal irren. Böwe lächelt. Das Leben ist Irrtum. Man muß ihm bloß eine Form geben. Als Theater etwa, oder Textzeile.

Also Gundula, wie lange fotografierst du denn schon? Eigentlich meint er, wie lange willst du hier noch fotografieren? Jetzt müßte sie antworten, daß sie jedesmal das Fotografieren neu erfinde. Eine klassische Böwe-Antwort. Die Atmosphäre ist gespannt. Keine Extrawünsche mehr. Ich bin ein armer Sünder, memoriert Böwe auf seinem grünen Sofa. Und mag nicht mehr. Heide Böwe sagt, Böwe muß jetzt essen und dann schlafen. Am Abend wolle man schließlich noch ins Kino. Ein Vorspiel zum siebzigsten Geburtstag.

Kurz vor achtzehn Uhr treffe ich Böwes vor dem Kino »Börse« am »Hackeschen Markt« wieder. Hoffentlich wird es nicht so ostalgisch. Heide Böwe ist es etwas unbehaglich. Na und, sagt Böwe, ich bin ja auch ein Teil dieser Ost-Geschichte. Es werden die beiden Teile von »Späte Ankunft« gezeigt. 1988 von Vera Loebner für das Fernsehen der DDR gedreht. Fast alle Schauspieler dieses Films sind gekommen, um Kurt Böwe zu gratulieren und den Film gemeinsam zu sehen. Noch einmal. Gudrun Ritter, Werner Dissel, Jaecki Schwarz, Jenny Gröllmann, Barbara Dittus. Auch die Regisseurin Vera Loebner. Nach der Wende störten sich die Gelackten und Gestriegelten aus den Chefetagen der Sender an dem langsamen Tempo und den gedämpften Farben des Films. Man empfahl ihr, Werbung zu schauen, damit sie lerne, wie man es macht.

Und ich denke an 1988, als Rainer Simons »Jadup und Boel« von 1982 endlich gezeigt werden durfte. Die Geschichte eines Kleinstadt-Bürgermeisters, den ein tiefer Zweifel befällt. Welch eine Rolle für Kurt Böwe! Irgendwie ähnelte das dem heute abend hier. Verspätete Premierenfeierstimmung.

Poesie lebt aus ihrem eigenen Tempo. Die Chronik einer Umkehr. Kurt Böwe als Berliner Modearzt, der die Leere seines Lebens bemerkt und in die Provinz geht als Landarzt. Ein schweres Leben ist besser als ein leichtes. Ankunft ungewiß. Das kann jeder nur für sich selbst herausfinden, meint Böwe. Als er schwerkank war und auch Heiner Müller in Kalifornien mörderische Operationen über sich ergehen lassen mußte, erhielt er dessen Gedichte. Zeit ist Frist. Geschrieben schon im Schatten des Todes. Man darf es nicht zu spät begreifen.

Aus Böwe spricht ein existentieller Ernst, wenn er darüber nachdenkt. Lachen muß man trotzdem. Lachen ist Widerstand. Gegen die Dummheit und gegen den Tod.

Leben, was man singt – Barbara Thalheim

Barbara Thalheim wohnt jetzt in Neukölln. An einem ruhigen Platz in einer eher kleinen Wohnung eines niedrigen Altneubaus. Nach 25 Jahren ist sie fortgegangen aus ihrem Haus in Karlshorst. Hier, sagt sie, kenne sie nur ihr türkischer Gemüsehändler, der wisse, welchen Joghurt sie nehme. Sonst niemand. Und das sei gut so.

Das Aufnahmegerät funktioniert nicht richtig. Für technische Probleme hat Barbara Thalheim ein tiefes Verständnis. Ob ich wüßte, daß sie schon ganze Konzerte dachte aufgenommen zu haben? Und dann hinterher! Ihr Kopf mit der blonden Kurzhaarfrisur beugt sich über den Tisch. Der Tisch ist eine Art waagerechtes expressionistisches Tafelgemälde. Barbara Thalheim hat eine Vorliebe für das besondere Einfache. Das zu finden, machte die DDR einem leichter. Eben weil man es stärker wollen mußte. Am Anfang, vor über zwanzig Jahren, fällt mir ein, waren ihre Haare schon mal so kurz. Sichtbares Zeichen für eine Rückkehr zu den Anfängen?

Das Gerät nimmt endgültig nicht auf. Ich habe das Gefühl, Barbara Thalheim ist das ganz recht so, es konzentriert die Atmosphäre und entlastet sie zugleich. Einmal sagt sie, ist mit einer Kassette, auf die sie ihren Frust gesprochen habe, etwas ganz Unangenehmes passiert. Dafür sei sie dann in Karlshorst in der Kaufhalle angespuckt und als Verräterin beschimpft worden.

Der Frust hatte einen Anlaß. Irgendwann im Jahre 1980 verkündete Kurt Hager (und er wartete damit, bis Erich Honecker nach Österreich gereist war), daß die DDR nicht gewillt sei, die magere Kulturlandschaft der Bundesrepublik mit »unseren Künstlern« anzureichern. Und verhängte kurzerhand einen Ausreisestop für alle DDR-Künstler. Der dauerte nur ungefähr drei Tage, aber die reichten zum Skandal. Im nachhinein, sagt Barbara Thalheim, macht mir das die totale Lebensferne der vergreisten Papas, die nichts mehr mitkriegten, fast schon wieder sympathisch. Wenn man es vergleicht mit den gestylten Bescheidwissern von heute! Während dieser drei Tage hat Barbara Thalheim ein Tonband mit einem »pubertären Erguß« über das Verbot besprochen. Nicht für die Öffentlichkeit bestimmt, nur für ein paar Freunde. Natürlich landete das trotzdem im Westen, und Barbara Thalheim wurde im ZK vorgeladen. Und dann durfte sie tatsächlich noch nach Köln zum geplanten Konzert fahren. So war die DDR auch, groß im Strafen und groß im Verzeihen. Eine verspätete Monarchie. Und im Westen hätten sie und ihre Band überlegt, ob sie nicht besser dableiben sollten. Als sie dann nach Karlshorst zurückkam, rechnete schon niemand mehr mit ihr. Alle dachten, da bleibt der arme Mann nun mit den Kindern allein. Darum sei sie damals in der Kaufhalle angespuckt worden.

Der »arme Mann« ist F. J. Kopka und war lange der wichtigste Mensch im Leben von Barbara Thalheim. »Ich habe ihn immer meine beste Freundin genannt. Darüber ärgerte er sich, obwohl es doch nur meine besondere innere Nähe ausdrücken sollte.« Ich würde mich auch ärgern. Aber das sage ich jetzt nicht. Über Kopka hat sie gerade ein Lied geschrieben, »Der Rost«. »Seit zehn Jahren rostet meine Liebe ...« Es handelt vom Frühvergreisen. Ziemlich drastisch, wohl auch ungerecht.

Barbara Thalheim ist jetzt einundfünfzig und gibt wieder Konzerte, nachdem sie 1995 mit dem Singen demonstrativ – für immer! – aufgehört hatte. Es folgte in drei Jahren eine Metamorphose des Ich, in der sich Zukunftshoffnung und Angst wieder neu mischten. Als die Nähe zu Kopka aufgehört hatte, hörten auch die Texte auf. Eine Lebenswunde. Schuld? Kopka hat ihre schönsten, ihre innigsten Texte geschrieben (»Als ich vierzehn war«, »Kein Tag ist sicher vor der Nacht«, »Und keiner sagt: Ich liebe dich«). »Wenn er für mich ein ›Ich‹ schrieb, dann habe ich das als mein ›Ich‹ gesungen.«

Der Bruch kam mit der Wende. F. J. Kopka wurde als Journalist sehr erfolgreich. Erst bei der »Wochenpost«, heute bei der »Woche«. Er war im Grunde einverstanden mit der Entwicklung. Und sie, Barbara Thalheim? »Ich fiel in ein großes Loch, fühlte mich immer fremder in diesem Land.« Mit der Liebe endete die Kunst.

Auch die Band zerbrach. Die unmittelbare Nachwende war für fast alle DDR-Künstler eine schlimme Erfahrung. Sie spielten in Kulturhäusern vor einer Handvoll Leute. Aber nicht im großen Saal, den bekam irgendeine Verkaufsausstellung, sondern im Foyer. Sie stand und sang: »Warum zieht mich alles so an, was man für Geld nicht kaufen kann.« Und die frischerworbenen Orientteppiche wurden an ihr vorbeigetragen. Inzwischen hat sich das ja wieder geändert, glücklicherweise. Damals, 1993, riß sie nach Paris aus. So muß man das wohl nennen. Paris war ein mythischer Ort für sie. Eher Traum als Realität. Nach Paris wäre ich gern mit achtzehn gefahren, sagt sie. In Paris war sie auf andere Art fremd als im neuen Deutschland. Die Orientierungslosigkeit in dieser Stadt hatte etwas Befreiendes, Anregendes. Nicht das Kalte und Drückende, auf andere Art Eingemauerte wie in Deutschland. Aus Paris zurück, bekam sie eine CD von Jean Pacalet aus Paris. Stücke für Solo-Akkordeon. Kein Instrument habe sie so verabscheut wie das Akkordeon. Aber als sie das hörte, diese verwehten ozeanischen Orgelstücke, fuhr sie wieder nach Paris. Ob er sich vorstellen könne, mit ihr zu arbeiten? Jean Pacalet schaute sie an und sagte, eigentlich sei ihm nichts so zuwider wie Chansonetten. Wahrscheinlich braucht Barbara Thalheim den offensiven Widerpart, der sich nichts gefallen läßt. Es entstand die CD »Fremdgehn«.

Und dann 1995 die letzte CD »Abgesang« und der Rückzug ins Geschäftsleben. Sie organisierte mit ihrem Kulturbüro Konzerte. Auch hier von einem missionarischen Impuls getrieben. »Ich wollte gegen den Generalirrtum ankämpfen, daß Unterhaltung Ablenkung ist.« Sie sei eine große Comedy-Hasserin, sagt sie auch. Welch eine degenerierte Form der Unterhaltung! Barbara Thalheim polarisiert. Sie will es auch nicht anders. »Entweder man mag oder haßt mich. Dazwischen ist nichts.« Das kommt aus ihrem Selbstverständnis als Liedermacherin. Brecht-Weill, in der Tradition sehe sie sich, damit könne man im Westen nichts anfangen. Sie habe mal eine Frankreich-Tournee durch die Goethe-Institute gemacht, das sei ein reiner Horror-Trip gewesen. Nicht wegen der Franzosen, die oft sehr gute Kenner der deutschen Kultur sind. Wegen der Goethe-Instituts-Chefs. Soviel kultiviertes Desinteresse sei ihr noch nie begegnet. Als käme sie von einem anderen Stern. Mit der ungeliebten Künstlerin feilschte man um jede Mark Gage, aber hinterher wurde ins teuerste Restaurant am Platz geladen. In Kompaniestärke fraß und soff man sich durch. So etwas empört Barbara Thalheim, selbst jetzt noch, wenn sie darüber spricht. Ihre größte Stärke ist zugleich ihre größte Schwäche: Mangelnde Gelassenheit. Keine Ironie. Dafür aber vehemente Unmittelbarkeit. Ihre starke Bühnenpräsenz wurzelt hierin.

Das Zeitloch zwischen 1995 und 1998 füllten dunkle Depressionen. Es kamen Stasivorwürfe und von einem zum anderen Tag der Krebs. Und da war niemand mehr, der sie auffing in dieser Zeit der Todesangst.

Das Schreiben überfiel sie als Zwang, sich auszudrücken. Sie schrieb in vier Wochen zwei dutzend Texte, und Freunde wie Konstantin Wecker sagten, damit müsse sie wieder auf die Bühne.

Die so entstandene CD heißt »Neue Lieder. In eigener Sache«. Der wichtigste Text, sagt sie, sei der über ihren Vater, den Funktionär, der sie in der DDR vor dem Staat beschützte. Der vier Jahre im Konzentrationslager war und zehn in der Emigration. »Mein Vater ist gestorben. / In einem Gitterbett / In seinem Wohnzimmer während die Glotze lief / und der Regulator einmal schlug / ohne Schläuche in der Nase, ohne Tropf im Arm, / gescheitelt und rasiert, in Windelhosen. / Mein Vater stöhnte / in seinem Gitterbett / den ganzen Tag, die ganze Nacht, / eine ganze Woche lang / so, daß die Nachbarn sich beschwerten ... / Er hinterließ nur mich.«

Das ist ein erschreckend direkter Text. Über das häßlich Profane des Sterbens, den Schmerz und die Endgültigkeit. Von ähnlicher Stärke ist »Um auszutricksen unseren Tod«.

Wie? Indem man mit ihm spielt, ihn provoziert, stirbt für eine Nacht – um wiedergeboren zu werden, »nicht erst im Himmel, hier auf Erden«. Heiter-trotzig und tod-traurig zugleich.

Tage zuvor sang Barbara Thalheim in einem Neuköllner Hospiz für Schwerkranke und Sterbende. Sie ließ die Lieder über den Tod nicht aus. Jeder spürte, sie nahm diese Zuhörer ernst – sie sah sich in ihnen. Hinterher ließen sich einige in ihren Rollstühlen heranschieben, um ihr zu sagen, daß es sie glücklich gemacht hätte.

Das weiß sie nun, sagt sie, daß man nicht nur singt, was man erfahren hat – sondern auch umgekehrt. Man müsse zwangsläufig irgendwann einmal das leben, was man gesungen habe. Eine Gnade oder ein Fluch? Die Piaf und die Callas sind ihr in diesem existentiellen, dem körper- und seelenaufzehrenden Unbedingtheitsanspruch nah. Und Jean Pacalet, mit seinen eiskalten Akkordeonekstasen, wirft sich, der Balance wegen, als Gegengewicht in die Waagschale.

Und was wird aus der lang angekündigten Autobiographie »Mugge« (»Musikalisches Gelegenheitsgeschäft«)? Gerade hatte ich im Verlag Edition Ost nach dem oft verschobenen Erscheinungsdatum gefragt und von einem verärgerten Lektor zu hören bekommen, das wisse er auch nicht, das wisse Barbara Thalheim allein.

Also wann erscheint »Mugge«? Erstmals wirkt Barbara Thalheim etwas verlegen und unschlüssig. »Es ist fertig und diese Woche müßte die Diskette zum Verlag, wenn es im Herbst erscheinen soll. Gestern wollte ich es noch, heute bin ich schon wieder sehr unsicher, ob ich es tun soll.« Warum? »Ich weiß wirklich nicht, ob ich die vielen häßlichen Reaktionen, die kommen werden, ertragen kann. Ich weiß es einfach nicht.«

»Mugge« ist bislang nicht erschienen.

Die Müllexpertin

Wo geht es hier zu Judith Dembas »Müllothek«, frage ich den Pförtner des Berliner Abgeordnetenhauses. Zugegeben, das klingt in diesem Foyer, zwischen Marmor und roten Teppichen, etwas merkwürdig, irgendwie subversiv. Zudem Judith Demba im April mit einem Paukenschlag bei den Grünen austrat und auch nicht mehr fürs Berliner Abgeordnetenhaus kandidiert.

Hier im Preußischen Landtag atmet alles die Bedeutsamkeit eines wilhelminischen Repräsentationsbaus. Der Pförtner, ganz bürokratiegewordene Würde des Parlaments, übersetzt »Müllothek« in »Veranstaltung der Grünen zu aktuellen Abfallfragen – Sitzungssaal 320«.

»Wir müssen massiv mit der Biotonne in Einfamilienhausgebiete gehen!« fordert gerade einer der geladenen Müll-Referenten. Die Gegenthese lautet: »Im Innenstadtbereich ist die Vermüllung viel größer.«

Es gibt ernste grauhaarige Müllexperten und junge herumalbernde Mittzwanziger, die sich fröhlich beim Vornamen rufen und das hier wohl für eine Art grüner Diskothek halten. Grün ist bei ihnen eher eine prinzipielle Haltung. Es gibt überhaupt viel zuviel Müll, zeigen ihre Mienen.

Judith Demba versucht, die Vertreter der verschiedenen Müll-Fraktionen miteinander ins Gespräch zu bringen. Denn die ältlichen Müllexperten ringen noch immer ums Detail, in dem wie überall der Teufel steckt.

Judith Demba kann sehr ironisch schauen. Etwa jetzt, wenn sie fragt, was die Biotonne in den Randgebieten soll, wo sie nur mit dem privaten Komposthaufen konkurriere.

Ich blättere in Judith Dembas »politischer Entwicklung«, von ihr selbst in Stichpunkten verfaßt. Sie beginnt mit der Pionierorganisation und endet vorerst mit den Wahlen zum Abgeordentenhaus im Oktober 1999. FDJ-Sekretärin, politische Mitarbeiterin beim Kreisvorstand des FDGB in Köpenick, Jugendschule der Gewerkschaft, Kandidatin der SED, Austritt aus der SED, Gründungsmitglied der Grünen Partei der DDR, Runder Tisch und seit 1991 im Berliner Abgeordnetenhaus für die Grünen. Aktionen und Demonstrationen, Flugblätter und Versammlungen, Antifaschismus- und Antirassismusinitiativen, Einrichtung eines Anti-Olympia-Museums. Und dann steht da der Satz: »Da meine Arbeit einer Abgeordneten durchaus vielseitig ist, habe ich mich in den letzten neun Jahren auch vielen anderen Themen, wie z.B. Tierschutz, Gentechnik, Jugend,- Wald-, Wasser- und Drogenpolitik gewidmet.« Folgt der Verweis auf die Rote Hilfe, die Förderung der internationalen Verständigung, die Initiative zur Erhaltung der Ehrenmale ... Nicht ein bißchen viel für einen einzigen Menschen?

Das Büro von Judith Demba liegt im 4. Stock, ganz oben unter dem Dach, buchstäblich in der letzten Ecke des Abgeordnetenhauses. Das sei ein ganz guter Platz, sagt sie, abseits und doch mittendrin zugleich. Sie liebe den Blick von hier oben. Im Moment schreibt sie gerade Bewerbungen. Denn mit der Politik wird es hauptberuflich nun erst einmal vorbei sein. Im Oktober endet ihr Mandat. Und dann? Nach Kuba wollte sie. Ein bißchen auch wegen der Erinnerung an die Kubanische Revolution. »Aber ich war zu alt für das Projekt.« Wo sie sich jetzt beworben hat, will sie nicht verraten. »Das bringt Unglück.« Aber um die Auseinandersetzung mit der rechten Jugendszene soll es gehen. »Da dürfen sich nicht nur Sozialarbeiter mit beschäftigen. Die stellen denen doch oft nur Räumlichkeiten und Mittel zur Verfügung.« Diese Jugendlichen wüßten ganz genau, was sie täten. »Mit denen muß man sich politisch auseinandersetzen, man muß ihnen zeigen, daß man bestimmte Auffassungen nicht toleriert.« Ihre roten Haare fliegen hin und her, so energisch wendet sich ihr Kopf. Die Haarfarbe wechselt bei ihr öfter, aber nicht ihre Entschlossenheit.

Das Telefon klingelt. »Und bitte, bitte laß die Katze rein. Die steht jetzt bestimmt schon vor der Tür«, trägt sie dem Anrufer auf. Um im nächsten Moment wieder ganz Politikerin zu sein. Warum, frage ich, tritt jemand wie sie, der die Ost-Grünen im Herbst 1989 mitgründete, nun aus der Partei aus? »Na vor allem wegen des Kosovo-Krieges!« sagt Judith Demba. Ist sie Pazifistin? Nein, aber ein Verteidigungskrieg wäre das ja wohl nicht für die Deutschen gewesen. Die Kosovofrage müsse man politisch beantworten. Das Wort »politisch« kehrt in jedem zweiten ihrer Sätze wieder. Mindestens.

Bei den Grünen stört sie die zunehmende Verbürgerlichung. Und den Nationalismus, gegen den sie immer gekämpft habe, gäbe es nun auch in einer grünen Variante. Auch deshalb fühle sie sich dort nicht mehr wohl. Und sie wolle nicht durch ihre Mitgliedschaft eine Politik legitimieren, die sie für falsch halte. Der unmittelbare Anlaß für ihren Austritt sei dann gewesen, als im April 30 Autonome die Geschäftsstelle der Partei in Kreuzberg besetzten. Als ein Fax-Gerät aus dem Fenster flog, holte man die Polizei, was Judith Demba so empörte, daß sie noch am gleichen Tag ihr Parteibuch zurückgab. Sie habe eine linke Oppositionspartei, keine Mainstreampartei gewollt. Wie lange wird es Judith Demba ohne eine Partei aushalten? Die PDS sei auf einem ähnlichen Weg der Anpassung wie die Grünen, da trete sie jedenfalls nicht ein, kommt sie meiner Frage zuvor.

Die öffentlichen Räume müsse man zurückgewinnen, die rechte Jugendkultur mit einer antifaschistischen Gegenkultur konfrontieren ... Jeder zaghafte Versuch, mit Judith Demba nicht nur über das Politische, sondern auch über das Persönliche zu reden, scheitert. Es mündet zwangsläufig ins nächste politische Statement.

In der »Müllothek« meldet sich eine Biotonnenaktivistin aus Neukölln zu Wort. Tausend Fragen habe sie, und total erstaunt sei sie auch, überhaupt sei das alles in den Wind gehustet, es ändere sich ja doch nichts. Und sie schließt mit dem flammenden Aufruf: »Dieser Skandal muß ab morgen in die Presse!« Irritation bei den älteren grauharigen Müllexperten. Unverholene Freude bei der grünen Jugend. Was war doch gleich der Skandal?

Eine Liste geht herum. Man kann sich eintragen zur gemeinsamen Besichtigung einer Biogasanlage. »Wir haben ja schon viel besichtigt, Mülldeponien, Verbrennungsanlagen ...«, sagt der Initiatior. Es klingt nach einem Sonntagsausflug.

Müllverbrennung ist ungrün. Das zumindest scheint hier unstrittig. Biomüll muß wieder Kompost werden, lautet die frohe Botschaft. Begeisterung bei den Anhängern schön klingender Lösungen. Sorgenvolle Mienen bei denen, die wissen, wie schnöde Realitäten sein können. Jemand rechnet laut. Eine Million Tonnen Bioabfall macht eine halbe Million Tonnen Kompost. Oder waren es Kilogramm? Jedenfalls, was macht man mit dem ganzen Kompost? Der Bedarf bei Kleingärtnern sei riesengroß, machen sich die Optimisten Mut. Niemand wolle so einen Kompost haben, sagen die Skeptiker.

Nach drei Stunden reißen die Wortmeldungen immer noch nicht ab. Judith Demba scheint es nicht zu ermüden.

Sie ist zweiundvierzig und seit zwanzig Jahren geschieden. Ihre Kinder sind inzwischen erwachsen. Nicht untypisch für eine Ost-Biografie. Nach zehn Jahren Einheit, ihrem Leben in zwei verschiedenen Gesellschaften wollte ich Judith Demba fragen. Nicht nur nach Kampagnen und Aktionen. Vielleicht verstehe ich nicht zu fragen. Vielleicht verbirgt Judith Demba sich hinter Sätzen, die so allgemein sind, daß sie jeder sagen könnte, der mit Macht beweisen will, daß er alle Attribute eines fortschrittlichen Menschen auf sich vereinigt. Vielleicht fühlt sie sich in all ihrer Geschäftigkeit sehr verlassen.

Die Übertreterin. Wie die Neuköllner CDU ihre absolute Mehrheit verlor

Woran erkennt man einen Menschen? An seinem Anrufbeantworter. »Hello! You can hören the Anrufbeantworter of Jutta Finger. Now I'm at the university, there I become a certificat for my very good english. Wenn I wieder zu Hause bin, I call you back! Bye!« Ein CDU-Anrufbeantworter klingt wirklich anders. Vielleicht hat sie es ja deshalb gemacht. Einfach so in die SPD überzutreten.

Ich stelle mir also eine dieser spontanen, spätpubertären Studentinnen vor, für die die Menschheit in genau drei Gruppen zerfällt: in Frauenfeinde, Ausländerfeinde und die anderen. Die CDU sei ihr zu machohaft und möge keine Ausländer, soll sie gesagt haben, weshalb sie jetzt zur SPD ginge, und ihr Mandat nehme sie mit.

Sie wohnt in Neukölln. Ist ja auch viel echter als Prenzlauer Berg zum Beispiel. Aber dann werden die Straßen plötzlich schmaler, beginnen Herzblatt- und Fingerhutweg oder Kornblumenring zu heißen und man sieht genau zu den Namen passende Häuser. In einem davon öffnet eine genau dazu passende Frau. Jutta Finger. Nein, das mache überhaupt nichts, daß es schon so spät sei. Nebenan läuft der Fernseher. Das sei ihr Mann, sagt sie. Aber daß jetzt alle mit ihr reden wollten, könne sie überhaupt nicht verstehen, sie habe sich doch gar nichts dabei gedacht. Sie meine, ist so ein Aus-Über-und-Eintritt denn wirklich was Besonders? Na gut, die »Morgenpost« habe ja auch gerade geschrieben, daß die in der CDU denken würden, sie hätte ihr Mandat niederlegen müssen, anstatt es mit in die SPD zu nehmen. Aber ob ich ihr mal verraten könne, was sie ohne Mandat in der SPD solle? Es sei doch um ihre Arbeit gegangen, nur um ihre Arbeit, und mit der CDU könne man eben nicht arbeiten. Jedenfalls nicht kommunalpolitisch.

Jutta Finger hält inne. Was hat sie da eben gesagt? Man könne mit denen nicht arbeiten? Jahrelang hat sie das nur zu denken gewagt. Seit ein paar Tagen spricht sie es aus, und inzwischen geht es schon ganz leicht. Jeden Morgen während der letzten Jahre sah sie im Spiegel eine Frau so um die Fünfzig, eine tadellose Bürgerin, bloß die kurzen rotblonden Haare standen vielleicht schon immer etwas umstürzlerisch vom Kopf ab. Und jeden Morgen sagte diese Frau zu ihr: Du bist also immer noch in der CDU! Nun gut, das mußt du selbst verantworten!

Und wie kam sie da rein? Jutta Finger sieht mich ratlos an: Wie sie da reinkam? Na, das läge doch in der Familie. Ihre Großeltern hätten CDU gewählt, ihr Vater, der Weddinger

Konditormeister, hätte CDU gewählt, ihre Mutter, die Wertheim-Verkäuferin, hätte CDU gewählt, ja, kein Mensch in ihrer näheren Umgebung hätte jemals etwas anderes als CDU gewählt. Vor 16 Jahren war dann Hanna-Renate Laurin Schulsenatorin in Berlin und fordete: Unsere Kinder müssen wieder Gedichte lernen! Da sei sie eingetreten. Auf der großen Mahagoni-Glasvitrine sitzen links und rechts zwei große dicke weiße Putten, lassen ihre dicken weißen Keramik-Beine und die Flügel hängen und hören in ewiger Einfalt zu.

In der letzten Woche, als sich zum ersten Mal im neuen Jahr der Jugendhilfeausschuß der Bezirksverordnetenversammlung Neukölln traf, warteten die Parteifreunde von der CDU auf ihre Vorsitzende. Sie warteten und warteten – Jutta Finger: »Und wie sie warteten!« – und dann begann Jutta Fingers SPD-Pressekonferenz. »Stellen Sie sich das mal vor, ich und eine Pressekonferenz!« Natürlich sei das nicht ihre Idee gewesen, sie habe bloß mal den SPD-Fraktionsvorsitzenden in Neukölln gefragt, ob sie nicht zu ihnen kommen könnte, sie halte es in der CDU nicht mehr aus. Ja klar, kannst du kommen, habe man ihr da gesagt, und dann machen wir eine schöne Pressekonferenz. Kann ich nicht auch ohne Pressekonferenz kommen, habe sie zurückgefragt. Aber Frau Finger, Agieren ist doch viel besser als Reagieren, sei die Antwort gewesen, und das habe sie überzeugt. Eigentlich wollte sie erst im Sommer, aber andererseits ist Jutta Finger eine sehr zupackende Frau: »Was man hinter sich hat, hat man hinter sich.« So kam Jutta Finger zur SPD.

Trotzdem, es ist wie nach einer Scheidung. Und niemand von der CDU hat seit letzter Woche angerufen, nicht mal, um sie zu beschimpfen. Nur die Freundin Marie Bergmann-Bendlin natürlich. Aber die habe ja gleich nach der Pressekonferenz gefragt: »Und wo ist jetzt ein Eintrittsformular für mich?« Einen Tag später ist sie ausgetreten. Nach dreiundzwanzig Jahren CDU. So hat die Neuköllner CDU ihre absolute Mehrheit verloren. Ist es das, was die Vorsitzende des Jugendhilfeausschusses wollte?

Jutta Finger weiß jetzt gar nicht, was sie will. Diese plötzliche Leere. Die plötzliche Freiheit. Und noch gibt der Boden nach bei jedem Schritt. Da hilft nur, sich an die Wut zu erinnern. Wie die anderen auf das Vorhaben reagierten, die Kita in der Teupitzstraße zu renovieren. Dort wären vor allem Kinder von Asylbewerbern und Obdachlosen drin. – Was, sollen wir denen etwa die Kita saubermachen, habe ihre Fraktion gefragt. Oder »Madonna«, der Mädchentreff in der Briesestraße. Da züchten wir uns doch bloß die Emanzen ran, hieß es, gar nicht zu reden von dem Frauenhaus neben der alten Schmiede: Weg mit der Scheiß-Schmiede für die Weiber! – Drei Sätze braucht Jutta Finger, um sich wieder in Zorn zu reden. Ob man nicht mal was für die älteren Migranten machen müsse, das wären doch jetzt auch Rentner, habe sie ihren Fraktionsvorsitzenden gefragt. Worauf der sie erstaunt anschaute und sagte, das sei kein Thema für die CDU. – Is'n bißchen herbe, wie? Manchmal, sagt Jutta Finger, hatte ich das Gefühl, in der CDU läuft alles sauber, ordentlich und deutsch. Aber wissen Sie, da hört doch alles auf!

Obwohl sie ganz tief drin furchtbar konservativ sei. Bloß konservativ heiße doch nicht doof. Warum die von der CDU nicht begreifen würden, daß Kinder Kinder seien? Wir nach dem Krieg, sagt die vormalige Vorsitzende des Jugendhilfeausschusses (vielleicht wird sie es gleich wieder, wegen der neuen Mehrheitsverhältnisse), wir hatten doch alles: Ruinen, kaputte Brücken, alles, was Spaß macht. Und dann hätten sie Bleimetall gesammelt, es verkauft, und hinten auf dem Schrottplatz wieder geklaut. So müsse das doch sein. Oder 'ner Oma die Handtasche wegnehmen. Ab ins Heim, würde die CDU da denken. Aber die allermeisten jugendlichen Straftäter wären Ersttäter, das heiße, es bleibe bei diesem allerersten Mal. Mein Gott, und unsere Straßenschlachten früher ... Jutta Finger, 57 Jahre, sitzt in ihrem Wohnzimmer voller Katzen – es gibt Katzen aus Glas, Katzen aus Porzellan, Katzen aus Keramik, Katzen aus Holz – und denkt nach. Was sie irritiere, sei nur die Brutalität der Jugendlichen. Das müsse an den Familien liegen. »Weil Kinder keine Achtung mehr lernen, schon Achtung vor 'ner Mücke – nee, Mücke is' nich gut, die schlag ich selber tot – aber nehmen wir Spinnen, Achtung vor Spinnen ...« Vielleicht hätte sie ja auch zu den Grünen gepaßt, zur AL?

Um Himmels willen, ruft Jutta Finger, dazu bin ich doch viel zu konservativ! Und ich hätte ja gar keine Vorstellung wie konservativ, sagt Frau Finger, um im nächsten Augenblick darüber zu reden, wie reaktionär doch der Stoiber sei: Der kann sich doch nicht hinstellen und sagen, jeder mit doppelter Staatsbürgerschaft sei ein potentieller Terrorist. Ob ihre Freundin, Emine Demirbüken, die Ausländerbeauftragte aus Schöneberg denn wohl auch eine potentielle Terroristin sei?

Und die Frauenpolitik der CDU wäre ja wohl eine Katastrophe. Das Quorum zum Beispiel. Wie sähe das denn aus in Wirklichkeit? »Sie schlagen jede dritte Frau vor – müssen sie – und wählen jeden zweiten Mann.« Man könne in der CDU eigentlich nur Schriftführerin werden. Oder Schatzmeisterin, aber das sei dann schon was ganz Besonderes.

Jutta Finger ist eine sehr seltsame Konservative. Sie sagt keinen einzigen konservativen Satz. Sie hat Schneiderin gelernt, ist wegen der drei Kinder dann immer zu Hause geblieben und findet es wunderbar, daß ihre Tochter alles anders macht. Vielleicht hat Jutta Finger ja einfach kein Talent zum Konservativ-Sein? Mit diesem überbordenden Temperament, daß man unwillkürlich denkt, irgendwo anders muß das fehlen, was sie zuviel hat. Ihre Ansichten kommen nicht aus Überzeugung oder Bekenntnis. Sie kommen aus einer seltenen Lebensunmittelbarkeit. Die alles Statische, Überzeugungen, Bekenntnisse einfach wegschwemmt. Von ihren Kindern – »drei grundverschiedenen Kindern« – weiß sie, daß es »die Erziehung« nicht gibt. Und die richtige schon gar nicht.

Jutta Finger ist also in der SPD. Was hält sie von Momper, Böger, Schröder, Lafontaine ...? Ach, sagt Jutta Finger, da habe sie noch gar nicht drüber nachgedacht. Sie sei nämlich Kommunalpolitikerin. Also, wenn jemand 'ne Ampel brauche, dann losgehen und die Ampel besorgen, das sei ihre

Sache. Und die Regierung kümmert sich um den Rest, das wäre Arbeitsteilung. Bleibt nur ein Problem. Die nächsten Wahlen. Im September hat sie kurz überlegt: Traust'e dir oder traust'e dir nich, das Kreuz woanders zu machen? Nee, dachte sie, das traust'e dir nich!

Rabe mit Brille. Honeckers Anwalt Friedrich Wolff

Auf dem Gang von Friedrich Wolffs Büro begegnet mir Alfred Neumann, das vormalige Politbüromitglied. Der Zwei-Meter-Mann, neunzig Jahre alt, geht am Stock und sucht die Toilette. Die Tür, die er eben probierte, war die falsche. Auch hier kann Friedrich Wolff helfen. Ein Mann für alle Fälle?

Wolff ist siebenundziebzig und sitzt da wie ein großer kahlköpfiger Rabe mit Brille. Er wartet. Bei einem guten Anwalt ist auch Warten Tätigkeit. Wer bloß wartet, wenn er wartet, sollte nicht Anwalt werden.

Ich denke an eine Lesung aus dem gerade erschienenen Buch »Verlorene Prozesse«. Hinterher trat eine Frau in grellbunter Bluse auf Wolff zu und präsentierte sich als »Staatsanwältin aus West-Berlin«. Sie bezweifle, daß er wisse, was Rechtsstaatlichkeit sei, sagte sie forschen Tones zu Wolff. Dieser beäugte die Dame mit ausgiebiger Aufmerksamkeit, lächelte unter Andeutung eines Schulterzuckens sein leises Rabenlächeln. Sonst nichts. Da begriff ich schlagartig, was die Aura dieses Mannes ausmacht: Von Vornehmheit gebremste Rigorosität.

Er gehe nur noch höchst ungern zu Gericht, sagt Wolff. Dort erhofften sie sich alle ganz wunderbare oder ganz furchtbare Dinge von ihm. Wolff schaut mich in wohltemperierter Erwartung an und ich streiche im Kopf alle zurechtgelegten Fragen. Ich hätte mich besser vorbereiten sollen, denke ich, dann könnte ich jetzt ein Exzerpt auf den Tisch legen, mit verschiedenfarbigen Unterstreichungen versehen, und den Fall besprechen. Wie man das in Anwaltskanzleien so macht.

Immer noch wartet Wolff. Aber ich will ihn nicht nach Honecker fragen, jetzt noch nicht. Also erzähle ich ihm von Steffen Dietzsch, dem ostdeutschen Philosophen, der fast jedes Jahr ein neues nachdenkliches Buch veröffentlicht. Zuletzt eine »Kleine Kulturgeschichte der Lüge«. Wer sind, von den Professoren mal abgesehen, die besten Lügner? hatte ich ihn gefragt. Wolff unterbricht: Anwälte? Es klingt jetzt gemäßigt belustigt. Er persönlich überließe das Lügen seinen Mandanten, räumt er meinen Gesprächsaufhänger beiseite. Pause. Aber spüre er denn immer, wenn ein Mandant oder Zeuge lüge? Anwälte wie Wolff philosophieren ungern ins Blaue, darum hat er auch sofort einen Fall parat. Einen Postangestellten, der verdächtigt wurde, einen ganzen Sack mit Münzen gestohlen zu haben. Bei der Untersuchung fand man vergrabenes Geld in seinem Garten. Wer vergräbt schon Geld, der ein reines Gewissen hat, fragte sich jeder. Auch er als sein Anwalt glaubte dem Mann, der ständig beteuerte, unschuldig zu sein, kein Wort. Und dann war es doch ein anderer. Das Geld hatte der Mann vergraben, um es vor seiner Frau zu verstecken. Manchmal spricht alles gegen jemanden, und er ist trotzdem unschuldig – wie auch umgekehrt. Wolffs Fallerörterung endet nun doch in einer allgemeinen Sentenz. Insofern hat er etwas von einem Philosophen, der mit seiner Existenz eindrucksvoll beweist, daß der Kern allen Wissens immer noch die Erfahrung ist.

Nicht, daß Wolff eine abweisende Natur wäre. Eher im Gegenteil. Wie alle, die es verstehen, sich gut zu verbergen, ist Wolff sehr offen, voll genau kontrollierter Gesprächigkeit.

Er gebe zu, sagt Wolff, er habe Illusionen gehabt, nach der Wende. Aber diese unglaubliche Reformunfähigkeit der bundesdeutschen Justiz! An manchen Dingen in der Strafprozeßordnung laboriere man seit den 20er Jahren. Aber die Lobbies seien immer wieder stärker als alle Reformversuche. Mancher Anwalt würde ja auch arbeitslos, machte man das Labyrinth durchsichtiger.

Das liegt auf der Hand. Aber, will ich wissen, gibt es nicht einen grundsätzlichen Unterschied der Stellung von Justiz im politischen System der DDR und BRD? Einen selbsterklärten und gewollten Unterschied sogar, antwortet Wolff. Formal sei die Justiz in der Bundesrepublik unabhängig. Aber es herrsche so etwas wie ein »Mythos vom Rechtsstaat«, der die Augen davor verschließe, daß auch in der Bundesrepublik die Justiz in bestimmten Momenten zum Instrument von Politik werde. Allerdings verdeckt, während in der DDR Hilde Benjamin einst ganz offen verkündete: »Jedes Urteil ist eine politische Tat!« Da wußte man, woran man war. Einmal zum Feind des Sozialismus erklärt, half einem gar nichts mehr, auch kein guter Anwalt, erwidere ich. Politische Prozesse gewinnt man niemals, dekretiert Wolff. Das sei früher so gewesen, das sei heute so, das bleibe auch so.

Nun sind wir doch beim Honecker-Prozeß. Ob ich wüßte, was man ihm geantwortet habe, als er dort den Kirchenvater Blasius aus dem 4. Jahrhundert zitierte, der die Geschichte zum eigentlichen Richter bestellte? Die Geschichte habe 1989 schon gerichtet! Wolffs Gesicht, das sich sonst nur sparsame Mimik erlaubt, zeigt plötzlich tiefe Bestürzung. Hören Sie, so etwas sagt man mit der größten Unschuld! Die Geschichte habe entschieden, aus und fertig. Ob mich das an etwas erinnere? Stephan Hermlin, fällt mir ein, habe den immergleichen Götzendienern der Gegenwart bei ähnlicher Gelegenheit schon in den siebziger Jahren in gewohnt drastischer Manier geantwortet. Als sie ihn wieder einmal wegen seiner gesamtdeutschen Überlegungen zu maßregeln versuchten mit dem Hinweis, die Wiedervereinigung sei gegenwärtig doch kein Thema, antwortete ihnen Hermlin, die Geschichte habe die Angewohnheit, sehr lang zu sein. Das hört keine Gegenwart gern. Wolff findet das auch. Jetzt erst zieht er ein Buch aus seiner Jackett-Tasche. Das lese er gerade. Es sind Volker Brauns neue Essays »Wir befinden uns wohl. Wir sind erst einmal am Ende.« Braun, dieser emphatische Denker über den Kommunismus und den Untergang. Über den Kommunismus und den Schrecken. Über das Ende des Kommunismus und den neuen sanften Terror, gegen den wir uns bislang als wehrlos erweisen.

Die DDR war ein zivilisierter Staat, ständig gefährdet, das spiele für das Rechtssystem eine große Rolle, sagt Wolff. Eine ganz brisante Situation. Das müsse man sehen, wenn man der DDR historisch gerecht werden wolle.

Wie hätte man denn nach 1989 mit politischer und moralischer Schuld umgehen sollen? Ich ahne, was Wolff vermißt: Generosität des Siegers gegenüber dem Besiegten. Immerhin haben sich damals Armee und Staatssicherheit widerstandslos entmachten lassen. Mir fällt Ernst Jünger ein, der in »Der Waldgang« schrieb: »Noch Bismarck lehnte den Vorschlag ab, den Kaiser Napoleon III. vor ein Gericht zu ziehen. Er hielt sich als Gegner nicht für zuständig.«

Wolff sagt, die Vergangenheitsbewältigungsversuche durch die Justiz hätten absurde Formen angenommen und schürten nur neuen Unfrieden. Er müsse da immer an die Geschichte von einem jungen römischen Feldherrn denken, der nach siegreicher Schlacht seinen Vater um Rat fragt, was er mit den gefangenen Gegnern denn nun tun solle. Der Vater, ein Realpolitiker, riet, er solle ihnen ein Gastmahl geben und sie dann nach Hause schicken. Das ginge nicht, erwiderte der Sohn. Der Vater: Dann müsse er alle umbringen. Der Sohn ließ die eine Hälfte umbringen und die andere frei. Die Folgen dieser Dummheit lassen sich denken. »Also ich bin mehr für das Gastmahl«, sagt Wolff.

Mit seinem ausgeprägten Willen zur Friedensstiftung, notfalls auch unter Umgehung der Rechtsform, macht er sich natürlich angreifbar. Aber schließlich ist der Rechtsstaat kein goldenes Kalb, sondern bloß Mittel zum Zwecke der Gerechtigkeit. Darum ist er immer noch aufgebracht über die Nichtachtung der juristischen Spielregeln beim Honecker-Vermögensrückübertragungsprozeß im Sommer vor dem Verwaltungsgericht. Da habe ihm der Vorsitzende Richter doch auf sein Plädoyer in einer Weise geantwortet, wie es eher dem Staatsanwalt zugekommen wäre, aber nicht einem unparteiischen Richter.

Man müsse sich das einmal vorstellen, bevor das Urteil überhaupt gesprochen ist, begründet es der Richter bereits.

Wolff winkt ab. Nein, nicht müde, eher wie man resigniert allzu bekannte Tatsachen hinnimmt.

Eine aristokratische Erscheinung zweifellos. Wie Friedrich Karl Kaul auch, nach dessen Tod er 1981 die Sendung »Alles was Recht ist« im DDR-Fernsehen übernahm. Oder Wolfgang Vogel, der Regierungs-Unterhändler in halblegaler Mission. Vogel rief ihn im Dezember 1989 an und fragte, ob er lieber »den großen oder den kleinen Erich« verteidigen wolle. Der große Erich war ihm bedeutend lieber, und so wurde er zum Honecker-Anwalt. Als Mielke-Anwalt kann ich ihn mir auch nicht vorstellen. Obwohl ein passionierter Anwalt jeden verteidigen können muß. Muß er? Sicher, sagt Wolff, das ist ja sein Beruf.

Ich denke an den soeben im Kino angelaufenen (ziemlich klischeebeladenen) Film »Nichts als die Wahrheit« mit Götz George als ur-alten KZ-Arzt Josef Mengele, dem der Prozeß gemacht wird und Kai Wiesinger als seinem Anwalt. Angesichts der Unvorstellbarkeit dieser Dimension von Grausamkeit zeigt sich der Anwalt schließlich völlig überfordert. Wird ein Anwalt leicht zum Komplizen des Angeklagten? Wolff hat auch Nazi-Kriegsverbrecher verteidigt, war beim »Oradour-Prozeß« Verteidiger des SS-Offiziers Heinz Barth, der eigenhändig Dutzende Menschen ermordet hatte. »Es ging wieder um den Kopf eines uns anvertrauten Menschen«, notiert der passionierte Anwalt in »Verlorene Prozesse«. Wolff, dessen Vater Jude war, der in der Nazizeit deswegen nicht studieren durfte und, weil »wehrunwürdig«, Zwangsarbeit in der Rüstungsindustrie leisten mußte. Nach dem Krieg studierte er dann doch noch, Rechtswissenschaften an der Humboldt-Universität, wurde Hilfsrichter und Mitarbeiter beim Berliner Magistrat. 1953 verlor er diese Stelle wieder, weil seine Mutter in West-Berlin wohnte. Er wurde Rechtsanwalt, gerade rechtzeitig, um die »Rädelsführer« vom 17. Juni zu verteidigen: »Im Zuhörerraum saß Justizminister Max Fechner, Karl Eduard von Schnitzler machte die Radioreportage. Da flatterte mir ganz schön die Hose, als ich die Freisprüche beantragte.« – Was Wolf so unbequem und gleichzeitig so glaubwürdig macht, ist eben dieses anwaltliche Selbstverständnis: »Verteidigen heißt nicht, jemanden der gerechten Strafe zu entziehen, sondern die Verteidigung ist die Voraussetzung für eine gerechte Strafe.« Gesagt 1983 beim »Oradour«-Prozeß gegen den Nazikriegsverbrecher Barth.

Die »Bild am Sonntag« mutmaßte am 4.11.1990 über Wolffs Motivation, jemanden, an dessen Händen Blut klebe (Honecker!), zu verteidigen: »Was ist das für ein Mann – ein unbelehrbarer Überzeugungstäter, der nach dem endgültigen Zusammenbruch des Sozialismus immer noch an Marx und Engels glaubt? Oder einer, der gegen Honorar auch den Teufel verteidigen würde?« Das klingt nicht gerade nach verinnerlichtem Rechtsstaat.

Wolff sagt, ein guter Anwalt muß den Menschen, den er verteidigt, verstehen wollen. Um ihm gerecht zu werden. Aber so ganz uneigennützig auch wieder nicht. Wolff ist neugierig. Er besitzt einen Sinn für das Anekdotische am Juristischen. Schließlich ist jede menschliche Tragödie immer auch ein bißchen eine Komödie – und umgekehrt. »Der Bürger welcher feminin, muß oben etwas überziehn«, brachte er einmal seine juristische Antwort auf die Frage, ob eine junge Frau sich in der Öffentlichkeit »oben ohne« zeigen dürfe, in volkstümliche Reime. Kein Gefangener des Juristendeutsches.

Vor allem aber wehrt er sich gegen den Mißbrauch der Justiz. Mißbrauch sei, wenn man Sündenböcke produziere, sich selbst und die eigene Verantwortung beiseite lasse. Die Selbstgerechtigkeit der Moralisten ist ihm sichtlich zuwider.

Max Picard hat 1946 in dem Buch »Hitler in uns selbst« über Schuld und Schuldverdrängung geschrieben. Fazit: Die »Schlagt sie tot!«-Schreier sind immer die gleichen. Vielleicht ist es nun an der Zeit, das Buch »Honecker in uns selbst« zu schreiben. Über unsere Mittelmäßigkeit und den Opportunismus als langgeübte Lebensform. Die Ostdeutschen jedenfalls wissen um ihre Verführbarkeiten, ihre Schwächen. Die meisten Westdeutschen dagegen haben ein ganz ungebrochenes Selbstbild, vielleicht weil ihre Widerstandskraft einer autoritären Macht gegenüber noch nie wirklich auf die Probe gestellt wurde.

Und Erich Honecker, was für ein Mensch war er, frage ich schon im Gehen. »Ein redlicher Mann«, sagt Wolff, jetzt ganz Honecker-Anwalt, »... aber für seinen Posten völlig ungeeignet.«

Die Fotografin hat in Wolffs Büro einen Film vergessen. Minuten später stehen wir noch einmal vor dem eleganten Bürohaus in der Torstraße – und treffen Friedrich Wolff. Er habe sich nebenan im Buchladen nur schnell Wolfgang Englers »Die Ostdeutschen« bestellt, sagt er und verschwindet jugendlich elastischen Schritts in der Tür.

II. Die Eroberer

Vom Octopus zum Oxymoron. Der Philosoph in den Hackeschen Höfen

Gorbatschow kannte noch keiner. Wahrscheinlich war gerade Juri Andropow gestorben. Anfang der Achtziger starben die Generalsekretäre der KPdSU ja fast täglich. Wir trampten von Leipzig nach Karl-Marx-Stadt. Eigentlich gab es damals genauso wenig wie heute einen Grund, von Leipzig nach Karl-Marx-Stadt zu trampen, vorbei an riesigen Braunkohletagebauen, die wir – es war Spätherbst – immerhin sehr existentialistisch fanden. Wir hatten auch eine Flasche Rotwein mitgenommen, um sie im Straßengraben zu trinken. Wir waren nämlich gerade Existentialisten geworden, weil die DDR den Fehler gemacht hatte, Sartre rauszubringen. »Die Wand« und »Ekel«. Besonders »Ekel« fanden wir gut. Mit knapp zwanzig ist das so.

In Karl-Marx-Stadt aber sollte ein illegaler Untergrund-Lenin-Lesezirkel zur Unterwanderung der DDR stattfinden. Er hieß »Octopus«. Als Existentialist hat man natürlich ein nicht ganz unkompliziertes Verhältnis zu Lenin, aber Untergrund und Unterwandern, das klang nicht unexistentialistisch. Eine alte Chemnitzer Seitenstraße, oben unterm Dach ein Zimmer. Immer wenn die Tür aufging, suchte eine riesige F6-Karo-Rauchwolke den Weg ins Freie. Sie hielt es da drin nicht aus. Zu viele Menschen. Wir lasen Lenin, rauchten sagenhaft viele Zigaretten und tranken schon wieder Rotwein. Ich weiß nicht mehr, was genau von Lenin es war. Aber das Dachzimmer gehörte Olaf Kretschmar, den alle nur Gemse nannten. Ob wegen einer gewissen Eigentümlichkeit seines Bartwuchses oder aufgrund außergewöhnlicher Behendigkeit – das war schwer zu sagen. Die Idee mit der Unterwanderung durch Lenin gehörte ihm auch.

Es war schon damals nicht leicht, aus Karl-Marx-Stadt zu sein. Und dazu noch Autoschlosser. Aber trotzdem – entschieden außergewöhnlich. Ein gewöhnlicher Achtzehnjähriger wäre wie fast jeder Jugendliche einfach »dagegen« gewesen. Also gegen die DDR, den Staat, gegen alles. Jugend ist Dagegensein. Doch genau das ging eben nicht bei Olaf Kretschmar, genannt Gemse. Es war so schrecklich – gewöhnlich. Selbst die Autoschlosser waren »dagegen«. Und Olaf Kretschmar wollte eigentlich nie Autoschlosser werden. Dagegensein war nicht unverwechselbar genug. Dann lieber mit Lenin gegen die DDR kämpfen. Denn warum ist das hier wohl so ein provinzlerisches, komisches kleinbürgerliches Land, fragte er. Ganz genau, weil kein Mensch richtig Lenin gelesen hat, und das Politbüro schon gar nicht. Oder hätte Lenin einen Sozialismus mit lauter Kleinbürgern und Spießern gewollt?

Ich glaube, Existentialisten hielt er damals auch für kleinbürgerliche Spießer. Jedenfalls uns. Und dann erklärte er, daß es unser »Ich«, diesen Existentialisten-Fetisch gar nicht gäbe. Alles ideologische Verblendung! In Wahrheit sei, was ich »Ich« nenne, eine Anhäufung von Konvention und Vorurteil, kurz, ein gesellschaftlicher Schrottplatz. Auf die Verhältnisse käme es an! Und um die zu ändern, gäbe es eben »Octopus«. Seine langen Fangarme reichen überall hin, saugen sich überall fest. Diese Fangarme aber seien wir selbst, die Unterwanderer. – Ich bin sicher, er begriff das eigentliche, also das tiefseeische Kräfteverhältnis Olaf Kretschmar – DDR damals so, wie man es manchmal auf alten Schiffahrts-Bildern sieht. Eine hilflose Nußschale von Karavelle schaukelt scheinbar sicher auf den Wellen (das Politbüro!), während die furchtbare Krake, die fast das ganze Bild einnimmt, es jeden Augenblick in die Tiefe reißen wird. Deshalb »Octopus«. – Aber gemerkt habe ich mir diesen Abend nicht wegen Lenin und »Octopus«. Sondern weil ein Existentialist so ganz ohne »Ich« plötzlich ziemlich dumm dasteht.

Es heißt »Oxymoron«, nicht »Octopus«. Ist schließlich kein Fischrestaurant. Es ist überhaupt nicht einfach nur ein Restaurant oder Club oder Cocktailbar oder Café oder Salon. Das alles auch, natürlich – jetzt, nachmittags um vier, mit entschiedener Neigung zum Café –, vor allem aber ist das »Oxymoron« eine Philosophie. Sagt Olaf Kretschmar, der Chef. Er sitzt da, rücksichtslos entspannt, wie man bei sich zu Hause ein Sofa einnimmt – und irgendwie stimmt das ja haargenau; er schaut hoch zu dem riesengroßen Kronleuchter, hält mit den Augen die dritte Kerze von links fest und erklärt, was »Oxymoron« wirklich heißt. Zärtliche Berührung der Gegensätze in rasendem Stillstand, jawohl. Es ist nicht einfach, sofort den zu einer solchen Nachricht passenden Gesichtsausdruck zu finden. Rasender Stillstand, klar, das muß die House-Musik sein, die einen hier manchmal nachts gleich wieder aus der Tür hämmert. Aber welche Gegensätze? Na eben jetzt diese Caféhausnachmittagsmüdigkeit und abends dann die etwas begüterten Paare, die hier fein essen gehen und ab elf wiederum die hektisch-lasziven Partygänger. Und dazu Herbert Grönemeyer, Walter Momper und Mick Jagger. Oder Peter Sloterdijk, wie ich wolle. Das sei doch eine Mischung! – Ich versuche, mir eine zärtliche Berührung der Gegensätze Mick Jagger und Walter Momper vorzustellen. Und die kommen alle zu ihm? Aber ja, sagt nachlässig Olaf Kretschmar aus Karl-Marx-Stadt, Autoschlosser, Lenin-Exeget, Philosophiestudent, Doktorand, Sozialhilfeempfänger, Gründer des nach eigener Auskunft legendären »Delicious Doughnuts Research« und seit 1997 eben Inhaber des »Oxymoron« in den Hackeschen Höfen.

Vom Sozialhilfeempfänger zur VIP. Ja, so was in der Art sei er nun wohl. Natürlich gäbe es noch viel mehr VIP's in der Stadt, aber eine richtige Gesellschaft? In Berlin? Er glaubt das nicht. Noch nicht. Aber daß nachts unter dieser Stadt ein Netz hängt, das glaubt er. Daß es hier Menschen gibt, die ihr Leben damit verbringen zu feiern. – Und davon kann man leben, frage ich, aber Olaf Kretschmar überhört es. Er ist jetzt schon bei der »Philosophie der Nacht«. Der Berliner Nacht. Es sei wie in jeder wirklichen Gesellschaft. Es gibt Regeln. Die Regeln der Nacht lauten: Respekt und Freiheit. Man dürfe alles machen, nur dem anderen nicht zu nahe treten. Also ihn vor allem nicht belästigen. Lästig sind Hilferufe aller Art, etwa ein tiefempfundenes, rückhaltloses Ich-kann-nicht-mehr! Das wäre geschmacklos. Eine Gesellschaft ist schließlich keine Selbsthilfegruppe. Es sei denn, das Ich-kann-nicht-mehr! ließe sich in funkelnde Konversation übersetzen. Also am Tresen lehnen und Geschichten erzählen. Olaf Kretschmar nennt das wie in alten Oberseminartagen »kommunikative Kompetenz«. Er besitze Freunde, die habe er noch nie am Tag gesehen. Es sind also nicht mehr die alten. Aber er ist sicher, die würden für ihn durchs Feuer gehen. Dabei weiß er oft nicht mal, wo sie wohnen. – Es klingt sagenhaft existentialistisch. Der vereinzelte Einzelne zwischen Sein und Nichts in den Berliner Nachtclubs. Manchen holt Sartre eben sehr spät.

Nach einer halben Stunde ist klar, daß Menschen, die nachts leben, und Menschen, die nachts schlafen, sehr verschieden sein müssen. Als besonders beunruhigend erweisen sich Worte wie »Doughnuts«-Possi. Oder »Cookie«-Possi. Oder »90-Grad«-Possi. Possi? Das müssen die Nachtbargemeinden sein, wo der Chef des »Oxymoron« jene trifft, die er jetzt seine Freunde nennt. Also die jungen schönen neuen Reichen? – Unmöglich, so zu fragen. Es verstieße gegen die erste Grundregel der Nacht: Respekt und keinem zu nahe treten! – Nimm es als eine Art Barkommunismus, schlägt er vor. Der Kommunismus hat ihn schon immer interessiert. Insofern er ihn selbst entwerfen durfte. Eine Gesellschaft nach eigenen Vorstellungen – ist es überhaupt zumutbar, in einer anderen zu leben? –

Gesellschaft ist wichtig. Und wenn es nur die Berliner ist. VIP-Kommunismus. Nur daß nicht jeder mitmachen darf. Bei allen Logen, Bünden und Gesellschaften sei das so. Und Olaf Kretschmar ist ein entschiedener Anhänger von Logen, Bünden und Gesellschaften. Noch ist das »Oxymoron« nicht aus seiner Nachmittagsträgheit erwacht. Olaf Kretschmar läßt sich den zweiten Kaffee bringen und beginnt eine »Philosophie der Loge«.

Logen, Bünde, Gesellschaften, das sind doch gegenweltliche Entwürfe, richtig? Also sittlich abnorm, politisch gefährlich ... überhaupt die Poren des Verbotenen ... Plötzlich ist mir völlig klar, warum Olaf Kretschmar das »Oxymoron« aufgemacht hat. Und vorher das »Delicious Doughnuts Research«. Der Unterschied zu einer politischen Bewegung, einem Geheimbund oder einer ganz neuen Gesellschaft ist doch nur graduell. Auch Klubs brauchen Visionäre. Revolutionäre Köpfe. Er war schon immer ein Vordenker der kleinen Zellen, aus denen das ganz Neue kommt. Nehmen wir nur mal, sagt Olaf Kretschmar, meinen Herrenabend neulich. Herrenabend, denke ich – sittlich abnorm, politisch gefährlich? Zwei Stunden habe man zusammen gekocht und anschließend vier Stunden geredet. – Und daß keine Frau dazwischen kam, war entscheidend für das Gelingen des Abends? – Absolut, antwortet Olaf Kretschmar, oder ob ich ihm sagen könne, wie man mit Frauen reden solle? Über bestimmte Dinge. Über die Liebe zum Beispiel. Vier Stunden hätten sie die Liebe ausdiskutiert. Der eine bewies überzeugend, daß es sie gar nicht gibt. Der andere zeigte schlüssig, sozusagen induktiv-deduktiv, daß sie das einzig Verläßliche sei auf der Welt und ihr höchstes Gut sowieso. Summum bonum. So was ginge nicht mit Frauen ... Ein junger Mann kommt an den Tisch und teilt seinem Chef mit, daß er soeben 50 Kisten bestellt habe. – 50 Kisten, ruft Olaf Kretschmar, aber das sei doch absurd! Höchstens 20!

Das etwas absurd sei, hat Olaf Kretschmar früher auch oft gesagt. Ja, er brauchte diesen Satz gar nicht zu sprechen, er stand ihm einfach im Gesicht. Bei Intellektuellen ist das oft so. Dieses Mittlere zwischen Milde und Mitleid. Früher ging es um Platon-Auffassungen fremder Menschen oder um das, was andere über Pierre Bourdieu dachten, den französischen Soziologen. Ich war der Bourdieu-Experte hier überhaupt, sagt Olaf Kretschmar. Heute geht es um 20 oder 50 Kisten ungeklärten Inhalts. Das ist doch absurd. Was ist passiert?

Bevor Olaf Kretschmar der »Bourdieu-Experte hier überhaupt« wurde, war er ein ganz normaler Student der Philosophie. »Ich machte also geistige Universalentwürfe und

Welterlösungsprogramme.« Bis Pierre Bourdieu kam. Das war im dritten Studienjahr, noch tief in der DDR. Er kam in Gestalt eines wissenschaftlichen Oberassistenten. Der hat alles zertrümmert, meinen ganzen Text, erinnert sich bitterbefreit der Chef des »Oxymoron«. Das, sagt er, sei sein wirklicher Eintritt in die akademische Welt gewesen. Und er wurde Olaf Kretschmar, der Bourdieu-Experte, der nun sein unmerkliches Das-ist-doch-absurd-Lächeln lächelte, wenn er manchmal noch einen geistigen Universalentwerfer oder Anhänger längst überholter Theorien traf wie Hegelianer, Kantianer oder Marxisten.

Dann kam die Wende. Da arbeitete Olaf Kretschmar schon an seiner Promotion. Und heute wäre er sicherlich Doktor oder Professor, wenn nicht fast zwei Jahre nach der Wende der Berliner Senat eine Idee gehabt hätte. Es war inzwischen üblich geworden, DDR-Universitäten zu »evaluieren«. Das heißt, ein oder mehrere Westwissenschaftler schauten sich einen Ostwissenschaftler etwas genauer an und sagten hinterher, ob er etwas taugt. Ein wunderbar effektives Verfahren, fand der Berliner Senat, als er bemerkte, wie viele Promotionsstudenten es in Ost-Berlin gab. Viel zu viele. Und sind sie nicht alle Zöglinge des alten Systems? Also evaluierte er sie. Und so kam es, daß der Berliner Senat dem »größten Bourdieu-Experten hier überhaupt« einen Brief schrieb. Da stand drin, daß er, Olaf Kretschmar, den wissenschaftlichen Standards der Bundesrepublik Deutschland nicht genüge. Mehr nicht. Keine Begründung. Nichts.

Wie gut, daß man damals nicht dabei war. Es ist noch heute furchterregend, den Empfänger des Schreibens diesen Satz repetieren zu sehen. Ja, wenn die Bundesrepublik Deutschland sich gefragt hätte, ob sie den Standards eines richtigen Bourdieu-Experten entspräche, dann wäre das nachvollziehbar gewesen. Auch ist es immer eine Tugend der nicht allzu Erleuchteten, bescheiden zu sein. Aber dieses »Sie genügen nicht ...«! Olaf Kretschmar wiederholt diesen Satz noch einmal. Er versteht ihn noch immer nicht. Er verstand schon damals ohnehin immer weniger. Er sah die jungen Mädchen,

»Püppchen« sagt er, die jetzt Soziologie studierten. Warum tun die das, fragte er sich. Aus Protest gegen ihre solventen Eltern? Er traute den »Neuen« einfach nicht zu, was er als akademische Mindestanforderung in alter Schärfe so formuliert: Der Denkende hat eine Haltung zu haben!

Den Aber-das-ist-doch-absurd-Blick trug er damals sehr oft. Mit manchen der neuen Professoren, die nun kamen, ging er abends in die Kneipe. Und machte eine frappierende Entdeckung: Die wollen gar nichts! Die sind so satt, sicher hätten sie nicht mal die DDR unterwandern wollen. Und keinen alternativen Lenin-Lesezirkel gründen. Das sind Sachwalter des längst schon Gedachten, ohne selbst noch zu denken. Alles virtuelle Bibliothekare, ruft Olaf Kretschmar ins nachmittägliche »Oxymoron« hinein. – Mag sein, daß der »Sie-genügen-nicht«-Brief des Berliner Senats seinen Blick für die Schwächen der Professoren schärfte. Mag sein, daß er unter dem Eindruck des Briefes erst erkannte, wo er sich wirklich befand: Wieso Universität? Das ist doch eine Gruft hier. Und der Deckel schon halb zu! Olaf Kretschmar sprang heraus. In allerletzter Sekunde.

Es gibt zwei Arten von Menschen. Die eine würde sagen: Sie haben mich rausevaluiert! Olaf Kretschmar würde das nie so formulieren. Er sagt: Ich habe mich befreit!

Die erste Station seiner Befreiung war die Sozialhilfe. Aber kurz vor der Befreiung schrieb er noch ein Buch. Es trug den bescheidenen Titel »Die Welt, wie sie ist« und beeinhaltete nichts Geringeres als die Erklärung, warum die DDR nicht früher unterging, obwohl doch die meisten sie ein bißchen lächerlich fanden, allen voran die Karl-Marx-Städter Autoschlosser, bei denen Olaf Kretschmar früher einmal lernte. Das sei doch das eigentliche Phänomen gewesen – der Chef des »Oxymoron« gerät wieder in die alte theoretische Emphase –, ein System, das alle ein bißchen verachteten, und trotzdem blieben sie bis fast zum Schluß seine Staatsbürger! Das Buch habe mühelos den Bogen geschlagen von den Legitimationstheorien der Macht unter besonderer Berücksichtigung von C. G. Jungs Archetypen bis zur DDR im Delirium. Und dann geschah etwas Seltsames. Niemand wollte das Buch drucken. Dabei hatte er ein Jahr lang jeden Satz umgewendet. Da fiel Olaf Kretschmar noch etwas auf. Wissenschaftler sein ist eine eigentümlich folgenlose Existenz. Du könntest dein Tun von heute auf morgen einstellen, und kein Mensch würde es bemerken. Sollte man wirklich so leben?

Inzwischen haben der Berliner Senat und Olaf Kretschmar ein viel entspannteres Verhältnis. Man verkehrt wieder miteinander. Gerade eben war er bei Radunski. Olaf Kretschmar sieht mich zweifelnd an. Er bei Radunski? Nein, sagt er sehr bestimmt, Radunski war bei mir. »Also, ich saß auf dem Podium bei der Hauptstadtkulturkonferenz, und Radunski war auch da.« Unten im Saal. Er habe der Berliner Politik sinngemäß erklärt, was es für die kreativen Bereiche der Stadt, eben die Künstler-, Filmemacher-, Club- und Modeszene in Mitte, bedeute, wenn das deutsche Beamtentum in die Wirklichkeit vordringe. Bis 1995 sei es da noch nicht angekommen, jedenfalls nicht »in unserem Segment«, was sich danach dramatisch geändert habe mit der spürbaren Wirkung eines abflauenden schöpferischen Impulses. Viele der Mitte-Clubs waren Underground-Gründungen. Die These, rund um die Hackeschen Höfe sei alles rein kommerzielle Westgastronomie, stimme also doch nicht. Von den In-Szenen lebe der Nimbus einer Stadt, nur daß die Politik das normalerweise nicht merkt. Gäbe es sonst einen »Rock-und Popfonds« von ein paar Hunderttausend Mark und einen Staatskulturfonds von 700 Millionen? London zum Beispiel ...

Freitag nacht um zwölf. Die House-Rhythmen jagen über die Tische und um die Biedermeiersofas. Seltsam unbeweglich sitzen die Gäste. Diese Musik macht entweder starr oder völlig takt-löslich. Das »Oxymoron« hat nichts mehr von der Caféhausträgheit des Nachmittags. Jetzt ist der Klub geöffnet. 70er-Jahre-Szenerie, nur die Musik ist auch hier unduldsamer geworden. Es gibt sogar einen »Salon Kretschmar«. Nicht sehr groß. Türsteher schauen uns an, als wollten wir über die Grenze. Sie lassen nicht jeden rein.

Olaf Kretschmar steht nicht auf, als wir kommen. Sicher

seine Art, das Mißverständnis zu vermeiden, er sei ein Gastgeber. Ist er nicht. Ihm gehört das hier, zusammen mit zwei anderen – na und? Zwei Straßen weiter, das »Delicious Doughnuts« gehört ihm ja auch. So ist das. Das »Doughnuts« gibt es seit 1993. Ein wirklich legendärer Club, sagt Olaf Kretschmar, entstanden, als in Mitte noch schöpferische Unordnung herrschte und das Berliner Beamtentum noch nicht mal unterwegs war zur Wirklichkeit.

Ja, das »Doughnuts« war Olaf Kretschmars »Kompensation des Traumas der theoretischen Welt«. Nie mehr etwas Folgenloses machen! Sozialhilfeempfänger sein etwa ist ein sehr folgenreicher Zustand. Ziemlich existentiell. Dann die Marketing-Umschulung. Eineinhalb Jahre lang sich morgens eintragen und abends wieder austragen. Und immer öfter die eine Frage: Warum? – Also schrieb Olaf Kretschmar noch ein Buch, diesmal angelegt als Kompensationsform des Traumas der theoretischen Welt, des Marketings und der Sozialhilfe. Er schrieb einen Reiseführer über das Erzgebirge.

Und besetzte ein Haus im Prenzlauer Berg. Psychologen fassen solche Aktivitäten unter dem Oberbegriff Selbstvergewisserungsstrategien zusammen. Natürlich haben sie manchmal auch einen nicht unwillkommenen Mehrwert. In dem besetzten Haus wohnt Olaf Kretschmar immer noch. Und der Reiseführer »Das Erzgebirge« ist vergriffen. Schließlich gründete er noch das »Doughnuts« – eine Art Beweisführung gegenüber dem Berliner Senat und sich selbst, daß auch Intellektuelle was auf die Reihe kriegen – wenn es sein muß, eben den abgefahrensten Klub von Berlin. Das »Delicious Doughnuts Research« war der Gegenentwurf zu den neuen Technokellern ringsum Anfang der Neunziger. Die »Fantastischen Vier« sind dort aufgetreten. Manchmal standen im Winter vierzig Leute draußen. So war das.

Aber wie schafft man den Übergang von den null Dezibel der Bibliotheken zu den sagenhaft vielen hier? Manchmal kommt jemand an unseren Tisch. Den einen umarmt er, dem anderen verspricht er, gleich mit ihm an die Bar zu gehen. Sind das die Freunde? Über Bourdieu, das sieht man sofort, werden sie nicht reden. Eher über House. Über die viel zu vielen Dezibel hier und wie sie sich vermehren lassen. Ich habe, sagt Olaf Kretschmar irgendwie entschuldigend, überhaupt keine Ahnung von Musik. Hatte er noch nie. Und dennoch schon mit 16 seinen allerersten Klub. »Hairy Ape«. »Haariger Affe«. »Hairy Ape« spielte übrigens nur ACDC und Deep Purple. Es sei eine sehr gute Discothek gewesen, erinnert sich der Chef der »Oxymoron« sowie des »Delicious Doughnuts Research« mit andächtigem Ernst. Sie sei etwas, wonach sich zurücksehne, wer sie gekannt habe. Jawohl, im Leben des Olaf Kretschmar war der Musikklub ursprünglicher als Pierre Bourdieu. Ursprünglicher sogar als Lenin. Aber gab es ein Motiv, »Hairy Ape« zu gründen? – Selbstverständlich, antwortet Olaf Kretschmar und denkt keine Sekunde nach: Macht! Absolute Macht. Macht vor allem über Mädchen. Darum ging er mit sechzehn auf die Schrottplätze, lötete riesenhafte Lichtanlagen und Stroboskope aus Weihnachtsbaumbeleuchtung.

Der erste »Hairy Ape«-Clubabend habe in urlaubsbedingter Abwesenheit seiner Eltern in deren Wohnzimmer stattgefunden, bis dieses – in der Folgezeit zu klein – durch Schulräume und ganze Turnhallen ersetzt werden mußte. Natürlich gab es auch eine Philosophie zu »Hairy Ape«, die Olaf Kretschmar rückblickend so zusammenfaßt: »›Hairy Ape‹ spiegelte Karl-Marx-Stadt als sittliches Gebilde wider.« – Es wurde eben viel getrunken damals. Also im »Hairy Ape« auch. Und der Schüler Olaf Kretschmar war – dies erwies sich als entschieden ungewöhnlich sogar für das »sittliche Gebilde Karl-Marx-Stadt« – mit seinem jungen Chemielehrer befreundet. Nach gemeinsam durchzechter Nacht rief er den Jungen am nächsten Morgen an die Tafel. Chemieleistungskontrolle. So ungefähr funktionierte das sittliche Gebilde Karl-Marx-Stadt.

Im »Delicious Doughnuts« und im »Oxymoron« heißen die Parties heute ganz anders als früher im »Hairy Ape«. Im ersten ist entweder »Jazz Radio Club Night« oder »Kinky Euro Club« oder »Red Gold Hyper Night« oder auch »Suki

Suki Doughnuts« oder der »Psychedelic Word Beat mit dem lächelnden Schamanen«. Es ist vor allem ein Unterschied der DJ's. Und der Erfolg nie berechenbar. Im zweiten haben die Parties Namen wie »Gillyflowergirls in Autumn« oder »Boogie Nights« oder »Sexymoron«. Und da kommen dann Leute wie Peter Sloterdijk oder Momper oder Mick Jagger oder Marianne Rosenberg einfach dazu? – Olaf Kretschmar sieht jetzt ein bißchen genervt aus. Nein, irgendwann, »in irgendeinem Kontext« seien die hier »alle mal reingelatscht« und hätten bei ihm gefeiert. Die Kontexte habe er vergessen. So ein Laden wie seiner habe ja schließlich »eine öffentliche Dimension«. Mick Jagger rief vorher an und kam dann mit drei Bodyguards. – Und dann? – Dann sei er dagewesen. Olaf Kretschmar wird das jetzt wirklich zu öde. Ist Mick Jagger was Besonderes? »Hairy Ape« hat ihn jedenfalls nicht gespielt. Und wie heiße noch der andere, der etwas später da war? Olaf Kretschmar findet den Namen nicht. Grönemeyer, genau. Der stellte hier seine letzte Platte vor. Kretschmar faßt diesen Umstand in einem Satz zusammen, in dem Worte wie »Musik unser aller Jugend« eine schneidende Prägnanz von abgrundtiefer Vorvergangenheit gewinnen. Sloterdijk wiederum kam, weil »Radio Kultur« im »Oxymoron« über ein Jahr lang die Live-Sendung »Berlin Mitte« gemacht hat. Bourdieu aber kam noch nicht.

Bliebe noch das »Sexymoron«. Letzteres besitzt natürlich auch eine Philosophie, nur ist sie im Augenblick sehr schwer verständlich. Die House-Rhythmen sind noch lauter geworden. Vielleicht hätten wir doch besser zu »Al Capones Majestic Lounge« kommen sollen, der 20er-Jahre-Party »mit Spiel, Tanz und Zigarren« an jedem 1. Donnerstag, oder zur »Pasta Opera« – Arien und Pasta zum Sattessen an jedem 2. Dienstag des Monats. Andererseits wäre es inmitten von Verdi viel schwerer geworden, die Gegenwart philosophisch auf den Begriff zu bringen. Die Gegenwart, formuliert Olaf Kretschmar gegen den Widerstand eines alles zersägenden Saxophons, ist Beschleunigung. Absolute Beschleunigung. Und keiner könne da wirklich aussteigen, denn auch das Aussteigen sei den Gesetzen dieser Welt unterworfen. Es klingt ungefähr so endgültig wie die Feststellung vor über fünfzehn Jahren, daß es das »Ich« nicht gäbe. Jeder nur ein Aggregatzustand der Gesellschaft? Die Dialektik von früher. Aber sie stimmt nicht ganz. Der Rotwein ist viel besser als vor fünfzehn Jahren. Die Zigarren auch. Und irgendwie wäre man nicht mal erstaunt, würde Olaf Kretschmar irgendwann ganz plötzlich aussteigen. Jeder Existentialist macht so was. Und ein Buch schreiben zur Kompensation des Traumas der theoretischen Welt, der Sozialhilfe, des Marketings sowie seines Lebens als VIP.

Ansätze dazu trägt er gerade vor. Interessant wäre doch, daß jede aufsteigende, prosperierende Gesellschaft in der Geschichte auch kulturell schöpferisch war, nur diese nicht. Wir werden von einem jungen Mann unterbrochen, der den neuen Beleuchter des »Oxymoron« nicht kennt. Was, fragt er den Chef, du hast schon wieder 'nen neuen Beleuchter? Der Angesprochene verneint das. Doch, beharrt der andere, da hinten stünde einer, der sagt, er wäre dein Beleuchter! Olaf Kretschmar sieht ein, daß er das Thema der prosperierend-unfruchtbaren Gesellschaften, geschichtlich betrachtet, im Augenblick nicht fortführen kann und wendet sich entschieden der Beleuchterfrage zu.

Nachher gehen wir rüber zum »Delicious Doughnuts« und reden über das »Sexymoron«. Erotik, beginnt er, sei natürlich eine Frage der Intelligenz. So habe ich das noch nie gesehen. Er mußte es beinahe rufen, weil es nachts auf den Straßen um die Hackeschen Höfe eben noch viel lauter ist als am Tage. Erotik bedeute, eine Verheißung aufbauen, einen Zauber errichten. Vorübergehende schauen ihn voller spontanem Interesse an. Es ist so ein ganz anderer Resonanzraum als damals im November 1989, als er mit zwanzig anderen die FDJ entmachtete und den Studentenrat gründete. Im Innenhof der Humboldt-Universität rief er ihn aus. Fast niemand war da. Nur ein paar West-Fotografen. Es regnete. – Insofern bedeutet Erotik, fährt Olaf Kretschmar jetzt fort, sich warm anziehen. Die Blicke wenden sich enttäuscht ab. Wir stehen vorm »Delicious Doughnuts«. Im Frühjahr 1998 mußte es schließen, nach fünf Jahren. Seitdem Olaf Kretschmar das »Oxymoron« hatte, war er nicht mehr wie früher dort. Jetzt hat er es wieder aufgemacht. Und ich dürfe es mir nicht leicht vorstellen, immer die besten Parties zu haben.

»Wir leben im Fahrstuhl«, resümiert Olaf Kretschmar die globale Situation sowie seine eigene als Clubinhaber und VIP in Berlin. Dennoch sei jede Welt die beste von allen. Die Octopus-Welt oder die Oxymoron-Welt. Oder eine ganz andere. Und jede ist legitimierbar. Eine Leibniz-Widerlegung nachts um halb vier.

Der Schlagzeilenpoet – Franz Josef Wagner, Chefredakteur von Berlins größter Zeitung

»Rauchen ruiniert die Stimme. Das ist überhaupt nicht mehr meine Stimme, die Sie da hören. Meine Stimme klingt ganz anders.« Der neue Chefredakteur der größten Zeitung Berlins »B.Z.«, in Nicht-Fachkreisen auch kurz Bingo-Zeitung genannt, nimmt sich noch eine dieser blauen Gitanes, bei denen allein schon die Schachtel ziemlich ungesund aussieht.

Der B.Z.-Titel des Tages lautet »Berliner Makler gab Mordauftrag. Mieterin erschossen«. Die Bildzeitung dagegen titelte: »Unglaublicher Verdacht: Berliner Makler ließ Mieterin erschießen.« Klingt wie eine langweilige Nachricht. Zu behäbig. Die B.Z.-Schlagzeile ist viel geiler. Hat Wagner sie selbst gemacht? – War nicht da, antwortet kurz der Chefredakteur. Er steht in dem Ruf, jede Zeitung, die er gerade regiert, gleich selbst zu schreiben. Vorher war es die »Bunte«. Im Herbst 1997 wurde er abgesetzt. Was sollte Wagner nun tun? Aus Trotz einen neuen Roman schreiben? (Wagner gilt als der Erfinder des 15-Zeilen-Kurzromans.) Oder die ARD-Lottoshow betexten?

Was Franz Josef Wagner macht, das macht er richtig. Rauchen, schreiben oder regieren. Alles. Nur jetzt wirkt er ein bißchen müde. »Mann, war das eine anstrengende Nacht heute!« Die Fotografin fragt anteilnehmend, ob das bei Chefredakteuren denn nicht normal sei? Nein, das mit den Nächten eigentlich nicht, sagt Wagner und hat trotz seiner Müdigkeit jetzt sehr blaue Augen.

Es ist 15.45 Uhr im Axel-Springer-Hochhaus, im Chefzimmer der größten Zeitung Berlins. Ein freischwebendes, zeitloses Niemandsland zwischen mittags und abends. Als sei der Redaktionsschluß erst morgen. Und Andruck übermorgen.

»I woaß nit, i würd' lieber gleich aufs Bett schauen!« Wagners Stellvertreter Walter Mayer (vorher »Tempo« und »Tango«) gibt die B.Z.-Seite von morgen »Berlins glücklichste Kneipen, 6. Teil« an den Layouter zurück. Es waren keine Betten darauf zu sehen.

Wagner stellt die Fotografin und mich seinem Stellvertreter als »die beiden Kolleginnen vom Gewerbe« vor. Mayer nickt. Er liegt in einem Sessel genau vor Wagners großem schwarzem Schreibtisch. Hinter dem großen schwarzen Schreibtisch, gegenüber der großen schwarzen Anbauwand stehen links und rechts von Wagner zwei große schwarze Deckenfluter. Sie sehen wie Opferschalen aus. Man wäre nicht erstaunt, würde in ihnen ein Feuer brennen. Schöne Einrichtung für ein Bestattungsinstitut.

Schwarz, schwarz, ruft Wagner, wer hält denn Schwarz aus? Er hat den Raum so von seinem Vorgänger übernommen, der gerade dabei war, die B.Z. unauffällig zu Grabe zu tragen. Jedenfalls müssen ein paar wichtige Männer im Axel-Springer-Vorstand das so verstanden haben, als die Auflage Anfang des Jahres unter 290 000 Stück sank. 290 000 Stück, das bedeutet für B.Z.-Verhältnisse doch mindestens Scheintod. Insofern ist das mit der B.Z. genau wie beim Kino. Unter 300 000 ist alles ein Flop. Also holten sie Wagner, das enfant terrible des deutschen Journalismus. Wagner holt man, wenn sonst nichts mehr hilft. Einen Durchreißer. Einen Romantiker des Boulevards auch. Einen, der Sätze zum Anfassen macht, Sätze aus Fleisch und Blut. Aber wie fühlt sie sich an, die Sinnlichkeit des Boulevards?

Zum Beispiel wenn einer das Bundesverdienstkreuz bekommt, ist das ja eigentlich eine auflagenfeindliche Meldung. Darum muß das Bundesverdienstkreuz erlebbar werden. Es muß sozusagen ein Kreuz werden aus Fleisch und Blut. Also, sagt Wagner zu dem Redakteur vor ihm, der den Bundesverdienstkreuzartikel schreiben muß: Die Frage ist doch, was hab ich von so 'nem Orden? Komm ich damit umsonst ins Museum oder nicht? Der Redakteur verspricht, das zu recherchieren.

Müssen Sie eigentlich über mich schreiben, fragt Wagner, ist doch sowieso alles falsch, was über mich geschrieben wird! – Aber das kürzlich im »Tagesspiegel« war doch fair, oder? – Ach! Wagner winkt ab. Viel zu gut! Was ihn ärgere, das seien solche Sachen wie im »Focus«. Er hätte die Auflage geschrumpft! – Hier, Wagner sieht plötzlich gar nicht mehr müde aus, hier, sehen Sie, so entwickelt sich die Auflage! Wagner schiebt ein Blatt Papier über den Schreibtisch. 5.10.1998, steht darauf, Schlagzeile B.Z.: »Die Ausgeflippten und das Böse«, Absatz West: 227 000, Ost: 79 000 Exemplare. So entwickele sich die Auflage. Wagner will den B.Z.-Mythos der 50er Jahre wiederbeleben, als Billy Wilder hier seine legendäre Eintänzer-Serie schrieb.

Mit dem Bundesverdienstkreuz kann man umsonst BVG fahren, meldet der zuständige Redakteur.

Die Fotografin findet, daß es jetzt Zeit sei, das Foto zu machen. Die Frage des Schreibens oder Nichtschreibens ließe sich auch später noch klären. Aber bitte mit Zigarette! Und hinterm Schreibtisch! Und mit der B.Z. von morgen! Und freundlich lächeln! – Kann ich nicht, sagt Wagner. Aber dann legt er sogar die Füße auf den Schreibtisch, weil das, wie die Fotografin sagt, »die Bildaussage« hebe. Nur als er den rechten Fuß auch noch auf den Tisch stellen soll, will Wagner nicht mehr. Vielleicht denkt er an die bedenkliche Bildaussage »Untern Stiefel treten«. Nein, das nicht.

Manch einer hat ja schon gekündigt. Und egal, was einer vorher im bürgerlichen Leben war, bevor er Wagner kannte, für den neuen Chef ist jeder »du«. Auch Ressortleiter. In Franz

Josef Wagners Weltbild gibt es eigentlich nur »Mädels« und »Jungs«. Wagner selber sieht ja auch aus wie ein altgewordener Junge, ein 54jähriger sunny boy, nicht eigentlich wie ein Erwachsener. Erwachsen sein heißt Zwischenräume, Distanzen, Reserven haben.

Lesen richtige Erwachsene eigentlich B.Z.?

Ein Layouter bringt die neue Serbien / NATO-Graphik. Darf ich da reinzeichnen, fragt Wagner und setzt die Brille auf. Was sollen denn die Flaggen da? – Der Graphiker sagt, daß die Fahnen die Länder bedeuten würden, die ihre Waffen gerade prophylaktisch gegen Serbien richten. – Flaggen!? Wagner denkt nach. Wären Raketen nicht viel besser? Raketen statt Flaggen, beschließt Wagner. – Der Layouter gibt zu bedenken, Raketen statt Flaggen, das sei eine höllische Arbeit. – Wagner: Was, weißt du nicht, wie ein Tornado aussieht? – Layouter: Doch! – Also, schaffst du's? – Layouter: Heute nicht mehr. Denn er müsse ja dann auch noch die F16 und die Mirage sowie Hundertschaften Soldaten symbolisieren. Es hätten ja nicht alle bloß Tornados.

Wagner sieht enttäuscht aus jetzt. Mayer tritt hinzu. Es ist 16.30 Uhr im B.Z.-Chefzimmer, das gerade dabei ist, sich in einen Generalstab zu verwandeln. Mayer erklärt in makellosem Oktoberfest-Bayrisch, daß die Visualisierung der Kampfmittel unerläßlich sei.

Irgendwie ist so eine Boulevardchefredaktion ja immer ein Mittelding zwischen Generalstab und Oktoberfest. Es gibt die Guten und die Bösen, Freund und Feind wie in jeder anständigen Armee, aber das alles mit richtig »viual G'fuel«. Wagner hat schon viele große Gut-und-Böse-Geschichten ins Blatt gesetzt, seit er da ist. Die letzte hieß: »Nach der Verhaftung des Kokain-Polizisten. Berliner Polizei: Deine Sünder, deine Helden.« Alles war gut visualisiert. Links standen in schwarzem Kasten die bösen Polizisten (»Kommissar überfiel drei Banken. Spielsucht!«), rechts in weißem Kasten die guten (»Rudolf P. war schneller als der Notarzt«).

Die B.Z. unter Wagner ist trotzdem eine Tageszeitung, weil Meldungen ja hervorragende Anlässe sind, Geschichten zu erzählen. Und das mit der Visualisierung ist auch toll. Nie hätten wir sonst so übersichtlich erfahren, wieviel alle möglichen Berliner – von Diepgen bis zum Busfahrer – im Monat verdienen. Wer sagt, ihn interessiere das nicht, lügt doch.

16.35 Uhr. Nur mit der Visualisierung der Kampfmittel will es noch immer nicht klappen. – Du woaßt doch gor nit, wo die Raketen steh'n, also koann'st auch nit einzeichnen, sagt Mayer. Man einigt sich auf einen Graphik-Mix mit Raketen statt Flaggen ohne genaue Standorte. Zeitpunkt der Fertigstellung: sofort!

»Sofort« ist für die B.Z. unter Franz Josef Wagner eigentlich viel zu langsam. Wenn es schneller ginge, fände der Chef das besser. Man sagt, Wagners philosophischer Standpunkt sei, daß erst eine Redaktion am Rande des Nervenzusammenbruchs beginne, wirklich effektiv zu arbeiten.

Der Raketen-Layouter kommt zurück.

Wagners Blick fällt auf die angelegentlich notierende Fremd-Journalistin: Sie sind ja immer noch hier! Ich muß Sie jetzt aber entschieden auffordern zu gehen!

Es ist 16.45 Uhr. In knapp zwei Stunden ist Redaktionsschluß, gegen 19.30 Uhr Andruck.

Peymann, der Bewässerungsingenieur

Claus Peymann verläßt Wien und geht als BE-Direktor nach Berlin. Unmöglich. Man kriegt es einfach nicht hin. Thomas Bernhard schrieb vor über zehn Jahren fast den denselben Satz. Aus gegebenem Anlaß nur mit anderen Ortsnamen: Claus Peymann verläßt Bochum und geht als Burgtheaterdirektor nach Wien. Und was geschah? Es wurde Literatur. Jetzt klingt es wie eine Mitteilung des statistischen Landesamts.

Immerhin, Bernhard hat damals alles notiert, womit man rechnen muß, wenn Claus Peymann umzieht. Am 30. Juni 1999 hatte er seine letzte Vorstellung in Wien.

»Blumenregen und eine Viertelstunde stürmischer Applaus.« Schade, daß Bernhard das nicht mehr erleben durfte. Es hätte seiner Studie über den österreichischen Nationalcharakter sicher ganz neue Aspekte hinzugefügt: Tod des Feindes durch Umarmung. Irgendwas in der Art. Und was wählte Peymann als letztes Stück? Natürlich das über ihn selbst. »Claus Peymann kauft sich eine Hose und geht mit mir essen.« Von Bernhard. Sicher ist Radunski deshalb auf Peymann gekommen. Ein Intendant, über den es ein echtes Theaterstück gibt! Nein, gleich drei! Und alle von Bernhard. Kann man da überhaupt was falsch machen? Diese Frage ist wichtig für Radunski, denn mit dem Allesfalschmachen ist er berühmt geworden. Peymann sieht das auch so und äußerte Überlegungen über eine gewisse Ähnlichkeit des Berliner Kultursenators mit dem Zigeunerbaron aus der gleichnamigen Operette. Als Operettenkenner hielte er sie für keineswegs äußerlich.

Natürlich weiß noch immer keiner wirklich, warum Peymann nach Berlin will. Er selbst auch nicht. Berlin sei zum Davonlaufen, hat er gesagt. Vielleicht, denkt Peymann, muß man ja dazu erstmal hiergewesen sein. Theatermäßig gesehen eine Wüste, dieses Berlin, findet Peymann. Jetzt wird er also nochmal Bewässerungsingenieur. Mit 62 Jahren.

Aber vielleicht war es doch etwas anderes. Peymann prügelt Radunski, und Radunski fragt: Wollen Sie nicht herkommen? Eine interessante Reaktion. Peymann wäre ein schlechter Theatermann, würde ihn solcher Masochismus nicht interessieren. Auf wirklichen Haß kann heute ohnehin kein Mensch mehr zählen. Auf dieses wunderbare Gefühl, gefährlich zu sein. Nicht mal mehr auf Beinahe-Staatskrisen, so wie 1988 in Wien. Nur weil Bernhard und Peymann in »Heldenplatz« mal eine neue Umschreibung für Österreich versucht haben: »Sechseinhalb Millionen Debile und Tobsüchtige.« Hat Theater überhaupt noch Sinn, wenn es keine Staatskrisen hervorruft? Jetzt lieben ihn sogar die Wiener.

Sicher hat Peymann in den letzten Jahren oft die Stimme seines toten Freundes Bernhard gehört: Wenn sie dich zu lieben anfangen, wird es ernst! Dann mußt du die Koffer packen! Hat Peymann ja nun gemacht. Beim letzten Mal lautete die Regieanweisung fürs Kofferpacken: Wir dürfen nicht zuviel ... mitnehmen/ werfen Sie ruhig noch ein paar Dramaturgen/ und ein paar Schauspieler raus ...

Wird Peymanns Lieblingsdramaturg Herman Beil den Umzug überstehen? Am 1. August wissen wir es. Dann spätestens muß Peymanns Sekretärin die Koffer auspacken. Vor dreizehn Jahren bot sich folgendes Bild: Ein paar Schauspieler sind inzwischen erstickt / zwei Dramaturgen verschimmelt. – Peymann: Das kann man nicht ändern / das Theater ist eben ein tödlicher Prozeß.

Peymann hat recht. Das BE-Ensemble gibt es nicht mehr. Manche sind von selbst gegangen, manchen wurde gekündigt, andere werden bleiben. Mal sehen, wen Peymann im Koffer hat. Wir wissen auch schon – dank Bernhard – was Peymann mit den Übriggebliebenen vorhat: Aus all diesen vertrockneten Mumien / werden wir wieder Schauspieler machen / zuerst Menschen / dann Schauspieler / das verspreche ich Ihnen Fräulein Schneider.

Um Gottes willen, Fräulein Schneider, Peymanns durch Bernhard zu literarischem Ruhm gelangte Sekretärin! Sie wollte nicht mitkommen nach Berlin. Niemand, der diesmal Peymanns Koffer auspackt? Und Bernhard ist auch tot. Keiner, der mit Peymann eine Hose kaufen geht und hinterher essen.

Immerhin, der Intendant hat jetzt viel Platz für sein Reisegepäck. Eine dreihundert Quadratmeter große Zwischendecke läßt er im Berliner Ensemble einziehen. Als Intendantenbüro. Man muß das verstehen. In Wien ist Peymann immer mit seinem Lieblingsdramaturgen Beil oben auf die Sulzwiese gegangen, ein Wiener Schnitzel in der Hand, eine Flasche Gumpoldskirchner im Arm. Da haben sie dann über das Theater nachgedacht. Das heißt, Peymann hat gedacht, und Beil sagte in regelmäßigen Abständen: Natürlich. Man weiß das durch Bernhard. Und auf dem kleinen Brechtrasen neben dem BE steht nicht mal so eine blühende Linde, in deren Schatten Peymann das Theater der Zukunft vor sich sah: Den ganzen Shakespeare an einem Abend! Beil / merken Sie sich / nehmen Sie mich beim Wort … Den ganzen Shakespeare …

Alle Königsdramen in einem Jahr, sagte sich Frank Castorf. Er ist damit fast fertig.

Berlin hat keine Sulzwiese. Nur eine Zwischendecke. Peymann und Beil werden also auf der Zwischendecke sitzen und über den Raum darunter nachdenken. Bei einer Flasche Gumpoldskirchner und Wiener Schnitzel.

Den ganzen Brecht an einem Abend?

Dagmar Schipanskis Lippenstift

Eigentlich gibt es Ilmenau gar nicht. Jedenfalls nicht auf den Landkarten in den Zügen der Deutschen Bahn. Daran kann man erkennen, daß die Deutsche Bahn mal wieder nichts mitkriegt. Denn Ilmenau ist ungemein wichtig. Zwar hat man es ganz hinten im Thüringer Wald versteckt, weil es ja auch ein bißchen unansehnlich ist. Aber von hier kommen die ostdeutschen Politikerinnen. Claudia Nolte zum Beispiel. Sicher war Angela Merkel auch schon mal in Ilmenau. Jedenfalls sieht sie so aus. Ein bißchen provinziell. Und fleißig. Irgendwie ostdeutsch.

Claudia Nolte hat in Ilmenau nur studiert, Kybernetik und Automatisierungstechnik; Dagmar Schipanski ist dort Professorin. Seit fast zehn Jahren. Das ist eine unheimliche Steigerung. Klar, daß man da ein bißchen unruhig ist, als die CDU-Kandidatin für das Amt des Bundespräsidenten zur Pressekonferenz im Preußischen Landtag kommt. Es ist einfach schwer, sich eine Potenz von Claudia Nolte vorzustellen. Und dann steht sie da mit diesem kühlen, taxierenden Wissenschaftler-Blick, schaut auf die Männer im Raum wie auf eine Versuchsanordnung, die ihr eben gerade Routine geworden ist und – sieht überhaupt nicht aus wie Claudia. Kein bißchen fleißig. Dunkles Sakko, weiße Perlenketten, ganz eng um den Hals gelegt. Eher wie Margaret Thatcher. Die hatte auch keine Ähnlichkeit mit der DDR. Aber das Lachen paßt nicht. Margaret Thatchers Lachen taute nie, das von Dagmar Schipanski scheint nicht hart, nur herb. Und bisher nie benutzt, wenn sie es nicht meinte. Das ist nun doch wieder ostdeutsch. Diese Unfähigkeit, sich zu verbergen, als seien andere Menschen etwas, dem man grundsätzlich vertrauen könnte.

Diepgen spricht von einem »besonderen Akzent«, den man nach fünfzig Jahren Bundesrepublik mit Frau Schipanski setzten wolle. Und dieser Akzent beeinhalte genau drei Elemente: Modernisierung, Gleichberechtigung, innere Einheit des Landes! Frau Schipanski sieht Diepgen interessiert an, als rede der von einer neuen, ungemein interessanten technischen Innovation. Frau Schipanskis Spezialgebiet ist die Entwicklung und Simulation von integrierten Schaltkreisen. Das ist ganz leicht zu verstehen. Man braucht dabei nur an die Politik zu denken. Der Idealfall der Politik wäre auch der vollintegrierte Schaltkreis. Der Realfall ist der immerzu unterbrochene Schaltkreis. Sicher hat das ihren Ehrgeiz geweckt. Aber das sagt sie nicht, sie sagt: »Ich habe nach der Wende aktiv Einfluß genommen bei der Gestaltung des neuen Deutschland.« Protokollsätze. So was lernt man auch in der Wissenschaft. Aber weil Wissenschaftler nur Sachen sagen dürfen, die sie sofort beweisen können, kommt eine große Aufzählung: Präsidentin des Wissenschaftsrates, Mitglied der Weltethikkommission, Vorsitzende des Kuratoriums der Humboldt-Universität und immer so weiter. Es ist jedesmal wieder aufregend, wie viele Institutionen es gibt und daß man da überall drin sein kann. Dagmar Schipanski schafft jetzt schon Sachen, für die andere ein ganzes politisches Leben brauchen. Zum Beispiel einen Satz zu formulieren, in dem die unbedingte Modernität der CDU vorkommt mitsamt der Vorbehalte gegen diese Modernität sowie das CDU-Typische in rhetorisch völlig unbedenklicher, allgemeinverständlicher Form. Dagmar Schipanski sagt: »Wir können über alles diskutieren. Über Toleranz, Liberalität, Zivilcourage. Im Mittelpunkt aber steht: die Verantwortlichkeit!« Ein Meisterstück. Dabei ist sie gar nicht in der CDU. Klar, Schipanski ist Physikerin, sie versteht was von Unbestimmtheitsrelationen, und da sie in Magdeburg »Angewandte Physik« studierte, kann sie diese eben auch anwenden.

Das mit der »Verantwortung« ist insofern immer ein bißchen gemein, weil sie ein autonomes Subjekt suggeriert, eins, das in den universellen Abhängigkeiten dieser Gesellschaft immer mehr verschwindet.

Tiefroter Lippenstift am Nachmittag. Dieses herbe Gesicht weist ihn nicht ab. Er steht ihr sogar. Und man ahnt, Dagmar Schipanski könnte sie sein, die Synthese des Widerstreitenden. Professorin mit drei Kindern, ja, das auch. Das Neue eben. Das Dumme am Neuen sowie den Personen, die es verkörpern, ist bloß, daß sie noch keiner kennt. Bei Johannes Rau ist das anders. Jeder kennt Johannes Rau. Und nichts spricht gegen ihn. Nur das eben. Daß nichts gegen ihn spricht.

Abends. »Mobil telefonieren für nur 29 Pfennige!« fordert ein Fernseh-Berufshektiker den »Grünen Salon« der Volksbühne auf. »n-tv« spielt sein aktuelles Programm ein. In wenigen Minuten beginnt die Live-Übertragung der Talkshow. Heinz Eggert, Sachsens vormaliger Innenminster, Erich Böhme und Dagmar Schipanski ist das sichtlich egal. Sie reden über Schlipse. »Nur noch neun Sekunden!« kündigt der Aufnahmeleiter von n-tv an. »Da brauchen Sie jetzt gar nicht drauf zu antworten«, sagt Eggert begütigend zu Frau Schipanski. Und dann erklärend zu Böhme: »Sie muß doch wirklich gar nichts machen, nur sie selber bleiben.« Dagmar Schipanski, vor ihrem ersten richtig großen Fernsehauftritt sieht das jetzt doch anders. Sie hat plötzlich diesen weit offenen Blick und die bodentiefe Atmung wie alle Flugneurotiker kurz vor dem Start. Sekunden später ist sie in der Luft. Auf Sendung. Und faßt sich sofort. Vormalige Wissenschaftsrats-Präsidentinnen können sowas. Mehr Chancen für den Wechsel! Und für Seiteneinsteiger, sagt sie. – Frau Schipanski könnte das jetzt auch richtig wissenschaftlich begründen. Alles Neue passiert nämlich nicht in den einzelnen Fachdisziplinen, sondern zwischen ihnen. Auf Seiteneinsteiger-Basis also. Darum hat der Wissenschaftsrat in einer Studie kürzlich auch »molekulare Architektur«, Bio- und Molekularelektronik zu Forschungsfeldern der Zukunft erklärt. Aber das sagt sie hier besser nicht, auch nicht, daß sie schon neun Patente angemeldet hat. Schließlich will sie ja keinen erschrecken. »Festkörperelektronik«, ihr Fachgebiet, hört sich schon gefährlich genug an.

Dagmar Schipanskis Lippenstift ist jetzt viel heller als am Nachmittag, ihr Kostüm auch. Warum eigentlich nicht nachmittags aussehen, als ginge man zum Opernball, und abends wieder wie eine richtig berufstätige Frau? Eggert, der sie probeweise auch mal mit »Frau Schimanski« anspricht, will wissen, ob sie es nicht auch gemein finde, daß Frauen immer nur vorgeschlagen werden, wenn sie keinerlei Chance hätten. O wie gut Dagmar Schipanski diese Erkundigung kennt! Sie hat inzwischen schon ein ganz spezielles Lächeln, nur für diese Frage. So eins in der Mitte zwischen Trotz, Vorwurf und Understatement. Hätte sie sich wohl beworben, wenn sie keine Chance sähe? Viel mehr antwortet sie nicht und mag wohl an Gregor Gysi denken, der mit dieser typischen Gysi-Süffisanz erklärte, die PDS-Stimmen seien noch längst nicht vergeben, was die Professorin jetzt sehr in Verlegenheit bringt. Wie sie sich wohl dazu verhalte, will jetzt jeder von ihr wissen. Also vorläufig am besten gar nicht. Aber es gibt ja noch die FDP. Die stellvertretende FDP-Vorsitzende Cornelia Pieper hat ihre Partei längst aufgerufen, Frau Schipanski zu unterstützen. Nur der frühere Justizminister Edzard Schmidt-Jortzig will immer noch Rau wählen. »Da weiß man, was man hat«, sagt er. Das hat Johannes Rau mit den Waschmitteln gemein.

Eggert bleibt hart. »Frauen aller Parteien, vereinigt euch!« – wäre das nicht ein Wahlspruch? Nein, sagt Dagmar Schipanski, sie arbeite lieber mit Männern. Habe sie schon immer gemacht. Man spürt die Ostdeutsche wieder, die das Fraubündlerische nie nötig hatte. Eggert läßt sich ein zweites Bier bringen und will wissen, was die westdeutsche Gesellschaft denn aus ihrem Lebenslauf lernen könne. – »Verständnis dessen, was Arbeit im Leben eines Menschen bedeutet.« Und dann fügt sie an: »Wir hatten in der DDR neben der Arbeit doch kein anderes Leben!« Dagmar Schipanski sieht aus, als halte sie das für einen durchaus erstrebenswerten Zustand. Wer soll diese Frau verstehen? Und dann sagt sie noch etwas Ungeheuerliches. Daß sie wirklich keine Ahnung habe, wieviel ein Stück Butter koste, weil sie Einkaufen für eine der schwersten Prüfungen im Leben halte und die Sache deshalb vertrauensvoll in die Hände ihres Mannes gelegt habe. Immer schon. Schwer zu sagen, wann man begann, die Volksnähe eines Politiker durch die Butter-Frage festzustellen. Kohl, Geißler, fast alle haben die Antwort gewußt.

»Ich schwebe«, ruft Dagmar Schipanski, als es vorbei ist. Nein, sie schreit es fast über den Tisch, weil der Barpianist jetzt nämlich »There's no sunshine, if she's gone« spielt und findet, daß man das richtig laut tun müsse. Dann sagt sie noch: »Ich glaube, ich habe keine dicke Haut.« Es ist ein Leben wie auf Watte, daß sie gerade führt. Vor drei Semestern hielt sie die letzten Lehrveranstaltungen in Ilmenau. Jetzt die Freisemester. Früher sprach sie, um eine Sache darzustellen. Jetzt spricht sie, um sich selber darzustellen. »Ist das nicht unheimlich?« Und so unwissenschaftlich. Für Augenblicke wirkt Dagmar Schipanski, als wisse sie auch nicht, was sie hier eigentlich mache.

Die Kandidatin für das Amt des Bundespräsidenten schaut mitleidig auf die Bemühungen der Journalistin, das alles mitzuschreiben. Nicht mal Steno, wie dilettantisch, sagt ihr Blick. Wenn ich wüßte, wie schnell sie stenografieren könne! Mit sechs Jahren habe sie das gelernt. Wahrscheinlich dachte Dagmar Schipanski schon damals, man dürfe mit solch elementaren Kulturtechniken wie dem Schreiben und seinen Ersatzformen nicht allzuviel Zeit verlieren und lerne daher am besten alles auf einmal. Und sie wollte wirklich von Anfang an Physikerin werden? »Natürlich nicht, wissen Sie, ich bin sehr begabt, da war es schwer, sich für eine Sache zu entscheiden.« Uneitler als diese Frau kann man einen solchen Satz nicht sagen, nein, laut gerufen hat sie ihn, mitten in »Baker Street« hinein, dieses Stück Rockmusik, das wie zehn Sonnenaufgänge auf einmal ist. Da denkt man, daß aus dieser Frau einfach alles werden kann. Wenn es sein muß, sogar die erste Päpstin.

Nur daß neuerdings alle Angst hätten vor der Wissenschaft, könne sie nicht verstehen. Aber wolle sie denn bestreiten, daß ein Zusammenhang ist zwischen der Technikentwicklung und der Marginalisierung des Menschen? Ihr Blick ist sehr hart jetzt. Die richtigen Rezepte wären einfach noch nicht gefunden. – Da ist er wieder, der grundsätzliche Optimismus des wissenschaftlichen Weltbildes. Das Leben als Versuchsanordnung. Dann wird ihr Gesicht plötzlich wieder klar, so als sei ihr gerade etwas unheimlich Schönes eingefallen. Sie habe da einen Kollegen in Ilmenau, ob ich mir vorstellen könne, was der jetzt mache? Gebrauchsanweisungen für technische Geräte schreibe er! Auf Chinesisch! Nein, man müsse keine Sorgen haben um die Zukunft der Arbeit.

Drei Tage später hält Dagmar Schipanski einen Festvortrag an der Humboldt-Universität. Der Anlaß: »Berlins erstes Fräulein Doktor«. Vor 100 Jahren wurde die Physikerin Elsa Neumann promoviert. Drei Jahre später starb sie bei einem chemischen Experiment. Blausäure. Aber Dagmar Schipanksi sieht etwas ganz anderes. Welch ungeheurer Aufbruch in den Wissenschaften damals, als Elsa Neumann noch mit dem Grafen von Zeppelin Luftschiff fuhr, weil sie sich ja auch mit dem Problem der Gaszündung bei Luftschiffen befaßte! Frauen wie Elsa Neumann kann sie gut verstehen. Oder Goethe. Auch Wahlthüringer und klassischer Seiteneinsteiger, genau wie sie. Minister, also so was wie der Bundespräsident Weimars, Mineraloge, Entdecker des Zwischenkieferknochens und nebenbei auch noch Dichter. Dichter, nun ja. Man kann das auch weglassen. Bestimmt ist Dagmar Schipanski wegen Goethe am Wochenende nach Weimar gefahren. Und wegen Roman Herzog, dem Vorgänger, natürlich. Solche Reden wie er soll sie, Dagmar Schipanski aus Ilmenau, also künftig halten? Schon ab Mai? Vielleicht.

Mit der Aura von Zeus und Beuys – Peter-Klaus Schusters Jahrhundertausstellung

Er kommt eine halbe Stunde später. Er hat den Schritt des Flaneurs. Ein Vorübergeher. Einer, der lächelnd die Verstiegenheiten der großen Städte studiert. »Jahrhundertausstellung« steht weiß auf rot an der Säulenhalle des Alten Museums. Peter-Klaus Schuster bleibt stehen. Er ahnt, Vorübergehen hat jetzt keinen Sinn mehr. Die Ausstellung, diese – ja soll man sagen: Verstiegenheit? – ist seine eigene. Und morgen wird sie eröffnet. Ein ganzes Jahrhundert Kunst in insgesamt sechs Museen. Mit plötzlicher Entschlossenheit nimmt der neue Generaldirektor der 14 Staatlichen Berliner Museen und Chef der Nationalgalerie die ersten Stufen. Oben warten also ARD und ZDF, sagen Sie? Schon ziemlich lange, fragt Schuster vergewissernd seine Co-Kuratorin Andrea Bärnreuther. Sich beeilen, jetzt noch, wo ohnehin alles kommt, wie es kommen muß? Zeitwahrnehmung – danach hätte man das zwanzigste Jahrhundert auch ordnen können, sagt er. Oder Erotik! Alles mögliche Klammern.

Längst verworfene Klammern. Der Generaldirektor wendet sich auf der Museumstreppe um: Ein Tempelbezirk mitten in der Stadt! Einzigartig! – Mit »Tempelbezirk« meint Peter-Klaus Schuster die Museumsinsel. Wahrscheinlich ist aus museologischer Sicht das Museum der legitime Nachfolger des Tempels. Schuster geht jetzt zu einer Beschreibung Berlins über, wie sie nur einem Nicht-Berliner gelingen kann. Wenn U-Bahnen oben über der Straße fahren, dann handele es sich um eine wirklich große Stadt! Das habe er als Kind schon so gesehen. Jetzt hat Schuster die Ausstellung fast vergessen. Er sei, der Herkunft nach, ein integrierter bayerisch-württembergischer Gesamtsüddeutscher und als solcher im Kloster Hirsau geboren, erklärt er seine außerordentliche Empfänglichkeit für große Städte. Von Hirsau in die Hauptstadt zur eigenen Jahrhundertausstellung, das schafft nicht jeder!

Bis eben war Schuster Generaldirektor der Bayerischen

Staatsgemäldesammlungen. »Die Münchner Pinakotheken, wissen Sie, wie wohlgeordnet die sind?« Es klingt, als ob sich nichts Entmutigenderes über ein Museum sagen ließe. Brauchte Schuster also das Jahrhundertausstellungsprojekt, um den Gesamtzustand der bayerischen Staatsgemäldesammlungen zu kompensieren? Im Gesicht des Oberkurators malt sich lebhaftes Erstaunen. Nein, die Idee hatte er schon vor sieben Jahren. Da wiederum war er noch in Berlin. Sozusagen als sein eigener Vorgänger. Und jetzt sei er eben der Nachfolger seines Nachfolgers. Im übrigen halte er keine Idee für naheliegender als die einer Jahrhundertausstellung. Oder was soll man an einem Jahrhundertende sonst machen? Und wieso zu groß? Ein Jahrhundert sei doch auch groß. Die FAZ hätte gerade so einen gehässigen Kommentar geschrieben von aus dem Goethe-Rausch in ihre Lesesessel zurücksinkenden Germanisten, und »schon schlagen die deutschen Kunstkritiker und Kunstschriftsteller vereint mit den dunklen Flügeln und krächzen im Chor: ›Kunst in Deutschland, Kunst aus Deutschland, das ganze XX. Jahrhundert.‹« Ob er damit gemeint sei?

An Widerstände kann sich Peter-Klaus Schuster schon erinnern. Aber Widerstände existieren, um den Erfolg zu spüren. Denkt sinngemäß der Generaldirektor. Und außerdem hat er mit den Jahrhundertausstellungen nicht mal angefangen. Das war Hugo von Tschudi, einer seiner Vorgänger. Die Deutsche Kunst von 1775 bis 1875. Die ganze Nationalgalerie sei 1906 dafür leergeräumt worden. Und was entstand? Der noch heute verbindliche Kanon der deutschen Malerei des 19. Jahrhunderts. Schuster hält inne. Irgendwas in der Richtung, denkt er jetzt wohl, sollte es schon werden. Mitarbeiter nennen ihn nach Informationen des »Spiegel« »eine Art Karajan«, aber eigentlich hat er viel mehr Ähnlichkeit mit Peter Handke. Dasselbe halblange, oben schon etwas schüttere Haar. Seit Franz Liszt anerkanntes Attribut künstlerischer Vergeistigung. Peter-Klaus Schuster hat etwas so Gemessenes in seiner Mimik und Bewegung, daß man sofort versucht, möglichst unhörbar aufzutreten. Keine Weltgeräusche, und wenn doch, dann nur die notwendigsten! Wir betreten den Kuppelsaal. Sofort ist klar: Selbst eine Jahrhundert-Ausstellung ist vor Eröffnung voll von den greulichsten, niedersten Geräuschen. Bohrmaschinen. Hämmer. Sogar Krane.

Ich zeige Ihnen jetzt mal, was von dieser Ausstellung bleiben wird, ruft Schuster in einem Tone an der äußersten Grenze, wo haltlose Begeisterung noch die Aura des Gemessenen wahrt. Hier, sagt Schuster und deutet in die Rotunde des Alten Museums. Dort schauen wie an jedem Tag seit 1830 Nike, Zeus, Hermes, Hera und die anderen in die Mitte des Raumes, den Schinkel dem römischen Pantheon nachempfand. Gewöhnlich ist diese Mitte leer. Die Götter schauen ins Nichts. Aber seit ein paar Tagen erblicken sie etwas Erstaunliches. Eine verrostete Straßenbahnschiene liegt dort und daneben ein entschieden ungriechischer Mann, zum Gott höchst ungeeignet, der steckt bis zum Halse in einer Kanone. Aphrodite hatte schon immer jenen etwas zweifelnden Ausdruck im Gesicht, aber heute weiß man, warum. Sehen Sie das, fragt Schuster die umstehenden Journalisten, nur deshalb machen wir diese Ausstellung! – Auf den Holzkisten direkt vor Asklepios, dem Gott der Heilkunst, steht: Open this Side. Leihgabe: Joseph Beuys »Straßenbahnhaltestelle. Tonne rechts«. Und auf der nächsten: »Straßenbahnhaltestelle. Tonne Mitte links«. Die Kanone mit dem Kopf drin liegt tatsächlich auf drei Tonnen. Das hier, erklärt der Generaldirektor sinngemäß, ist das Schrecknis der Geworfenheit in einer Art römisch-germanischem Kunst-Pantheon. Und was könne es wohl sonst bedeuten, dieses zwanzigste Jahrhundert? Das ZDF versucht inzwischen, Schuster, die Kanone und die Griechen auf ein Bild zu bringen. Beim Hinausgehen frage ich den Aufsichtsführenden, welche Bedeutung die Metallteile auf Decken für die Gesamt-Installation haben und erfahre, daß es sich um den zerlegten Kran handele, der Beuys' Haltestelle herbrachte.

In einem ganzen Jahrhundert kann man sich verlaufen wie in einem Wald. Darum, sagt Schuster, habe er »Sichtachsen«

geschlagen. »Gewalt der Kunst«, »Materie und Geist«, »Collage – Montage«, verteilt auf Altes Museum, Neue Nationalgalerie und Hamburger Bahnhof. Natürlich wollten andere auch andere »Achsen«. Immerhin waren sie fünfzehn Individualisten bei der Vorbereitung. Aber die habe er dann eben von seinen »Achsen« überzeugt.

Der erste Raum gehört den Ausnahmemenschen, also Malern und solchen, die es werden wollten. »Hitler als Bannerträger« in Ritterrüstung gegenüber Beckmanns »Selbstbildnis im Smoking«. »Die Gewalt der Kunst« sei ja nicht nur »Achse«, sondern auch »Klammer«, sagt Schuster. Von Dürer komme das her. Der Glaube an das Irrationale, nie ganz Erlernbare auf dem Boden des Schöpferischen. Man sieht, was Dürer meinte, an diesen genialen Malerselbstbildnissen sofort. Sie alle haben ein beinahe gewalttätiges Moment. Bis auf den Hitler von Hubert Lanzinger. Hitler trägt einen veritablen Schmiß auf der Wange. Das war ein amerikanischer Soldat, als er das Bild fand, erklärt Schuster. Ob der Soldat ein Ästhet war, der das Gemälde zerschnitt, weil es so schlecht ist oder ob seines Motivs, konnte niemals aufgeklärt werden. Der Generaldirektor verhandelt jetzt mit einem Beleuchter über wünschenswerte Luxzahlen. Neben Beckmann im Smoking ist noch ein Platz frei. Kirchners »Selbstbildnis als Trinker« braucht etwas länger hierher. Aber wer ist dieser Geblendete von Corinth? Noch sind nirgends Schilder neben den Bildern. Jemand hämmert. Wie dieser furchtbare Mann mit der Augenbinde heiße, wüßte er genau dann, wenn er das zugehörige Schild angebracht habe, sagt der Hämmerer. Es sind noch sehr viele Schilder.

Wir schaffen das, da ist sich Schuster sicher, wir sind Künstler. Einen »Kunstdirigenten« nennt man ihn auch. Jeder Ausstellungsmacher ist vor der Eröffnung ein Kunstdirigent. Weit ausgestreckt die Arme, stockender Rhythmus: »Schräg, schräg! Noch ein bißchen zu mir! Halt! Gut, gut – und jetzt links! Stop! ... Ach nein!« Die drei leeren Vitrinen im Raum »Der neue Mensch« stehen, egal wie, immer falsch. Nehmen wir eine weg, überlegt Schuster. Nach einer Viertelstunde ist die vorläufige Stellung der beiden verbliebenen Objekte gefunden. Am Sonnabend soll das Bauhaus-Manifest mit Feiningers Kathedrale des Sozialismus darin liegen.

Schuster muß in der Nationalsozialisten-Abteilung vor Arno Brekers »Prometheus« jetzt ein Interview geben. Prometheus trägt ein Spinngewebe zwischen Kopf und Fackel. Auch eine Art Entnazifizierung. Der ARD-Kameramann korrigiert beständig die Körper- und Kopfhaltung des Generaldirektors. Dieser schaut durch alle hindurch. Er sieht im Augenblick nur Vitrinen. Er hätte nicht damit anfangen sollen. Und dann der definitive, gefürchtete Satz: »Die hier steht auch falsch!« Das Rücken beginnt wieder. Schuster erfährt, daß die ARD-Redakteurin aus einem Ort ganz dicht beim Kloster Hirsau kommt. Er lächelt und macht ihr ein Kompliment für die Frage, ob der Eifer des Künstlers, die Welt zu verbessern, spezifisch deutsch sei. Sehr subtil, sagt Schuster und spannt mit neuem Elan einen überzeugenden Bogen von Schiller über Nietzsche (»Nur als künstlerisches Phänomen ist das Leben erträglich ...«) zu Beuys und wieder zurück. Ob dieser Raum hier nicht den Nationalsozialismus verharmlose, fragt sie noch und zeigt auf den schwarzen VW neben sich. Falsch, sagt Schuster, das ist gar kein VW, sondern der Kraft-durch-Freude-Wagen, von Porsche und Messerschmidt gemeinsam gefahren. Im übrigen könne er keine Verharmlosung erkennen.

Nebenan versucht Andrea Bärnreuther, Schusters Co-Kuratorin mit rabenschwarzem Haar und knallroter Brille, den richtigen Platz für Baselitz' »Geschlecht mit Klößen« zu finden. Das Bild erweist sich als entschieden widerspenstig, was insofern zu erwarten war, als es zusammen mit »Die große Nacht im Eimer« 1961 schon mal beschlagnahmt wurde. Wegen gewisser phallusverherrlichender Tendenzen in Verbindung mit Erregung öffentlichen Ärgernisses. So ungefähr. Auch ein Beweis für die Macht der Kunst.

Gab es Bilder, an die er sofort gedacht hat bei diesem Jahrhundert-Projekt? Natürlich, sagt Schuster, an Beckmann im Frack und Beuys' Haltestelle. Wenn er das zwanzigste Jahrhundert nur durch seine eigene Ausstellung kennen würde, wie käme es ihm vor? Schuster spricht jetzt von einem »Denkraum der Besonnenheit«, von Kunst als »erhabenem Gefäß unserer Anschauungen«. Er sieht wieder aus wie Peter Handke. Er verläßt mit dem Kamerateam die Ausstellung. Zu spät für die Frage, woran man erkennt, wer nicht zum Jahrhundert gehört. Barlach, Kollwitz, sehr viele fehlen. Eigentlich fehlen die meisten wie auf jeder Ausstellung. Im Gehen gibt der Generaldirektor der linken Bauhausvitrine den entscheidenden Ruck. Jetzt steht sie richtig. Die Bauaufsicht »II. OG. Kontrollbereich Ausstellung« hat ihren Pausentisch direkt unter Brekers Prometheus. Der Blick des Fackelträgers fällt auf zwei leere Becher »zott«-Sahnejoghurt.

»Ich will das Mahnmal!« Lea Rosh

Sie schaut auf die Fotografin mit einem Ausdruck aufrichtigen Entsetzens. Fotos? Darauf sei sie aber gar nicht ... Lea Rosh denkt jetzt sicher kurz an die Weisheit des alttestamentarischen Bilderverbots und daran, daß es ohnehin Nachteile hat, nicht Gott, sondern nur die Vorsitzende eines Förderkreises zur Errichtung eines Mahnmals zu sein. Man muß sich da ganz anders benehmen. Verständnis gewinnen, verhandeln, Kompromisse machen, nett sein zu schrecklichen Leuten, alles genau wie jetzt. Lea Rosh versucht es mit dem Verständnis-Gewinnen. »Sehen Sie, ich habe ein kleines und ein großes Auge, und wenn ich dann noch lache, sieht das manchmal so hundsgemein aus ...« Ob wir ihr die Fotos nicht vorher zeigen können, und sie sucht sich eins aus? Es ist immer derselbe Streit. Genau wie beim Mahnmal. Wer entscheidet, was genommen wird? Wir nehmen das Allerbeste, schlagen wir vor. Aber nun wirkt Lea Rosh vollends entmutigt. Sie kennt das schon. Andere finden immer was anderes gut als sie. Die Namensplatte zum Beispiel – millionenfach eingraviert die Opfer – mochte sie wirklich. Bubis nicht. Dann Kohl auch nicht mehr. Am Ende war sie fast allein.

Oder der Eisenman-1-Entwurf. Speermäßig fand ihn Naumann. Lea Rosh hält »Eisenman 1« noch immer für besser als den überarbeiteten, gestutzten »Eisenman 2« mit den Bäumen drumrum. Es gibt eben nichts Aussichtsloseres, als das Allerbeste zu finden. Das gilt für Fotos wie für Mahnmale. Also muß das der Bundestag entscheiden, dachte sich Naumann. Und zwar bald. Morgen schon. Diese Möglichkeit, ahnen wir sofort, hat man bei Fotos nicht.

Auf dem Tisch eine Schale mit Porzellanobst und daneben das Diepgen-Interview der »Welt am Sonntag«. Was Lea Rosh daran völlig abwegig findet, hat sie mit leuchtendem Textmarker angestrichen. Das Diepgen-Interview ist jetzt blau. Jemand will am Telefon wissen, was sie darüber denke. Plötzlich ist Lea Rosh' linkes Auge wirklich kleiner als das andere, wie bei allen Menschen, die zielen üben. Nach knapp zehn Minuten weiß der Anrufer alles, was Lea Rosh über den Regierenden Bürgermeister denkt. Sie denkt zum Beispiel, daß Diepgen nicht machen kann, was er will. Und daß er nicht bekommen sollte, was er möchte – nämlich kein Mahnmal. Und daß der Diepgen am rechten Rand fische, jawohl, daß denke sie auch. Dann wird ihr Gesicht ganz klar. Beide Augen sind jetzt ungefähr gleichgroß. Lea Rosh lächelt. Es ist so ein zugleich nachgiebiges und sehr bestimmtes Lächeln. Ein richtiges Weltweisen-Lächeln. Wenn sie das trägt, ist es unmöglich, mit dieser Frau nicht einer Meinung zu sein. Nur bei Diepgen hat es nicht gewirkt. Andererseits lächelt Lea Rosh ja auch genau deshalb, weil sie Diepgen gerade vergessen hat. Dafür ist ihr jener Mann eingefallen, der ihnen eben 100 000 DM überwiesen hat für das Denkmal. Es sei wichtig und man solle es bauen. Als sie selbst vor kurzem dort stand, wo Hitlers Reichskanzlei war und bald das Denkmal sein soll, haben die meisten ihr gesagt: Fangt endlich an! Aber die »Abendschau« brachte nur drei Negativstimmen. Lea Rosh läßt die Schultern steil nach unten fallen, Resignation und Verzeihung in derselben Gebärde: »Journalismus. Was soll's!«

Wenn der Richard-Schröder-Vorschlag gewinnt, steige

man aus. Dieser Obelisk »Du sollst nicht morden!« sei doch kein Denkmal. Und außerdem schon beim ersten Wettbewerb durchgefallen. Keine jüdischen Symbole, hatte man sich 1995 geeinigt. Keine Menora, keinen Davidsstern. Und nun dieses »Du sollst nicht morden!« auf hebräisch. Bei dem Anlaß? Das sei doch Zynismus.

Lea Rosh hat recht. Das »Du sollst nicht morden!« ist zu klein. Nicht, weil ein Obelisk mit weniger Platz auskommt als »Eisenman 2«. Es ist als Aussage zu klein. Es läßt zu wenig ahnen von dem, was »Zivilisationsbruch« zu nennen noch immer die einzig wahrhafte Erklärung ist. Als Verweigerung einer Erklärung. Ohne 2000 Jahre Antisemitismus hätte es den Holocaust nicht gegeben, sagt Lea Rosh. Darum konnte es auch nicht ein Denkmal für alle Opfer des Nationalsozialismus sein. Sie stellt also Hitler in eine Logik von Geschichte? – »In gewissem Sinne. Ja.« Das Ungeheuerliche daran spürt sie nicht.

Ist nicht überhaupt alles, was man hier tun kann, von vornherein das Falsche, frage ich. – Wieso falsch, ruft die Journalistin, die für ihre Filme über den Nationalsozialismus und die Judenverfolgung den Adolf-Grimme-Preis bekam und andere mehr. 1990 lief die bisher größte Dokumentation des deutschen Fernsehens über den Holocaust. »Der Tod ist ein Meister aus Deutschland.« Sie hat den Film zusammen mit dem Historiker Eberhard Jäckel gemacht. Und Jäckel war es auch, der es zuerst bemerkte: Es gibt kein Denkmal in diesem Land für die Millionen ermordeter Juden. – Wieso, sagte sie da, es gäbe Auschwitz, Treblinka, es gäbe die anderen, überhaupt viel zu viele schreckliche Orte. Eben, antwortete Jäckel, aber kein Denkmal in Deutschland. – In dem Augenblick habe sie es verstanden. »Und was soll daran falsch sein? Wir wollten die Juden ehren. Wir wollten ein Denkmal. Ende.« Diesen Wir-wollen-ein-Denkmal-Ende-Gestus hat man ihr übel genommen. Und konnte ihn doch nicht erklären. Ist es »Philo-Semitismus«? »Überidentifikation mit den Opfern«? Die Worte haben etwas Dummes, etwas von Rankünе hinter der akademischen Rhetorik. Manche Dinge sind viel einfacher. Sie brauchen nur einen Satz. »Wir wollen ein Denkmal. Ende.«

»Dampfwalze Lea«, schrieb Augstein einmal. Lea Rosh lächelt, diesmal ein bißchen anders. »Ach ja, die Flakhelfergeneration. Der Namensänderungsentlarver.« Plötzlich dachten alle, Lea Rosh hätte ihren Namen judaisiert. Stand doch im »Spiegel«. Rosh heißt hebräisch Kopf. Also bekam der »Spiegel« ihren Geburtsschein. Zur Begutachtung. Rosh steht darauf. Sie hat einen jüdischen Großvater. Das Wort »Vierteljüdin« fiel Augstein dazu ein.

Es gäbe kein anderes Land, das sich ein Denkmal seiner größten eigenen Schande setzt. So würden sie denken. Walser. Augstein. Diepgen. »Schandmal«, nannte es Augstein denn auch und fügte an: »Man ahnt, daß dieses Schandmal gegen die Hauptstadt und das sich in Berlin neu formierende Deutschland gerichtet ist.« Ist es das? Lea Rosh kann so nicht denken. Kann man so denken?

Ein »riesiges unübersehbares Mahnmal« sollte es werden, als Lea Rosh 1988 den Förderkreis mitgründete. »So groß ist es nun auch wieder nicht«, sagt sie jetzt. Und außerdem lag der Umfang im Ermessen der Künstler. Man hat sich angewöhnt, das Mahnmal in Fußballfeldern anzugeben. Es werden immer mehr Fußballfelder, findet Lea Rosh. Dabei brauche der Eisenman-Entwurf nur ein Drittel der jetzt umzäunten Fläche.

Jeder Gedenkstein ist auch Bannung der Toten. Abscheidung und Vergegenwärtigung zugleich. Der ewige Doppelsinn solcher Grabmale. Sollen wir es sein, die die toten Juden unter Beton gießen? Lea Rosh sieht jetzt ein bißchen genervt aus. »Mein Gott, ein Grabstein!« Und jene, die ihr, die den Deutschen überhaupt das Recht absprechen, den Juden ein Denkmal zu setzen, begreift sie nicht? »Doch, doch, verstehe ich. Verstehe ich sehr gut. Ist aber nicht meine Meinung.« Lea Rosh ist nun mal gewohnt, eine eigene Meinung zu haben. Und sie für maßgeblich zu halten. Anders hätte sie ihre schönen, klugen Talkshows »Drei nach neun« und »Freitagnacht« nicht machen können. Anders wird man nie Funkhausdirektorin des NDR. Anders trägt man nicht die Verantwortung für 570 Mitarbeiter. Anders nimmt man nicht den Niedersachsen ihren Hymnentext weg. »Wo fielen die römischen Schergen? Wo versank das welsche Blut? In Niedersachsens Bergen, an Niedersachsens Wut.« Was'n das, fragte Lea Rosh, da war sie noch sehr neu in Hannover. Ihr Fahrer schaute auf die UKW-Leiste seines Radios: »Unser Sender!« – »Fahren Sie mal rechts ran!« Das war der letzte Tag der Niedersachsen-Hymne mit Text. – Niedersachsen! Laßt euch von dieser Journalistin nicht eure Hymne wegnehmen, habe Schäuble noch aufgerufen. Umsonst. Schröder winkte ab. Die Grünen dichteten dann einen neuen Text – »grün wie Niedersachsens Wälder, grün wie ...«, so ungefähr – aber sie hätte damals kein Geld gehabt, das aufnehmen zu lassen. Dafür bekam ihr Funkhaus als erstes in Deutschland einen eigenen Kindergarten. Und überhaupt viel mehr Frauen als andere Funkhäuser.

»Der Herr liebt am meisten die abtrünnigen Schafe«, erklärte ihr der Pfarrer, als sie, Mitte zwanzig, gerade aus der Kirche austrat. Schaf, antwortete sie, nun hören Sie aber auf, ich bin doch kein Schaf! Sie sei vielmehr Atheistin, sagt Lea Rosh und breitet die Arme, als läge in solcherlei Bekenntnis die einzige Möglichkeit, nicht für ein Schaf gehalten zu werden. Aber wenn, überlegt sie, dann würde sie in die bulgarisch-orthodoxe Kirche eintreten. Die einzige Kirchengemeinde Europas, die sich gegen die Deportation der Juden gestellt hat. Deren Vertreter in vollem Ornat auf die Bahnsteige zu den schon abfahrbereiten Zügen gekommen sind. Die ihrem Zar gesagt haben, wenn die nach Treblinka fahren, dann fahren wir mit. Die Viehwaggons wurden wieder ausgeräumt, Davidssterne und Stacheldraht abgemacht.

Natürlich wußte auch Lea Rosh nicht, daß sie einmal Mahnerin werden würde. Zuerst war sie einfach »die, die nicht ganz doof ist«. Solche Menschen braucht man öfter, auch beim SFB, zum Beispiel Anfang der 60er für ein Modemagazin. »Du bist doch nicht ganz doof, nicht wahr? Hörst mal, wer hier anruft in der Sendung, und die Intelligenten stellst du durch, die anderen schmeißt du aus der Leitung«. Lea Rosh hat das geschafft, so gut, daß sie bald die ganze Modesendung bekam. Schon da hätte man aufmerksam werden müssen. Klar mache sie das, sagte sie, nur völlig anders. Mit Schwerpunkt auf dem Industriestandort Berlin. Eine Modesendung mit Schwerpunkt auf dem Industriestandort Berlin. Die Berlinerinnen haben es trotzdem gemocht.

Genau wie die Hannoveraner jetzt ihr Holocaust-Denkmal. Eine Pyramide mit den eingravierten Namen der fast 2000 deportierten Juden der Stadt. Lea Roshs Idee. Natürlich gab es Diskussionen vorher und Widerstände. Das sei in Israel übrigens genauso gewesen, bevor Yad Vashem gebaut wurde. Auch dort wollte man anfangs seiner eigenen größten Niederlage kein Denkmal setzen. Der Schmach, sechsmillionenfach umgekommen zu sein. Wehrlos gewesen zu sein.

Neben der Hannoveraner Oper wurde 1994 ein Mahnmal eingeweiht. Sehr still wollte man das tun. Und dann kamen Hunderte, standen die ganze Nacht vor der Pyramide. Vom ersten Tag an, sagt Lea Rosh, gehörte das Denkmal zu Hannover. Und noch nie sei es beschmiert worden. In Berlin werde das genauso sein. Da ist sie sicher.

Lea Rosh, die Mahnerin. Manchmal wird man ganz müde davon. Wenn an diesem Freitag wieder keine Entscheidung falle, wenn die Widerstände noch wachsen, dann ist es wohl besser, wir geben auf, sagt sie. Und wenn sie vor zehn Jahren gewußt hätte, welcher Streit aus dem einfachen Vorschlag wurde, den ermordeten Juden Europas hier ein Denkmal zu setzen, würde sie noch einmal ...? Lea Rosh zögert kurz, findet ihr Weltweisen-Lächeln: Ich fürchte ja. Natürlich.

Bliebe noch das Problem mit den Fotos. Nehmen Sie alle, sagt Lea Rosh begeistert. Eine überlegenswerte Möglichkeit. Eine, die das Mahnmal nicht vorsieht.

Paul Raabe, der Wundertäter

Links spießen unzählige Türme den schweren Dezemberhimmel auf, damit er nicht auf die Stadt fällt. Sie gehören Kirchen, Bürgerhäusern und sicher diesen 19.-Jahrhundert-Postämtern. Wozu braucht Halle, die atheistischste Stadt Deutschlands (sieben Prozent Kirchgänger) eigentlich so viele Türme? Wer sich umdreht, stößt gegen eine graue Betonwand. Weit draußen. Das ist Halle-Neustadt. Irgendwo mußten die 50 000 »Leuna«- und »Buna«-Arbeiter schließlich wohnen. Alte Türmchenstädte sind auf große Chemiewerke immer sehr schlecht vorbereitet. Wir stehen oben auf dem Dach der Franckeschen Stiftungen, des Hauptwerks des deutschen Pietismus. Geschichte, begreift man hier, ist eine Abfolge von Dingen, die nicht zueinander passen. Daher die Bewegung. Und Halle ist eine Anordnung von Dingen, die nicht zueinander passen. Sozusagen ein Geschichts-Bild, in dem richtige Menschen wohnen. »Da drüben isses, Glaucha!« Jemand deutet auf ein paar verwahrloste Hochhäuser. »Da hat sich ooch nichts verändert seit dreihundert Jahren. Prügeln und saufen!«

Glaucha, die Hallesche Vorstadt. Dort, wo der 29jährige Pietist August Hermann Francke seit 1692 Prediger war. Wo noch eben die Hälfte der Menschen an der Pest gestorben war. Wo es siebenunddreißig Kneipen gab und sonst eigentlich nichts. Fast wie heute. Wo schon die Kinder verloren waren.

Wir steigen die Holztreppe des ältesten Hauses der Franckeschen Stiftungen hinunter. Das Waisenhaus. Hier oben im Dachboden schliefen die Kinder. Wie finanziert man eine Waisenanstalt? Mit Gottes Hilfe natürlich, dachte Francke und stand mit dieser Auffassung schon damals ziemlich allein. Denn man glaubte vor dreihundert Jahren genau wie heute, Stiftungen müssen sich aus den Zinsen des Stifterkapitals tragen. Francke nicht. Er war Pietist. Er hatte ein Herz, einen Gott und irgendwann genau vier Thaler und sechzehn Groschen. Er baute das Haus. Und dann all die anderen. Das größte Fachwerkhaus und das älteste noch existierende profane Bibliotheksgebäude Deutschlands, die erste deutsche Lehrerbildungsanstalt und die erste Kinderklinik der Welt. Francke baute eine richtige Stadt, eine barocke Schulstadt, ein »neues Jerusalem«. Fast fünfzig Häuser.

Fast fünfzig kaputte Häuser. Taubenhäuser am Ende. Tauben fanden den Sozialismus gut. Hier durfte man in echten Barockzimmern brüten oder auf die älteste noch erhaltene Wunderkammer Deutschlands einen tiefempfundenen Klecks setzen. Give a shit .... Was ist Venedig gegen Halle? Natürlich hatten die meisten Dächer Löcher, denn Dächer ohne Löcher sind ausgesprochen taubenfeindlich.

Paul Raabe, seit 1994 Direktor der Franckeschen Stiftungen, davor Bibliotheksdirektor in Wolfenbüttel, bittet herein. Eine minimale Neigung des Kopfes, eine wohlbemessene Geste des rechten Armes. Das genügt. Dieser Mann ist ein Repräsentant. Das Repräsentieren kann man nicht lernen, zum Repräsentieren muß man geboren sein. Wahrscheinlich kann man die meisten Dinge im Leben nicht lernen. Die Franckeschen Stiftungen sanieren zum Beispiel. Der Bedarf der Stiftungen wird auf 250 Millionen Mark geschätzt. 80 Millionen stecken schon in der Entmietung der Tauben im 1995 wunderbar (als Museum) wiedererstandenen Waisenhaus. Paul Raabe lehnt sich zurück, so wie sich Menschen zurücklehnen, die immer wissen, daß hinter ihnen noch etwas ist. Eine Lehne, eine Wand, ein paar fehlende Millionen.

Raabe spricht über Goethe und die Ausstellung im nächsten Jahr: »Der junge Goethe und die Stillen im Lande.« Die »Stillen im Lande« sind die Pietisten. Raabe sagt, er liebe Goethe. Und Weimar! Weimar halte er überhaupt für die schönste Stadt Deutschlands. Noch immer. August Hermann Francke schaut streng von der Wand auf seinen Nachfolger. Raabe sieht es nicht. Gleich 1989 habe er seine »Spaziergänge in Weimar« geschrieben. Er zieht die Folie von einem Exemplar. Die Folie bleibt hartnäckig. Raabe auch. Sogar Bücher auspacken kann eine sehr repräsentative Handlung sein.

Eigentlich hat er mit Goethe ja sehr schlechte Erfahrungen gemacht. Als Germanistik-Assistent in Hamburg sollte er für seinen Professor einmal 40 000 Artikel über Goethe anlesen. In solchen Augenblicken zeigt sich die wahre Größe eines Charakters. Die meisten würden sicher hinterher zu veritablen Goethe-Hassern, Raabe aber behielt seinen Goethe und verließ statt dessen die Universität. Das Telefon klingelt. Ja sicher, daß das Grußwort am 15. April zu sprechen wäre, habe er schon verstanden, aber was für ein Grußwort eigentlich? Also auf der Wartburg müsse er mit dem Grußwort erscheinen, kein Problem. Nein, einen Fahrer habe er nicht, das sei er ja selbst. Raabe legt auf. Die Lutherstädte hätten alle zusammen einen Preis ausgelobt, »Das unerschrockene Wort«. Wir finden, daß das ausgesprochen lutherisch klinge.

Francke, Goethe, Luther. Hatte er nicht auch mal eine große Expressionistenausstellung gemacht? Hat er. Luther, Francke, Goethe und die Expressionisten sind normalerweise sehr ausschließliche Leute. Sie suchen sich einen noch lebenden Kopf aus, besetzen ihn und lassen dann keinen anderen mehr rein. Nur Paul Raabe hat sie alle zur friedlichen Koexistenz gebracht. Raabe schafft die unmöglichsten Dinge.

Daß Wolfenbüttels Bibliothek aus ihrem Tiefschlaf erwachte, in den sie versank, als Leibniz und Lessing irgendwann mal dort weggingen, ist sein Verdienst. Eine international bekannte Forschungsbibliothek hat er daraus gemacht. 1992 ist Raabe pensioniert worden. Er wollte nach Halle. Wolfenbüttel fallen schon wieder die Augen zu.

Paul Raabe aber stand, bald siebzig Jahre alt, allein in Halle vor der alten Frage August Hermann Franckes: Wie finanziert man das? Mit Gottes Hilfe und der VW-Stiftung! Und vielen anderen mehr. Schon zu DDR-Zeiten hat er VW davon überzeugt, daß man unbedingt etwas tun müßte für die alte Pietisten-Gründung mitten in der DDR. Hallesche Wissenschaftler (die Stiftungen gehörten damals zur Universität) wollten damals ein Zentrum für Aufklärungsforschung daraus machen. Sie hatten kein Geld. Schon im Frühjahr 1989 wurde ein Vertrag geschlossen. Und dann kam alles noch ein bißchen anders.

Paul Raabe tritt vor eine große Karte mit vielen bunten Vierecken drauf. Das hier, sagt er, sind die Franckeschen Stiftungen. Er hat im Augenblick gerade zwei Zuhörer, aber es klingt trotzdem, als spräche er in einen großen Hörsaal hinein. Nicht mal die Woody-Allen-Brille nimmt dem großen Gesicht seinen würdigen Ernst. So ist das bei den Repräsentanten. Nicht die Brille macht das Gesicht, das Gesicht macht die Brille. Raabe spricht jetzt über die Bedeutung »toter Hände«. Eine Stiftung werde immer von der »toten Hand« regiert, und das sei sehr gut so. Darum konnte man der Universität schließlich alles wieder wegnehmen (nach 1946 verloren die Franckeschen Stiftungen ihre Selbständigkeit) und der Treuhand zuletzt auch. Im Einigungsvertrag stand nämlich nichts über Stiftungen, so daß Franckes verwahrloster Nachlaß vorübergehend ihr zufiel. Damit hatte nicht mal der Großorganisator Raabe gerechnet. Er wollte schon anfangen mit dem Sanieren und stellte plötzlich fest, daß »uns ja gar nichts gehört.« Aber nicht mit ihm, nicht mit Paul Raabe! Wir lesen jetzt Stiftungssatzungen, die alten und die Raabes, damit wir mal eine Ahnung bekämen, wie man sowas mache. Dann ist er wieder vor der Karte, zeigt auf ein braunes Viereck, sagt, das sehe im Augenblick noch etwas stallartig aus, aber nicht mehr lange (da der nächste Anruf: »Ja, Frau Unverzagt! ... aber sicher, Frau Unverzagt! ... wird doch erledigt, Frau Unverzagt!«) und erklärt, was man hier alles anbauen könnte, Fachbibliothek und Hörsaalgebäude sowieso, die Erziehungswissenschaften kämen da rein. Und hier, der Direktor ist bereits ein Viereck weiter, ziehe der Musikzweig des Gymnasiums ein. Gut daß der Francke damals gleich das ganze Gelände gekauft hätte, nur die alten Plantagen bekäme man wohl nicht mehr zurück, da stünden jetzt diese Hochhäuser drauf. Raabes Sätze haben keinen richtigen Anfang und kein Ende, nur leicht katastrophische Tremoli zwischendurch, genau wie die Geschichte der Stiftungen – der Urvater und sein Nachfolger verschmelzen zu der historischen Gesamtpersönlichkeit »wir« – und nach einer halben Stunde steht sie plötzlich fertig vor uns: die Francke-Raabe-Stadt der Zukunft. Er nennt sie »eine multikulturelle Einheit von pädagogischen, sozialen, wissenschaftlichen und religiösen Elementen«. Der Urahn hätte das sicher nur unwesentlich anders formuliert. Franckes bekanntestes Buch über das eigene Lebenswerk heißt »Die Fußstapfen des noch lebenden und waltenden, liebreichen und getreuen Gottes«. Heute haben Bauchroniken viel langweiligere Titel.

Draußen fährt der Wind probeweise durch ein riesenhaftes Holzgerüst. Fast 300 Jahre lang durfte er das nicht mehr. Das Holzgerüst ist nämlich in Wirklichkeit das größte Fachwerkhaus Deutschlands, im Augenblick gerade ohne »Fächer«. Das älteste deutsche Bibliotheksgebäude gegenüber (innen drin eine wunderbare Kulissenbibliothek) sieht hochmütig herüber. Es ist aus Stein, da macht man niemals eine derart lächerliche Figur. Hier irgendwo muß auch das Cansteinsche Bibelkabinett gewesen sein. Francke war ja berühmt für seine Billigbibeln. Er war so eine Art Bibel-Aldi. Mit Bibelmassendruck und Medikamenten-Fernhandel unterhielt er seine Anstalten. Das ist modernes Unternehmertum! Leider gelten beide Erwerbszweige heute als sehr risikoanfällig.

Dort, die alte Druckerei. Jetzt sitzt die FAZ darin. Die älteste Kinderklinik der Welt überlegt inzwischen, ob sie vor Gram und Gebrechlichkeit einstürzen soll oder nicht. Jeder Geräteschuppen würde sie verachten.

Und überall Schulen. Schulen aus drei Jahrhunderten. Eigentlich ein schrecklicher Ort, ein richtiges Erziehungsimperium. Pietisten sind überhaupt keine Gesellschaft für Kinder. Francke: »Wenn man Spielen oder kurzweilige Actiones, Tanzen, Springen usw. anfänget, so bedenke man zuvor, weil bei diesen Dingen viel unanständiges und wüstes Wesen vorgeht, gemeiniglich auch unzüchtige Gebärden und Reden nicht ausbleiben, darauf andere Sünden folgen, ob es dir nicht ratsamer sei, dich davon zu machen.« Spielen, eine Sünde. Bei August Hermann Francke gab es kein Spiel. Das ist die »innerweltliche Askese«, wie sie Max Weber beschrieb. Und nirgendwo zwischen all den Schulen eine Kirche. Der Pietist steht ja allein, schutzlos vor seinem Gott. Sein Leben rechtfertigt sich durch Arbeit, durch nichts sonst. Hier in Halle wird die Urgeschichte des bürgerlichen Subjekts anschaubar auf halbem Wege zwischen Untertan und autonomem Gewissensmenschen. Eine Zeitenwende.

III. Die Wiederkommer

Gysis große Schwester

Der englische Hochadel kann nicht mehr. Er läßt sich in die drei alten DDR-Sofas fallen oder lehnt an den Holzpfeilern. »Wenn Kurt die Welt aufteilt, könntest du dich eigentlich schneller auf die Karte setzen!« ruft die Frau in der Mitte des Theaters einem der Verschwörer zu. Überhaupt, daß diese Aristokraten immer so langsam sind: »Heide! Paß mal auf, du warst zu spät an Bodos Schulter!« Heide ist die Gräfin. Aber sie nickt trotzdem gehorsam. Alle hören auf die dunkle Frau in der Mitte des Theaters. Sicher eine Art Lady Macbeth. Nur Heinrich IV. wagt Einspruch, er ist schließlich der König. Jawohl, er mußte den Prinzen eben so hart rannehmen: »Damit der endlich mal aus'm Arsch kommt – als Thronfolger.« Lady Macbeth hat da noch Zweifel, aber daß dem König die Krone vom Kopf fällt beim Verhauen, findet sie gut: »Genau. Dir entgleitet der Sohn und die Krone! Und Matthias fängt sie auf!« Matthias, eigentlich Prinz Heinz, gibt zu bedenken, daß es sich beim Auffangen der Krone um einen puren Zufall handelte. »Gut, gut!« ruft Lady Macbeth in den grauen Wollstrümpfen, und ihr kurzer Faltenrock schwingt vor Entschlossenheit, »dann bauen wir diesen Zufall ins Stück ein.« Alle gehen jetzt Kaffeetrinken. Nur die Schubkarren mit den Fernsehern, auf denen gerade die Schlacht von Shrewsbury stattfand, stehen noch auf der Bühne. Die Moderation von Shrewsbury hatte Jürgen Kuttner. Probe zu »Heinrich IV.«

Gabriele Gysi hält das mit den Fernsehern für eine hervorragende Idee. Sie ist auch nicht Lady Macbeth, bloß die Regisseurin. Fast mädchenhaft jetzt, mit den langen offenen Haaren. Und als Regisseurin weiß man: Schlachten sind das Allerschwerste. Eigentlich hätte sie noch nie eine richtig befriedigende Schlacht gesehen im Theater. Natürlich könne man das so machen wie »der Frank«, also »matschen, quatschen und dampfen«. Solche Sachen. Aber das wolle sie nicht.

»Der Frank« ist Frank Castorf. Man hätte sich mal geliebt. Früher.

Shakespeares Rosenkriege aufzuführen, alle acht Königsdramen in einem Jahr, und dafür das »Globe« nachbauen zu lassen war Castorfs Idee. Gabriele Gysi zu holen, Gregor Gysis große Schwester, auch. Von außen sieht das »New Globe Theater« aus wie ein riesiges Baugerüst mit Holztreppen dran. Es steht mitten im Prater, Prenzlauer Berg. Um 18.00 Uhr geht die Probe weiter. Jetzt fahren wir zur Volksbühne. Gabriele Gysi nimmt den Hintereingang. Sie kennt jeden Winkel in diesem Haus. Sechzehn Jahre, sagt sie. Solange sei sie hier Schauspielerin gewesen. Danach, ab '84 in Bochum. – Wieso Bochum, frage ich, ging das denn 1984? – Natürlich, antwortet Gabriele Gysi, Tochter des einstigen Kulturministers, DDR-Botschafters in Italien und späteren Staatssekretärs für Kirchenfragen der DDR, Klaus Gysi: Ausreiseantrag! Ging ganz schnell. – Sagt es in so einem nachsichtigen Tonfall, den man manchmal Menschen gegenüber hat, die einen großen Spaß versäumt haben. Ausreisen zum Beispiel.

Die Volksbühnenkantine sieht nachmittags um drei schon aus wie eine Kneipe am Abend. Gabriele Gysi ist wieder bei »Heinrich IV.«. Es gäbe in ihrem Stück auch viel mehr Frauen als bei Shakespeare. Weil immer nur Männer doch langweilig seien. Da habe sie einfach ein paar gestrichen, wodurch jetzt erstmals Gelegenheit sei, die Gräfin Westmoreland, Frau des Grafen Westmoreland, kennenzulernen. Von Shakespeare glatt vergessen. Und was fasziniert sie an »Heinrich IV.«? Gabriele Gysi nimmt einen tiefen Schluck Kaffee und sagt dann über den Tassenrand: Macht! Absolute Macht! Und politische Herrschaft als die Möglichkeit, Feinde zu definieren. Das sei Shakespeare oder auch Carl Schmitt, wie ich wolle. »Heinrich IV.« beginne übrigens damit, daß der König definiert, wer der Feind ist. Gabriele Gysis dunkle Augen blitzen. Gregor Gysis große Schwester ist eine schöne Frau. Carl Schmitt hätte das mit dem Feind dann noch genauer gesagt: »Der Feind ist die eigene Frage als Gestalt.« Schön, nicht wahr? Stünde in der »Theorie des Partisans«, Seite dreiundachtzig. – Höchste Zeit für noch ein Schmitt-Zitat: »Souverän ist, wer über den Ausnahmezustand entscheidet«, fällt mir ein, und ich überlege, ob Carl Schmitt das alles wohl aufgeschrieben hätte in der Ahnung, daß zwei Weiber das mal beim Kaffee diskutieren. Er war ja so konservativ. Richtig konservative Menschen zählen Frauen zu den grundsätzlich unernsten Tatbeständen des Lebens und die politische Theorie, insbesondere das Staatsrecht zu den anderen. Hat sie das eigentlich schon mal gestört? – Also das iss' ja echt doof jetzt, antwortet die Regisseurin und nimmt Anlauf zu einer wunderbaren Verteidigungsrede für Carl Schmitt, belegt mit Fallbeispielen aus Kroatien heute, unter besonderer Berücksichtigung der Schmittschen Theorie der Legitimität. Der große Staatsrechtler hat diese Rede nicht mehr hören können.

Am Tisch gegenüber sitzt jetzt Christoph Schlingensief. Er weit zurückgelehnt, alle anderen weit vorgebeugt. Die Schlingensiefschen Worte »Angewachsen an den Südhängen des Kongo« wehen herüber, und die Gemeinde sieht ihn mit dankbarer Bewunderung an. Gabriele Gysis Handy klingelt. Das Theater Aachen ist dran und will wissen, wann ihre Proben zum »Tasso« anfangen. Vorher wird sie noch in Bern den »Sommernachtstraum« inszenieren, an der Schauspielschule.

1984 ging Gabriele Gysi in den Westen. Nein, es hätte keinen Ärger mit ihrem Vater gegeben, dem Staatssekretär für Kirchenfragen. Der hatte ja selber schuld, ruft Gabriele Gysi. »Als ich klein war, erklärte er mir, die Welt hätte soviele Mittelpunkte wie es Menschen gäbe. Das fand ich sehr schön.« Und irgendwann hatte sie tatsächlich das Gefühl, daß es jetzt höchste Zeit sei für einen ganz neuen Mittelpunkt. Außerdem war sie nach Meinung ihres Vaters ja selber einer. Und Mittelpunkte dürfen überall hingehen. »Ja, Vatichen, das hätt'ste mir eben nicht sagen dürften«, tröstete sie ihn damals. Es war die Zeit der großen Zweifel, schon seit '76, als Biermann wegging. Ich fand den ja immer furchtbar eitel als Mann, sagt die Regisseurin, und es ist, als befiele sie bei dem Namen noch jetzt ein unwillkürliches Schütteln, aber Eitelkeit sei schließlich kein Grund, jemanden auszuweisen. Es war auch die Zeit, als die Tochter den Vater, der unmittelbar nach dem 11. ZK-Plenum 1965 Kulturminister wurde, immer öfter fragte: Warum habt ihr das damals bloß gemacht mit der DDR? Entsprechend der jüdischen Tradition, eine Frage mit einer Gegenfrage zu beantworteten, gab Klaus Gysi, der Bürgersohn und Kommunist die Denkaufgabe an seine Tochter zurück: Und was hätten wir deiner Meinung nach machen sollen? Frage, Anwort und immer so weiter, bis die Tochter schließlich kapitulierte: Na, die DDR gründen! Natürlich hätte ihr Vater damals recht gehabt, das sieht sie noch heute so, die DDR sei von Anbeginn ein Reflex auf das Bestehen der Bundesrepublik gewesen. Auf Währungsreform und Staatsgründung. Nur daß sich heute alle weigern würden, das zu denken!

Schlingensief steht jetzt auf und geht. »Die Beleuchtungsspätschicht bitte mal zur Bühne!« ruft eine vor Tatendrang vibrierende Stimme mitten in die Nachmittagsträgheit des Casinos hinein.

Natürlich war sie damals in der SED. Gabriele Gysi blickt ihr Gegenüber prüfend an und sagt: Carl Schmitt, verstehen Sie? Oder Shakespeare. Oder Rudi Dutschke, der »lange Weg durch die Institutionen«! Einfluß nehmen, Unterwanderung des Machtgefüges. – »Und wenn es der Macht reicht, wirft sie einen einfach raus aus der Partei?« – »Ja sicher, ich bin vielleicht ein bißchen weit gegangen.« Gabriele Gysi stimmt ein antikes Megärenlachen an. »Nee, war det süß!« sagt sie und erzählt, wie sie mal ein Parteiverfahren gegen Erich Honecker gefordert hatte mit anschließendem Ausschluß aus der SED. Es wäre damals um die Unmöglichkeit gegangen, die DDR zu kritisieren, weil kritische Äußerungen in Westmedien grundsätzlich gegen die DDR verwandt würden. Worauf Gabriele Gysi zu bedenken gab, daß niemandes Äußerungen der DDR so schaden würden wie die Erich Honeckers. Also Ausschluß! Wie still da plötzlich alle waren in der Volksbühnen-Parteigruppe. Naja, sagt sie, die waren schon froh, als ich endlich weg war. Eine Freundin in Köln hätte ihr gesagt, wenn Frauen logisch würden, sei jeder Staat verloren. Sie halte das noch heute für ein interessantes Experiment. Gefährdung durch Logik! Nehmen wir doch nur mal diese neue Bundesrepublik ...

Gabriele Gysi wird durch einen Anruf der noch immer unpäßlichen Gräfin Westmoreland unterbrochen: »Nein Karin, bleib' bloß im Bett! Wir schaffen das schon. Ich umarme dich. Und inhaliere schön!« Falstaff wäre auch noch krank. In einer Stunde ist die nächste Probe. Ein kurzer Zweifel gräbt zwei kleine Falten in ihre Stirn, dann ist sie bei der Bundesrepublik heute. Da ist kein Feind mehr! Wer sei denn der Feind? Nur noch Kinderschänder, Skinheads und die PDS. Im Sinne Carl Schmitts überhaupt nicht ernst zu nehmen. 1990 wäre sie übrigens wieder in die Partei eingetreten, diesmal in die PDS. Sie hätte es also nicht aufrichtiger gefunden, die SED aufzulösen? Die beiden Falten kehren auf Gysis Stirn zurück: »Na das ist doch bekloppt jetzt! Schon wieder eine Stunde Null machen und alles vergessen?« Es gäbe schon genug Stunden Null in diesem deutschen Jahrhundert, irgendwann müsse mal einer anfangen, zu seiner Vergangenheit zu stehen. Anders existiere auch kein wirkliches Geschichtsbewußtsein. Wenn sie all diesen Unfug nur höre über die unbeschränkte Macht der alten Männer! Mann, sagt sie, die sind der Macht doch hinterhergelaufen. In einem Land voller Intershops, wo die DM schon fast die zweite Währung war, umstellt von Westmedien. Wo du schon mit 'ner Eingabe wegen einem defekten Wasserhahn Erich Honecker erpressen konntest und der Wasserhahn zur Staatsangelegenheit erklärt wurde. Mit dieser Ohnmacht der Macht habe sie doch selbst gespielt. »Ich habe auch mit meinem Vater darüber geredet. Natürlich genau seitenverkehrt, immer contra. Dafür, daß die keine Macht hatten, waren sie aber ganz schön mächtig, habe ich ihm geantwortet.«

Der Widerspruch als Lebenselexier. Und am besten von einer verlorenen Position aus. Denn es ist doch Verschwendung, seine Intelligenz in den Dienst einer Sache zu stellen, die ohnehin gewinnt. Außerdem wird man ganz dumm davon. Das wäre früher so gewesen und sei heute wieder so. Natürlich ist es nicht ganz ungefährlich, so zu leben. Nach 1990 hatte die Regisseurin zwei Jahre lang keine Aufträge. Als stünde die Mauer jetzt um sie herum. Sie wußte genau, woran das lag. Trotzdem, Gabriele Gysi ist so, wie sich jeder kleine Bruder die große Schwester vorstellt. Eine Schutzgöttin.

Und wenn es je möglich sein sollte, eine Synthese zwischen dem abgrundtiefen anthropologischen Pessimismus Carl Schmitts und dem ebenso grundsätzlichen anthropologischen Optimismus jeglicher Sozialisten zu denken, dann schafft sie das.

Zwei Tage später stirbt ihr Vater, Klaus Gysi, in Berlin. Abends ist Premiere von »Heinrich IV.« im Prater.

Heinrich Vogelers Sohn kehrt zurück

Keine gerade Linie! Keine rechten Winkel! Dafür Mädchengesichter im Algenhaar, unendliches Auf-und Niederranken, Preisgabe und Bedeckung. Dieser ganze Jugendstil – ein botanischer Garten. Ein vom Mittelalter geliehenes Pflanzenreich. Es verkaufte sich gut. Es lebte sich gut auf dem Barkenhoff mit Mackensen, Rilke und den anderen »am Rand eines nördlichen Meeres«.

»Sie müssen sich den Regen jetzt mal wegdenken! Dort ganz hinten«, Jan Vogeler, Sohn des Worpswede-Malers Heinrich Vogeler, sticht den Finger in das tiefe, wattige Grau, »das da sind die Alpen!« Wir stehen auf dem Balkon seiner kleinen Wohnung am Starnberger See. Vogelers Gesicht wird ganz hell jetzt. Aber da hinten ist überhaupt nichts, keine einzige Zacke, kein rechter Bergwinkel. Es ist doch eher ein Jugendstil-Tag heute. Mit diesem nicht endenden Regen, der die Welt verschwimmen läßt, allen Gegensätzen ihre Schärfe nimmt. Ein guter Tag, sich zu erinnern.

Jan Vogeler, emeritierter Philosophie-Professor aus Moskau, 75 Jahre alt, ist zurückgekommen in das Land seines Vaters. In dessen Landschaft nicht. Was verbindet Jan

Vogeler noch mit Deutschland? Geboren in Moskau, ist er »Pole« nach dem Eintrag im Ausweis seiner Mutter. Sein Leben war die Sowjetunion. Nachdem der Vater in Kasachstan verhungerte. Nachdem die Mutter, Tochter des Mitbegründers der Sozialistischen Partei Polens Julian Marchlewski, später in ihre Heimat zurückging. – Manchmal, wenn die Geschichte ihr Spiegelbild sehen will, nimmt sie wohl einen Menschen und läßt ihn alles auf einmal erfahren, wovon sie anderen immer bloß Ausschnitte zeigt.

Am besten ist es da, man hat einen festen Tagesablauf. Morgens um sechs aufstehen und in die Bibliothek nach München fahren. München habe eine der besten Bibliotheken Deutschlands, darum wollte er auch hierher, sagt Vogeler.

Im April 1998 hielt der 75jährige noch Vorlesungen an der neugegründeten Humanistischen Universität Moskaus, dann kam der Bescheid, er könne Deutscher werden, und Vogeler fuhr los. Er habe in Rußland einfach nichts mehr zu tun gehabt. Vogeler kann es nicht näher sagen. Wer kann die wirklich wichtigen Entscheidungen im Leben schon ordentlich begründen? Kausalität ist doch eher was für die kleinen Dinge. Seine Frau ist dageblieben.

Die Bücher sind noch in Moskau, die neuen Regale fast leer. Nur Searles schmale »Theorie der Sprechakte« lehnt sich zutraulich an einen breiten dunklen Buchrücken. Es ist das »Schwarzbuch des Kommunismus«. Sehr wichtige Sache, sagt Jan Vogeler, aber warum der Vater zum Beispiel damals sein nördliches Pflanzenreich verließ, das stünde da nicht drin. Es stünde eben überhaupt nicht drin, warum einer Kommunist werde. Sein Vater zum Beispiel.

Alles Dekor! Alles Lüge!, dachte der Maler. Und beschloß, nie wieder Ranken zu malen. Und begann nun doch nach der geraden Linie zu suchen. Sie mochte ja nicht so schön sein wie die Rankenwelt, ja sogar häßlich, banal in ihrer Geheimnislosigkeit – aber war sie dafür nicht viel ehrlicher, viel wahrer? Heinrich Vogeler trat in die KPD ein und schenkte der »Roten Hilfe« seinen Worpsweder Barkenhoff – als Heim für die Kinder politisch Verfolgter. Weil die Welt eben keine Künstlerkommune ist! Weil ihre Farben Täuschung sind. Weil sie in Wirklichkeit so verloren ist wie dieser aschgraue Weltuntergangstag heute, von Jan Vogelers Balkon aus gesehen. – »Und dann«, sagt der Sohn, »sollten da auf dem Barkenhoff plötzlich nur noch KPD-Kinder wohnen, keine SPD-Kinder mehr. Mein Vater wehrte sich.« Er hielt eine Rede, 1928 auf dem 3. Reichskongreß der »Roten Hilfe«. Wilhelm Pieck hielt auch eine Rede. Vogeler wurde aus der Partei ausgeschlossen. Das ewige Gesetz der geraden Linie.

Der Sohn kennt es gut. Er war mit Wolfgang Leonhard auf der Moskauer Karl-Liebknecht-Schule, später, während des Krieges, auf der Komintern-Schule nahe Ufa. Dort traf ihn Wolfgang Leonhard, der Freund, 1942 wieder: »Sicherlich war Jan über den Tod seines Vaters längst informiert. Aber augenscheinlich hatte diese Tatsache seine politische Einstellung nicht im geringsten verändert – so wie es bei vielen Jugendlichen in der Sowjetunion der Fall war. Jan war ein begeisterter Komsomolze.« – Sechzig Jahre später auf einem bayrischen Balkon wiegt ein alter Mann den Kopf. Nein, so könne man das wirklich nicht sagen. Daß die Evakuierung seines Vaters aus Moskau eine Zwangsumsiedlung war, habe er erst später erfahren. Eben von Leonhard, der sie ja auch erlebte.

Er selbst sei ja Pole gewesen, dank dem Ausweis seiner Mutter, und habe inzwischen an der Front als Dolmetscher gearbeitet, während sein Vater nach Kasachstan fuhr. Sogar für Marschall Shukow habe er übersetzt! »Die Wehrmacht war uns ja anfangs absolut überlegen ...«, Vogeler hält inne, lacht überrascht, »... ›uns‹, was sage ich denn, aber es stimmt ja ...« Er bricht erstaunt ab. Da ist man nun plötzlich hier, ist deutscher Staatsbürger geworden, und es fiel auch ganz leicht, kein »Russe« mehr zu sein. Man hatte sogar das Gefühl, daß jetzt endlich alles in Ordnung kommt, aber – »wir« sind noch immer »die anderen«. Nein, anders herum, »die anderen« seid eigentlich immer noch – »ihr«. Der Philosophieprofessor sieht mich nachdenklich an.

Also reden wir über etwas viel Einfacheres. Über die Metaphysik. Stalinismus zum Beispiel ist extreme Metaphysik. Das Problem ist ja, das man aus einer Metaphysik nie mehr rauskommt, jedenfalls nicht als Metaphysiker. Metaphysiken sind nämlich so eine Art Ersatz-Urhöhle. In jeder Metaphysik gibt es eine direkte Verbindung zwischen dem Einzelnen und dem Ursprung sowie dem Ziel aller. In den besonders rücksichtslosen Metaphysiken ist das die gerade Linie. Manch einen hat sie schon mittendurchgeschnitten, man kann aber auch auf ihr balancieren. So wie Jan Vogeler.

Auf dem 19. Parteitag der KPdSU – »1952 war das, Stalin lebte noch« – brauchte man einen Simultandolmetscher. »Und das war ich!« ruft der alte Mann mit jungenhaftem Komsomolzengesicht in den Regen. Zehn Tage habe er dafür von der Uni freibekommen! Vogeler sagt es mit aller Begeisterung der Jugend, die offenläßt, ob die zehn freien Tage oder der Parteitag das eigentliche Ereignis waren. Auch fuhren bald alle möglichen sowjetischen Delegationen irgendwohin, nach Deutschland oder in die Schweiz, und die brauchten auch einen Dolmetscher: »Das war dann wieder ich!« –

Nebenbei las er Heideggers »Sein und Zeit«. All diese Sachen vom »Hinausgehaltensein ins Nichts« und von der »Geworfenheit des Daseins«, die man auf Parteitagen plötzlich besonders gut versteht. Vor allem daß »das Nichts nichtet«. Vier Jahre hat Vogeler gebraucht, dann war die Dissertation »Zur Kritik der Ontologie des deutschen Existenzialismus« fertig. Kürzlich hat mal jemand die Ontologie aus dem Geist des Alkohols erklärt, insbesondere die »Geworfenheit«, aber Vogeler hat es sich viel schwerer gemacht. Wie fand er Heidegger damals? »Gut, gut«, sagt Vogeler diplomatisch.

Das Telefon klingelt. Die Kunsthalle Hamm ist dran. Sie bekommt die Worpsweder Heinrich-Vogeler-Ausstellung am 25. Oktober und weiß nicht genau, was sie hinter den Namen Jan Vogeler auf die Einladungen schreiben soll. Einfach nur »Sohn«? – Wenn das für Sie besser ist, können Sie auch Professor der Philosophie schreiben, antwortet Vogeler hilfsbereit. Ob er das denn noch immer sei, will die Kunsthalle wissen. – Nein, dafür sei er ja nun zu alt, jetzt sei er Sozialhilfeempfänger. – Aber das könne man doch nicht schreiben, findet die Kunsthalle.

Es war wirklich leichtsinnig von ihm, alle Bilder seines Vaters der DDR zu schenken. Die gibt's nun gar nicht mehr, und er lebt ohne Kapital im Kapitalismus.

Professor, Sohn, Sozialhilfeempfänger. Jan Vogeler ist das gleichviel. Egal worüber er spricht, immer wieder kommt der Satz: »Das ist überhaupt nicht mein Verdienst!« Entweder Vogeler ist ein fast unmenschlich bescheidener Mann, oder es handelt sich bei dieser Selbstverleugnung um die Spätfolgen seiner stalinistischen Erziehung.

Wenn einer kein Stalinist mehr ist, was ist er dann eigentlich? Gilles Deleuze hat mal gesagt, aus einem Priester, der an seinem Glauben verzweifelt, werde in der Regel kein aufgeklärter Agnostiker, sondern eben ein außer sich geratener Priester. Vielleicht so wie der »Schwarzbuch«-Autor Jean Courtois dem geistigen Gestus nach einfach ein umgekehrter Maoist geworden ist.

Unmöglich dagegen, sich Vogeler, diesen lächelnden alten Mann, als Eiferer vorzustellen. Irgendwie ist er doch eher ein Jugendstiltypus. Er spricht auch so. Da ist etwas seltsam Entgleitendes, Gewundenes in seinem Reden. Und im Leben auch.

1983 schreibt der marxistisch-lenistische Philosophieprofessor das erste russische Buch über die deutschen Grünen, über Bastian und die Kelly.

– Haben Sie sie entlarvt als kleinbürgerliche, individualistische Subjekte?

– Aber nein, nein, hab ich nicht!

Vogeler lächelt wieder. Lächeln ist eine Unbestimmtheitsrelation.

Die Anfänge der DKP hat er auch erlebt. Bei der Gründung 1968 war Vogeler von sowjetischer Seite dabei. Triumph habe er nicht gespürt:

– Im Gegenteil, ich habe mich sehr gefreut, daß dieses Land

inzwischen offensichtlich stark genug war, richtige Kommunisten auszuhalten!

– Ist das nicht ein ziemlich unmöglicher Gedanke für einen Kommunisten, Freude über die Stärke des Gegners?

– Überhaupt nicht. Denn, überlegen Sie mal, wer kam denn jetzt in der Bundesrepublik an die Macht? Brandt, genau. Und unsere Hoffnung war die Sozialdemokratisierung der KPdSU.

Reine Jugendstillogik. Internationale Verschlingungen und Verflechtungen herstellen, sich an der alten Macht emporranken, um ihr dann die Luft zu nehmen.

Hätte ja auch beinahe geklappt, nur daß mit Gorbatschow der Sozialismus gleich selbst zu Ende ging. Aber von wirklicher Demokratie hätten sie alle nichts verstanden, sagt Vogeler, Gorbatschow nicht und Jelzin auch nicht. Sobald Vogeler den Namen Jelzin ausspricht – er sagt Jjielsinn wie alle richtigen Russen – wird sein Gesicht hart und scharf. »Das Parlament mit Panzern beschießen lassen! Stellen Sie sich das mal in Deutschland vor! Kohl läßt die Armee aufmarschieren, nur weil dieser Herr, wie heißt er noch? Schröder, ja richtig, weil der Schröder die Wahlen gewinnt!«

Vogeler setzt auf die Jabloko-Partei, die »Apfel«-Partei von Jawlinsky. Doch Jawlinsky fehle das Entscheidende im Rußland von heute, er sei kein Demagoge. Darum habe er, Vogeler, wenig Hoffnung. Er glaube nicht an das jetzige Rußland. Aber er glaube an die Russen, ja, die liebe er sogar.

1935 ließ Stalin ein Haus für Funktionäre von Partei und Staat sowie berühmte Emigranten bauen. Genau gegenüber dem Kreml. Dort wohnten die Vogelers. Juri Trifonow hat es in seinem Buch »Das Haus an der Moskwa« beschrieben. Es hieß, wer damals, Ende der dreißiger Jahre, aus diesem Haus wieder auszog, hörte auf zu existieren.

Jan Vogeler steht auf dem Balkon seiner kleinen ikeamöblierten Wohnung am Starnberger See. Sie ist ohne Vergangenheit und sehr hell. Vom Haus an der Moskwa zum Wohnen mit Ikea. Auch das ist ein Weg des Jahrhunderts. Auch das ist eine Ankunft.

Günter Schabowski macht wieder eine Zeitung

»Versuchen Sie's um elf noch mal, dann ist er da!« Ein leichter Überdruß vibriert in der Telefonstimme der südhessischen »Heimatnachrichten«. Alle rufen sie wegen ihrem Layouter an. Die »Heimatnachrichten«, zuständig für die Landkreise Hersfeld-Rotenburg, Sontra, Berka und Gerstungen, haben den berühmtesten Layouter Deutschlands. Er layoutet Angebote wie »Wir bringen Ihren Alten um die Ecke! Diesen Service bietet Ihr Fachhändler« oder Aufrufe: »Bereit zur Organspende?« sowie Artikel, die überschrieben sind: »Familie mit fünf Kindern verlor den Ernährer. Initiator ist die Erzeugergemeinschaft ›Löwenei‹.« Klar, wer sich solche Überschriften ausdenkt, trägt Abgründe in sich. Niemand hat einen berühmteren Layouter. Ein richtiges Politbüromitglied, eins, das jetzt ins Gefängnis soll. Wegen dreifachen Totschlags, hat der Richter gesagt. Welche Redaktion hat schon echte Totschläger? Manchmal klettern solche Leute über Mauern, er hat eine aufgemacht. Eigentlich gefährlich so was im Knast.

Es ist 11.00 Uhr. Die bestellten Handwerker sind da: »Telefonieren Sie ruhig, das dauert hier noch.« Schabowski sagt: »Hallo!« Ist schon seltsam, wenn einer der bestgefürchteten Männer der DDR plötzlich »Hallo!« zu dir sagt. Und fügt hinzu, daß er nun genug geredet habe. Und daß er dessen so müde sei. Bis zum Exzeß, sagt er. Weil es ja nichts bringe, gar nichts. Und daß er sich nicht zum Rumpelstilzchen machen wolle. »Niemand von diesen Strolchen ...« Die Handwerker lehnen in der Tür, heben langsam die flache Hand und lassen sie wieder fallen. Wir sind fertig, ruhig weitertelefonieren, heißt das wohl. Wer waren doch gleich die Strolche? Die PDS wahrscheinlich. Schabowski mag die PDS nicht. Sie hat ihn im Januar 1990 aus der Partei ausgeschlossen. »Und die sollen lachen über mich? Nein, keine Artikel mehr.« Ein beschwichtigendes Kopfnicken in Richtung Handwerker, nun wird Schabowski sicher gleich auflegen. »Wissen Sie, was der Staatsanwalt zu mir gesagt hat? Sie Schreibtisch-Mörder, hat er gesagt.« Nein, er mache nicht den Fehler, den Staatsanwalt für die Bundesrepublik zu halten, das sei eben keine monolithische Gesellschaft, und normale Menschen könnten sich auf den Rechtsstaat schon sehr gut verlassen. – Die einen haben den Rechtsstaat, die anderen haben zu arbeiten, drohen eine Viertelstunde später die Handwerker-Blicke. Schabowski redet. Manchen gilt er als der »Wendehals« schlechthin. Aber das hier ist etwas anderes, das ist ein Paradigmenwechsel. Paradigmenwechsel bestimmen die Struktur wissenschaftlicher Revolutionen, hat Thomas Kuhn herausgefunden. Und die weltanschaulicher Revolutionen, vergaß er hinzuzufügen. Aber wie nur werden aus Savonarola-Typen, aus großen Hassern plötzlich gelassene Paradigmenwechsler?

Guntershausen, Röhrenfurth, Melsungen. Die Regionalbahn fährt weite Bögen ins Land. Neben ihr versucht die Fulda es nachzumachen. An jedem Bahnhof blühen die Weidenkätzchen. Und die Sonne vergißt, daß es heute den ganzen Tag lang regnen soll. Wer hält sich schon gern an Auftrittsverbote? Eine Weltgegend aus lauter Auf- und Abschwüngen ist das, schwankend also, ohne festen Standpunkt. Diese Landschaft hat kein Talent für Revolutionen, das sieht man gleich. Dann Rotenburg. Einer jener Orte, in denen man immer zuerst auf ein Reformhaus trifft. Die Hotels heißen »Zum Engel«, die Italiener »Ali Baba«, die Verwaltungen »Fürstliche Landvogtei« und das Cafe »Venezia« hat trotz Kühle schon die Tische vor die Tür gestellt. Davor ein großer blauer Aufsteller »Heimatnachrichten. Die unabhängige Wochenzeitung«. Auf der Fulda-Brücke ist es für Augenblicke wie in Florenz. Bis ans Wasser vorgerückt die alten Fachwerkhäuser, sogar ein Schloß ist da. Man kann sich Honecker in Chile vorstellen, aber Schabowski in Rotenburg? Alles kleinbürgerlicher Humbug, hätte er früher gesagt, und mit revolutionärer Gebärde ein Türmchen abgeknickt. Vielleicht. Jetzt schützt ihn die Gleichgültigkeit der alten Häuser gegen so vergängliche Dinge wie Siege, Niederlagen, Wenden und den Haß derer in den großen Städten. Hier ist alles Dauer.

Da, gegenüber auf dem Berg ein steingewordener Infarkt, zackig und hoch. Das ist das »Herz-Kreislauf-Zentrum«, sagt Schabowski, ich glaube, das größte in Europa. Und genau dort fahren wir jetzt rauf. Schabowski steht da in Jeans und Lederjacke. Udo Lindenberg schenkte Honecker auch mal eine. Wir sind doch alle Rocker, hat er dazu gesagt. Das war endlich eine Basis für friedliche Koexistenz. Heute sagt keiner mehr »Wir sind doch alle Rocker!« zum Politbüro oder dem, was davon übrigblieb.

Gefährlich sieht der vormalige SED-Bezirkssekretär von Berlin eigentlich nicht aus. Mit diesen müden Augen, den fallenden Mundwinkeln, den herabhängenden Wangen eher wie ein trauriger Bernhardiner. So soll er auch dem Prozeß gefolgt sein, regungslos, still.

»Wissen Sie, der Feind lauert überall, im Scheißhaus und in jeder Rockfalte.« Schabowski erklärt, wie ein Kommunist funktioniert. Wir sind jetzt in einem sehr kleinen Zimmer, ganz unten im »Herz-Kreislauf-Zentrum«. Sein Arbeitsraum. Ein Computer und Fernseher passen hinein. Das müsse man verstehen, sagt er, das Psychogramm eines Kommunisten, sonst begreift man überhaupt nichts. Vielleicht nicht mal das eigene Leben. Es klingt seltsam fern, so als rede er über eine längst ausgestorbene, aber zoologisch höchst interessante Spezies. 1947 als Volontär bei der »Freien Gewerkschaftszeitung« verehrte er Jakob Walcher, einen Splittergruppen-Kommunisten, den die KPD in den Zwanzigern ausschloß, der in Amerika bei Brecht arbeitete, wieder zurückkam und wieder aus der Partei flog, diesmal aus der SED. Ohne Grund. Und das habe ihn, Schabowski, nicht zweifeln lassen? Nein, sagt er, eben nicht. Wegen des Feindes in der Rockfalte, im Auge des Nächsten, an der eigenen Brust, wegen des Feindes überall. Ererbtes Weltbild von Verschwörern, die ihr Leben im Untergrund, in der Emigration, in Nazigefängnissen verbrachten und dann plötzlich nach 1945 – an der Macht.

Plötzlich waren diese Tagblinden ganz oben, wurde ihr Maulwurfsweltbild oberste Realität der DDR. Man muß

Schabowskis Buch »Das Politbüro« gelesen haben, um wirklich zu begreifen, daß sie es nie mehr änderten. Daß sie selbst nach dem Sommer 1989 nicht über die Massenflucht sprachen, noch immer alles für eine vom Westen inszenierte Provokation hielten. In Deckung bleiben hatten sie gelernt. Und kein Licht von draußen, jeder grub für sich allein, Mißtrauen, Isolierung. Nur ein einziges fremdes Haus habe Schabowski in Wandlitz je betreten. Trauriges Ghetto. Die DDR war wohl nicht mal eine Oligarchie, sie war eine Dachdecker-Monarchie. Und wann beginnt man, über den Sturz des Königs nachzudenken? Schabowski und Krenz betrieben im Herbst 1989 die Entmachtung Honeckers, es war eine Palastrevolution. – »Der Kommunist«, sagt Schabowski und lehnt sich tief in seinen Stuhl zurück, »der Kommunist braucht immer einen Tritt in den Arsch. Sonst passiert nichts.« Der Tritt für ihn war Ungarn, war die Massenflucht 1989. »Ich bin ja kein Menschenfresser, der plötzlich zum Tomatenesser konvertiert ist. Jawohl, es war ein Tritt.« Aber irgendwann muß es mehr geworden sein. Kaum einer nimmt die DDR so schonungslos, so unsentimental, so seltsam klarsichtig wahr wie er. Mit dem könnte man zum Bowling gehen. Mit Schabowski? Er ist noch tiefer in seinen Chefsessel gesunken, jetzt liegt er drin, die Beine überkreuzt, die Hände malen ein gigantisches Scheitern in die Luft – wir streiten gerade über den evolutionären und den revolutionären Marx sowie den marxistischen Eigentumsbegriff – und es ist plötzlich so schwer, sich zu erinnern, wie Schabowski wirklich aussieht, wie er früher aussah.

»Eine vierschrötige Erscheinung war das, kantiges Gesicht, sehr massiv«, hatte er über Jakob Walcher gesagt, in dem leicht bewundernden und resignativen Tonfall, wie man einen wirklich schönen Menschen beschreibt. Das war es, ein kommunistischer Bär wollte Schabowski sein. Der brüllen konnte, manchmal auch zahm war, aber immer unberechenbar. Und die mißmutige Miene war nur Tarnung wie bei Tieren, die gefährlich sind, zum Sprung bereit. Die eine Witterung haben für den Feind. So stand er noch Ende der Achtziger vor den Sozialwissenschaftlern der Humboldt-Universität, schrie, was sie denn glauben würden, wo sie hier seien? Etwa in der Sowjetunion? Es klang wie eine besonders liederliche Weltgegend. Aber noch sei es nicht soweit, noch denke hier niemand auf eigene Faust! Tagelang zitterte die Empörung über Schabowski nach. Er hatte die Professoren behandelt wie kleine Jungen, die ein verbotenes Spielzeug angefaßt haben. Und dieser Mann stand nur Monate später auf den Plätzen von Berlin und agitierte für einen neuen Weg, den dieses Land mit ihm und Krenz wagen sollte. – Eine junge Frau tritt ein. Ob's ihr schon wieder besser ginge, fragt Schabowski. Es klingt, als interessiere ihn das wirklich. Ja, ja, müsse ja, und morgen wäre sie wieder da, dann mache sie weiter. Schabowski nickt, lächelt, die Frau auch. Kollegen, gute Kollegen, so scheint es.

Dieser Mann leidet nicht. Nicht an sich selbst, wohl nicht einmal an seiner Vergangenheit. Wir haben die Risiken und Chancen der Freiheit vom Individuum abgezogen und der Gesellschaft übergeben, sagt er, das war ein Fehler. Fehler kann man korrigieren. Trial and Error. Passiert jedem mal. Funktioniert Leben auch so? Er versteht nicht, daß ich jetzt nach dem Scheitern frage und wie es denn sei, sein Leben an eine Sache gewandt zu haben, deren Verfehltheit man zuletzt einsieht. Schabowski schüttelt den Kopf. So kann man nicht fragen. Vielleicht denkt einer wie er in anderen Maßstäben. Es gibt Dinge, die funktionieren. Und es gibt Dinge, die nicht funktionieren. Dann kann man sie vergessen, genau wie den Sozialismus. Apple-Macintosh zum Beispiel funktioniert. Schabowski zeigt mir die halbfertige neue Nummer der »Heimatnachrichten« am Bildschirm. Oben auf dem Monitor steht ein Mainzelmännchen, die Hände in den Taschen, die Augen schräg aufwärts. Daneben klebt Donald Duck mit einem großen Blumenstrauß. Für Gunder!, steht drauf von Kinderhand. Daß man einmal so Zeitungsseiten würde spiegeln können! Schabowski dirigiert Tausende Bytes, als hätte er nie etwas anderes gemacht. Ob er noch manchmal dran denkt, wie die DDR versuchte, den 1-Megabit-Chip zu entwickeln, und wenn sie daran untergehen sollte? Sie ist daran untergegangen. Vielleicht hat Schabowski das überzeugt. Männer wie Bill Gates müssen eine Chance kriegen, sagt er, in einem vernünftigen System. Donald Duck winkt noch immer mit den Blumen. Man versteht es jetzt besser. Der Apple-Macintosh bricht weiter Seiten um, als hätte er nichts gehört. So muß es ein. So muß eine Gesellschaft funktionieren!

Schabowski zeigt mir jeden Artikel, der nächste Woche erscheinen soll. Wird es wieder Flußbiber in der Fulda geben? Bekommt Rotenburg die Halfpipe? Was ist das denn? – Na, zum Inline-Skates-Fahren, so'n halbes Rohr, erklärt Schabowski ungefähr in demselben Tonfall müder Selbstverständlichkeit, wie er früher mal sagte, daß die Mauer nun offen sei. – Was, Horoskope gibt's auch? Klar, der langjährige Chefredakteur des »Neuen Deutschland«, Organ des Zentralkomitees der SED, wendet sich um, am Anfang hätte er die alle selber geschrieben. Der Anfang, das war als ein junger Rotenburger Bau-Werbetexter ihn fragte, ob sie beide nicht eine Zeitung machen wollten. Er jedenfalls wollte schon immer eine machen, und Schabowski wüßte ja, wie's geht. 100 000 DM Startkapital hatten sie. Und Schabowski schaffte sogar die Horoskope. Schwierig war nur, daß es immer so viele Sternzeichen waren und sich nichts wiederholen durfte. Das unterscheidet Horoskope vom »Neuen Deutschland«. Schabowski, geboren am 4. Januar 1929, ist Steinbock. Unter Steinbock steht: »In der Liebe sind Sie momentan auf Erfolgskurs.« Und weiter: »Sie sollten sich für die nächste Zeit einige Dinge lieber verkneifen.« Richtig, der Politbüro-Prozeß.

Er verstehe das Verlangen nach dem Prozeß, dieses Es-muß-doch-jemand-schuld-gewesen-sein-Bedürfnis. Und irgendwie stimme das ja auch. Natürlich sei er schuld gewesen, aber nicht so. Nicht so, daß der Staatsanwalt »Sie Schreibtischmörder!« zu ihm hätte sagen dürfen. Nicht als Totschläger. – Warum eigentlich in drei Fällen? – Weil eben genau drei Menschen in seinen acht Politbüro-Jahren an der

Grenze ums Leben kamen. Er halte das für eine Konstruktion. Die in ihren juristischen Details groteske Züge trägt? Schabowski will zustimmen, fängt sich ab – er sollte sich in der nächsten Zeit bestimmte Dinge einfach verkneifen. Wir reden über die Verrechtlichung von Moral und Geschichte in diesem Land, von dem Kurzschluß zwischen historischer Zeit und Schicksal des Einzelnen. Der kalte Krieg hat meinen Mann nicht umgebracht, sagte eine Nebenklägerin im Prozeß. So sehr sie ein Recht hat auf diesen Satz, so bedenklich ist es doch, wenn er allgemeines Bewußtsein wird. Wenn die Fähigkeit schwindet, verschiedene Ebenen zu denken. Und zuletzt ist Denken ja genau diese Fähigkeit.

Schabowski sagt, daß 1989 die beste Zeit für ihn war, und weiß zugleich, wie grotesk seine Auftritte gewirkt haben müssen. Er kann sich selbst zusehen. Das ist selten. Und er kann von sich absehen: »Wissen Sie, was sich für mich im Prozeß so verhängnisvoll ausgewirkt hat, ist ja der ungeheure Vorzug dieser Gesellschaft. Es gibt doch nicht nur die Rechtsauffassung des Staatsanwalts, auch etwa die eines Jens Uwe Heuer, und diese Gesellschaft hält das aus.« Das Lob des Pluralismus. Schabowski spricht es sehr oft. Es klingt noch immer seltsam aus seinem Munde. Man wäre nicht erstaunt, wenn er sich im nächsten Augenblick korrigieren würde. Aber dieser Mann meint es wirklich so. Er mag nun mal Dinge, die funktionieren.

Der vormalige Chefredakteur des »Neuen Deutschland« ist ein Macher. Wir sind auf Seite 29 der »Heimatnachrichten« von nächster Woche. Hauptthema soll Rotenburgs gefährdeter Ruf als wohnmobilfreundlichste Stadt Deutschlands werden. »Die wollen jetzt doch eine Parkplatzgebühr für Wohnmobile erheben! So ein Wahnsinn! Wir machen dazu ein ganze Seite. Also hier zum Beispiel ...«

Marianne Rosenbergs Vater, ein Sinti in Auschwitz

Hier ungefähr könnte es gewesen sein. Ein »McDonalds-Drive-in« fast noch im Wohngebiet. Man fährt vor und bekommt einen Hamburger durchs Autofenster gereicht. Das hat Konsequenz. Es lohnt ja nicht, wegen eines Hamburgers auszusteigen. Es lohnt überhaupt nicht, in dieser Gegend auszusteigen. Aber es müßte hier gewesen sein, das »Zigeunerlager«. Man hatte mir vom Friedhof aus die Richtung gezeigt. Es ist ganz still, ein Mittag mitten im Juni, mitten in Marzahn, und niemand auf der Straße. Ein flacher Plattenbau, an seiner Häßlichkeit verzweifelnd, schält sich die rote Farbe vom Leib. Mehr geschieht nicht. Doch, die Wiese blüht. Blüht blau und gelb direkt neben der schmalen Betonstraße.

Das erste, was Otto Rosenberg sah, als er nach Marzahn kam, war dieses hohe Gras. Marzahn riecht gut, aber kann man hier wohnen? Mit vielen hundert Menschen auf einem Platz, oft nachts durchflutet von Scheinwerfern, und vorn, am einzigen Ausgang, eine Polizeibaracke. Mit neun Jahren begann Otto Rosenberg in Lagern zu leben. Hier traf er Eva Justin, eine sehr freundliche Frau. Sie gab den Erwachsenen Kaffee, und dann sollten sie zu reden anfangen, wie man das beim Erwachsenen-Kaffeetrinken eben so macht. Ihn aber hat sie sogar auf die Arbeit mitgenommen, in ein richtiges Institut. Dort durfte er Perlen auffädeln, Holzkugeln durch ein Brett mit Löchern schieben und sagen, was ihm zu den bunten Bildern einfiel, die sie ihm zeigte. Frau Justin schrieb das alles auf. Andere Erwachsene vergessen ja gleich wieder, was Kinder ihnen erzählen, aber Frau Justin war nicht so eine, darum schrieb sie es auf. – Mit neun Jahren, sagt Otto Rosenberg, kam ich nach Marzahn. Die Nazis brachten damals alle Sinti Berlins hierher. Das war kurz vor den Olympischen Spielen 1936. »Man hat rassische Untersuchungen an uns vorgenommen, hat uns studiert, unsere Geschichten gehört, nur um uns umzubringen.« Das also hat Frau Justin wirklich getan. Jetzt klingt es, als würde Otto Rosenberg es verstehen. Der 71jährige, Vorsitzende des Landesverbandes deutscher Sinti und Roma Berlin/Brandenburg versteht es, vielleicht. Schon darum, weil es solange her ist. Der Neunjährige begreift es nicht. Rosenberg wird das Kind nicht los, das er selber war, das Kind, das Auschwitz überlebte.

Wir stehen in einem weiten Halbkreis um den schönen großen Findling, den Otto Rosenberg nur den »Sintistein« nennt. »Vom Mai 1936 bis zur Befreiung durch die ruhmreiche Sowjetarmee litten in einem Zwangslager unweit dieser Stätte Hunderte Angehörige der Sinti. Ehre den Opfern«, steht darauf. Der Stein ist noch aus der DDR genau wie die Wortgruppe »ruhmreiche Sowjetarmee«. Die meisten schauen nach unten oder sehr weit weg. Der Bezirksbürgermeister entschuldigt sich für die 73 in der letzten Woche hier geschändeten Grabmale, keine Sinti-Gräber. Die Reden sind seltsam gemischt aus Trauer und Ohnmacht wie in diesen Tagen öfter. Das »Wehret den Anfängen!« klingt irgendwie hilflos. Jedes Jahr am zweiten Sonntag im Juni stehen sie so am »Sinti-Stein«. Und dann setzen sich zwei Männer davor, einfach vor den Stein, und spielen leise Gitarre. Es hört sich seltsam leicht an. »Fascination« von Gershwin. Vom Marzahner Lager sind sie abgeholt worden, nacheinander, bis irgendwann keiner mehr da war. Die meisten kamen nach Auschwitz. Warum eigentlich nicht Gershwin spielen?

Diese Fähigkeit, das Schwere leicht zu machen. Anders überlebt man manchmal nicht. Anders beginnt man oft nicht einmal zu reden. Komm, erzähl uns von Auschwitz! Otto Rosenberg ist ein guter Erzähler. Also erzählt er von Auschwitz im Haus der Wannsee-Konferenz. Warum eigentlich nicht im Haus der Wannsee-Konferenz? Es war ja der Anfang von Auschwitz. In seinen Träumen hat Auschwitz keinen Anfang und kein Ende, Rosenberg findet jetzt trotzdem einen. Unten im Erdgeschoß tanzen seit 1914 Nymphen eine dionysische Menschheitsverbrüderung an die Wände, etwas geschmäcklerisch, zu-spät-klassizistisch wie in vielen dieser Großkaufmannsvillen, aber sie tanzen. Rosenberg sitzt vor weitgeöffneten Fenstern, im Rücken den Juni und die rauschenden Platanen, vor sich wieder Menschen mit diesem eigentümlichen Blick weit fort oder einfach nach unten. Wie soll man denn auch schauen, wenn einer sagt: »War das eine Freude, als ich meine Großmutter und meine Geschwister wiedersah, sie waren auch da!« – und er redet von Auschwitz.

Seltsame, selten gewordene Würde, selten die Gesichter, die so vom Leben durchgebildet werden. Der 71jährige hat ja die Züge eines Patriarchen. Ein Patriarch muß eigentlich nicht viel sagen, er spricht allein schon mit den Mundwinkeln. Sie heben sich, sie senken sich, und das ist schon eine Aussage. Wie bei Rosenberg. Aber jetzt erwacht in diesem Altersgesicht der kaum Halbwüchsige. Und der sitzt wieder mit dem Brennglas auf dem Holzstapel einer Rüstungsfabrik in Lichtenberg, ausgeschlossen vom Gemeinschaftsessen und dem Milchtrinken der anderen, weil er ein Zigeunerjunge ist.

Sitzt dort also ganz allein – neben den anderen sitzen darf er auch nicht – und brennt mit dem schönen Glas, das so herrlich vergrößern kann, Buchstaben in den Holzstapel. Er hat es von einer U-Boot-Kartusche abgeschraubt. Am Abend kommt die Polizei, legt ihm Handschellen an und nimmt ihn mit. In Handschellen Straßenbahn fahren! Das ist so furchtbar peinlich. – »Andererseits war es natürlich ein Abenteuer, ich war ja noch nie im Gefängnis.« Er bittet die Polizisten, die Zelle abends einen Spalt offen zu lassen, man würde ja Angst kriegen sonst. In der nächsten Nacht in der Dircksenstraße ist Rosenberg nicht mehr allein, dreißig oder vierzig übelriechende, verwahrloste Männer stehen in der Zelle. Er kriecht unter den einzigen Tisch, zieht seinen Mantel ganz fest zu, die Kakerlaken laufen ihm trotzdem übers Gesicht. Manche werden in wenigen Nächten erwachsen. Es folgen vier Monate Einzelhaft in Moabit.

Nach Auschwitz fährt er zusammen mit kleinen, schön angezogenen Kindern. Sie haben Mappen und Brottäschchen, kommen aus katholischen Heimen und sehen oft gar nicht aus wie Sinti oder Roma. Sie geben ihm zu essen von ihren mitgebrachten Broten.

»Z 60/78 meldet sich zur Stelle«, ruft Otto Rosenberg, schlägt unterm Tisch die Füße zusammen und hält den Kopf schräg nach hinten. So wie er es in Auschwitz immer getan hat, als er keinen Namen mehr hatte, nur die Nummer. Ja, dieser Mann kann von Auschwitz erzählen. Und doch ist ein Trick dabei. In Wahrheit nämlich erzählt Rosenberg eine andere Geschichte, die Geschichte eines unversiegbaren großen Hungers, wie ihn 16jährige haben. Dieser Hunger war irgendwie noch viel wirklicher als Auschwitz, wirklicher als alle Todesdrohungen. Zum Beispiel, als er mit diesem Holländer im Krankenbau liegt, und der Holländer hat ein Paket, »da war wirklich alles drin«, aber er gibt nichts ab, ruft nur immer »Wasser, Wasser!« Wer Wasser holte, wurde totgeschlagen, weil es mit Typhus verseucht war. Otto Rosenberg holt trotzdem welches, es geht schließlich um das Paket. Du, ich hab dir Wasser gebracht, sagt er. – »Da war der tot. Da war der wirklich tot! Und ich hab gegessen, bis ich nicht mehr konnte.« Hinterher macht Rosenberg Meldung: Stubowi! Stubowi! Hier ist einer tot! – Schmeiß raus, kam die Antwort, schmeiß einfach raus!

Rosenberg hält inne. Man hört jetzt nur die Vögel draußen in den Platanen. »Ich zweifle doch selbst an meinen Worten, wenn ich das alles so sage. Kann es so gewesen sein?« Pause. »Es ist so gewesen.« Und er spricht von den Häftlingen an den Öfen, von den Kindern, die vor seinen Augen verhungern wie die Geschwister (»Sie hielten den Kopf so schief, daran sah man es schon«), von der Rampe, an der die vielen Züge ankommen und die er von Birkenau aus jeden Tag sieht. Gut, daß man eben doch nicht darüber reden könne, sagt Rosenberg nach eineinhalb Stunden, denn das würde er nicht überstehen. Alles aussprechen, unmöglich.

Vor ihm liegt sein Buch »Das Brennglas«, die Erinnerungen seiner Jugend. Jugend, wirklich? Rosenberg hat, während er sprach, nicht einmal hineingesehen. Als wir nachher miteinander reden, hält er es in der Hand. Er, Otto Rosenberg, der mit dreizehn Jahren U-Boot-Kartuschen bauen mußte und nur zwei Jahre auf eine richtige Schule ging, hat ein Buch geschrieben! Man erkennt Menschen daran, wie sie ein Buch in die Hand nehmen. Rosenberg schreibt ganz langsam seinen Namen hinein. Nach dem Krieg fand er in einer Ruine an der Prenzlauer Allee einen Brockhaus, ohne Deckel, den hat er gelesen. Daher wisse er soviel. Rosenberg lacht. Bloß Zahlen könne er sich nicht merken, aber er bewundere Zahlenmenschen ungemein. Akademiker! Rosenberg wäre auch gern einer geworden. Aber ist man mit einem eigenen Buch etwa keiner? Die Rosenbergs waren schon immer »Schreiber«. Sie führten die Verhandlungen mit Behörden, als sie noch in den Wagen wohnten und ihre Plätze anmieten mußten. Dann fallen die Mundwinkel. Patriarchen können ja manchmal sehr ungeduldig sein: »Was nach dem Krieg kam? Wie danach? Steht doch alles bald in meinem nächsten Buch.« Schwer, so lange zu warten. Rosenberg nickt und gibt nach. Also, sagt er, danach ist alles fast noch schlimmer geworden. – Wie schlimmer? – Wer vorher Polizist war, war immer noch Polizist. Und als allererstes sollte er nachweisen, daß er, Rosenberg, deutsch sei. Seine Familie sei nie etwas anderes gewesen. Überhaupt, die Diskriminierung. – Lag es vielleicht daran, daß er sie jetzt viel bewußter wahrgenommen hat? – Nein. Alle seine Kinder hätten den Haß gespürt. Sieben Kinder! Aber die Mädchen, Petra und Marianne Rosenberg nahmen es schwerer. Man ist ja nie einfach fremd, schon gar nicht im eigenen Land, fremd wird man erst gemacht. Die wollen nicht neben uns sitzen, kamen sie weinend nach Hause. Schlenker nicht so mit den Armen, wir sind hier nicht im Wohnwagen! – Petra Rosenberg weiß die Worte heute noch, alle. Wie sie sich auf die Schule gefreut hat, die Beste war in der ersten Klasse. Aber irgendwann wollte sie nur noch weg, runter von der Schule, ohne Abschluß, ganz egal. Den hat sie später nachgeholt, auch das Abitur, und dann studiert. Sie sind doch nicht so eine, sagt man manchmal auf Ämtern zu ihr, Sie können doch lesen und schreiben! Die absichtslosen Kränkungen sind die schlimmesten. In solchen Augenblicken ist sie wieder das kleine Mädchen, das nicht aufstehen, nicht weglaufen darf, als die Lehrerin der ganzen Klasse erklärt, daß sie, Petra, ein Zigeunerkind sei. Und dann, Otto Rosenberg sieht jetzt sehr zufrieden aus, habe ich einen Brief an Hanna-Renate Laurien geschrieben, die war damals Schulsenatorin, jawohl.

Als es das Marzahner Lager noch nicht gab, ging Otto Rosenberg in Bohnsdorf zur Schule. Dort stand ihr Wagen, im Sandbacher Weg. Dort wohnte er bei seiner Großmutter, die er immer nur »Mami« nannte. Er trug Holzschuhe. Holzschuhe waren sehr gut, für alles mögliche. Der Polizisten-Sohn zum Beispiel sagte hinterher nie wieder »Zick-Zack-Zigeunerpack« zu ihm.

In Auschwitz hat Rosenberg mit Gott einen Vertrag geschlossen. Zuerst sagte er ihm ins Gesicht, daß er nicht existiere, jedenfalls nicht mehr für ihn, Otto Rosenberg, der so gern ein guter Katholik werden wollte. Oder, drohte er, Gott hole ihn da irgendwie raus ... Am Tag, bevor die anderen ins Gas gingen, kam er nach Buchenwald. Heute bekommt Rosenberg manchmal Briefe, in denen steht, daß er weggehen solle aus Deutschland. Und dann sagt der alte Mann einen ungeheuerlichen Satz: Daß er jetzt öfter glaube, seine Zeit in Auschwitz hatte doch gar keinen Sinn. Einen Sinn, Auschwitz?

Vor der Wannsee-Villa blühen weiß und rot die Rosen. Ein schöner Garten. Unmöglich, hier zu gehen wie durch andere Gärten.

Jeanne d'Arc im Rechtsstaat. Als Daniela Dahn Verfassungsrichterin werden wollte

Sie ist bald fünfzig, doch ihre Züge sind mädchenhaft. Noch immer. Man schaut auf, wenn sie irgendwo eintritt. Man merkt auf, wenn man ihren Namen liest. Daniela Dahn, eine Jeanne d'Arc des Ostens.

Hätte man Jeanne d'Arc eigentlich zur Verfassungsrichterin gewählt? Es ist ja immer schwer mit den kämpferischen jungen Frauen. Mutig sind sie. Und sehr zornig manchmal. Und anstrengend natürlich. Den Rest besorgen die historischen Umstände.

Literatenessen zum Beispiel sind solche historischen Umstände, zumindest wenn gerade ein Rowohlt-Verleger neben einem sitzt und fragt, was man denn so arbeite im Augenblick. – Eher nichts, soll Daniela Dahn da vor ein paar Jahren geantwortet haben, sie engagiere sich jetzt mehr politisch, in einer Bürgerinitative. Der Westen wolle ja den Kleinmachnowern ihre Häuser wegnehmen. Man kann sich vorstellen, wie Daniela Dahn den Rowohlt-Mann da angesehen hat. In solchen Mädchengesichtern malen sich die Verletzungen unmittelbar, sie können und sie wollen nichts verbergen. Ja, wenn das so wäre, dann solle sie das doch mal aufschreiben! – »Wir bleiben hier oder Wem gehört der Osten? Vom Kampf um Häuser und Wohnungen in den neuen Bundesländern« erschien 1994.

Es ist im Grunde ein zweihundertseitiger Kommentar zu dem Satz Ludwig Erhards, nur Eigentum gewährleiste persönliche Sicherheit sowie geistige Unabhängigkeit – unter Berücksichtig der Prämisse des Einigungsvertrages »Rückgabe vor Entschädigung«. Wenn einem zum Beispiel das Haus weggenommen wird, fühlt man sich schlagartig weniger sicher und auch irgendwie ziemlich abhängig. So leicht lassen sich hochtheoretische Sätze verifizieren. Dahn scheute das Wort »Vertreibung« nicht.

Ostdeutsche haben früher eigentlich nie über Eigentum nachgedacht, schon weil sie fast keins hatten. War es nicht ziemlich leichtsinnig, als beinahe Besitzloser einer Ludwig-Erhard-Gesellschaftsordnung beizutreten? Man kann darauf verschiedene Antworten geben. Eine davon ist die zorniger, mädchenhafter Frauen.

1989. Die abgewickelte Revolution, sagt Daniela Dahn, Gründungsmitglied des »Demokratischen Aufbruchs«. Alles danach sei konservativer Rückwärtsgang der Geschichte. Ob man wohl mit dem Wissen von heute ins Frühjahr 1989 zurückkönnte? Solche Fragen stellt sie. Gedankenspiele. – Man weiß, daß die intelligiblen Augenblicke der Geschichte wie der Herbst 1989 selten sind. Man weiß, daß sie immer zurückgenommen werden. Man weiß, daß auf jede Revolution eine schmerzhafte Realsetzung folgt. Man weiß, daß die Geschichte manchmal ganze Generationen opfert. – Aber Frauen wie Daniela Dahn wollen das nicht wissen. Und wenn sie es wissen, dann wollen es so nicht akzeptieren. Sie haben kein Talent zur Melancholie. Solche Frauen sind selbst eine List der Geschichte – die Geschichte müßte sonst an sich selbst verzagen, an ihrer Ausweglosigkeit, an ihren ewigen Wiederholungen.

Man stelle Daniela Dahn vor eine Barrikade und gebe ihr zumindest einen Bleistift. Aber als Aufsichtskraft über die Grundregeln des demokratisch gerade noch zulässigen Barrikadenbaus? Oder was sonst macht ein Verfassungsrichter?

Mit 26 gegen 8 Stimmen entschied die SPD-Fraktion überraschend gegen die Wahl Daniela Dahns, vorgeschlagen von der PDS, zur Verfassungsrichterin in Brandenburg. Sie hätte sich mit dem Waldheim-Kapitel ihres letzten Buches demonstrativ außerhalb von Grundprinzipien des Rechtsstaats gestellt. Sie hätte die Waldheimer Prozeße 1950 in der DDR relativiert.

Hat sie?

»Hab ich nicht. Aber das ist mir jetzt wirklich zuviel. Jeder will plötzlich ein Interview, und nun kommen Sie auch noch! Ich hab abends eine Lesung in Güstrow und dann flieg ich nach Indien. Wissen Sie was? Ich kann nicht mehr!« Und das sei überhaupt nicht unfreundlich gemeint. Wir vereinbaren ein paar schriftliche Fragen, denn, so sagt Daniela Dahn, jedes Wort werde im Augenblick gegen sie verwendet. Man müsse also sehr vorsichtig sein. Und man kann diese Frau mit Wörtern wirklich erschrecken.

Da sagte doch 1987 der Amerikaner Bill Meyers zu ihr, sie sehe die Dinge in der DDR ungefähr wie Günter Gaus. Daniela Dahn hatte gerade die »Prenzlauer Berg-Tour« geschrieben – lauter Lebensbilder von Menschen in alten Häusern – und war noch nie zuvor auf den Gedanken gekommen, sie könne die Dinge wie Günter Gaus sehen. Die DDR als

Nischengesellschaft? Sei der Prenzlauer Berg denn etwa keine Nische, beharrte der Amerikaner und hielt seine Videokamera unverwandt auf die junge Frau, die in einer Art Häuptlingsstuhl saß, hinter sich eine Blattpflanze, die ungefähr so misanthropisch aussah wie die DDR zur selben Zeit. Nein, antwortete Dahn, das mit der Nischengesellschaft habe sie so nicht gemeint.

Überhaupt, wie könne sie anderen denn sagen, warum sie schreibe? Wenn sie das sagen könne, bräuchte sie nicht zu schreiben. Vielleicht schreibt sie ja wegen der Gerechtigkeit. Schreiben ist ja immer ein Akt der Gerechtigkeit. Und es zwingt zur Konsequenz. Daniela Dahn mag Konsequenzen. Ihr Vorschlag zum Asylrecht: Jeder Angehörige eines Volkes, dem wir für »unsere asoziale Verpackung und Reklame« die Wälder roden, hätte ein Menschenrecht auf den deutschen Wald. Es war noch nie einfach mit den Fundamentalisten unter den Kulturkritikern. Aber irgendwer muß den Job schließlich machen.

Daniela Dahn glaubt an die sozialen Menschenrechte, zum Beispiel an das Recht auf Arbeit. Sie hat oft gehört, das Recht auf Arbeit lasse sich in einer freien Marktwirtschaft nicht realisieren. Daraus, sagt sie, ergeben sich genau zwei Möglichkeiten. Entweder das Menschenrecht sei falsch (und müsse geändert werden) oder das System. Tatenfrohe Naturen mit Neigung zur Unbedingtheit urteilen immer so. Aber trotzdem, das ist noch keine extremistische Aussage, nur eine Konsequenz. Und die Freiheit des Schreibenden ist nun mal die Unterwerfung der Wirklichkeit, wenn auch nur augenblicksweise, auf dem Papier. Vielleicht kommt die kommunistische Freiheitsvorstellung ja aus dieser schreibenden Souveränitätserfahrung – Allmacht und Allversöhnung in eins zu sein – und erklärt zugleich die Affinität so vieler Intellektueller zum Marxschen Ideal? Freiheit und Gemeineigentum, kein Widerspruch für Daniela Dahn. Dabei, geben wir es zu, entstand Freiheit, die bürgerliche Freiheit, doch sehr prosaisch als notwendige Bewegungsform des Kapitals. Als dessen transzendentaler Überschuß sozusagen. Die Politiker machen nur den Fehler, triumphal von dieser formalen Freiheit zu reden, anstatt mit einem leisen Unterton des Bedauerns. Weil sie nie die ganze ist, weil sie wohl nie die substanziale Freiheit sein kann, die Daniela Dahn meint.

In ihrem Häuser-Buch hat sie sich durch ganze Paragraphenwälder gearbeitet, und doch ist ihr Blick unmittelbar geblieben. Anders entsteht keine Literatur. Anders wird man dem Einzelnen nicht gerecht. Und ihr Blick gilt den Menschen. Es ist – zuletzt – ein moralischer Blick. Daß beim Prozeß gegen die Waldheim-Richter die damals verurteilten »nachweislich hohen Nazis« grundsätzlich als »Geschädigte« bezeichnet wurden, empört sie. Und sie fühle sich »gedemütigt, wenn der Bundestag, das Parlament des Staates, der Rechtsnachfolger des 3. Reiches ist, anders als die Volkskammer, ohne Einzelfallprüfung alle Verurteilten von Waldheim per Gesetz rehabilitiert und ihnen oder ihren Nachkommen hohe Entschädigungen zahlt.« So steht es in »Vertreibung ins Paradies«, ihrem letzten Buch. Moralisch ist diese Demütigung begreiflich. Als Verfassungsrichterin dürfte ihr ein solcher Satz nicht unterlaufen. Denn diese Rehabilitierung erfolgte nicht aus Sympathie für alte Nazis, sondern einfach deshalb, weil man die Prozesse als illegitim erkannte. Der juristische Blick ist niemals ein bloßes Surrogat des moralischen.

Leider hat die Bundesrepublik uns das selbst nahegelegt, dieses bedenkliche, unmittelbare Rechtsempfinden mit den Politbüroprozessen und anderen bestärkt. Welch bis ans Groteske reichende Konstruktionen mußte man aufbieten, um sie überhaupt führen zu können! Dagegen will Daniela Dahn sich wehren. Gegen das notwendig Ahistorische dieser Verfahren, die vielleicht verurteilen, aber Geschichte nie wirklich begreifen können. In dem Kapitel zu den Waldheim-Prozessen hat sie genau diese geschichtliche Einordnung versucht. Wie ging man zur selben Zeit in anderen Ländern mit Nazis oder Kollaborateuren um? Nicht viel anders. Standrechtliche Erschießungen, Denunziationen, mangelhafte Verfahren keine Seltenheit. Ändert das etwas?

1951 bat Thomas Mann in einem Brief an Walter Ulbricht um Gnade für die in Waldheim Verurteilten, nicht, weil er sie für unschuldig halte oder verteidigen wolle, aber, so fragte er, »hat es einen Sinn, sie ganz im wilden Stil des Nazismus und seiner ›Volksgerichte‹, ganz im Stil des zur Hölle gefahrenen Roland Freisler, der genau so seine Zuchthaus- und Todessprüche verhängte, aburteilen zu lassen und damit der nicht-kommunistischen Welt ein Beispiel zu geben, das ein Ansporn ist allem Haß ...?«

In der Bundesrepublik genüge es, von Kommunisten verurteilt worden zu sein, um als Faschist voll rehabilitiert zu werden, urteilt Daniela Dahn. Eine moralische Anmutung, sicher. Die Frage wird sein, ob sie sich von dieser Perspektive lösen kann. Aber, und das ist wichtig, in ihrem Buch sprach Daniela Dahn als Autorin, nicht als Verfassungsrichterin. Jemand, der über keine andere Weltsicht und keine anderen Sprachmöglichkeiten als die verfassungsrichterliche verfügte, könnte er seiner Verantwortung überhaupt gerecht werden?

Jetzt ist Daniela Dahn in Indien. Die Inder haben das Nirwana, wir haben Verfassungsgerichte. Beides streng überparteiliche, beinahe unmenschliche Gelassenheit fordernde Einrichtungen. Indien ist eine gute Vorbereitung.

Als ich wie ein Vogel war. Thomas Schoppe von »Renft«

Zuviel Rauch, zuviel Bier, zu viele Menschen. Die Fenster dick mit Pappe vernagelt, wohl zur Besänftigung der Nachbarn dieser Jugendclubbaracke im Friedrichshain. Hier kommt keiner mehr raus. Thomas Schoppe legt die Gitarre weg. Steht einfach nur da, die Arme gerade vorm Leib, so wie Gewichtheber stehen. »Trug sie Jeans«, das alte Renft-Stück. Er hebt es vom Boden auf, stemmt es hoch, langsam, Silbe für Silbe, hat es endlich ganz oben in monotoner Anspannung – / ist der Mensch einmal zuschanden / schweigt man wenn / er schrie / – und läßt es aus größter Höhe herabfallen. Früher, vor fünfundzwanzig Jahren war noch ein Keyboard dabei. Jetzt nur diese Stimme, ausgesetzt im Raum. Manchmal stößt sie irgendwo an, und man will die Räume sehen, die dahinter sind.

Thomas Schoppe ist nicht da. Seine Frau, eine sanfte Engländerin, vielleicht dreißig Jahre alt, weiß auch nicht, wo er ist. Sie hat morgen Geburtstag, vielleicht sei ihm dazu ja eben noch was eingefallen. Die Frau lächelt. Ihr Baby lächelt auch. Vielleicht, denke ich, singt sein Vater es abends mit »Child in time« in den Schlaf. Das ist dieser Zehnminutenachtundvierzig-Ewigkeitsschrei von Deep Purple. Thomas Schoppe konnte ihn immer so gut. Aber in diesem Neuköllner Mietshaus geht das wohl nicht. Schon wegen der Flugsicherheit. Tempelhof ist gleich nebenan.

Wir kochen Tee und reden, die Frau, das Baby und ich. Irgendwann kommt er doch, schaut gar nicht auf, tritt gleich hinaus auf den Balkon, irgendwas ziemlich Großes in den Händen mit viel Papier drumherum. Als Thomas Schoppe wieder im Zimmer steht, wirkt seine Erleichterung, als hätte er soeben ein Klavier rausgetragen. Irgendwie unverhältnismäßig. Aber das währt nur Sekunden. Dann faßt er mich ins Auge. Thomas Schoppe sieht aus wie einer, der schon vielen miesen Typen begegnet ist im Leben und jetzt gerade den nächsten vor sich hat: »Was soll'n das werden? – Porträt. Hm.« Wie er das sagt, gibt es nur zwei Möglichkeiten. Entweder es sind schon so viele Porträts über Thomas Schoppe erschienen, daß er noch eins unmöglich wird ertragen können, oder er denkt: Das hilft jetzt auch nicht mehr. Gar nichts hilft mehr.

Es gibt einfach zuviel »Renft« momentan. Genau gesagt, es gibt die rauheste, poetischste, skandalträchtigste, legendärste Rockband der DDR – gegründet 1971, verboten 1975, wiederauferstanden 1990, einmalig eben – es gibt sie doppelt. Sowas hält kein Mythos aus. Das Schlimmste aber ist: die anderen sind »Renft« – nennen wir sie der Übersichtlichkeit halber »Renft I« – und Schoppe ist ganz allein auch noch einmal »Renft«, sagen wir, »Renft II«. Natürlich hat er Musiker, gute sogar, aber die sind eben alle viel jünger als er, die sind – einfach nicht richtig »Renft«. Dabei war er der einzige, der immer durchgehalten hat. Das Baby schreit. Es hat ein Empfinden für die dramatischen Stellen.

Thomas Schoppe weiß, daß er jetzt sehr, sehr viel erzählen muß. Er fastet schon zehn Tage. Ein Perfektionist. Was er macht, das macht er richtig, singen oder hungern, ganz egal.

Viele sagen, »Renft« hätte »deutschsprachige Rockmusik« erst zu einem ernsthaften Begriff gemacht. Im Westen kennt sie trotzdem keiner. Ein paar wirklich schöne Dinge im Leben muß eben jeder für sich behalten.

Schoppe hält den Kopf nach hinten und zieht den rechten Mundwinkel herunter beim Sprechen. Es ist, als rede er gegen einen fast unüberwindlichen inneren Widerstand. Harsche Linien stehen ihm wie Grenzen im Gesicht. Einem, der auf der Bühne völlig ohne Grenzen ist. Wer sich so austeilen kann, muß sich auch gut zu verbergen wissen. Notfalls in sich selber. So sehen Verweigerer aus.

Thomas Schoppe, ein Leipziger Kind. Er hatte als erster in der Straße ein Kofferradio. Er wußte nicht, was es war, was er da hörte, völlig verrauscht auf Mittelwelle, Radio Luxemburg. Er wußte nur, daß er es notfalls als Waffe gebrauchen würde. »Nein, solche Aufbrüche kennt ihr nicht mehr, das habt ihr alles gar nicht erlebt«, sagt Schoppe zu seiner Frau, dem Baby und mir, stellt die Teetasse auf den Tisch zurück und fängt an zu singen, diese uralten Sachen von Eric Burden, The Who, alles fetzenweise hintereinander gestückt. »Die genialste Zeit war '68. Mindestens zehn neue Hits pro Woche!«

Klaus Renft – die Gruppe heißt nach ihrem Bassisten – war damals schon ein gefürchteter Name in Leipzig. Sogar eine richtige Volkserhebung gab's wegen ihm, den »Leipziger Beataufstand« 1965. Die SED nannte ihn später immer »Gammleraufstand«. Hat sich wohl ganz schön erschrocken, als auf dem Wilhelm-Leuschner-Platz die ersten Flugblätter und ein paar Tage später Tausende Jugendliche erschienen.

Und das alles nur, weil man mal kurz Klaus Renfts frühere Band, die »Butlers« und andere Rockgruppen verboten hatte. Was hilft gegen Rockmusik? Verbote ja eher nicht. Also Panzer? Tränengas? Wasserwerfer? Man entschied sich für die Wasserwerfer. – Thomas Schoppe wurde inzwischen Feinmechaniker beim VEB Medizintechnik Leipzig. »Zahnbohrer haben wir hergestellt, verstehst du, für die ganze Republik. Alle Zahnbohrer der DDR waren von uns. Man müßte ein Museum machen davon!« Vielleicht sagt er das nur aus Resignation, weil ich die Fertigungsschritte der Zahnbohrer nach einer Viertelstunde immer noch nicht fehlerfrei wiederholen kann. Erst härten, dann polieren, klar. Natürlich kann die Produktion von Zahnbohrern einen Menschen ebenso ausfüllen wie ein guter Rocktitel. Irgendwie hören sich beide ja auch gleich an. Man kann da nicht mehr ausweichen, es trifft den Nerv.

Der Mensch, schrieb Klaus Renft unlängst, muß sich entscheiden, ob er Musiker werden will oder Gemüsehändler. Für Schoppe fiel die Entscheidung so: Renft hörte von einem in Borna, der unheimlich brüllen könne. Also sah er sich das mal an. – »Der kam rein, und alle Griffe waren weg.« Als er sie so richtig wiederfand, war Thomas Schoppe schon bei »Renft«. Und dann kamen diese Lieder, eigentlich gar nicht lang, von 1971 bis zum Verbot 1975, diese melancholischen Texte zu Schlagzeug und Gitarre. »Wer die Rose ehrt« oder »Als ich wie ein Vogel war«. Sie trafen die Schwermut der Jugend, waren genau wie sie – unbedingt, vage und kurz.

»Ich kann das nicht mehr hören«, sagt Schoppe. Es klingt bittend. Macht nichts, denn singen kann er es noch. Vielleicht spielen manche sich irgendwann nur noch selbst nach. Dieser hier nicht. Härter, kompromißloser klingt es an den schroffen Stellen, an den liedhaften noch weicher. Auch Rockmusik ist eben eine Frage der Reife.

Unsre LPG hat hundert Gänse / und ein Gänselieschen das ist meins / jeden morgen ziehn sie auf die Wiese / hundert Gänse und die hunderteins. Ja, so was hat er auch gemacht. Alle singen das mit im Konzert, voll sagenhafter

Hingabe. Die mit Anzug und Handy in der Tasche. Die mit den schütteren langen Haaren, Kamm in der Hosentasche und Biergläsern in der Hand, die wohl schon seit zwanzig Jahren so stehen. Und die Stillen, leise Verbürgerlichten, die auf Rockkonzerten immer etwas deplaziert wirken.

Was ist das? Ostalgie? Oder einfach nur diese Unsicherheit, nirgendwo hinzugehören. In den Osten schon lang nicht mehr und in den Westen nie ganz. Kein Boden unter den Füßen. Sowas behindert kolossal beim Laufen, dafür fühlt man sich manchmal wunderbar leicht. Irgendwie entwirklicht. Thomas Schoppe kennt diesen Zustand schon etwas länger, er lebt ja seit seiner Ausreise 1978 in Westberlin. Und außerdem hat er eben zehn Tage lang nichts gegessen. Der Hunger und Westberlin, das ist beides irgendwann dasselbe. So als wäre man gar nicht mehr da. »Geh doch zurück in den Osten!« haben sie ihm immer gesagt, wenn er irgendwas anders wollte. Und mit der Musik war's auch vorbei. Dabei wohnte die Hälfte von »Renft« bald in Westberlin. Als »Die Windminister« haben sie es bis 1980 noch mal versucht. Die Stasi kümmerte sich um ausreichend buh-rufende Westkommunisten beim ersten Konzert im Quartier Latin. Mißerfolg, Streit, Schluß.

»Das war immer so.« Schoppe sieht sehr trotzig und sehr traurig aus. Gut, daß »Renft« 1975 verboten wurde. Sie wären sonst wohl im Streit auseinandergegangen. Daraus wachsen keine Legenden. Und heute gibt es sie eben doppelt.

1990 das große Comeback in Leipzig. Das war Euphorie, das war Ausnahme. Aber dann konnte der eine sein Hotel nicht allein lassen, der andere ... Schoppe winkt nur ab. Und kurz vor der großen Ost-Tour 1992 stieg auch noch Gitarrist und Sänger Peter Gläser aus. Ohne Gründe. Später wissen alle: der war IM, wollte die anderen nicht mit hineinziehen. Und was sagt Schoppe dazu, er, der die Staatssicherheit so gut kannte, wie man seine beste Feinde eben kennt? Die Deutschen, ein Volk von Denkern und Diktatoren! Lauter solche Sachen mußte sie von ihm hören. Auch daß es unmöglich sei, in einem Land zu leben, aus dem man nicht ausreisen könne. Zuletzt, am 25. Februar 1978 spielte er Biermann für die Staatssicherheit. Mitten in der Leipziger Innenstadt, bei weitgeöffneten Fenstern, so laut er konnte. Er konnte sehr laut, es war eine gute Anlage. Zuerst kam die Polizei. Die hat er wieder weggeschickt. Dann kamen die Richtigen, und ein paar Tage später stand der große Provokateur ungläubig, zitternd wie ein Kind in Westberlin. – Gläser? Schoppe lacht: Der konnte doch gar nicht spitzeln. Mit achtzehn bei der Armee haben sie ihn sich geholt. Und haben ihm solche Sätze gesagt, von denen man ganz langsam wird im Kopf. Wohl sowas vom Frieden und daß es auf jeden ankomme, vor allem auf dich, Soldat! Fester Blick, Schulterklopfen, Unterschrift. Reihenfolge egal. So hat die Stasi also doch noch über »Renft« gesiegt, als es diese Behörde schon gar nicht mehr gab. So wie sie überhaupt jetzt erst richtig siegt. Aber das verstehen die Westler ja nicht! Schoppe läßt sich mit einer Gebärde tiefer Resignation in den Stuhl zurückfallen. Nicht mal, daß er zum Wahlkampf 1994 für die PDS spielte. Du weißt genau, sagte er zu Bisky, ich will mich nicht instrumentalisieren lassen! Ist dann aber doch gekommen.

Anfang der Neunziger zog Schoppe zurück nach Leipzig, die alte Heimat. Jetzt ist er wieder in Neukölln. Man hat ja immer nur die Wahl zwischen zwei Unannehmbarkeiten im Leben, Osten oder Westen. Die Frage ist, welche Zumutung man länger aushält.

Irgendwann aber war er allein – »klar gab's großen Streit« –, fand neue Musiker und blieb auch ohne Klaus einfach »Renft«. Die anderen spielten ab und zu mal bei Peter Gläser, dann immer öfter und seit letztem Jahr sind sie auch wieder »Renft«.

Alles hängt jetzt davon ab, daß die Gifte rauskommen, sagt Schoppe nach dem vierten Glas Tee. Darum fastet er. Leben heiße, sich vergiften. Kolossal schwer, dagegen ein absolutes, endgültiges Mittel zu finden. Schoppe aber hat eine Schwäche für absolute Mittel, egal ob Singen oder Hungern. Er ist ein Künstler. Und das schützt ihn auch wieder. Denn als Künstler lebt er die Absolutheiten stellvertretend, und

Gott sei Dank gibt es ja mehrere. Neben dem Darben etwa auch das Rauchenessenundtrinken. Schade nur, daß man dann nicht mehr so schwerelos ist. Thomas Schoppe wird also wieder singen müssen, am liebsten die neuen Sachen, die noch keiner kennt.

Heinz Florian Oertel in Eisenhüttenstadt

Das hier ist Eisenhüttenstadt? Mindestens zwei Kilometer dunkle, naßkalte Landstraße, Autohäuser und wieder Landstraße, vom Bahnhof bis zum nagelneuen »Citycenter«. »Oertel, heute abend, hier? Der kommt doch nicht.« Die Verkäuferin schaut auf, fünf Dianas lächeln zuversichtlich zurück. Gegenüber beeilen sich die letzten »Real«-Kunden. Ein Supermarktverbund. Quantität plus Beschleunigung, so geht das jetzt auch hier, in der vormals »ersten sozialistischen Stadt«. So ein Sportjournalist hätte eigentlich mehr Sinn dafür haben sollen. Schneller! Höher! Weiter! Neue Bestmarken, täglich, überall. Gewinner und Verlierer. Das moderne Leben ist, nun ist es heraus – Sport. Und jeder muß mitmachen.

Nur Oertel sagt ab. Hier nicht!

Der bekannteste Sportmoderator der DDR hat Glück gehabt. Er war schon dreiundsechzig, als man ihn abwickelte. Da muß keiner mehr ein neues Leben lernen. Nur noch aufhören können mit dem alten. Heinz Florian Oertel hat es versucht. Sprach am Silvesterabend 1991 die letzten Sportnachrichten ins Adlershofer Mikrofon und ging nach Hause. Dort blieb er, kaufte sich einen Hund und schwieg. Hunde können das auch.

Zwei Wochen später. Foyer des Eisenhüttenstädter Friedrich-Wolf-Theaters. Rrrund gerrrollt die »R«s. Bis an den Rand voll die Vokale. Mühelos füllt diese Stimme den Raum, dunkel und doch hell ganz oben, kraftvoll. Siebzehn Olympische Spiele, acht Fußballweltmeisterschaften, fünfundzwanzig Eiskunstlauf-Europa- und Weltmeisterschaften, siebzehn Friedensfahrten hat sie moderiert. Und zweihundertvierundfünfzig »Porträt per Telefon«-Sendungen im Fernsehen. Und Schlager: »Schlager aus Berlin«, »Schlager einer kleinen Stadt«, »Schlager einer großen Stadt«. Und den »Kessel Buntes«. Und im Radio den »Sonntagmorgen in Spreeathen« ... Alles mit diesem beharrlichen Ansteigen des Tons, der vibrierenden, langausgehaltenen monotonen Spannung kurz vorm Höhepunkt. Dann Explosion. Abfall. Aus. Eigentlich ja ein durchaus universeller Rhythmus.

Er sieht aus wie immer. Der ewige Sportler. Siebzig ist er soeben geworden.

»Ich muß schon sagen, es fällt mir schwer, dieses Buuuch zu lesen.« Es sind Lebenserinnerungen. »Höchste Zeit«. Oertel würde viel lieber sprechen. »Wenn ich etwas kann, dann doch das.« Aber es hilft nichts, dies hier ist unwiderruflich eine Lesung. Prolog. Er handelt davon, wie Rekorde sich wandeln und daß man mit der Zeit gehen muß. Zum Beispiel Ost-Adjektive in Tageszeitungen suchen, ist so eine ganz neue Disziplin. Da sind täglich neue Spitzenzeiten drin. 22 in nur drei Minuten hat Heinz Florian Oertel schon mal geschafft: »... undankbar, wehleidig, nörgelig ...« – der Mann liest das mit rostiger Monotonie, die Eisenhüttenstädter hören es mit tiefem Ernst – »... graumäusig, rotsockig, unfleißig ...«

Eisenhüttenstadt ist eine Stadt ohne Zwischentöne. Hier sind einst die Häuser zum Fahnenappell angetreten und bei den Worten »Achtung! Augen geradeaus!« vor Schreck erstarrt. Man ist hier für handfeste Dinge. Für Eisen etwa. Oder Sport. »Herr Oertel, wie stehen Sie heutzutage zum Sport, wo Sportler Millionen verdienen und Millionen arbeitslos sind?« Das ist die erste Zwischenfrage nach nur fünf Minuten. Ist das eine Zwischenfrage? Der Sportreporter lächelt, das R rollt runder, er ist erlöst! Vom Lesen. Er darf wieder sprechen und beginnt – mit den Römern und Griechen. Aus dem Augenblick heraus hält er einen Vortrag über die Kultur des Maßes, schaut dabei auf die Eisenhüttenstädter, als würden sie jetzt alle gemeinsam denken, was er nur noch aussprechen müsse: daß diese Gesellschaft ihr Maß verloren habe (Rom!), daß der Sport dabei sei, sich selber abzuschaffen: »Wenn heute ein Zwanzigjähriger Millionär sein kann, nur weil er aus einer Ecke einen Ball ins Tor köpfelt, dann ist das krank.« Jeder sieht das ein. Sofort. Aus solchen Sätzen, die jeder sofort einsieht, entstand einmal der Sozialismus. »So geht das nicht. Ich krieg Herzschmerzen«, flüstert neben mir die »Märkische Oderzeitung«. »Sport ist auch Kanu. Ich sage nur Birgit Fischer. Die ist arbeitslos«, beharrt ein älterer Mann in schwarzer Wollweste.

Daß ein Staat um seiner Bürger willen dasein müsse, ist wohl das tiefstwurzelnde Vorurteil von Menschen, die einmal in der DDR lebten. Heinz Florian Oertel, selbst ein »Kind von unten« – geboren in Cottbus, der Vater Weber, die Mutter Reinemachefrau – will es noch immer nicht anders denken. »Sport ist Sport von unten«, sagt er, »der Leistungssport nur die Krone. Das ist genau wie bei einem Baum.« Ein Sport-Romantiker?

Zwanzig Jahre lang hat er mit den bekanntesten Reportern der DDR so eine Sport-von-unten-Sendung moderiert. »He-he-he, der Sport an der Spree«, zwei Live-Stunden am Sonnabendvormittag, insgesamt waren es 1074 beim Berliner Rundfunk. »Das interessiert keinen Menschen«, sagten sie nach 1989 zu ihm. Oertel muß laut lachen, als er jetzt daran denkt. Aber er hat kein Talent zum Zyniker.

Den Berliner Neujahrslauf, das Geschwisterkind von »He-he-he«, gibt es noch immer. 1972 erfand er ihn, und Horst Milde, Tempelhofer Konditor und Vater des Berlin-Marathons sagte 1989: »Das machen wir weiter!« Also liefen sie auch an diesem 1. Januar, alle, die schon wieder aufstehen konnten, vom Brandenburger Tor bis zum Schloßplatz und zurück. Hunderte, sagt Oertel, naja, früher im Volkspark Friedrichshain seien es Tausende gewesen, richtiger Volkssport eben!

»Ich hätte mal was zu den Sportreportern«, meldet sich einer, »da ist doch keine Natürlichkeit mehr. Die haben doch alle keine Ahnung.« Oertel fängt in letzter Minute die spontane, tiefe Neigung seines Kopfes ab, sogar ein betont langsames Aufschauen gelingt und dazu ein wägendes: »Natürlich, wie überall, es gibt solche und solche. Die anderen sind zwar mehr ...« Wenn sie ihn doch bloß nicht so anschauen würden, so als müsse er noch mehr sagen. Also sagt er alles: wie er diesen ganzen neuen Sportzirkus verachtet, jene Journalisten, die vorher Beifall proben lassen und ihre Sätze mit »Ja, ich denke mal ...« beginnen. Heinz Florian Oertel liebt den Sport. Das ist sein Unglück. Ein Sportverkäufer wird aus ihm nie. »Manchmal hast du uns aber ganz schön genervt!« ruft es dazwischen.

Man muß das erklären. Oertel versäumte nie, in jedem Augenblick zu sagen, was jeder sah. Wenn ein Spieler von der rechten auf die linke Seite wechselte, so kannte er keine Scheu, das auch auszusprechen. Wenn Katarina Witt Anlauf nahm zum Doppelsalto ... Nur einmal, bei einem Fußballänderspiel Anfang der Achtziger in Moskau, war alles anders. Euphorisierte Kollegen sprachen nachher: Diese langen Pausen ..., du hast es geschafft, so muß es sein! Und die vor den Fernsehern sagten: Mann! Der hält ja das Maul ... Klasse, Mann! An jenem denkwürdigen Tag war dem bekanntesten Sportmoderator und siebzehnmaligen Publikumsliebling des DDR-Fernsehens ganz seltsam. Er war sehr oft auf der Toilette. Kein Tor fiel während seiner Aus-Zeiten. Das ist Professionalität!

Wissen Sie, ich kam doch vom Radio, erklärt Oertel dem Team von »Premiere«. Die haben ein rotes Tuch gespannt im Hotelzimmer des Radisson-Plaza. Schirm, Scheinwerfer. Perfektes TV-Studio! Nur wenn draußen auf der Spree die großen Kähne vorbeifahren, muß die Aufnahme jedesmal kurz unterbrochen werden. Wieder trägt er dieses weinrote Jackett, das schon so viele harmlose Passanten zu Vertretern oder Zuhältern machte. Ja, hätte er denn in Altherrengramgrau und was der Töne endgültiger Resignation mehr sind kommen sollen? Weinrot dagegen – bestimmt eine Vereinsfarbe – dynamisch, jung, weltoffen.

Radio. Heinz Florian Oertel war es gewohnt, alles, was er sah, zu kommentieren. Fernsehen, das sei doch ohnehin mehr was für Stumme, nicht wahr, fragt er den Premiere-Mann mit gewinnender Herzlichkeit. Premiere lächelt mühsam zurück. Vom ersten Augenblick an gehört Oertel das Studio, seiner überlegenen Nonchalance, die den anderen noch kleiner macht, weil sie so vollkommen natürlich klingt. Radio also. Der Sportabteilungsleiter Herbert Schmidt holte ihn 1950 ins Funkhaus an der Masurenallee. Da fuhr er jedes Wochenende von Cottbus nach Berlin, kommentierte zuerst das Flugverhalten der Brandenburger Weißstörche – so was übt kolossal – und dann das der Charlottenburger Fußbälle. Die Mitreisenden morgens um 5.00 Uhr auf der Bahnstrecke zwischen Cottbus und Berlin hatten nie ein Gefühl für gute Berichte.

Aber eigentlich wollen die Premiere-Leute ja ganz andere Dinge wissen: Das Spiel DDR-BRD 1974. Gab es da Auflagen von Seiten der Partei? – Kommen wir zur Olympiade 1980. Gab es da Auflagen? – Nehmen wir die Olympischen Spiele 1972. Gab es da eigentlich ...? Oertel lächelt. Meistens sagt er: Nein. Nur 1972 in München, da bekam er einen politischen Kommentator mit. – Wurde der Sport in der DDR zu Propagandazwecken mißbraucht? Wollten Sie auch in den Westen? Mit was für Showelementen haben Sie gearbeitet? Waren Sie in der Partei? Wollen Sie darüber sprechen? Oertel spricht über alles. Ohne ein Zögern, in perfektem Zeitmaß. Hochglanzantworten. Daß der Staat überall auf der Welt der größte Feind des Sports sei. Daß der Sport in der Bundesrepublik von den alten Nazisportführern wieder aufgebaut wurde, was ihn am meisten störte. Daß DDR-Journalisten lange Zeit keine Einreise bekamen in NATO-Länder, was ihn auch störte. Daß im Westen immer die Bundesdeutschen die besten Deutschen waren, auch wenn die DDR gewann (»Beste Ostblock-Starter waren ...«). Und ob ihn das störte. Der Premiere-Mann wird immer leiser. Neben Oertel wirkt er wie ein Amateur, aber das geht wohl den meisten so. Was er sich denn wünsche? »Weniger Sport im Fernsehen, überhaupt weniger Fernsehen.« Das größte Unglück seines Lebens bestünde darin, daß die Erfindung dieses dramatisch entsublimierten Mediums (ein Radio-Bericht macht sehend, Fernsehen blind) in seine Lebenszeit fiel.

Glatter Punktsieg für Oertel. Und sein Blick auf die DDR, jetzt, mit sieben Jahren Abstand? Ich frage das beim Hinausgehen, denn es ist eine gute Fahrstuhl-Frage. Beinahe ohne es zu merken ganz woanders ankommen, das war es doch? Aber Oertel läßt sich nicht ein auf diese Unsicherheit des Orts: »Ich habe immer gewußt, was gut ist an der DDR und was nicht.« Sagt es mit jener seltsamen Überlegenheit, diesem weit-fort-weisenden Blick, wie alle ihn haben, die solche Sätze sagen.

Als ob er da einfach hindurchgegangen wäre. Nur jetzt geht's auf einmal nicht mehr weiter. Der Parkscheinautomat im Radisson-Plaza kann den Parkschein nicht lesen: »Schein klemmt. Nochmal versuchen!« Zukunft? Oertel winkt ab – es ist schon der zehnte Versuch. »Kennen Sie mein Buch, den Schluß? Die Menschen wollen getäuscht werden. Das ist so, das bleibt auch so.«

Wir kommen zu spät zum Ernst-Ludwig-Jahn-Stadion im Prenzlauer Berg. Wie oft er schon hier war! Der MDR, in dessen Hörfunkprogramm Oertel jetzt wieder Fußball moderieren wird (wie schon vorher Boxen auf r.s.2), wartet im Schneeregen. Sie wollen ein Porträt machen. Ein Bagger reißt die alten Bänke raus. Wir laufen in die Mitte des Stadions. »Herr Oertel, was war eigentlich Ihre allererste Reportage?« – »1949, Luckenwalde gegen Spremberg, Frauenfeldhandball. Das einzige Tor fiel in der dritten Spielminute. Und das beim Handball! Mehr passierte nicht. Aber ich redete und redete, wie um mein Leben.« Der Schneeregen wird stärker. Es ist gerade noch hell genug für die letzten Aufnahmen.

Der Schreiebändiger.
Darf Bernhard Heisig in den Reichstag?

Alleenstraßen bis zum Horizont, die Bäume ganz oben mit ein paar Nadelstichen Sonne zusammengeheftet. Aberwitziges Grün. Davon kann man lange leben. Heisig hat es gemalt. Heisig hat schon immer betrunkene Farben gemalt, richtige Expressionisten-Farben, blaue und rote Bildecken mitten in die »Pariser Kommune« oder »Die Festung Breslau« hinein. Aber solches Grün erst hier, in Brandenburg, Strodehne. Darf ein Maler, der schon in der DDR malte, auch im Reichstag malen? – »Der Storch dort, sehen Sie das Storchenjunge? Sind sie also doch wieder da!« Natürlich ist dieses Land zu groß für die kleinen Fragen der Städter.

Gewissensträger zum Beispiel ist ein typischer Stadtberuf. Freya Klier, Lutz Rathenow und andere Nicht-Maler sagten kürzlich, daß Heisig nicht in den Reichstag könne, weil er in der DDR »staatsnah« gewesen sei. Und außerdem, so sagten sie, vorher noch bei der Waffen-SS. Seitdem fahren seltsame Menschen die leeren, sonnengeflickten Straßen entlang, die Strodehne, die Störche und dieses unglaubliche Grün sonst nie zu Gesicht bekommen hätten. Gestern war der »Corriere della Sera« da, morgen kommt noch einmal die »Liberation«. Sind eben schon sehr eigenartig, diese Deutschen, man wußte das schließlich schon immer. Heisig hat auch keine Ahnung, was in dem großen »Liberation«-Artikel drinsteht, den man ihm gerade geschickt hat, er kann kein Französisch.

Und dann lehnt er sich zurück, umgeben von Flügel-Beinen, fallenden Körpern, bleckenden Mündern, sitzt da inmitten seiner Weltauf- und Untergänge, eigentümlich gelassen, vielleicht wie Gott angesichts der Katastrophe seines Geschöpfs, und sagt triumphierend: »Na los, fragen Sie schon!« Es klingt wie: Was Sie nicht selbst sehen, wird Ihnen ohnehin keiner erklären können. Und ich solle bloß nicht schreiben wie die Bildzeitung, daß man ihn hier den »Goya von Strodehne« nenne; die Leute wüßten ja gar nicht, wer das ist.

Also reden wir über Staatsmalerei? Oder über Helmut Schmidt? Schließlich war das Schmidt-Porträt einer der zwei Staatsaufträge, die er je hatte. Ein West-Staatsauftrag zwar, aber was soll's? Also Heisig hat mal zwei Jahre lang Helmut Schmidt gemalt. Er fuhr für drei Tage nach Hamburg. »Und dann kriegte ich den Schmidt nicht hin, wissen Sie, diesen typischen Schmidt-Ausdruck. Malen Sie das mal!« Natürlich hat Schmidt gewackelt beim Modell-Sitzen, wollte immerzu irgendwas arbeiten – »ein undiszipliniertes Modell, schreiben Sie das bloß nicht!« –, doch daran allein lag's nicht. Sechs Schmidts sind es am Ende geworden, »einer fürs Kanzleramt, einer für die SPD ...«, zwei Schmidts aber hat er gleich weggeschmissen, »die taugten nichts«. An Friedrich II. malte Heisig noch viel länger, drei Triptychons und acht große Bilder sind es bis jetzt. Es hätte ihn ja selbst gewundert, daß alle seine Friedrichs haben wollen, und ich würde mir überhaupt keinen Begriff davon machen, wie schwer ein Friedrich ist, also dieser typische Ausdruck. Außerdem dürfe man ja nicht nur malen, wie einer jetzt ist, sondern müsse gleich mitmalen, wie er so geworden ist. Zum Beispiel gehöre in den alten Preußenkönig unbedingt die ganze Katte-Tragödie rein. Als Kronprinz mußte Friedrich mitansehen wie sein Jugendfreund geköpft wurde. Zwei Militärs hielten ihm das Gesicht gerade, daß er sich nicht abwenden konnte. Das Katte-Gut sei übrigens ganz in der Nähe.

Der neue Friedrich für den Reichstag, ein alter, vorgeneigter Mann mit gar nicht staatsmännischen angstoffenen brennenden Augen steht ganz hinten im Atelier. Das Brennen kommt vom Katte. Vielleicht. Ein Entwurf. Für den Reichstag muß er ihn nur noch größer machen, auch die Augen, und dann soll Friedrich in die Caféteria. Wie er sie anschauen wird, die Bundestagsabgeordneten, aus diesen entzündeten Katte-Augen in jeder Sitzungspause! Ein Preußenkönig für die Caféteria!

Heisig ist ein »Menschenmaler«. Darum kam er, neben Mattheuer, Altenbourg einer der größten Maler der DDR, auf der Ausstellung »Deutschlandbilder« im Gropius-Bau auch nicht vor. Oder doch, da war ein Bild, ein ganz, ganz, ganz kleines. Heisigs Galerist nennt es nur »die Briefmarke« ob seiner Größe und Bedeutung. Und da sage noch einer, Ausstellungsmacher seien keine witzigen Leute.

Menschen malen ist nämlich reaktionär, rein kunstgeschichtlich gesehen. Moderne Maler malen keine Menschen, denn moderne Maler sind gegenstandslos, und da liegt das Problem. Wie malt man, sagen wir, Schmidt gegenstandslos? Vielleicht hat er ja davor Angst gehabt.

Ich war auch abstrakt, ruft Heisig, und wie abstrakt ich war! Damals als Student, 1948, gehörte er einer »gegenstandslosen Gruppe« an – das Wort klingt in seinem Munde als spräche er von einer »schlagenden Verbindung« – aber er war da immer nur der Bierholer. »Und dann, ein Sonntag war's, das weiß ich noch genau, hab ich mich vor die Abstrakten hingestellt und gesagt: Ich mach nicht mehr mit!« Das war natürlich auch abstrakt. Alle Aufbrüche zum Eigenen sind schließlich zuerst abstrakt. Was aber ist das Eigene? Heisigs Frau, auch sie Maler(in) wie seine Söhne und die Schwiegertochter, kommt ins Atelier mit Muck, der kranken, niesenden Katze und einem schweren Brief von der FAZ: »Das Weltgericht im Selbstversuch von Bernhard Heisig«, lese ich noch, das klingt nach Vollendung, dann kommt der dumpfe Aufprall. Weltgericht? – »Ein Vogel, der gegen die Scheiben geflogen ist.« Muck, die kranke Katze, hebt müde den Kopf.

Heisig füllte seinen Anfang mit Selbsterlebtem. Immer wieder malte er brandrot, apokalypseblau »Die Festung Breslau«, die Katastrophe seiner Heimatstadt. Vorn, neben der vorwärtsstürzenden Straßenbahn, ein Frauenakt. Aber er liegt nicht, er fällt. Die Jungfrauen-Blässe des Körpers ist ein Verwesungsweiß. Sozialistischer Realismus? Heisig ist so realistisch wie ein expressionistisches Gedicht. Gebannte Schreie sind diese Bilder, aber symbolisch, im Zusammenhang des Unvereinbaren, nie bloß subjektiv. Heute erblicke er auf Bildern zuviel »Ich«, er, Heisig, halte das für den Tod der Kunst. (Sehr klassisch gedacht!) »Mit der künstlerischen Freiheit ist es übrigens dasselbe.« (Das sagen alle klassischen Kunstdenker, das Problem ist, man kann bei ihnen nicht bleiben, aber man kann sie auch nicht widerlegen ohne sie zu unterbieten.) Wir steigen die Treppen hoch zur Galerie, weil von oben die Bilder noch besser sind; der Blick fällt auf Breughels »Triumph des Todes«, dieses Weltbild der Vergeblichkeit. »Aus bloßer Freiheit ist noch kein einziges großes Gemälde entstanden«, sagt Heisig. Natürlich hat er recht.

Es gibt ja nichts Undemokratischeres als die Kunst. Mag sein sogar, daß demokratische Zeitalter in Kunstdingen eine innere Tendenz zur Infantilität haben. So wie man heute nicht mal mehr den Begriff der politischen von dem der künstlerischen Freiheit trennt. »Lohnt es, darüber zu reden?« Die Anwürfe gegen ihn, selbst das Niedrige daran, schmerzen nicht mal mehr. Schon vor bald zehn Jahren, als die neuen Westdirektoren auch seine Bilder abhängen ließen in manchen Museen – »die Porträts meiner Mutter, die waren gut, ich halte sie für gut« –, da habe er seltsam kühl gedacht: Wer weiß, was in zehn Jahren im Keller steht! Bilder halten länger als Direktoren, und auch dafür liebe er die Malerei.

Was ist »sozialistischer Realismus«? Das wisse er auch nicht genau, sagt Heisig, eigentlich gäbe es nur gute Maler und schlechte, aber er sei immerhin dabeigewesen, als Lotte Ulbricht den sozialistischen Realismus begriffen hat. Das war nämlich, als sein gerade etwas betrunkener Freund Fritz Fröhlich das Bild »Der Lehnstuhl meiner Großmutter« malte, und auf dem Stuhl waren lauter Wollknäule mit reingesteckten Nadeln. Das sei auf keinen Fall sozialistischer Realismus, hatte Lotte Ulbricht gesagt, weil keine Großmutter auf der ganzen Welt jemals Knäule mit Nadeln drin im Sessel liegenlassen würde. Wenn sich da nun einer draufsetzt! – Hab ich ja, rief da der angetrunkene Maler, und Lotte, plötzlich ganz still, nickte tief und kaufte das Bild.

Heisig kriegt die Thermoskanne nicht auf. Seine rechte Hand ist noch immer nicht ganz in Ordnung. Trümmerbruch in Spanien, im Urlaub. Er führt vor, wie die Ärzte ihm die Hand, die Malhand auseinandergezogen haben. Seitdem malt er auch mit links. Heisig hält es für eine gute Idee, die Dinge mit links zu machen, jetzt im Alter zumal, und er will nie mehr damit aufhören. Manche haben schon eine stilistische Zäsur in seinem Werk erkannt. Zum Geburtstag schenkte Heisig seiner Frau ein »Selbstporträt mit links«.

Es regnet. Auch der Regen ist anders als in der Stadt, viel schwerer. Aber letztlich, Heisig spricht jetzt leiser, geht es nur um eins in der Kunst, nicht um Freiheit – Humbug! – sondern um Vollendung. Manchmal gelingt etwas. Selten. Und das Halbgelungene ist dann untendrunter. Mit Heisig-Bildern ist das ja genau wie in der Geologie, es gibt viele Schichten, Ablagerungen verschiedener Zeitalter. Und wenn dann doch etwas gelingt, sei das eben mit nichts zu vergleichen, mit gar nichts. Es sei wie ... Der Regen hört auf. »Du stirbst für dich, deine Leistung wird dir gestrichen, es wird dir nicht zugesehen«, steht groß in der Ecke eines Heisig-Bildes. Brecht. Er schreibt gern was in seine Bilder, besonders Brecht. Genau gegenüber an der Wand ein Zettel: »Wenn die Sonne tief steht, werfen selbst die Zwerge lange Schatten.« Nicht von Brecht. Wie tief steht die Sonne, Herr Heisig? Der Maler weiß es nicht. Er wolle die alte DDR nicht zurück, nicht ihre Besserwisserei, nicht ihre Sturheit, nicht ihre Dummheit, aber wie ein Westler möchte er auch nicht leben und ich solle ihn bloß nicht fragen, wie er denn leben wolle. Geld ist keine Idee, sagt der Maler und wiederholt es noch öfter. Aber genau das macht das Geld doch so sympathisch, denke ich. Möchte er denn wieder unter einer Idee leben? Heisig versteht die Frage nicht.

Beinahe hätten wir Heisig, den Waffen-SS-Jungen, vergessen. Also das war so, sagt der Maler, ich wollte Panzer fahren. Und dann stand da dieser einarmige SS-Hauptmann vor mir – sehr beeindruckend – und fragte, ob ich nicht zu ihnen wollte. Nee, zu den Panzern, hab ich gesagt, die reine Wahrheit, worauf der fragte, ob ich denn glauben würde, sie hätten keine Panzer? Also erklärte er mir seine Panzer, und ich unterschrieb. 11 000 Mann stark war die 12. Panzerdivision »Hitlerjugend«, meist 17- bis 20jährige, die 17jährigen bekamen noch Bonbons statt Schnaps und Zigaretten. Zum Glück war ich gerade 18 geworden. Am Ende wurden noch 600 Mann gezählt.

Über dem Bahnhof von Neustadt an der Dosse kreist ganz tief ein Milan. Wo geht's denn hier zu den Kattes, fragt eine Frau die Wartenden.

Lebenslänglich Goethe: Egon Günther

»Lotte in Weimar« (1975). »Die Leiden des jungen Werthers« (1978). »Lenz« (1991) Mit den Nebenrollen-Goethes insgesamt fünf Goethefilme. »Die Braut« ist sein sechster. Ist das schon ein Krankheitsbild? Jedenfalls muß man auf alles gefaßt sein. Und wenn *er,* Goethe selbst einem plötzlich gegenüberstünde – bloß nichts anmerken lassen. Doch dann tritt gar nicht *er,* sondern Eckermann aus der Tür mit der Bemerkung, er hätte anstatt Goethe auch das Telefonbuch verfilmen können. Jeansjacke mit aufgeschlagenen Ärmeln. Der Mann soll über siebzig sein? Die Haare, kurz und grau, zeigen senkrecht nach oben. Goethe hätte ihn sicher aus der Stadt weisen lassen. Er schaut ja so umstürzlerisch aus. Eckermann, modern.

Aber Goethe und das Telefonbuch, sind das nicht ganz verschiedene Weisen, sagen wir, der Textverarbeitung? – Richtig! Das sehe er, Egon Günther, genauso, deshalb habe er sich im Zweifelsfall auch immer für Goethe entschieden. Früher in der DDR. Eins wäre beiden jedoch gemeinsam: es handele sich um durchaus unpolitische Werke. Und das sei ungemein wichtig gewesen. Der DDR und Goethe war das Umstürzlertum nämlich von Herzen zuwider. – Aber Herr Günther, gibt es denn ein revolutionäreres Buch als den »Werther«? Egon Günther fällt so schnell keines ein. Und sein größtes, expressionistisches Stück sei es auch gewesen. Nur daß man in Egon Günthers »Werther«-Film damals die Weltverzweiflung über der Liebesverzweiflung fast nicht mehr spürte. Der Regisseur gibt es zu. Aber er wollte nun mal 1976 unbedingt einen dicken Werther. Vielleicht sei er ihm dann auch geistig zu rundlich geraten.

Dann kam die Zeit, als Günther weder auf Goethe noch Telefonbücher mehr Lust hatte. Seine umstürzlerischen Defa-Filme, darunter »Lots Weib« (1965), »Wenn du groß bist, lieber Adam« (1965) oder »Die Schlüssel« (1974) – »Mein bester!« – waren ohnehin verboten oder kaum geduldet. Es war auch die Zeit, als sein Sohn – halblaut, wie Siebzehnjährige das manchmal tun – darüber nachdachte, ob Ulbricht nicht ein ganz schön alter Knochen sei und eigentlich wegmüsse. Bautzen mit siebzehn für den Sohn! Und ihn, den Vater, schickten sie zwecks kinematographischer Entwicklungshilfe nach Afrika. Nee, habe er da gedacht, dann gehst du besser gleich in den Westen.

Und jetzt, 1999, also zurück zu Goethe. Egon Günther ist älter geworden. So was macht radikal. Alles andere ist ein Mißverständnis der Frühvergreisten. Keine falschen Rundungen mehr! Er habe sich den neuen Film in Streifen vom Leib gerissen, sagt er. Man merkt es der »Braut« an. Da ist alles drin, Gier, Wahn, Gemeinheit, Liebe, aber nichts Pausbäckiges. Sogar Veronika Ferres ist nicht mehr lieblich. Ein Kollege rief ihn gerade an und meinte: Der Dietl hat die Ferres entdeckt, aber du hast sie vorgezeigt! Ja, er wisse genau, wann einer gut ist, »wann der Augenblick da ist ... der Augenblick ... na, wie Winckelmann sagt: Es gibt nur einen Moment, wo die Skulptur schön ist.« Und im Film, in jeder einzelnen Szene sei das eben genauso. Auf diesen Moment müsse man warten. Nur daß die Wartezeit hier Arbeitszeit ist. Arbeiten als warten. Arbeitswarten. Veronika Ferres und Herbert Knaup konnten das. Weil ein Film doch zu sich selbst kommen muß. Hegel, verstehen Sie? Das Wagnis in Prozeß überführen! – Also das Abstrakte des Anfangs aufheben, frage ich. – Genau, ruft Egon Günther, und wie abstrakt das alles gewesen sei am Anfang. Suchen Sie mal einen Goethe! Es gibt gar keinen. Und die Vulpius gibt es auch nicht. Es wäre überhaupt völlig aussichtlos, einen Goethefilm zu machen und genau darum habe er es getan.

Aber insgesamt sechsmal, ist das nicht doch – krank? Nein, sagt Egon Günther sehr bestimmt, im Gegenteil, es wäre Liebe. Also eine höhere Form der Krankheit. Jedesmal. Und die läßt sich nicht kühlen? – Keineswegs, antwortet Günther in jenem Ton, in dem man Geheimnisse mitteilt, denn Goethe werde immer wichtiger: »Es stimmt alles, was er sagt.« Er habe vorausgeahnt, daß diese Zivilisation untergehen wird. Ein wahrhaft großer Mann! Günther sagt es mit aufrichtiger Begeisterung, und ich denke, daß Ernst Jünger und Carl Schmitt – all jene dunklen Denker vom »Nomos der Erde« her – vielleicht die letzten richtigen Goetheianer gewesen sind. Nur daß sie mit viel weniger Eros auskommen mußten.

Goethe und Christiane Vulpius. Egon Günther begreift es noch immer nicht. Er hat die letzten Jahre neben seiner Professur an der Babelsberger Filmhochschule nicht viel anderes gemacht, als über diese Verbindung nachzudenken. Weil es sich ja nur lohnt, über Dinge nachzudenken, die man doch nicht versteht. Der ideale Filmstoff! Ein Satz Thomas Manns fällt ihm ein: Er, Mann, habe einen teuflischen Respekt vor dem Knechtsstand. Das wäre es. Zumindest für Christianes Seite. Und die andere ist wohl Goethe, der all die Komplizierten (Frau von Stein!) nicht mehr ertrug mit der einsichtigen Begründung, kompliziert sei er selber. Sibylle Canonica als Frau Stein ist doch einfach göttlich hysterisch, nicht wahr? Ich finde Franziska Herold als Charlotte Lengefeld-Schiller in dieser Disziplin noch viel eindrucksvoller und verstehe plötzlich, warum Schiller so viele Dramen schrieb.

Günther ist schon wieder bei Goethe: »Scheiß Iphigenie! Ich kann ja gar nicht dichten!« Das soll Goethe gesagt haben. Und deshalb mußte er auch nebenbei Minister und so vieles andere werden. Als Ablenkung von sich selbst. Sagt Günther. »Jemand tut etwas, um etwas Wichtigeres nicht tun zu müssen.« Günther findet das interessant.

Goethe, der geniale Dilettant, der letzte Universalmensch also ein begnadeter Selbstablenker? Aber auf soviel Professionen wie Egon Günther hat er es denn doch nicht gebracht:

Schlosser war Günther, technischer Zeichner, Lehrer, Dramaturg, Drehbuchautor, Romanautor, Dichter, Literaturwissenschaftler, Lektor und Regisseur. Und was davon ist er nun wirklich? – Ach, völlig egal, sagt Günther und breitet die Arme, als trüge er einen Bauchladen: Suchen Sie sich etwas aus! Aber es steckt doch eine merkwürdige Ökonomie darin: Der Regisseur Günther muß den Literaturwissenschaftler Günther, der alles über die Goethe-Vulpius-Symbiose weiß, natürlich wieder vergessen, wenn er einen Film macht. In jedem anderen Beruf wäre das Unfug. Hier ist es Methode. Weil Denken, Dichten und sogar Kino nur so entsteht: Das tausendmal Gewußte immer wieder vergessen, um es neu zu erschaffen. Daraus kommen die Winckelmann-Augenblicke!

IV. Die Melancholiker

Das Volk, so nah.
Wolfgang Thierse macht Wahlkampf

Berlin, Ecke Schönhauser. Die Grünen spielen Leierkasten und verteilen Zettel, auf denen steht: Noch ein Monat Kohl! Auf der anderen Straßenseite wartet die »Sozialistische Alternative«. Sie hat Lautsprecher und will eine neue Arbeiterpartei aufbauen. Obendrüber, am Laternenmast, sieht Petra Pau, die PDS-Spitzenkandidatin, über alle hinweg in eine sehr ferne Zukunft. Wolfgang Thierse, ein paar Masten weiter, sieht gar nichts mehr. Beide Augen ausgekratzt. Aber nicht das macht seinem Anblick so niederschmetternd, nein, es ist etwas anderes. Der Bart! Der Thierse-Bart ist ab! Nur ein defensive Kinn-Umrandung steht noch. Dabei war der Bart das Allerwichtigste an Thierse. Seit ein arbeitsloser Nachbar einmal morgens völlig nackt vor der Tür stand – also völlig nackt im Gesicht – und als Erklärung für diese plötzliche entwürdigende Blöße um den Mund herum nur vorbrachte: mit Bart würde er niemals wieder Arbeit finden, das habe ihm ein wichtiger Personalchef aus dem Westen gesagt – seit diesem Tage war klar, wie unersetzlich Thierses Bart ist. Nicht mal Fahrkartenverkäufer bei der BVG könnte er damit werden. Dieser Bart stand gewissermaßen, um es mit Adorno zu sagen, für das Nicht-Identische in einer Gesellschaft der absolut identisch Glattrasierten. Darum hatte er auch diese widerständlerisch ausgefransten Ecken. Und nun das.

Thierse wartet vorm Irish Pub in der Paul-Robeson-Straße auf Henning Scherf, den Bremer Oberbürgermeister. Sie wollen hier gemeinsam über die innere Sicherheit diskutieren. Der Pub ist so, wie die Kneipen in der DDR eben waren. Korktapete, darauf ein kleiner Rembrandt in Goldrahmen. Schiller ist auch da, gegenüber ein Schild »Katzen würden Whiskey saufen«. Den Liter Soave gibt es für 19 DM, unter dem lohnt es ja doch nicht anzufangen. Scherf ist ein makellos rasierter Mann. Er spricht auch so. Er sagt zum Beispiel, »die fördernden Berufe müssen verstanden werden als Leute, die mit an derselben Dienstleistung arbeiten.« Man könnte das so übersetzen: Polizei, also eher ein wegschließender Beruf, und Sozialarbeiter sollten sich einfach besser verstehen. Mit Dienstleistung ist wahrscheinlich die Sicherheit gemeint. Ein düster abwartendes Schweigen schiebt sich zäh zwischen dichte Rauchschwaden. Überhaupt käme alles an auf eine Partnerschaft für Sicherheit, sagt Scherf, eben auf die funktionierende Bürgergesellschaft. »Ich finde zur Zeit, Wolfgang, den zivilgesellschaftlichen Begriff dafür am attraktivsten.« Es ist unwahrscheinlich, daß hier noch jemand Begriffe attraktiv findet, vom zivilgesellschaftlichen mal ganz zu schweigen. Zivil, sagen die Blicke ringsum, ist es vielleicht, wenn das Bier 2,50 DM kostet, aber was hat das mit unserer Sicherheit zu tun? Thierse kann nicht mehr verhindern, daß Scherf nun von Bremen zu reden beginnt und wie er da in einer Art Wohngemeinschaft lebe, zu zehnt, mitten im Bahnhofsviertel mit lauter Junkies und vierhundert alten Leuten drumherum. »Das ist noch schriller als der Prenzel!« Wer ist eigentlich der Prenzel?

Thierse weiß, es wird schwer werden jetzt. Wie gut hätte er früher in so eine Kneipe gepaßt, als er noch fast so aussah wie die beiden Männer in Jeansjacken da drüben auf dem Loriot-Sofa. Jetzt sieht Thierse eher aus wie die SPD. Also irgendwie unentschieden, kompromißlerisch. Mit diesem Bart, der schon wie ein Widerruf ist.

Das Loriot-Sofa fordert, Thierse solle mal was über die Arbeitslosigkeit sagen. Thierse wagt den Einwand, daß das doch gar nicht das Thema sei. Aber die Menge läßt solche Ausflüchte nicht gelten. Thierse begreift das sofort und spricht in genau sechs kurzen Punkten über die Arbeitslosigkeit. So, als ob er Nägel einschlage. Das Publikum ist zufrieden. Thierse vergißt auch nicht Sätze wie »Das kann man sofort machen« oder »Das kostet fast kein Geld«. Als er mit den sechs Punkten fertig ist, scheint der Abend gerettet.

Da kommt es beinahe mitleidig von der Loriot-Couch: Is'

ja allet richtig, Herr Thierse, aber wie woll'n Se'n dat bezahl'n?

Arbeitslosigkeit ist teuer, nicht Arbeit, Mann, ruft einer laut durch die Kneipe. Thierse nickt. Scherf will Thierse helfen und bringt die Niederlande als Beispiel. Die Niederlande seien überhaupt gut, die haben fast alles geschafft.

Ick lebe aber in Deutschland, beharrt eine sehr schwarzhaarige Frau am Tresen, und da hätte man eben seine eigenen Probleme. Überhaupt sei ihr das alles viel zu wenig konkret.

Aber ich sag's doch, wehrt sich Scherf, Sie können sich's ja alles selbst angucken in der Niederlande!

Die Frau findet trotzdem, daß das nichts mit Konkretheit zu tun habe, sonst würde es ja in Deutschland auch existieren. Thierse schweigt. Vielleicht denkt er gerade an Hegels Definition des Konkret-Allgemeinen als des Besonderen. Aber das sagt er jetzt lieber nicht. Thierse, der Germanist und Kulturwissenschaftler, kennt schöne Hegel-Zitate wie das von der »Poesie des Herzens« und der »Prosa der Verhältnisse«. So eine Kneipe zum Beispiel ist reine Prosa der Verhältnisse. Oder sein Wahlkreis Mitte/Prenzlauer Berg, wo die PDS 3664 Mitglieder hat und die SPD nicht mal 600. Oder dieses Plakat »Tötet Thierse!«, das unlängst in den Straßen klebte, weil er sich für ein zweites Multiplex-Kino an der Schönhauser eingesetzt hat. Und daß er, der bekannteste ostdeutsche SPD-Mann, nicht zu Schröders Schattenkabinett gehört, das kann man doch gar nicht anders nennen als »Prosa der Verhältnisse«.

Die Kneipe ist inzwischen beim Strafgesetzbuch, das man auch dringend verbessern müsse. Welche Paragraphen würden Sie denn ändern, fragt versöhnlich Henning Scherf. – Na alle, ruft der Mann in der schwarzen Lederjacke. – Aber, schreckt Thierse aus den Hegel-Gedanken auf und trifft genau den Einsatz, aber das ist doch nun das Unkonkreteste überhaupt!

Der Mann wird »konkreter«. Er sage ja nur: Amerika! Wir würden doch soviel von Amerika lernen, warum nicht auch das mit der Todesstrafe? Thierse antwortet gemessen, daß das gar nichts bringen würde. – Völlig klar, sagt die Lederjacke, und man wisse auch, warum das so ist, und zwar, weil man vorher noch dreizehn Jahre oder so im Knast sitzen müsse. Aber wenn das schneller ginge, dann solle er, Thierse, mal sehen!

Von der Loriot-Couch kommt der Einwurf: Ne, Mann, wir müssen echt an die Ursachen ran!

Thierse sieht das auch so. Scherf ist inzwischen gegangen.

Aber Herr Thierse, sagt nun jemand ungefähr in dem Ton, in dem man zu kleinen Kindern spricht, es ist doch gar kein Geld da, um neue Polizisten einzustellen! Thierse gibt zu bedenken, daß er überhaupt nicht die Absicht geäußert habe, neue Polizisten einzustellen. Der Fragesteller wird ungehalten. Maestro, Maestro, beschwichtigt Thierse charmant, ich verstehe Sie ja, ich hab ja manchmal auch die Schnauze voll! Der Angesprochene schaut auf, als ob er nicht richtig verstanden hätte. Aber Sie müssen doch, sagt er langsam, auch mal vom Bürger ausgehen, der hat doch immer die Schnauze voll. Niemand lacht, alle sehen das so.

Wovon reden die eigentlich, fragt der Wirt. Thierse redet nun davon, daß er grundsätzlich etwas dagegen habe, wenn Leute ihm immer sagen würden, was alles nicht ginge, dann könne er nämlich gleich Selbstmord begehen und die anderen auch.

Genau! Genau, ruft es voll seltsam düsterer Zustimmung aus den Tiefen des von Kerzen erhellten Kneipenraums. Aber der Hauch von Advent (Nur noch ein Monat Kohl!) ist ohnehin längst weg. »Shit happens« steht als allgegenwärtiges Omen über der Tür zur Toilette. Und gleich daneben: Kann Tequila satt machen?

Aber die meisten trinken hier Bier. Wer gut im Rhythmus geblieben ist, dürfte jetzt schon etwa vier geschafft haben. Man ist schwer genug für das heimliche Hauptthema des Abends, die Ausländer. Also, beginnt ein sehr schmaler junger Mann, er hätte sich da mal eine Zeitung geholt aus Neukölln. So eine von den Republikanern. Die sei natürlich etwas teurer gewesen als die andern, aber dafür hätte da wirklich alles dringestanden. Nicht, was Sie jetzt denken, Herr Thierse! Da schreiben nämlich gar keine Volksverhetzer, sondern lauter Doktoren und Professoren, sagt der junge Mann. Thierse sieht nicht aus, als ob er irgendwas denkt. Und im übrigen, fährt der Mann fort, sei es doch so. Er lasse ja auch oft mal Leute bei sich übernachten, Besuch eben, aber das habe doch seine Grenze, alle könnten einfach nicht bei ihm schlafen.

Genau, sagt Thierse, wir sind ja auch für ein richtiges Einwanderungsgesetz. Der mit der Zeitung antwortet, er sei überhaupt nicht für ein Einwanderungsgesetz. Thierse: Ein Einwanderungsgesetz ist aber ein Einwanderungsbegrenzungsgesetz! Mann mit Zeitung: Trotzdem nicht.

Andere wollen jetzt auch reden, jeder zuerst: Melde dich, sonst hältst'e Schnauze, du Vogel, du! – Thierse erschrickt und sagt mahnend: Na, na! Nur die Besatzung der Loriot-Couch zieht stumm an ihren Zigaretten. Der Wirt lehnt sich an den Journalistentisch und schaut abwechselnd auf Thierse und auf die fremden Notizen, um beides dann so zusammenzufassen: Ich sach ja immer, der Kohl hätte sich nich hierher getraut!

Inzwischen gibt es auch Fragen wie »Wolfgang, wie will'ste eigentlich die illegale Arbeit organisieren?« oder »Was ist eigentlich mit den Wohnungslosen, wann geht's denn da los?« Thierse antwortet auf alles. Er wirkt nicht mal müde. Die schwarzhaarige Frau am Tresen, die vorhin die Niederlande nicht konkret fand, kommt noch einmal auf das Wohnungsgleichnis und die Ausländer zurück: Wenn das hier also meine Wohnung ist, dann kann ich doch bestimmen, was da drin gemacht wird?

Nicht unbedingt, sagt Thierse schon im Hinausgehen, sonst müßten Sie die Miete allein zahlen!

Robert Havemanns Sohn wird Verfassungsrichter

Der Sohn des obersten Staatsfeindes der DDR Robert Havemann hat zweifellos die Gabe, schärfste Interessengegensätze zu versöhnen. Nach fünf Minuten kommt seine Tochter ins Arbeitszimmer: Papa, und wann seid ihr endlich fertig? Die Sechsjährige erfährt jetzt etwas Wissenswertes über den grundsätzlich relativen Charakter von Zeit und verläßt hochzufrieden den Raum. Sogar das Baby nebenan hört auf zu weinen. Steht Florian Havemann also genau dort, wo ein Verfassungsrichter sich aufhalten sollte: über den Dingen?

Es gibt Menschen, die sehen das ganz anders. »Was wir über ihn wissen, ist ausreichend«, sagte der Potsdamer CDU-Fraktionschef Hackel zu einem Zeitpunkt, als er noch nichts über ihn wußte. Hackel hat seine Meinung nicht geändert. Beim letzten Mal, als sich der Kandidat ihm vorstellen wollte, warf ihn Hackels Pressesprecher raus. Der Brandenburger Parteichef Jörg Schönbohm glaubt auch nicht, daß Havemann zum Verfassungsrichter taugt. Er hatte nämlich gehört, daß Havemann in Kreuzberg wohnt. Kann man in Kreuzberg wohnen und Verfassungsrichter werden? Keine Ahnung, sagt der Kandidat, er wohne in Neukölln. Ich schaue aus dem Fenster. Tatsächlich, Havemanns Wohnung am Kottbusser Damm liegt schon ein paar Meter tief auf neutralem Gebiet. Und dann war da auch noch Klaus Finkelnburg, Chef des Berliner Verfassungsgerichts. Finkelnburg vertrat die Auffassung, daß so ein Verfassungsgericht eine hochprofessionelle Angelegenheit wäre, weshalb es ungeeignet sei für jemanden, »der, überspitzt formuliert, mit der Laute klimpernd durchs Land zieht.« Den habe ich doch gleich angerufen, fährt Havemann auf, dieser bedächtige, seltsam ernste und doch noch immer jungenhaft wirkende Mann. Vielleicht dachte Finkelnburg auch nur an Havemanns Schwager Wolf Biermann und die Schwierigkeiten, die es bereiten würde, einem wie Biermann die Unterschiede zwischen Biermann und der Verfassung zu erklären.

Florian Havemann braucht man nichts zu erklären. Daß

da ein Abstand ist zwischen ihm und der Welt, ist seine Grunderfahrung. Es ist die Grunderfahrung aller Menschen, die tausend Jahre alt sind, ohne daß es ihnen jemand ansieht. Am größten war die Kluft zwischen Havemann und der Welt, als er mit sechzehn ins Gefängnis kam. 1968. Da fuhren die sowjetischen Panzer durch Prag. Und Florian Havemann hängte am Strausberger Platz die tschechische Fahne aus dem Fenster. Er verteilte Flugblätter. Er bekam »ein bis drei Jahre«. Fast zwei Monate davon Einzelhaft. Und plötzlich war nichts mehr da außer ihm selbst. Das ist viel zu viel und viel zu wenig zugleich, wenn man sechzehn ist. Die nächsten zehn Jahre habe er gebraucht, um über jene zwei Monate hinwegzukommen.

Florian Havemann, ein Opfer des Systems. Vorzeitig entlassen auf Intervention Ulbrichts. Auch das war der Unrechtsstaat DDR, sagt Havemann und lächelt, es hätte überhaupt keine rechtliche Handhabe gegeben, ihn zu entlassen. Man meint, diese Leidgeprägten zu kennen. Ihren Haß. Ihren Selbstbezug. Man begreift sie fast immer, und wird doch Ernst Jüngers harten Satz nie los, es sei obszön, mit erlittenem Unrecht hausieren zu gehen. – Ich, ein Opfer?, fragt Havemann, im Gegenteil, ein Täter sei er gewesen. Er habe genau gewußt, daß alles verboten war, was er tat und es trotzdem gemacht. O ja, er hätte diese DDR furchtbar geärgert. Die Entschädigung als Systemopfer lehnte er ab.

Was ist das? Koketterie? Aber dafür sind Tausendjährige zu alt. Vielleicht beginnt wirkliches Denken erst da, wo Menschen die Fähigkeit haben, von sich selbst abzusehen. So wie Havemann. Darum versteht ihn auch keiner. Darum gilt er allen als Verräter. Biermann dichtete 1971, als Florian Havemann aus der DDR floh, sein Lied auf einen Verräter des Sozialismus. Auf Florian Havemann. Kurz danach traf er ihn in Hamburg am Krankenbett seiner Großmutter. Biermann hatte am selben Tag das erste Exemplar seiner CBS-Platte bekommen. Sie haben die neuen Stücke zusammen gehört. Auch Biermanns Lied auf Florian Havemann, den Verräter. Wahrscheinlich hatte er schon da dieses Lächeln, das einen

Dramaturgen vom Deutschen Theater gerade so erschreckte. Der Dramaturg schrieb Florian Havemann eine Karte, seine Absicht erläuternd, ihn nicht mehr wiederzusehen. Soll ich mal vorlesen, fragt Havemann und sieht plötzlich ungemein fröhlich aus: Einer, nicht der unwichtigste jener Gründe, Havemann künftig zu meiden, sei diesseits alles Sachlichen »die wohlwollende verächtliche Heiterkeit, die Sie angesichts unserer Borniertheit befiel. Soviel Souveränität angesichts des eigenen Vorhabens ängstigt mich geradezu«, schrieb der Dramaturg. Künstler, die nicht an ihre Kunst glauben, werden wohl Dramaturg, ahne ich plötzlich.

Das »Vorhaben« ist das »Projekt: Speer«. Seit zwanzig Jahren arbeite er daran, erklärt Havemann in jenem Tonfall, in dem man anderen mitteilt, daß man soeben zwei Wochen Urlaub hatte. Der Brecht-Schwiegersohn Ekkehard Schall wolle den alten Speer spielen und Martin Wuttke wieder Hitler, sagt er. Die Wände des Arbeitszimmers sind voll mit szenischen Zeichnungen zum Speer-Projekt. Es sind hochprofessionelle Arbeiten. An der Stirnseite ein Regal voller Ordner, wie sie in jedem Büro stehen könnten, doch diese hier tragen Aufschriften wie: »Poesie«, »Das Ganze«, »Hitler/Speer«. Das »Projekt: Speer« habe überhaupt nur einen einzigen Haken, sagt Havemann, es werde nicht gespielt. Der Kandidat fürs Brandenburger Verfassungsgericht ist Elektriker, Maler, Autor, Regisseur, Theatermacher, Musiker, Komponist und Schauspieler. In letzterer Eigenschaft beginnt er jetzt die größten Theater Berlins vorzuspielen, genau die Szene: Havemann bietet seinen »Speer« an. Besonders gut gelingt ihm jedesmal der Umschlagpunkt von anfänglicher Begeisterung zu abwägender Distanz. Volksbühne: Die Sache ist einfach zu perfekt für uns, man selbst wäre, nunja, eben ein bißchen schludriger veranlagt. – Havemann lächelt wieder, genauso wie es der Dramaturg beschrieb. Das Grundgesetz des zeitgenössischen Theaters laute: Gespielt wird nur das, wovon man annimmt, daß es sonst andere spielen würden.

Klingt das nicht ein wenig, sagen wir, desillusioniert? Havemann hält diesen Zustand für durchaus erwachsen und tauglich fürs Verfassungsrichteramt. »Das Gefühl des Unwichtigseins muß von uns besungen werden«, zitiert er, »oder, wie schon Brecht wußte: Die Welt ist voll.« Da man dennoch in ihr lebe, käme es darauf an, das mit Anstand zu tun. Sich eine Verfassung zu geben, gewissermaßen. Robert Havemanns Sohn besitzt, was immer seltener wird in unserem modernen Leben: Erfahrung. Eigentlich zuviel für einen einzelnen. Und doch nennen ihn Menschen, die ihn gar nicht kennen, einen »Paradiesvogel«. Vielleicht, weil all die Angekommenen in den Ämtern andere, die nicht im bürgerlichen Sinne erfolgreich sind, nicht ernstnehmen können. Leute unterhalb eines gewissen Jahreseinkommens – sind das nicht überhaupt Spinner? Florian Havemann kennt diese Haltung, diese Ignoranz. Er kennt sie von seinem Vater, »dem staatlich anerkannten Staatsfeind«. Als er Elektriker lernte nach dem Knast, sagte Robert Havemann nur: »Arbeit macht dumm.« Es hat ihn nicht interessiert. Und für den Sohn brach eine Welt zusammen. Denn was sie, die DDR-68er damals wollten, war ja nicht nur einen Sozialismus als System sozialer Gerechtigkeit, sondern der Arbeit den Charakter der Fron nehmen. Das sei der eigentliche Marx, da wo er unwiderstehlich ist. Und der Oberdissident der DDR hatte also nie daran geglaubt.

Havemanns Tochter kommt ins Zimmer. Sie hört von der Kindheit ihres Vaters, von der riesigen Wohnung in der Stadt, dem Grundstück am See und den drei Booten, die man besaß. Sie hört, wie ihr Opa Auto fuhr – immer zu schnell – und den entrüsteten Polizisten nur seinen Namen zu sagen brauchte: Havemann. Sofort war alles wieder gut. Es klingt ein bißchen wie im Märchen. Und reich sei ihr Großvater gewesen. Viertausend Mark Monatsverdienst schon in den fünfziger Jahren in der DDR. Mein Vater, sagt Havemann, hatte eine unglaubliche Auffassungsgabe, doch er hatte kein Problem. – Aber gibt es denn einen Dissidenten ohne Problem, frage ich. Nehmen Sie Einstein, antwortet der Sohn, die Relativitätstheorie entstand daraus, daß er etwas nicht verstand. Mein Vater verstand immer alles. Und er sei auch kein Dissident gewesen, sondern Verlierer in einem politischen Kampf. Ulbrichts Nachfolger habe er werden wollen. »Das ging schief, und dafür haben sie ihn glimpflich behandelt. Daß es plötzlich einen staatlich anerkannten Staatsfeind gab, war das sicherste Zeichen für das Ende des Stalinismus.« Ob ich übrigens gewußt hätte, daß sein Vater auch KGB-Agent gewesen sei und IM? Deshalb wäre er Anfang der fünfziger Jahre in die DDR gekommen. Aus Angst, entdeckt zu werden.

Florian Havemann raucht ganz ruhig seine Zigarre. Jeder Zug eine neue Entblätterung seines Vaters. Emotionslos, wie man längst bekannte Fakten mitteilt. Auch daß Robert Havemann, der immer ein großes Publikum brauchte, irgendwann völlig isoliert war, »allein mit seinem Sänger«, schon bevor die Stasi ihn 1968 unter Hausarrest stellte, sagt er. »Alle verließen ihn, sogar seine Kinder.« Man dachte nicht mehr dasselbe. Robert Havemann konnte mit den DDR-68ern, die nicht bloß die Macht wollten, sondern zuerst das System analysieren, nichts mehr anfangen. 1978 schrieb der Sohn einen »Spiegel«-Artikel über seinen Vater. Den wollte Biermann ihm vorher abkaufen. Noch vor ein paar Jahren erklärte Biermann, dieser Artikel wäre ein Auftragswerk der Stasi gewesen. Es ist wieder da, das Florian Havemann-Lächeln. Nicht süffisant, nicht mal bitter. Aber das Wissen steht darin, daß es selbst unter den Gerechten keine Gerechten gibt. Ein Wissen, das nur schwer verziehen wird.

In der DDR, als Biermann zur Havemann-Familie gehörte, haben die Kinder ihn geliebt. Etwas später, als Biermann mit Eva-Maria Hagen zusammen war und er, Florian Havemann, mit Nina, wurde das Verhältnis schon schwieriger. Am schwierigsten wohl, als Wolf und Eva-Maria darüber nachdachten, das Mächen in ein Erziehungsheim zu geben. Da hatte er mit Nina gerade eine Bigband gegründet. Aber später, im Westen, waren sie sich sehr nah. Und sprachen nie über politische Dinge, nur über Geld (Biermann hatte welches, Havemann nicht) und Gitarrensaiten, wie man das mit Menschen macht, die im Grunde recht sympathisch wären, wenn sie bloß nicht so absurde Ansichten hätten. Sobald andere dazukamen, reichte das nicht mehr. Biermann redete wieder über Politik. Und Florian Havemann saß dabei und lächelte.

Bevor das Deutsche Theater seinen »Speer« ablehnte, wollte man dort wissen, warum er ihn überhaupt geschrieben habe. Florian Havemann sagte es nicht. Vielleicht weil er dachte, das Stück selbst müsse es tun. Vielleicht, weil man bestimmte Dinge nur erklären kann, wenn man alles erklärt. Oder hätte er ihnen sagen sollen, daß sein Onkel Hermann Henselmann, der Ober-Architekt der DDR, ihn zu seinem Nachfolger machen wollte? Daß er als Kind jeden Donnerstag in Henselmanns Atelier in den Türmen des Frankfurter Tors erscheinen mußte und lernen, wie man einen Wolkenkratzer baut? Während seine Freunde ganz andere Bücher lasen. Er hätte auch sagen können, daß die Speer-Leute vom »Heereswaffenamt« es waren, die seinem Vater das Leben retteten, als er bei den Nazis in der Todeszelle saß. Sie gaben ihm wissenschaftliche Aufträge. Oder daß er, Florian Havemann, eine zeitlang nur noch Gefängnistagebücher las und in den Notizen Albert Speers viel von sich wiederfand. Aber im Grunde, sagt Florian Havemann, ist es etwas anderes. Es sei dieses Phänomen hochbegabter Menschen, deren Begabung nicht festgelegt ist. Die etwas vollbringen mit äußerster Intensität, aber genausogut auch das Gegenteil tun könnten. Menschen, die benutzt werden wollen, die nichts so sehr wie einen Auftraggeber suchen. Menschen wie Speer. Wie sein Vater. Wie er selbst. Ziellose Talente.

»Zu meinem Glück kam nie ein Auftraggeber«, sagt Florian Havemann. Sagt es mit seltsamem Einverständnis. Was hätte aus ihm, dem Hochbegabten, alles werden können! Ein Künstler, »ein bunter Vogel« ist aus ihm geworden. Vorher Elektriker bei der S-Bahn in Ostberlin, ohne Aussicht auf ein Studium. Und nach einer Woche in Westberlin war er schon wieder Elektriker. Mit neunzehn. Weil der Kandidat fürs Verfassungsrichteramt, als er das erste Mal ein Sozialamt von innen sah, rückwärts wieder hinausging und am selben Tag diesen Job fand. »Ich habe im Westen genau da weitergemacht, wo ich in der DDR aufhörte.« In derselben Einsamkeit auch. Etwas später war er Hausmeister und Beleuchter bei der Akademie der Künste. Florian Havemann erfuhr, wie es ist, für andere ein sprechendes Werkzeug sein. Er hasse Künstler, insbesondere die gebürtigen, sagt er. Der eigentliche Wesenszug dieser Gesellschaft sei Ignoranz. Ignoranz gegenüber allem, was nicht ist wie sie. Sie können es nicht verstehen. Ignoranz sogar gegenüber der eigenen Geschichtlichkeit. Der gebürtige Künstler verkörpere diesen Typus nur am vollkommensten.

»Aber sind Sie denn nach dieser Odyssee jemals in der freiheitlichen Grundordnung angekommen?« Ein SPD-Abgeordneter stellte ihm diese Frage bei der Anhörung im Potsdamer Landtag. Sicher hat Florian Havemann wieder gelächelt. Und den Demokratie-Gebürtigen dann noch vieles über seine Ankunft erklärt. Auch, daß er sich weigern würde, ein Bekenntnis zur freiheitlich-demokratischen Grundordnung abzulegen: »Ich würde darauf hinweisen, daß sich meine Loyalität diesem Staat gegenüber ganz wesentlich auch daraus begründet, daß ein solches Bekenntnis – anders als in der DDR – nicht mehr von mir verlangt werden kann, daß von ihm meine Existenz nicht abhängt, daß sich meine Bürgerrechte nicht einschränken, wenn ich mich einem solchen Ansinnen verweigere.« Das wäre der zivilisatorische Standard, den er meine. Den er für schützenswert erachte. Den er verteidigen möchte.

Daß es mit der Demokratie und den Verfassungen genauso ist wie mit der Kunst, hat er im Potsdamer Landtag möglicherweise verschwiegen. Daß die Kunst auf Voraussetzungen ruht, die nicht selbst wieder Kunst sind. Genau wie Demokratie und Verfassung.

Ist André Brie zu intelligent für seine Partei?

Männer in Jackett und mit Metallrandbrille, Frauen in Strickkleidern, die Haare hochgesteckt. Ein Publikum für Dichterlesungen. Alles ist sehr gedämpft. André Brie, Wahlkampfleiter der PDS für die kommende Bundestagswahl, liest für die Pankower Parteifreunde drei Kapitel aus der bislang unvollendeten Geschichte »Die Stellung der PDS im politischen System der Bundesrepublik«. Anhänger anderer literarischer Strömungen, etwa der pragmatischen Dichtung oder der Poetik für Besserverdienende äußern seit langem Zweifel an der Existenz des Sujets dieser Erzählung. Brie aber beginnt unbeirrt, wie wahre Dichter sind, unterkühlt, leicht jagend. So fangen Lesungen fast immer an.

Die Heldin ist ein etwas überaltertes, recht sittsames Ding mit überraschend jungen Verehrern. Man erkennt die PDS sofort, sagt Brie. Wenn andere vor ihren Wahlkampfständen agitieren, so steht dieses Kind meist dahinter und wartet, daß man etwas fragt. Es wurde einst recht streng erzogen. Steht da also hinter seinen rot-weißen Schirmen und träumt davon, geliebt zu werden. Vor allem von den Ostdeutschen, aber auch von den anderen, die es immer noch so häßlich finden. Denn sein Platz im Leben, also im politischen System der Bundesrepublik, wäre ja die Liebe. Das weiß es genau. Die Liebe zu den Arbeitslosen, die Liebe zu den Ausländern, zur Umwelt, zu den Frauen, der dritten Welt. Brie sagt nicht »Liebe«, er sagt »sozialistische Ziele«, das klingt sachlich, fast wie moderne Dichtung. Die Genossen hören es mit tiefem Verständnis. Sie wissen, daß alle außer ihnen längst verlernt haben zu lieben. Können denn Pragmatiker lieben? Oder Deregulierer? Dabei habe sogar die SPD die klassenlose Gesellschaft in ihrem Parteiprogramm. Aber sie schämt sich dafür. Die PDS schämt sich ihrer Liebe nie. Brie auch nicht. Eigentlich sieht er eher aus wie ein pragmatischer Deregulierer, mindestens aber wie ein Sparkassendirektor. Er hat sowas Unerbittliches im Gesicht.

Das Problem bei der Liebe ist, daß jeder sie anders versteht. Die DDR zum Beispiel hat ihr Volk umarmt, bis es keine Luft mehr kriegte. Und wer sie nicht zurücklieben wollte, den hat sie gehaßt, vor die Tür gesetzt, ihm seine Sachen hinterhergeworfen und den Rest einfach behalten. Liebende sind nun mal so. André Brie hat es selbst erfahren. Seit 1985 schrieb er viele Eingaben, an Zeitungen, Ministerien und das Zentralkomitee der SED. Damals kam die DDR gerade auf die etwas eigenwillige Idee, sowjetische Journale und Filme zu verbieten. Es stand ihr zuviel Glasnost und Perestroika drin. Als Abonnent des »Sputnik«, Anhänger der Perestroika und Filmkritiker bei der Zeitschrift »Film und Fernsehen« war Brie sehr zornig darüber. Das Zentralkomitee und der Postminister antworteten nie. Sie hatten einfach keine Erfahrung mit Beschwerden. Plötzlich aber stand die Partei, die große Liebende, leibhaftig vor ihm – Brie hatte ihr schon wieder einen Brief geschrieben – und sagte, daß er alles bereuen müsse, daß er sie genauso lieben solle wie früher, also aufrichtig, bedingungslos, ohne zu denken, oder sie werde ihm alles nehmen, was er hat. Seinen Beruf, seine Parteimitgliedschaft, alles eben. Brie war Wissenschaftler am Potsdamer »Institut für Internationale Beziehungen«, er war Stipendiat bei den Vereinten Nationen gewesen, er hatte promoviert, sich habilitiert. Er war unfähig, nein zu sagen.

Wie alle Gedemütigten dachte er viel über Liebesbegrenzung nach. Demokratie zum Beispiel ist Liebesbegrenzung. Denn Demokratie ist, wenn keiner einem zu nahe treten kann. Sein Bruder Michael Brie erhob dieserart Überlegungen 1987 in den Rang eines Forschungsprojekts an der Humboldt-Universität Berlin und nannte es »Theorie eines modernen Sozialismus«. Es ist heute Grundlage des PDS-Parteiprogramms. Manche, selbst aus der SPD, halten es für das beste Programm einer linken Partei seit langem. Nein, das Bekenntnis zur Demokratie beim Gründungsparteitag im Dezember 1989 war kein Tribut an die gewendete Zeit; es war längst gedacht. Von manchen. Von zu wenigen?

»Im Konflikt zwischen Kapital und Arbeit stehen wir auf Seiten der Arbeit, aber undogmatisch«, sagt Brie zu den Pankower Genossen. Ein gewaltiges dumpfes Dröhnen kommt heran, frißt das »undogmatisch« und ist vorüber. »Wir müssen eine sozialistische Partei sein, ohne unrealistisch, ohne beliebig zu werden.« Jetzt hat es den ganzen zweiten Halbsatz weggefetzt. Sicher eine Boeing 767. Das Pankower PDS-Haus liegt direkt in der Einflugschneise nach Tegel. Flugzeuge sind genau wie die Kommunisten früher, laut, rücksichtslos, sie haben immer ein festes Ziel vor Augen und fliegen es direkt an. Ihr Benehmen scheint logisch. Brie eher nicht. Flugtechnisch betrachtet, ist das doch so: die PDS möchte abheben, ohne den Boden unter den Füßen zu verlieren. Das ist sympathisch, das will jeder. Bloß die wenigsten gründen mit dieser Idee eine Partei.

Mehr als zwei Stunden hat Brie geredet über das Fliegen bei fester Bodenhaftung. Zum Schluß steht ein junger Mann auf, sagt, er hätte gerade Lenins Imperialismustheorie wiedergelesen, da stünde doch schon alles drin: faulender, sterbender Kapitalismus, allgemeine Krise und immer so weiter. Kann man nach zwei Stunden Brie wieder bei Lenin ankommen? Nein, sagt der Wahlkampfleiter der PDS, und der schmale Mund steht ihm nur noch als ein Strich im Gesicht, Lenin irrte. Der Kapitalismus sterbe nicht an sich selbst. Seine Grenze seien allein der Mensch und die Natur.

Abends im Prenzlauer Berg. Hier gibt es keine Flugzeuge und auch noch immer keinen PDS-Spitzenkandidaten. André Brie spricht in einer zugigen 60er-Jahre-Schulaula vom Optimismus und vom Wahlprogramm der PDS als dem besten Wahlprogramm weit und breit. Das klingt ein wenig wie bei Karlsson vom Dach, aber welcher Politiker klingt schon anders? Die Reihen vor mir sind dicht besetzt und grau. Kein Abweichler-Blond dazwischen. Natürlich könne die Arbeitslosigkeit beseitigt werden, niemand hätte ein so ausgereiftes, anerkanntes Programm für einen dritten öffentlichen Beschäftigungssektor wie die PDS. Ist es das, was auch der »Club of Rome« jetzt vorschlägt? Was die Wirtschaft kaputtmache, seien nicht die Lohnnebenkosten, nein, es sei das frei vagabundierende, ungeheure spekulative Kapital. Für eine Devisen-, Erwerbs- und Kapitalumsatzsteuer! Nach jedem Hauptpunkt, etwa aller drei Minuten schlägt ein großes Fenster krachend zu, nachdem es sich zuvor mit grausigem Ächzen unter einem steten Windzug geöffnet hat. Welch ein irrer Rhythmus von Vergeblichkeit. Doch keiner achtet darauf. Ideologische Diversion, man kennt das wohl.

Wenn Brie die Verbindung zwischen dem Sturz der indonesischen Währung und deutscher Finanzpolitik herstellt oder über die »Die Globalisierungsfalle« spricht, schwingt ein plötzlicher Furor in der Stimme. Das ist dann fast wieder wie bei jenem Vortrag Mitte der achtziger Jahre an der Humboldt-Universität über das »Gleichgewicht der Systeme«. Solch analytische Schärfe waren wir Studenten damals nicht gewohnt. Zahlenketten, Wirtschafts-, Rüstungsdaten und messerscharfe Schlüsse. Eigentlich ist der Mann Wissenschaftler. Jetzt bist du unser Wahlkampfleiter, sagten Bisky und Gysi am 26. Januar 1990 zu ihm. Gleich am ersten Tag stellte jemand eine »Kommunikationsstrategie« vor. Brie hatte das Wort noch nie gehört.

Es gibt einfach Wörter im Leben, die muß man nicht näher kennen. Wir fahren vom Prenzlauer Berg nach Marzahn, zum nächsten Auftritt an diesem Abend. »Klar ist Wahlkampf ungeheure Verkürzung. Aber der Zwang, Dinge in einem Satz aussprechen zu müssen, das hat doch was! Die meisten Slogans der PDS sind übrigens von mir.« Brie tritt scharf auf die Bremse. »Dieses Jahr kommt mein neuer Aphorismenband«, sagt er und lacht ein sehr jungenhaftes, rückhaltloses Lachen. Plötzlich verstehe ich, warum dieser beinahe verbissen wirkende Mann in der DDR Kabarett spielte, Aphorismen schrieb und sogar Kinderbücher. Er hat einfach kein Talent, das Leben leicht zu nehmen. Und sich selber auch nicht. Nicht mal den Gedanken, daß es schon zu Ende sein soll mit dem Sozialismus, wo doch noch niemand damit angefangen hat. Vielleicht hätte er zum Fanatiker werden müssen ohne dieses Lachen gegen die Enttäuschung, die Wut. Weil man eben am besten über Dinge lacht, die einen beinahe umgebracht hätten. Natürlich war das immer irgendwie Weltverbesserungswitz, das ist bei allen Menschen so, die die Welt maßlos überschätzen.

Brie war gerade in Frankfurt, die Börse blockieren. Am Freitag, dem 13., am Tag der Banken. Gysi und Bisky sind auch mitgekommen. »Und was haben die Bänker gemacht?« – »Die nahmen den Hintereingang.« Davor war er mit Gysi auf dem Palast der Republik, ganz oben, weil, solange man drauf steht, ihn ja keiner abreißen kann. Und wer denkt sich sowas aus, frage ich. Na ich, sagt Brie und sieht sehr zufrieden aus. Ob er denn für solche Sachen nicht zu alt ist, frage ich. Er sagt, mit dem Alter hätte das überhaupt nichts zu tun, sondern mit der »Kommunikationsstrategie«. Und ob ich den glauben würde, sie seien dem Palast der Republik gern aufs Dach gestiegen? Man sei das ja gar nicht gewohnt, irgendwo raufzuklettern wo draufsteht, daß man da nicht raufklettern soll. Als DDR-Bürger schon gar nicht. Laß uns lieber wieder nach Hause fahren, habe der Gysi immer wieder gesagt, ist dann aber doch mitgekommen. Wegen der »Kommunikationsstrategie«. »Wir brauchen diese Aktionen am Rande der Legalität, die anderen sind dafür viel zu bürgerlich. Wir nicht. Ist hier eigentlich ein Linksabbiegerpfeil?« – Klar ist da einer. Wirklich schwer zu finden dieser Marzahner Kindergarten, wo jetzt gleich Parteiversammlung sein soll.

Es ist ja immer die Frage im Leben, wo man abbiegen müßte. Zum Beispiel im Dezember 1989. Da hatten André Brie, sein Bruder Michael und andere auf dem letzten außerordentlichen SED-Parteitag, der dann zum Gründungsparteitag der PDS werden sollte, den Antrag gestellt, diese Partei endlich aufzulösen. Es gäbe da halt nichts zu beerben, nichts fortzusetzen. Sie bekamen fünf Stimmen. Sie hatten keine Chance. Sie traten nicht aus. Und André Brie schrieb seine allererste Eingabe nach längerer Zeit, diesmal an Gregor Gysi. Es war sogar eine Initiative mit Unterschriftensammlung: für eine sofortige Offenlegung und Rückgabe des SED-Parteivermögens, Auflösung des alten SED-Apparates und immer so weiter. Gysi hat nicht geantwortet. Brie kannte das schon.

»Wir haben noch überlegt, eine neue Partei zu gründen,

aber das hätte wohl keine Chance gehabt. Es gab ja solche Versuche, keiner erfolgreich. Parteien sind nun mal keine Kopfgeburten. Die Modrow-Regierung brauchte damals einen Halt.« Vielleicht ist Brie aus lauter Pflichtbewußtsein in der PDS geblieben, das würde zu ihm passen. Und sein Bruder schrieb mit am Parteiprogramm und den Kommentar gleich dazu. Denn ist es nicht egal, in welcher Partei man ist, Hauptsache, sie hat das richtige Programm, also ein selbstgeschriebenes?

André Brie und sein Bruder waren informelle Mitarbeiter der Staatssicherheit. Ich muß ihn jetzt danach fragen. Schon wieder eine, die sich für nichts anderes interessiert, wird er denken. Dabei sieht doch jeder, wie unter diesem Vorwurf ein ganzes Land zum Verstummen gebracht wird. André Brie kann getan haben, was er will im Leben, es bleibt: er war IM. Nichts weiter. Und danach soll ich jetzt fragen? Genau wie jene, die den Namen Brie grundsätzlich nur mit der Vorsilbe »Stasispitzel« benutzen? André und Michael, Kinder eines DDR-Botschafters, in China und Nordkorea zur Schule gegangen. Der Sozialismus war ihre Welt, von Geburt an. Sie wußten, das MfS schützte diese Welt. So einfach. So schlimm, als sie ihr dann plötzlich auf den Grund sahen: ein bürokratischer, zentralistischer und krimineller Staatskapitalismus sei das gewesen. Nur wenige haben in der DDR die DDR so radikal kritisiert wie Michael und André Brie. Und ihr Schaudern galt nicht allein diesem armseligen Sozialismus, es galt auch der eigenen Vergangenheit. Es gibt keine Rechtfertigung, sich anderen auf diese Weise zu nähern, über sie zu urteilen, hat Brie geschrieben. Damit bleibt zuletzt jeder allein. Soll ich ihn wirklich fragen?

Manfred Bofinger wäre gern wieder Kind

Der Fahrstuhl funktioniert! Ein richtiger 19. Jahrhundert-Fahrstuhl. Ächzt zweimal kurz, dann summt er sich wieder nach oben. Ganz normales Mietshaus, dort, wo Treptow an Neukölln und Kreuzberg anstößt. Hier, im zweiten Stock, wohnt Manfred Bofinger, einer der bekanntesten Karikaturisten und Kinderbuchillustratoren der DDR. Er steht in der Tür wie ein Fleischermeister, aus dem um ein Haar Platon geworden wäre. Den Bart und die Stirn hat er vom Philosophen. Die Brille ist von Gysi. Und ich dachte, es muß schwer sein, wie ein freischaffender Satiriker auszusehen.

Dieser Mann hat ein Buch geschrieben, über Berlin und sich selbst, nein, über sich selbst und Berlin, das kommt so leise summend, so ganz leicht herauf wie vorhin der Fahrstuhl. Es kommt von ganz unten, direkt aus seiner Kindheit, als der Karikaturist noch gar kein Karikaturist war und »Bofinger« sich noch auf »Pofinger« reimte. Manchmal.

Es steht drin, wie Berlin roch, gleich nach dem Krieg. Der Tiergarten nach Beifuß, der Freund Segelohr nach eingekellerter Kartoffel, der Westen besser als der Osten, Herr Baran nach Fusel, seine Frau nach frischen Plätzchen, die Apotheke nach Entwickler, Gummi, Ölfarben und Heftplaster. Damals muß es noch viel mehr Gerüche gegeben haben als heute. Nur das Naturkundemuseum rieche noch immer genauso, und die Berliner S-Bahn vielleicht auch. Nach »Kurzschluß und Wunderkerze«, sagt Bofinger.

Er weiß auch noch genau, was alles in seiner Schatzkiste war (ein vertrockneter Stichling, ein Filmnegativ, ein Hirschkäferhorn ...) oder wie sich die Erwachsenen benahmen, wenn sie Onkel Erwins Obstwein tranken, was sie sehr oft taten. Er kennt längst vergessene Kinderspiele und sagenhafte Maschinen, die man wohl nur damals erfinden konnte. Und er kennt die beste Ochsenschwanzsuppenköchin der Welt. Seine Mutter. Die Ochsenschwänze waren immer aus dem Westen. Einmal im Monat schlich der Junge nachts mit seinem Vater in den Wedding und schrieb auf die Glasscheiben eines Fleischerladens so unglaubliche Worte aus einer fremden Welt wie »Fleisch, Innereien, Sülze, Rückenfett«. Dafür bekamen sie jedesmal die Ochsenschwänze.

Schreib das alles doch mal auf, hätten seine erwachsenen Kinder zu ihm gesagt. Und vor sieben Jahren auf Rügen dachte Bofinger zum ersten Mal darüber nach. Nach zwei Wochen Kreidefelsen hatte er zweihundert Stichworte, in den nächsten drei Jahren fünfundzwanzig Geschichten und den Rest, zweihundert Seiten etwa, in zwei Monaten. Bis März muß alles da sein, habe der Aufbau-Verleger Weihnachten 1997 zu ihm gesagt. Bofinger lacht. Das war die Fahrstuhl-Zeit. Da kam er nur noch zum Essen oder Schlafen zurück in die Gegenwart.

Auf Bofingers Arbeitstisch liegen ein Fön, unglaublich viele Pritt-Klebestifte, alte Apothekenfäßchen und jedesmal, wenn man aufsieht, bohrt sich gerade ein Flugzeug von Tempelhof aus in den Berliner Schneehimmel. Keine einzige Zeile habe ich an diesem Tisch geschrieben, sagt er. Es klingt ein bißchen wie: Ist eben doch keine wirklich ernsthafte Arbeit. Schreiben, das sei eher was für unterwegs, für Kneipen und überfüllte Züge. Außerdem denke man über Berlin am besten nach, wenn man gerade nicht da ist. Sagt Bofinger, der bekennende Berliner. Und ergänzt, daß zu Berlin vor allem Schlichtheit gehöre. Die große Fresse zum Beispiel sei ja auch »wat janz Schlichtes«.

»Der krumme Löffel«, Miniaturen einer Kindheit. Eigentlich ein sehr egoistisches Buch, findet Bofinger. Oder doch nicht?

Er zeigt mir einen Brief, den habe er heute morgen bekommen. Der Brief ist aus Bielefeld. Darin steht: »Auf den ›Krummen Löffel‹ wurde ich aufmerksam durch einen Artikel in unserem Käseblättchen ›Neue Westfälische‹«, und ein paar Sätze weiter: »Ich kann mich nicht erinnern, je ein zärtlicheres Buch gelesen zu haben.« Jetzt sieht Bofinger wirklich aus wie Platon, mit diesem fast ungläubigen Staunen (philosophischer Uraffekt!) im Gesicht. Ein zärtliches Buch? Er habe ja nicht mal gewußt, daß er überhaupt Bücher schreiben kann. Jedenfalls nicht solche. Bofingers selbstgeschriebene Bücher haben nämlich normalerweise ungefähr einen Satz pro Seite. Zumindest die »Christine«-Bücher. Weil, sagt Bofinger, es von Wilhelm Busch bis Janosch doch so war, daß die Maler ihre Texte selber machen. Weil sie schließlich am besten wissen, welche Worte zu den Bildern passen und welche Bilder zu den Worten. Daß Illustrationen bloß Illustrationen wären, sei nämlich der Grundirrtum. Es handele sich vielmehr um Interpretationen. In den »Christine«-Büchern steht drin, wie lieb Christine ihren kleinen Hund hat, obwohl der so furchtbar häßlich ist, und daß Kranksein zwar doof ist, man seine Medizin aber trotzdem nehmen muß. Lebenshilfe für kleine Kinder. Lebenshilfe ist überhaupt ein ungemein schönes Gebiet für begabte Menschen mit dem bösen Blick. Für Beziehungsratgeber, Koch-, Mathematik- und Spanischlehrgänge malte Bofinger besonders gern. Außerdem Plakate, Theaterkulissen, Zeitungsanzeigen ...

Vor allem aber schreibt-malt er lustige Geschichten für Kinder und solche, die es immer bleiben wollen. Eine fängt so an: »Stellt euch vor, da liegt mitten im Ort ein großes braunes Ei.« Es ist eines jener Eier, die hinterher keiner gelegt haben will. Aber alle warten gespannt, was da rauskommt. Es ist »der kleine Nazi«. Zuerst sieht man den Arm, und dann den Rest vom kleinen Nazi. Kleine Nazis haben es sehr schwer im Leben, sie können zum Beispiel wegen des abstehenden Arms nicht auf dem Bauch schlafen.

Bofinger fing beim »Eulenspiegel« an, dem DDR-Satiremagazin, zuerst als Schriftsetzer, bis Karl Schrader sein Talent entdeckte. Es ist sehr gut, daß Bofinger beim »Eulenspiegel« war, denn so handelt die Geschichte nicht von der wunderbaren Heilung des kleinen Nazi, sondern es ist einfach ein ziemlich gemeines, lustiges, hintersinniges Buch. Eine Bofinger-Pointe »knallt« nie. Schon aus Prinzip nicht, sagt er. Sie schleicht sich vielmehr an, so wie Koschenka, Bofingers Kater. Geht ganz leise von hinten wieder nach vorn. Ich finde, daß ein Kater nicht nur ausnehmend gut zu Hexen, sondern auch zu Karikaturisten paßt.

Bofinger denkt nach. Bis März müsse er noch ein Kinderbuch malen, und jetzt gleich die Sachen für die Erich-Kästner-Ausstellung im Friedrichshain (»Nie werde ich mich trauen, Kästner zu illustrieren!«), außerdem wären da noch das »Jahrhundert-Buch«, zusammen mit F. W. Bernstein – »ja, so ein Jahrhundert-Buch braucht eben Zeit« –, gar nicht zu reden von ... Für einen Augenblick sieht es aus, als ob ihm das alles zuviel würde. Und dazu die Lesungen aus dem »Krummen Löffel«, selbst in Frankfurt/Main oder in Parchim. Aber wenn es nicht zuviel und von vornherein völlig aussichtslos wäre, würde er dann überhaupt anfangen?

Der Mambospieler. Michael Gwisdek will immer die große Tasse

Michael Gwisdek sieht aus wie ein Handwerker, der gerade in einer fremden, ziemlich schönen, großbürgerlichen Wohnung zu tun hat. Es ist seine eigene. Ein solches Sweatshirt, stoffgewordener Protest gegen Farbe und Form, trägt sonst nur noch der Dude, »The big Lebowski«. Gwisdeks Berlinale-Film hieß »The big Mambo« und handelte auch von einem, der die Siebziger nie verließ, ganz im Gegensatz zu seinem Körper. Genau wie der Dude. Mehr Gemeinsamkeiten zwischen dem Berlinale-Film der Brüder Coen und dem Gwisdeks gibt es eigentlich nicht.

Gwisdek hält drei Kaffeetassen verschiedener Größe hoch und beginnt, die Vorzüge ihrer jeweils unterschiedlichen Abmessungen zu erklären. Wer so über Kaffeetassen spricht, kann auch Filme machen, klar. Das ist szenischer Sinn, man sieht das am »Mambospiel«. Hingeschludert, haben sie gesagt, die Kritiker, und gar nicht gesehen, mit welch unendlicher Präzision die Sache daneben ging. Gwisdek versteht nicht, daß man nach soviel Beredsamkeit doch die kleine Tasse nimmt, wenn man auch die große kriegen kann. Er wollte immer die große Tasse, die Berlinale, von Anfang an. Dabei passen manche Dinge nun mal nicht an jeden Ort. Zum Beispiel passen deutsche Filme eben nicht auf die Berlinale. Das glauben zumindest deutsche Regisseure, wenn sie gerade keine Lust haben, der eigenen Hinrichtung beizuwohnen. Und was eine Hinrichtung ist, das konnte man am Tag der Premiere des »Mambospiels« in der »Berliner Zeitung« lesen. Es ist ganz wichtig, daß es solche Verrisse gibt, bevor den Film überhaupt jemand gesehen hat, das stärkt die Urteilskraft. Wir kennen Kino, stand da, und das »Mambospiel« hat nichts damit zu tun. Kritiken können so gnadenlos akademisch sein. Akademiker behandeln alle Dinge, als wären sie längst tot. Dieser Film aber lebte, das sah doch jeder, er delirierte, war der Welt-und-Ich-Untergangs-und-Auferstehungstraum eines bekennenden Cineasten.

Delirien haben sowas furchtbar Unkontrolliertes. »Nicht zufällig hat die Hauptfigur Martin einen Hang zum Trinken«, erkannte die »Berliner« weiter. Da »zappelt ein Popanz über die Leinwand«, befand die FAZ. Und die »taz« merkte an, daß es dem Film wie allen alkoholisierten Menschen entschieden an »Distanz und Disziplin« mangele sowie an Dramaturgie respektive einer »halbwegs akzeptablen Grundidee«. Sie nannte »Das Mambospiel« den »allerletzten Tango in Paris«. – »Kenn ich nicht. Nicht gelesen. Keine einzige Kritik, bis heute«, sagt Gwisdek und versucht, die beiden jetzt überzähligen Tassen wegzustellen. »Der Christian Grashof hat mir mal was ganz Wichtiges gesagt« – er steht jetzt regungslos, links die große, rechts die kleine Tasse – »ich krieg das nicht mehr zusammen, war was ganz Wichtiges, ungefähr so: Du mußt deinen Erfolg genießen! Ja, genau, das war es.« Und gab's da etwa keinen Beifall auf den drei Berlinale-Vorstellungen? Das Einzige, was ihn wirklich umgebracht hätte, wäre gar keine Reaktion, wäre Gleichgültigkeit gewesen. Vielleicht sowas wie die »Morgenpost«? »Kein Reinfall für den deutschen Film«, schrieb sie. – »Ach was! Ich war der meistdiskutierte Film der Berlinale!« Jetzt sieht Gwisdek aus wie im »Mambospiel« oder wie Roy Scheider in »All that Jazz«, immer wenn er »It's showtime, folks!« sagt. Dieselbe Selbstüberredung, dieselbe Getriebenheit.

Worüber diskutiert wurde, weiß er also nicht? – Vom Hören, nun ja. Zum Beispiel, daß der Film ständig andere Filme zitiert hätte, das sei doch purer Unfug, nicht wahr? Nehmen wir allein die »Basic Instinct«-Szene. »Basic Instinct« ist ein Film, erklärt Gwisdek, wo eine Frau ohne Unterwäsche in Gefahr steht, zum Tode verurteilt zu werden. Werde in seinem Film etwa eine Frau zum Tode verurteilt? Na also! »Ich kann auch sagen: Mozart! Ist das dann auch ein Zitat? Oder wir beide jetzt in der Küche und ich würde Sie fragen ...« Er wollte eben einfach einen Film machen, wo man Sätze nicht zu Ende sprechen muß. Das Unerträgliche an so vielen deutschen Filmen sei ja, daß dort immer handlungsfördernde ganze Sätze vorkommen. Also kurz und gut, so'ne Art »Harry und Sally«-Dramaturgie sollte es werden, sagt Gwisdek, springt auf, läuft Kreise in seine Küche: »Andere Filme zitieren, so ein Quatsch!«

Gehört der Ärger jetzt mit zum Spiel? Nein, er ist echt. Und dann, erklärt Gwisdek, mußte da noch ein bißchen »Taxi Driver« rein, das mit der Vergewaltigung. In »Harry und Sally« gab's keine Vergewaltigung, richtig? – Und was ist mit der »Pulp Fiction«-Szene am Anfang, frage ich, wo Martin die Produzenten fertigmacht? – Sicher, sagt Gwisdek, die ist völlig authentisch. Diesen Satz: Weißt du, Empfindlichkeiten von Schauspielern interessieren keinen Menschen, den habe sein erster Produzent gesagt. Der wollte eine Liebesgeschichte mit einem Architekten und 'ner Modezeichnerin haben, und da hätte er, Gwisdek, geantwortet: Nee! Ich mach's lieber allein. – Vielleicht bleibt nach dem Gang durch die deutsche Filmförderung ja wirklich nur »Pulp Fiction«?

Das ist die Atmosphäre des »Mambospiels«, dieses Chaos aus Authentizität, Selbstentblößung beinahe, und freier Selbstbedienung im Supermarkt Kino. Es genügt ja gar nicht, andere zu zitieren, es kommt vielmehr darauf an, Zitate zu erfinden, Dinge, die andere nie gesagt haben, aber unbedingt hätten sagen sollen. Es kommt vielleicht nicht mal darauf an, gelungene Filme zu machen. Nur weil man auf der Berlinale, gerade im Wettbewerb, nun mal nur gelungene Sachen sehen will. »Aber ist das sein Problem oder das der Berlinale?« fragte respektlos der »Tagesspiegel«.

Selbstentblößungen sind immer eine Frage höchster Selbstbeherrschung. Ungefähr wie Schrauben in die Wand drehen. Man zieht fest, setzt nach, überdreht, aber nur bis zu einem bestimmten Punkt. Woody Allen kann das. Soll man erwähnen, daß Gwisdek Woody Allen mag? Nein, denn Gwisdek zitiert ja keine Filme.

Zuletzt ist alles eine Frage des Tempos, des Rhythmus. Er habe einfach kein Gefühl für den Rhythmus, sagt Maria (Corinna Harfouch) im Film zu Martin. Wir sahen zuvor eine »Der letzte Tango in Paris«-Beischlaf-Szene. Aber hätte denn der Drehbuchschreiber Gwisdek zum Regisseur Gwisdek und der wieder zum Hauptdarsteller Gwisdek sagen sollen: Nun laß mal deine schönsten Szenen weg, die kommen einfach zu spät, die machen deinen Rhythmus kaputt!-? Nein, Gwisdek hatte kein Gefühl für den Rhythmus. Er hatte keinen Abstand zu seinem Film. Auch jetzt nicht. Und wir haben noch immer keinen Kaffee. Gwisdek spricht nun über den oft unterschätzten Anteil der Gasflamme am Gelingen des Kaffees und dann noch einmal über das »Mambospiel«: »Es trifft das Lebensproblem dieser Gesellschaft. Wir sind nicht mehr zusammen wie früher. Und plötzlich kommst du nach Hause, siehst, daß deine Tochter drogensüchtig ist, daß dein Sohn ein Nazi geworden ist. Und du hast es nicht mal mitbekommen. Ich hab das erlebt bei Freunden.« Da ist nichts Spielerisches mehr. Dieser nicht stellbare Mann, in seinen Filmen so oft auf halbem Wege vom Genius zum Alkoholiker – man kann nie sagen, aus welcher Richtung er gerade kommt – ein Moralist. Die Szene, als er und Maria von jungen Schlägern auf der Straße angehalten werden: »Ihr geht nicht weiter ohne Hitlergruß!« ist authentisch. »Berlin, Friedrichstraße, zusammen mit Corinna. Und wir waren feige, so feige.« Für diese »sozialkritischen Augenblicke« gab's besondere Häme. Denn darf man Nazis zeigen und gleich danach gleich wieder zum Rhythmusproblem übergehen wie im wirklichen Leben?

»Das Mambospiel« ist chaotisch, unlogisch, verantwortungslos, aus zweiter Hand und dramaturgisch mißlungen wie das Leben. Es »kokettiert mit dem Versagen, als wär's eine Tugend«, rügte scharf »Die Zeit«. Darum muß man es mögen, viel mehr als manche wirklich gelungenen Sachen, vielleicht nicht gerade auf der »Berlinale«, aber doch, sagen wir, an einem Abend mit »nicht zufälligem Hang zum Trinken«.

König im Niemandsland. Hilmar Thate

Er steht da wie jener Walter im Film vor den Ruinen seines Lebens. Vor dieser in die Natur zurücksinkenden Industrielandschaft. Und den kalten Hochöfen, riesenhaften Vogelnestern, in denen jetzt die Krähen wohnen. Die Hände im Mantel. Wartend. Genauso steht er da. Nur daß jetzt vor ihm kein Hochofen ist, sondern Charlottenburg. Und hinter ihm nicht der Tod, sondern ein Irish Pub. Sein Irish Pub. Der Kellner grüßt, man kennt sich. Mittags. In diesem Teil Charlottenburgs sind die Kneipen mittags noch leer. Das hier sei sein Berlin. Da könne er leben. Über ihm ist gerade der Chefredakteur der »Berliner Zeitung« eingezogen. Eine Gegend also, die keine Ahnung hat von realsozialistischen Kombinatsdirektoren. Oder den Lebensproblemen eines LPG-Vorsitzenden. Auch so einen hat er gespielt. Früher, bevor er wegging aus der DDR. Und doch merkt man sie ihm noch an. Nach zwanzig Jahren. Ist es – zuletzt – eine Art, die Dinge doch anders zu sehen?

Heute kommt Andreas Kleinerts »Wege in die Nacht« in die Kinos. Walters Geschichte. Ein Film von und für Melancholiker. Man weiß seit je, daß das Ästhetische privilegierte Beziehungen zur Schwermut unterhält. Oder umgekehrt. Hier nun wird sie stilbildend. »Wege in die Nacht« ist – vor allem – ein Kunstwerk. Hilmar Thate nimmt das Kompliment gelassen. Möchte schon sein, sagt er, sonst wär's furchtbar. Kunst? Alltag für den Künstler. Als »König von Sankt

Pauli« kennen ihn die meisten. Nur ist die Reeperbahn eben leichter verständlich als diese Untergangsstudie im Niemandsland. Den Menschen gehört es ja schon nicht mehr und der Natur noch nicht ganz. Hat er keine Angst vor der Zumutung dieses Films? Natürlich, sagt er, das Unerträgliche macht immer ratlos.

Es ist erstaunlich, wie leicht man mittags um 12.00 Uhr in einer Charlottenburger Kneipe über »das Unerträgliche« sprechen kann. Alles, was mit mehr Fragen entläßt, als man eigentlich hat, mache ratlos, findet Thate. Er möge das sehr. Die Gegenwart – Thate nennt sie fortan »unsere verhetzte Zeit« – möge es nicht. Da hätten sie verschiedene Ansichten, die Gegenwart und er. Um so schlimmer für die Wirklichkeit, hätte Hegel an dieser Stelle bemerkt. Thate ist Brechtianer. Er kam ans Berliner Ensemble, als es seine große Zeit hatte. Jeder Brechtianer ist ein verkappter Hegelianer. Ein Typus, der seine leise Verachtung für das, was jeweils gerade ist, nie ganz verbergen kann. Auch so eine Eigenart der Melancholiker. Verachtung früher für die DDR, diesen Kleinbürgerstaat, und einen Anflug von wohltemperierter Herablassung gegenüber dem Heute. Thate, ein Übergeher. Ein Bewohner von Niemandsländern.

Versetzen wir uns doch einmal in das Heute. Versuchen wir, mit seinen Gedanken zu denken. Ein abgewickelter DDR-Kombinatsdirektor wird zum beinahe tragischen Filmheld. Ist das nicht eine gefährliche Romantisierung der DDR und ihrer Mißwirtschaft? Hilmar Thate wirkt aufrichtig erstaunt. So hat er das noch nie gesehen. Er dachte eher an Richard III. Gibt es einen Unterschied zwischen einem DDR-Kombinatsdirektor und Richard III.? Wieso stellt man bei Richard nie solche politischen Fragen? Verherrlichung des autoritären Charakters! Nein, nein er möge diesen Walter, seinen Kombinatsdirektor. Ja, er gehe sogar so weit zu sagen: er liebe ihn. Alles andere sei lebensraubend. Ob ich es nicht auch eigenartig finde, daß man Ost-Schauspieler immer nach der Politik frage. Und die anderen nach der Seele. Nein, nein, das soll gar keine Beschwerde sein. Er fährt sich durch seinen dunklen 3-4-oder-5-Tage-Bart. Nur, würden Sie von Otto Sander wissen wollen, was er von der PDS hält? – Na bitte! Einen Augenblick sieht Thate enttäuscht aus – es ist einfach viel schöner, über die Seele zu sprechen, aber dann beschließt er energisch, sich den Spätfolgen des Umstands zu stellen, daß die Staatssicherheit ihn und seine Frau Angelica Domröse vor zwanzig Jahren mehrmals nachts von zu Hause abholte. Sie sollten endlich ihre Unterschrift gegen Biermanns Ausbürgerung zurücknehmen. Nicht, daß ich den mochte, unterbricht sich Thate sofort, trotzdem wüßte er nicht, wohin das führen solle, wenn man alle etwas, nunja, unsympathischen Menschen einfach ausweisen ließe. Thate zögert einen Moment. Wahrscheinlich ist ihm gerade jemand zum Ausbürgern eingefallen. Der Oberabgehauene? Nennen Sie nicht den Namen im Zusammenhang mit mir, fordert Thate bestimmt. Das muß sie sein, die Steigerungsform des Ausgewiesenseins. Das Für-michschon-Gestorbensein.

Dabei haben die beiden zusammen gespielt, früher in der DDR. »Daniel Druskat« nach Helmut Sakowski. Und Sie waren der LPG-Vorsitzende, sage ich zu Thate. Nein, erwidert Thate, ich hatte ja zwei LPGen. Wie heißt bloß eine LPG mit zwei LPGen drin? Der Barmann des Irish Pub schaut herüber. Er weiß es auch nicht. Als wir »Daniel Druskat« im Fernsehen sahen, interessierten wir uns zum ersten Mal für die sozialistische Landwirtschaft. Nie hätten wir gedacht, daß LPG-Vorsitzende soviel Probleme haben können. Und der jetzige Oberabgehauene spielte einen Bauern, den besten des Dorfes, der abhaut in den Westen. Darum fanden manche den auch viel besser als mich, erklärt Thate.

Er ging, als der Intendant des Deutschen Theaters ihm mitteilte, daß er nicht glaube, künftig noch Arbeit für ihn zu haben. Da wußte er, daß seine DDR-Biografie zu Ende war. Aber daß man ihn nach zwanzig Jahren noch immer zuerst nach der DDR und nicht nach der Seele fragen würde, wußte er damals noch nicht.

Warum gab es die DDR? Warum gibt es sie nicht mehr?

Und wie fühlen Sie sich heute? – Sowas beantworte er beinahe täglich. Gestern habe er zum Beispiel gesagt, die vormaligen DDR-Bürger hätten neue Freiheiten gewonnnen, natürlich. Wunderbare Freiheiten. Und neue Unfreiheiten dazu. Keine Arbeit zu haben, hielte er für eine Unfreiheit ersten Ranges. Es klingt ein wenig wie Daniela Dahns Satz, die Summe der Repressionen bliebe immer die gleiche. Ist das nicht Gleichmacherei? Dialektik, sagt Thate, der Brechtianer. Er wird jetzt ein bißchen ungehalten. Er habe die Pauschalurteile, all die Denkverweigerungen so satt. Die meisten Menschen, die ich heute treffe, stehen auf dem Kopf, findet Thate. Ist das nicht vielleicht die ganz normale Körperhaltung in allen Hochkulturen, sozusagen der Preis der Zivilisation? Mag sein, gibt Thate zu, aber wir hätten die Pflicht, das wenigstens zu bemerken. Und wenn einem zur Schließung eines solchen Werks wie im Film nur einfällt: Es hat doch die Umwelt geschädigt, so halte er, Thate, das für ein schlimmes Zeichen. Natürlich habe es das. Und war doch zugleich das Leben von Menschen. Darum hat er diesen Walter im Film gespielt. Weil er mit seinem Werk stirbt. Weil er eigentlich schon tot ist, als wir ihm begegnen! Thate hat jetzt ein seltsames Leuchten im Blick. Ob ich die Poesie daran bemerke?

Er war in diesem Kombinat bei Görlitz. »Schwarze Pumpe« gab es und dieses. Zweimal Braunkohleverstromung. »Schwarze Pumpe« hat überlebt. Das Görlitzer wurde abgewickelt. Zwei Jahre lag es schon still, als die Filmcrew kam. Und überall wuchs Grünspan an den Wänden. Ein Kombinat wie eine frische Leiche! ruft Thate voll unverholener Begeisterung. Der wirkliche Künstler ist eben ein Immoralist. Er genießt ein DDR-Kombinat im Augenblick seines Untergangs. Als ein Bild der Vergängnis, hätte Walter Benjamin gesagt.

Die Arbeiter haben es selbst abgerissen. Als ABM-Maßnahme, genau wie in der Thüringer Maxhütte. Die Alternative war Arbeitslosigkeit. Und die Arbeiter kannten das Werk. Sie wußten, wie man es am besten abreißt. Schließlich hatten sie es aufgebaut. Es besaß den größten Schornstein Europas. Als der in sich zusammenfiel, haben die Arbeiter geweint. Eine der Sprengungen ist auch im Film.

Ist die Kunst vielleicht gerechter gegenüber der Vergangenheit als das Recht? Schon, weil sie immer konkret sein muß. Weil sie die Menschen mitten hineinstellt in ihre Verwicklungen, sie nicht aus ihnen herausnimmt. Die Politbürourteile, halte er, Thate, für eine westliche Verstiegenheit. Für Siegerpose. Hat der Westen die DDR anerkannt oder nicht? – Ich gebe zu bedenken, daß man Gegner des Politbüroprozesse gemeinhin für heimliche Sympathisanten von Krenz und Genossen oder mindestens DDR-Nostalgiker hält. Thate fährt auf: Aber das ist doch ... hier oben! Er hat die Hand an der Stirn. Ernst Bloch fällt ihm ein. Wir sollten endlich wieder Schach spielen, nicht immer nur Mühle und Dame! Dame? Thate schüttelt resigniert den Kopf. Im Augenblick spielen wir Halma!

An einem frühen Nachmittag in einer Charlottenburger Kneipe ein halmafreies Land imaginieren. Thate zitiert Tucholsky: »Und ist der Junge mal erwachsen / dann kommt er in die SPD!« Ob ich die Stelle kennen würde im Marx-Engels-Briefwechsel, wo Marx an Engels schreibt: »Stell dir mal vor, wir wären in dem Sauhaufen!« Thate kann das alles auswendig. Irgendwie paßt er im Augenblick gerade gar nicht nach Charlottenburg. Ein Künstler als Bürger – es bleibt eben doch immer Maske. Aber auf die Reeperbahn paßt er auch nicht. Der König von Sankt Pauli mit Marx-Engels-Briefwechsel? Nein, er gehört eben doch zu Brecht. Über zehn Jahre bis 1970 war er am Berliner Ensemble. Und später paßte er zu Zadek (»Jeder stirbt für sich allein«). Oder Faßbinder (»Die Sehnsucht der Veronika Voß«). Und zu Shakespeare natürlich. Goethe. Kleist. Die Szene im Film, als sein Walter den jungen Mann aus der fahrenden S-Bahn springen läßt, erklärt er mit Richard III., Kohlhaas und Götz von Berlichingen auf einmal. Diesen winzig kleinen Punkt, der alles ändert, alles zerstört. Vielleicht hätten wir ja doch über die Seele sprechen sollen. Aber Thate ist schon beim

Sozialverhalten der Wildpferde in Montana. Wie die Leitstute die pubertären einjährigen Hengste bändigt. Also ungefähr die Sorte, mit der sein Film-Walter in der S-Bahn zu tun hat. Montanas Wildpferde als Illustration zu Brechts Satz: »Vor allem aber achtet scharf, daß man nicht alles dürfen darf.« Das sei überhaupt der Schlüssel zur Erziehung. Und zur Zukunft. Die Montana-Brecht-Synthese.

Wir gehen zum Olivaer Platz. Er habe kein Theater mehr in Berlin, sagt Thate, der zweimal Vertriebene. Einmal von Honecker, einmal von Roloff-Momin. Einmal aus der DDR, einmal vom Schillertheater. Zuletzt war er dort Mephisto. Vielleicht ist das die einzig wirklich unvergängliche Rolle. Er macht jetzt wieder Filme. »Krieger und Liebhaber«, eine Gangsterkomödie für die ARD, dann eine Berlin-Geschichte fürs Kino. »Ein Schiff wird kommen.« Und nie mehr Halma spielen! Nostalgie von Erinnerung unterscheiden lernen! Wenn er ans Berliner Ensemble denke, dann sei das eben nicht (N)ostalgie. Oder weiß jemand, wer er ist, wenn er nicht weiß, woher er kommt? Keine Zukunft ohne Vergangenheit! ruft Hilmar Thate in den Novembernebel hinein. Ein Niemandlandsbewohner aus Charlottenburg.

Christoph Schlingensief und die totale Aktion

Jagdgewehr oder alte russische Maschinenpistole, fragt der Volksbühnen-Requisiteur. Pumpgun wäre besser, antworte ich. Die sei leider gerade außer Haus im Prater-Einsatz. Also die Maschinenpistole. Fürs Titelbild mit Schlingensief als Terrorist vor der Deutschen Bank. Schlingensief schweigt.

Im Auto zur Deutschen-Bank-Filiale Unter den Linden. Schlingensief auf dem Vordersitz telefoniert, greift, ohne sich umzusehen, über die Schulter, und ich reagiere geistesgegenwärtig: Kugelschreiber!

Ortsbesichtigung. So helle Messingbuchstaben seien ungünstig, befindet die Fotografin. Schlingensief telefoniert noch immer, die Maschinenpistole zieht schwer an meiner

Schulter. Also doch lieber die Filiale am Alex. Schlingensief möchte jetzt etwas sagen. Er verspüre ein Unbehagen. Schließlich wolle er die Deutsche Bank nicht überfallen, warum also dieser martialische Aufzug? Ein schönes Foto vorm Reichstag wäre ihm lieber. Sagt der nette, aber heillos verwöhnte Apothekersohn aus der Provinz, der von allen gemocht werden will, obwohl er ab und zu auch ungezogen ist.

Jetzt zum Beispiel im Heizungskeller der Volksbühne. Die Pressepräsentation seiner »Reichstagsaktion«. Über die er nichts sagen darf, wegen der Deutschen Bank. Die haben auch extra einen geschickt, zum Aufpassen. Also redet Schlingensief über sein Lieblingsthema: Schlingensief. Der Volksbühnenkeller – ein symbolischer Ort? Schließlich sammelte man an der Volksbühne gerade hundert Unterschriften gegen ihn.

Ich denke an den Abend, als Schlingensiefs Volksbühnenkarriere begann. »United Trash« vor vier Jahren. Eindeutig schwachsinnige Geschichte. Etwas mit Afrika und eine Riesenvagina auf jemandes Stirn, aus der andauernd Eiter, Sperma oder Vanillesoße floß. Kitten Natividad, eine von Russ Meyers Riesenbusenfrauen, durfte ihr inzwischen welkes Fleisch durch afrikanische Dünenlandschaften tragen und mittels hüpfender Bewegungen in mäßige Schwingungen bringen. Für jenen Abend war sie extra aus Los Angeles eingeflogen worden.

Nun das Ende? Schlingensief gibt sich kämpferisch. Gerade hat er ein Hörspiel produziert, über das er nun reden will, weil er über den Reichstag ja nichts sagen darf. Und mit ein bißchen Intelligenz könne man von dem Hörspiel auch auf den Reichstag schließen. Das Hörspiel heißt »Lager ohne Grenzen«. Die FAZ hat es soeben analysiert, so staubtrocken, als handele es sich um den 153. Kommentarband zu Thomas von Aquins »Summa theologiae«. Dabei ist es vor allem lustig. All das Geröhre und Geschreie. Mit Charles Darwin und Alfred Brehm in den Krieg! Eine tierische Gesellschaft. »Krieg ist geil« und hört nie auf. Ahnten wir es nicht? Nur die Live-

Schaltung aus dem Kosovo zu »Jan Schulz-Ojala im Tagesspiegel« mißlingt immer wieder. Die zu Carl von Ossietzky übrigens auch.

Am Kellergang der Volksbühne zwei Pfeile. »Freundwärts« und »Feindwärts«. Feindwärts ist oben, wo die Intendanz sitzt. Freundwärts unten, wo Schlingensief gerade über Schlingensief spricht. Hier verlaufen Heizungsrohre mit Schildern wie »Probenkühler« versehen. Schlingensief gibt gerade eine Internetadresse an. Dort könne man sich über die Kapitalstrukturen und die »Gesellschaft zur Zerstörung von Systemen« informieren. Der »religiöse Porno«, an dem er gerade in Mazedonien drehte, schlaffte mittendrin ab. Aber das Lager-, Kriegs- und Terrorismusthema dominiert sowieso. »Das Lager« als Mikrokosmos. Schlingensief blickt auf den kleinen Globus vor sich, wie Hannibal, wenn dieser eine Ahnung vom kopernikanischen Weltbild gehabt hätte. Schlingensief ist auch so ein Elefanten-über-die-Alpen-Treiber. Einer, der Bilder mit Slogans zu verbinden vermag, der sich einkrallt im Gedächtnis der Leute und sich nicht abschütteln läßt. Ein Glücksgriff für jede Werbeagentur.

Christoph Schlingensief wohnt im Prenzlauer Berg. An der Wand ein Faßbinder-Porträt. Schlingensief erzählt, daß er sich am Deutschen Theater beworben habe. Als Intendant. Antwort von Radunski gäbe es noch nicht. Schlingensief ist jetzt wieder der hyperempfindliche kleine Junge. Seit den RTL-Talk-Shows hat er eine Schwiegermütter-Fan-Gemeinde, die ihm durch ganz Deutschland hinterherreist und jede Schweinerei großmütig verzeiht, weil er doch so nett ist.

Schlingensief liebt Assoziationsketten. Darum mußten er und Alexander Kluge sich irgendwann einmal finden. Man plant einen »Lagerabend«, an dem all ihre Gespräche hintereinander gesendet werden sollen. Heiner Müller, der selige, ist ja tot. Naheliegende Assoziationen etwa sind Wagner und Namibia. Begrabt den »Ring des Nibelungen« im Wüstensand!

Verbraucht sich das nicht irgendwann, frage ich vorsichtig. Aber Schlingensief ist ein Kind, das spielen will. Darum versteht er meine Frage auch überhaupt nicht. Nur das mit der Arbeitslosenpartei, das habe ihn doch zu sehr mitgenommen. Und für das in die Partei hineingesteckte Geld soll er Steuern zahlen. Über hunderttausend Mark!

Nun also die strenggeheime Aktion im Reichstag. Oben unterm Dach im Käfer-Restaurant vor zweihundert geladenen Wirtschaftsbossen der »Herrhausen-Gesellschaft«. Man debattiert über den Kapitalismus im 21. Jahrhundert, und Schlingensief kommt im kulturellen Rahmenprogramm. Zwischen Vorspeise und Dessert. Man ist schließlich eine offene Gesellschaft. Oder ein »offenes Lager«?

Schlingensief windet sich. Das hatte er auch noch nicht, er, der geborene Lautsprecher, darf nichts über seine Aktionen sagen. Bei Strafe des Geldentzugs. Brigitte Seebacher-Brandt von der Witwenfraktion als Initiatorin des Ganzen ist glaubhaft streng. Also solle ich mir doch einmal selbst ausdenken, wie man den »Ring des Nibelungen«, dieses Ursymbol des Kapitalismus, im Reichstag versenken könne. Ich überlege. Ein Herrhausen-Gedenkessen nach dem Vorbild von Thomas Vinterbergs »Das Fest«? Oder eine Geldabwurfaktion vom Dach des Reichstags?

Aber unten wartet ja immer noch das Finanzamt auf den Steuerbürger Schlingensief.

Zwei Tage vor der Aktion »Rettet den Kapitalismus – schmeißt das Geld weg« lud die Deutsche Bank Schlingensief wieder aus.

Kindfrau traumverloren. Regine Zimmermann am Gorki-Theater

Die Fotografin beschließt, Regine Zimmermann habe ein »modernes Gesicht«. Das wolle sie nun in einer pinkfarbenen Wohnküche ganz poppig inszenieren. Es klingt sehr entschlossen, fast gefährlich. Was ist ein »modernes Gesicht«? Wahrscheinlich eines, das in die Zeit paßt. Vielleicht das Gesicht der Saison. Metallisch glatt, bis zur Beliebigkeit unscharf, eine Projektionsfläche für alles und nichts? Ruine fänd ich als Kulisse passender, wage ich einzuwenden. Aber die Moderne ist stärker. Die Moderne ist immer stärker, besonders wenn sie sich zur Mode aufrüstet.

Kann man sich dem entziehen? Regine Zimmermann kann es. Sie bleibt inmitten der Bonbonfarbe identifizierbar als sie selbst. Völlig unzeitgemäß. Traumverlorenen Blicks, fast somnambul – ein Hauch von Greta Garbo und Barlachs schwebendem Engel weht durch die poppige Wohnküche.

Regine Zimmermann sitzt im Casino des Gorki-Theaters und raucht eine Gauloise-Blondes nach der anderen. Mit der Hand wedelt sie immer mal wieder den Rauch vor meinem Gesicht beiseite. Ein sehr mütterliches Mädchen. Nach dem Abitur wollte sie zum klassischen Ballett. Als sie nach zwei Jahren merkte, daß sie den Spitzentanz in »Schwanensee« doch eher komisch findet, hat sie das einzig Mögliche getan und Schauspiel in München studiert. Ich solle mir das nicht einfach vorstellen, wenn man aus einer westdeutschen Kleinstadt kommt und alle darauf warten, daß aus der Regine nun mal was Vernünftiges wird. Aber Tanz ist wichtig fürs Schauspielen, man findet so immer wieder ganz unerwartete Ausdrucksmöglichkeiten.

Stört sie das Kindfrau-Image ihrer ersten Rollen? Regine Zimmermann rechnet: Die Hedwig aus der »Wildente« sei vierzehn, Annabella aus »Schade, daß sie ein Hure ist« siebzehn, Adela aus »Bernarda Albas Haus«, immerhin zwanzig. Trotzdem wieder die jüngste Person im Stück.

Als sie die neue Rolle in »Bernarda Albas Haus« bekommen habe, dachte sie sofort: »Nicht schon wieder ein Opfer!« Ob ich wüßte, in wie vielen Stücken sie sterben müsse! – In allen? – Ein bißchen haben diese Opfer ja immer auch vom Täter an sich und umgekehrt. Solche Übergänge zu spielen, fände sie viel reizvoller als siegreiche Heldencharaktere. So wie es ein Glück war, daß nach »Effi Briest« die Stripperin in »Hautnah« kam. »Erschreckend talentiert« nannte sie ein Kritiker, der sie als Effi sah. Das mit dem Erschrecken ist wörtlich zu nehmen. Mit welch gewalttätiger Unbedingtheit sie spielt! Gewalttätig gegen die Rolle und gegen sich. Nach dem Hitzeausbruch von »Effi Briest« also »Hautnah«, das Spiegelbild rasender Liebesunfähigkeit, ein zweistündiger Taumel in Kälte und panischer Furcht vor menschlicher Nähe. Der Zwang, sich selbst zu zerstören im ausweglosen Labyrinth der Beliebigkeiten.

Regine Zimmermann und die Extreme. Natürlich, Schauspiel ist Verwandlung. Aber wann sah man zuletzt eine derartige Bühnenpassion, solche Exzentrik, die doch ganz in der Rolle aufgehen will? Vielleicht bei Sophie Rois, diesem ebenso unzähmbar-schrillen Bühnenvogel.

Ihre neue Rolle ist die Adele in »Bernarda Albas Haus« von Garcia Lorca. Untertitel: Eine Frauentragödie in spanischen Dörfern. Ein Frauenbefreiungsstück? Ach nein, sagt Regine Zimmermann. Aber ein Stück über Macht auf engstem menschlichen Raum in der übervollen Sprache des emphatischen Surrealismus. Die Proben fallen ihr schwer. In jeder Beziehung. Zweimal ist die Premiere schon verschoben worden, wegen Krankheit. Das ist wie bei einem Sportler, der für den großen Auftritt trainiert, der dann doch nicht stattfindet. Als lähmend empfinde sie das. Zumal die Gewalt immer wie ein dunkles Tuch über dem Stück liegt. Das schüttelt man nach Probenschluß nicht so einfach ab. Und sie, überlebt sie diesmal? – Nein, ich hänge mich auf, sagt Regine Zimmermann. Wo Schwächere plötzlich zu Stärkeren werden, Gut und Böse sich vermischen, da fange es doch erst an, interessant zu werden. Menschliche Grundsituationen ganz nackt und brutal. Ob ich das verstehe? Sie liegt jetzt, den Kopf auf den Ellenbogen gestützt, halb auf dem Tisch und schaut mich mit einem ihrer langen Blicke prüfend an.

Wie ich Lars von Triers »Breaking the waves« finde, will nun Regine Zimmermann von mir wissen. Bis zur Hälfte genial, antworte ich. Dann aber kam mir zuviel heilige Hure und Opfer der Selbstauslöschung. – Aber das sind doch die große Theaterstoffe! Regine Zimmermann hat eine ebenso milde wie entschiedene Art zu widersprechen. Und wie Emily Watson das gespielt habe, mit welcher Stärke sie sich als Opfer bringt. Wenn es so etwas wie die Dogma-Filmer doch auch bei uns gäbe! Endlich wieder radikale Themen. Spielen bis zur Schmerzgrenze. Aber immer nur diese Komödien, das sei doch langweilig. Andreas Dresens »Nachtgestalten« haben ihr gefallen. Wirklich komisch wird es erst, wo es wenigstens auch ein bißchen tragisch ist.

Arbeit, ruft Regine Zimmermann. Schon an jenem Tag vor zwei Jahren, als sie nur mit einer Reisetasche und wohnungslos, frisch engagiert das Gorki-Theater betrat, mußte sie »einspringen«. Im Grunde ist das bis heute so geblieben. Sie spiele im Moment in sieben Stücken und stehe im Dezember dreiundzwanzig Mal auf der Bühne. So ungefähr. Aber ganz genau weiß sie das immer erst am Morgen, wenn sie auf den Spielplan blickt und sieht, was dran ist. – Zuviel? Ja sicher werde es immer schwerer, den Überblick zu behalten, aber für sie sei es gut gewesen. Als Anfängerin! Jetzt weiß sie, daß sie eine Schauspielerin ist.

Am Abend wird sie als Annabella in John Fords »Schade, daß sie eine Hure ist« auf der Bühne stehen. Ein Inzest-Geschichte. Von Katharina Thalbach furios zu einer Art »Sonnenallee« der Shakespearezeit umkomponiert. Bluttriefende Burleske. Am Ende schneidet ihr der Bruder das Herz aus der Brust. Oh, sagt Regine Zimmermann, da sind uns schon mehrere Zuschauer in Ohnmacht gefallen. Jetzt dürfen wir kein rohes Fleisch mehr mit auf die Bühne nehmen, muß alles gekocht werden vorher. Auch die herausgerissenzertretenen Augen der Dienstmagd zum Finale sind nun nicht mehr vom Schwein, sondern aus Gummi.

Auf Regine Zimmermanns Gesicht legt sich wieder jener Ausdruck von Melancholie, dessentwegen man sie gelegentlich auch für eine Rumänin oder Tschechin hält. Von Osteuropa habe sie sich immer schon angezogen gefühlt, sagt sie, und sieht dabei ein wenig so aus, als sei sie gerade mitten in einen Film des traurig-genialen Schwarz-Weiß-Filmers Aki Kaurismäki geraten. Oder in Peter Lichtefelds »Zugvögel. Einmal nach Inari«. Die unbestimmte Sehnsucht ist immer die stärkste.

Nuria Quevedos Bilder

Wie hält sie diesen tristen Berliner Regentag nur aus? Sie, die im sonnigen Barcelona geboren wurde. Spiegelt sich der Lichtverlust in den dunklen Farben auf ihrer Palette?

Franz Fühmann schrieb über das »erglühende Leuchten dessen, was da als düster verschrien ist« und befand: »In Nurias Schwarz sind alle Farben.« Um diese verborgenen Farben allerdings muß man sich bemühen, sie gleichsam im Sehen erzeugen.

Nuria Quevedo kam vierzehnjährig in die DDR, Anfang der fünfziger Jahre aus Spanien mit ihren Eltern. Auf der Flucht vor Franco.

Darum vielleicht hat sie bis heute ein intensives Verhältnis zur Fremdheit. Ihr Blick ist streng und distanziert. Ihre Bilder beharren auf der Distanz zum Betrachter, sie geben ihr eine Gestalt.

Wir sitzen in Nuria Quevedos neuem Atelier in Oberschöneweide. Das alte in der Frankfurter Allee mit weitem Blick über die Stadt sei natürlich schöner gewesen. Aber dann habe man das Haus zu sanieren begonnen. Sollte sie ein halbes Jahr hinter einer Plane sitzen? So ist sie weggegangen, obwohl ihr das schwer gefallen sei. Weggehen und Vertrautes aufgeben falle ihr immer schwer.

Jetzt bereitet sie eine neue Ausstellung in den Berliner Kunsthöfen vor. Überall stehen und liegen die neuen Bilder. Reduktion des Blicks aufs Wesentliche. Wie die Kopf-Hand-Bilder. Wie der Fisch in der Hand eines Mädchens. Ein Jesussymbol ja, aber der Fisch bleibt immer auch ein Fisch, den man essen kann. Ein Bild muß auf mehreren Ebenen funktionieren, vieldeutig sein.

Das Dunkle empfinde sie nicht eigentlich als traurig. »Aber natürlich brauche ich auch Licht!« Doch für einen Maler sind Lichtwechsel vor allem eine Herausforderung. Zwielicht, Dämmerung, aufsteigende und fallende Nebel! Die Dinge in Bewegung sehen, hat viel mit Lichtwechsel zu tun.

Vor allem: Natur ist nichts jenseits der Geschichte. Kein

bloßes Refugium, schon gar keine Idylle. So wird die Mecklenburgische Landschaft, wie Nuria Quevedo sie malt, auch zum Spiegel der Menschen außerhalb des Bildes. Wir hören ihren schweren Schritt, wenn wir die Bilder sehen.

Ich sage Nuria Quevedo, daß der erste Eindruck ihrer Bilder für mich die Melancholie, die verhalten mitschwingende Trauer war. Aber wieso denn das, ruft Nuria Quevedo, und es klingt jetzt sehr kämpferisch. Ihre Grundhaltung zur Welt sei viel eher ironisch. Don Quichotte, den Windmühlenflügelkämpfer, liebe sie genau darum. Aber ist nicht Don Quichotte eine zutiefst melancholische Figur, Inbegriff der Vergeblichkeit, die zum Spott der Welt wird, frage ich. Da hätte ich Cervantes entweder nicht richtig gelesen oder ganz falsch verstanden, vermutet Nuria Quevedo entschieden. Als Don Quichotte melancholisch wird, und er wird es erst ganz am Ende, stirbt er.

Also wenn der Träumer bemerkt, daß alles nur ein Traum ist, hat er verloren? Nuria Quevedo lächelt jetzt ein sehr spanisches Lächeln. Der Traum, der uns beschützt und verwandelt, auch das ist ihr Thema. Und war es nicht Calderon, der »Das Leben ist Traum« schrieb? Ein Stück über Mord und Zerstörung. Auch dahin können uns also die Träume bringen. Darum haben Nuria Quevedos Bilderträume nichts Ausschweifendes, Weltbeherrschendes, fürs falsche Pathos Mißbräuchliches. Nein, ihre Träume stecken tief in den Dingen drin, stärken sie gegen die Zumutungen des Tages.

Den Traum bewahren und die Illusion zerstören! Das ist es, was an Nuria Quevedos Bildern so provoziert. Es sind immer auch Gedankenbilder, die sich den Sinnen im letzten Moment doch entziehen, rätselhaft bleiben.

Nuria Quevedo sagt, sie sei ein Großstadtmensch. Sie brauche Berlin, wo man das künstliche vom natürlichen Licht gar nicht mehr trennen kann. Hier spüren wir täglich, Teil der Natur und doch auch aus ihr herausgefallen, ganz fremd zu sein. Das sind die Landschaften, die Nuria Quevedo malt: Lichtmessungen von höchster Präzision.

Ihr erstes großes Bild von 1972 hieß »Dreißig Jahre Exil«.

Ein Gruppenporträt. Starre Gesichter, wie in steingrau gegossen. Sehen so Gerettete aus, fragten die Berufsoptimisten mißbilligend.

Diesen Emigranten in Dresden, die ich damals malte, sagt Nuria Quevedo, habe ich viel zu verdanken. Alte Kommunisten, ziemlich dogmatisch, mir eher fremd. Die sahen das fertige Bild – und schwiegen. Hätten sie sich beschwert, wäre mir das übel bekommen. So aber konnten die SED-Kulturfunktionäre sich zwar lautstark verwundern über den unkämpferisch-verlorenen Ausdruck auf den Gesichtern der Emigranten, aber sie wagten nicht, das Bild zu verbieten.

Dann kam nach Ulbrichts Tod 1973 eine kurze Zeit kulturpolitischer Liberalisierung, die 1976 mit Biermanns Ausbürgerung schon wieder vorbei war. Aber die Zeit reichte aus zur Annäherung an den bis dahin verpönten spanischen Surrealismus und Symbolismus. Der Horizont weitete sich, und er blieb in den Köpfen, als längst wieder die Dogmatiker den Ton angaben.

Im Grunde hat sie schon ihre Dresdner Emigranten als lauter Don Quichottes gemalt. Ein beherrschendes Thema bis heute. Ein Bild heißt: Don Quichotte ohne Bart. Auch glattrasiert bleibt er ein Unzeitgemäßer. Was sind die Ritter von der traurigen Gestalt? Cervantes hat seinen Don Quichotte als einen Sucher nach der verlorenen Zeit verstanden. Ein Sentimentaler? Im Gegenteil. Eher ein Entdeckungsreisender mit einer Idee von Welt im Kopf.

Calderons »Leben ist Traum« auch hier. Während wir Ofterdingens »Blauer Blume« folgen, blamiert uns die Realität, wir werden zu lächerlichen Figuren. Und doch: nicht ohne Würde. Das ist die bleibende Situation jedes echten Künstlers, der sich seiner Zeit aussetzt und zugleich von ihr distanziert.

Nuria Quevedos Bilder sprechen eine eigene, ursprüngliche Sprache. Ein »Donnerschlag an Stille«. Und was für Donnerschläge waren diese Bilder doch in der DDR-Kunstlandschaft zu Beginn der siebziger Jahre. Da wollte man alles Monumentale auch dekorativ haben. Aber die Wahrheit ist nie dekorativ wußte Nuria Quevedo und verweigerte sich jeglichem Fassadenverschönerungsunternehmen. Ihre Bilder sind Gegenbilder zu allem Aufbruchspathos. Es sind Bilder im Nachhinien. Chroniken notwendig verfehlter Ankünfte, wiederkehrender Fragen. Vor allem nach dem sich durch die Geschichte fortzeugenden Widerspruch von Geist und Macht, Traum und Realität, Wollen und Können, Absicht und Resultat, Mittel und Zweck ... Die Schere schließt sich nie.

Aber zugleich sind ihre Bilder voller Übermut, verspielt, bis ins Groteske überspitzt. Besonders die zahlreichen Illustrationen verraten den Sinn fürs Skurrile und parodistisch Überzeichnete. »Prometheus« machte sie für Franz Fühmann zu einem – Don Quichotte. Die Kinder mögen die Zeichnungen Nurias, schrieb Fühmann.

In aller echten Komik aber ist auch ein Moment Schmerz, sonst wird es zynisch. All die Untergeher in der Geschichte sind schließlich so etwas wie Prototypen unseres Versagens.

Und Don Quichotte? Friedrich Dieckmann befand: »Die Windmühlen werden gerade generalüberholt.«

Benno Pludra, Seemann auf Dauerlandgang

Natürlich ist das ein geteiltes Land. Schon weil man als Kind andere Bücher las. Und diese Bücher sind ja wichtig, wichtiger noch als vieles, was später kam. Nie mehr prägen sie so wie in dem Alter, da man zu lesen beginnt, nie mehr taucht man so schutzlos ein in andere Welten und vergißt das nie. Geben wir es zu, Erwachsene sind Menschen, die verlernen zu lesen. Aber wie soll man schreiben über einen, den auf der einen Seite fast keiner und auf der anderen fast jeder kennt? Man muß ihn vorstellen, sicher. Das macht man normalerweise, nehmen wir nur mal den Fußball, so: Dixie Dörner war der Franz Beckenbauer des Ostens! Und schon weiß jeder Bescheid. Aber wer war, nein, wer ist Benno Pludra? Der Michael Ende der DDR? Es ist etwas Absurdes an dieser Art

Mitteilung. Im Versuch, etwas Gültiges zu sagen, verschwindet das Eigene, das Besondere, das Unverwechselbare. Pludra ist natürlich nicht der Ende des Ostens. Er hat keine Traumländer, nicht diese halbphilosophischen Landschaften wie Phantasia, nicht so wunderbare Einrichtungen wie die Zeitsparkasse, er hat – meistens – einfach nur das Meer, was ja irgendwie auch eine hochphilosophische Landschaft ist. Zum Beispiel wenn man gerade über den Begriff der Unendlichkeit nachdenkt. Aber es geht ja nicht ums Denken, eher um ein plötzliches sehendes Begreifen, um ein Stück Magie also. Und das gibt es bei Pludra wie sonst wohl nur bei Michael Ende. Die bekanntesten Regisseure der DDR haben seine Bücher verfilmt, Heiner Carow etwa. Die »Insel der Schwäne« läuft gerade wieder im Kino und »Sheriff Teddy« auch.

Natürlich wohnt er am Wasser. Wie Lütt Matten, Jochen und die anderen Kinder in seinen Büchern. Von ganz oben auf den Dünen blicken ihre Häuser immerzu aufs Meer hinaus oder wenigstens auf den Bodden. Benno Pludras Haus schaut auf ein kleines Dreieck Blau, das die hohen Bäume freilassen. Das Dreieck gehört dem Havel-Kanal. Es glitzert seltsam fern. Das wird einmal die größte Wasserstraße Europas, sagt Pludra. Es klingt nicht bedauernd. Vielleicht denkt er an die großen Schiffe, die dann direkt an ihm vorbeifahren werden. Pludra mag große Schiffe. Sogar die schwimmenden Heringsdosen hier auf den Flüssen. Aber sein Schiff, das war doch etwas anderes. Die »Padua«, eine richtige Vier-Mast-Bark. Mit 16 Jahren, 1942 ging der Junge aus der Niederlausitz nach Hamburg, um Kapitän zu werden. Daß man ihn bloß zum Schiffsjungen machte, störte nicht, in seinen Büchern waren die abenteuerlichsten Kerle auch alle mal Schiffsjunge. Oder fast alle. Damals begann Benno Pludra, Glück zu haben. Der Dampfer, auf dem er fuhr, als die »Padua« ohne ihn weitersegelte, ging unter in der Ostsee. Er überlebte, wartete in einer dänischen Bucht auf das Ende des Krieges und sah hinüber nach Deutschland. Er ist nicht Kapitän geworden.

Es gab doch keine Schiffe mehr '45, sagt Pludra, nicht mal in Hamburg. Also fing er irgendwann an, selbst Kapitäne zu erfinden. Zum Beispiel den Kapitän Fedor, der Bootsmann, den kleinen Hund, von der Eisscholle rettet. Jedes Kind in der DDR kannte »Bootsmann auf der Scholle«. Eine Million mal wurde das Buch verkauft. Pludra lacht, als er daran denkt. Und jetzt drucken sie jeweils so 3000 Stück! Er wiegt den Kopf wie ein alter Steuermann. Ist der Buchmarkt also genauso launisch wie die Ostsee. Große Schaumkämme, tiefe Täler und viele kleine Brecher. Man kennt das ja, hat es früher bloß nicht gespürt. Die Gesamtauflage seiner Bücher liegt bei fünf Millionen.

1992 hat Pludra für sein erstes Nach-Wende-Buch »Siebenstorch« den Jugendliteraturpreis bekommen. Passen Sie mal auf, sagte hinterher die Chefin der Meisinger-Verlagsgruppe (zu ihr gehörte jetzt der einstige DDR-»Kinderbuch-Verlag«), Sie schreiben uns jedes Jahr ein Buch, und wir drucken das dann! – Mach ich nicht, antwortete Pludra, die Entrüstung steht ihm noch heute hell im Gesicht, hab ich doch noch nie gemacht! An der »Insel der Schwäne« schrieb er acht Jahre und hält das noch immer für einen sehr realistischen Zeitraum. Nein, ein Vielschreiber ist er nicht, aber über die Jahre sind es doch über zehn Bücher geworden. – Also gut, gab die Verlegerin nach, dann machen wir eben einen Vertrag. – Aber ich, ich bin doch Rentner, rief Pludra. Gut, daß ihm das noch einfiel. Und er ging, wie er kam, als ein freier Mann. Pludra hielt das immer so. Vielleicht macht ihn das den Kindern so verwandt, diese Gleichgültigkeit gegenüber den volljährigen Üblichkeiten und ihren Erwartungen.

Das war schon so, als er 1947 an der Humboldt-Universität Germanistik, Geschichte und Theaterwissenschaften studierte. Wir haben da jetzt einen, der ist eigentlich nie da, bemerkte erstaunt die Sektion Theaterwissenschaft. Ein Absolvent der Arbeiter-und-Bauern-Fakultät formulierte es auf Arbeiter-und-Bauern-Weise (und nach Art der Zeit) viel zupackender: Student, du arbeitest doch gar nicht und nimmst anderen hier die Studienplätze weg. Denk mal über dein Verhalten nach, Student! – Dabei hatte er, der Abwesende, gerade eine Zwischenprüfung in Gotisch und Mittelhochdeutsch bestanden. Gotisch und Mittelhochdeutsch, kommt man damit durchs Leben? Pludra sitzt in dem tiefem Zweifel von damals vor seinem Haus am Havel-Kanal und spricht von der Uni wie von einer großen Sandbank. Schon so viele sind dort gestrandet. Der alte Mann trägt noch immer die Schiffsjungenfrisur, die Haare über der Stirn ganz rund geschnitten. Früher mögen sie hellblond gewesen sein, heute sind sie weiß, und der Mutwillen von damals geht über das schmale Jungengesicht. Es ist ja noch immer ein Jungengesicht, nur stehen jetzt viel mehr Jahre drin. Natürlich nahm Pludra die Mahnung des ABFlers sehr ernst. Auch suchte die Ostberliner »Rundfunkzeitung« gerade einen Redakteur. Kannst' morgen anfangen, sagte der Chef. In einer Woche mußten sie acht Seiten schaffen, den redaktionellen Teil. Benno Pludra machte am liebsten acht- bis fünfundzwanzigzeilige Reisereportagen, möglichst über die Ostsee. »Nach zwei Tagen waren wir immer fertig, und dann gingen wir nach Westberlin in die Kinos«. Der Dreiundzwanzigjährige hatte die ihm gemäße Existenzform gefunden. Er spürte sogar wieder den Wellengang. Das Leben muß einen ja tragen, ist doch auch nur ein Schiff. Vielleicht sind richtig Erwachsene nur gestrandete Seeleute? Benno Pludra findet Erwachsene langweilig. Nie hat er Lust gehabt, über sie zu schreiben.

Aber wie kam er auf Kinderbücher, so als Seemann auf Dauerlandgang mit Gotischkenntnissen in einer Programmzeitungsredaktion? Durch ein Preisausschreiben für Kinderliteratur, sagt Pludra. 1950 war das. Da hätte er eben seine vielen Landwirtschaftsreportagen ein bißchen umgeschrieben, kindgerechter sozusagen. Er war nämlich auch mal Landwirtschaftsreporter bei der Märkischen Volksstimme, hätte er das nicht erwähnt? Man kann ja nie wissen, wozu die Dinge noch mal gut sind, sogar die Landwirtschaft. Sie brachte ihm den ersten Preis des Wettbewerbs. Benno Pludra wurde Kinderbuchautor. Einer, der in der großen Stadt Berlin wohnte und von weißen Muscheln schrieb, die zaubern können, aber trotzdem nur geträumt sind, oder von alten Fischkuttern, die auf so wunderbare Namen wie »Tambari« hören. Ist ihm eigentlich aufgefallen, daß in den Büchern des vielleicht bekanntesten Kinderbuchautors der DDR die DDR gar nicht vorkam? Nur Möwen, Jungen, Mädchen und viel, viel Meer. Zur DDR, sagt Pludra, sei ihm eben nichts eingefallen. Bei »Lütt Matten« hätte er sich nach den ersten zwanzig Seiten ja selbst gefragt: Was schreibst du denn hier, da fehlt doch die Gesellschaft!? Aber dann hätte er sich eben daran gewöhnt. Und sein Verlag auch.

In anderen DDR-Kinderbüchern stand viel Gesellschaft drin. Das merkt man jetzt erst so richtig. Wenn plötzlich die Kinder kommen und fragen: Was ist eigentlich ein Agitator? – Wieso 'n das, antwortetet man da, um einen möglichst cleveren Gesichtsausdruck bemüht, doch umsonst. – Warst du auch Agitator? Hattest du auch einen sowjetischen Brieffreund? Und wie hieß der? Kann ich auch mal Pionier werden wie Ottokar? – »Der brave Schüler Ottokar« von Ottokar Domma war ein bißchen wie Pippi Langstrumpf, also ziemlich lustig und frech, bloß daß Pippi vorsichtshalber nie in die Schule ging und deshalb nicht wie Ottokar, der in der DDR lebte, Pionier, Gruppenratsvorsitzender und Agitator werden mußte. Aber die Zwölfjährigen an Ostberliner Schulen von heute stört das nicht. »Ottokar« ist wieder »in« und »Alfons Zitterbacke« von Gerhard Holz-Baumert auch. Alfons sammelte wie jeder Pionier in der DDR Altstoffe und wollte unbedingt Kosmonaut werden. Die Kinder finden das richtig »abgefahren«, wie sie sagen, und ihre Eltern, die einmal Pioniere waren, auch. Jeder auf seine Weise. Klar lesen Kinder, was ihre Mütter und Väter schon mochten, erklärt mir eine Buchhändlerin im Prenzlauer Berg.

Bei Benno Pludra aber kamen nie Altstoffe vor und Kosmonauten auch nicht. Schon weil man über Sekundärrohstoffe keine schönen Sätze machen kann. Schöne Sätze, sagt Pludra, sind aber wichtig. Denn sie machen glücklich. Schöne Sätze und manchmal, er sieht nach oben, so ein Licht wie jetzt. Große weiße Wolken kommen übers Haus und fallen unten in den Kanal. Sie schwimmen, würde Pludra wohl schreiben. Natürlich schwimmen sie, das sieht jeder. Nein, er hätte den »Ottokar« nicht erfinden können, überhaupt nichts bloß Lustiges. Eigentlich wären seine Bücher ja traurig. So untendrunter jedenfalls. In »Siebenstorch« wollte er das Storchenjunge, das nicht fliegen kann, am Ende sterben lassen. Weil man Störche eben nicht behalten kann. Weil man eigentlich überhaupt nichts behalten kann. Aber dann hielt er die Tränen seiner ersten Zuhörer nicht aus und schrieb doch einen neuen Schluß. Er habe ja immer ein Problem mit den Schlüssen. Das Ende geht so nicht, sagten ihm 1980 die Kinder, als »Insel der Schwäne« erschien, die Geschichte eines jungen Stadtflüchtlings. Und jeder wußte, wie das Buch aufhören müsse, nämlich gut, und er solle das sofort ändern. Doch Pludra wollte nicht. Erinnern Sie sich an »Das Hähnchen und das Hühnchen?« fragt er. Das Märchen hat mich als Kind so erschüttert, als das Hähnchen erstickt, nein, das Hühnchen, nein, es muß noch etwas anderes gewesen sein ..., der alte Mann denkt nach, hebt langsam den Zeigefinger und sticht ihn in den Himmel ... genau, es war diese Vergeblichkeit des Helfenwollens! Darüber hat er dann auch geschrieben, »Die Reise nach Sundevit«.

Waren da eigentlich Unterschiede zwischen Kinderbüchern Ost und West? Die im Osten sind wohl ernsthafter gewesen, antwortet Pludra ohne Zögern. Die wollten mithelfen, bessere Menschen zu machen, obwohl er bald gespürt habe, daß gerade das nicht geht. Es sei im Grunde eine ästhetische Erfahrung gewesen. Sie kam nach »Sheriff Teddy«. Keines seiner Bücher hatte je wieder so ein fühlbar didaktisches Moment wie »Sheriff Teddy« 1956. Dabei war es durch und durch aufrichtig gemeint. Ein kleiner Westberliner Junge fragt ihn bei einer Lesung in einer Schulaula direkt an der Sektorengrenze, warum es im Osten keinen Tarzan gäbe. »Und ich wußte gar nicht genau, wer das ist!« Aber die Lehrer öffneten nur einen Schrank. Berge voll bunter Hefte flogen ihm entgegen. Alle bei Taschenkontrollen eingesammelt, auch Schlagringe und Schreckschußpistolen. Drei Pfund Hefte hat er mitgenommen und hielt sie für schlecht. Genau wie die Schlagringe. Er hält sie immer noch für schlecht. Und diese Geschichte von der Läuterung des Westberliner comiclesenden und schlagringtragenden Jungen Kalle, wie findet er sie heute? »Ich würde sie anders machen«, lange Pause, »nein, ich würde sie gar nicht mehr machen.«

Doch irgendwie kommt sein neues Buch doch zu Kalle zurück, zurück nach Berlin. Vier Jahre schreibt er schon an »Jakob heimatlos« und mußte immer wieder aufhören zwischendurch. »Da waren Engherzigkeiten drin.« Pludra kann es nicht näher sagen. Das Wichtigste in so einem Buch sei doch Gerechtigkeit, gegen alle Figuren. Aber hat der 73jährige denn die Sprache eines Jungen, der heute auf der Straße lebt? Nein, hat er nicht. Er hat auch keine Sprache für Gewalt. Hatte er noch nie. Er kennt viele Sprachen nicht und will auch keine von ihnen mehr lernen. Pludra glaubt, daß seine Sprache genügt, wenn sie nur gut genug ist. Wozu sonst schreiben? Schon an einem Satz, sagt er, erkennt man den Menschen. Manchmal. Man erkenne sogar West- und Ostsätze. Ostsätze seien altertümlicher, konservativer. So wie seine vielleicht. Aber dafür haben sie lange Arme, reichen an Orte, wo die Unterschiede nicht mehr hinkommen. Nicht mal die zwischen Ost und West.

V. Gärten und Straßen

Wohnen in Mitte

Ein Loch, zwei Drähte, hinausgehalten ins Nichts, wie Heidegger sagen würde. Hier muß die Klingel gewesen sein. Alle Wohnungen im Haus stehen offen. Aber diese Tür bleibt zu. Bauarbeiter lehnen lächelnd im Flur gegenüber. Ob der letzte Mieter des Hauses Am Zirkus 3 gleich hinterm Berliner Ensemble das Klopfen hören wird? Es konkurriert mit Vorschlaghämmern, Schleif-, Bohr- und Betonmischmaschinen. Eine junge Frau öffnet. In Extremsituationen sollen Menschen ganz erstaunliche Fähigkeiten entwickeln können. Etwa Klopfzeichen aus Betonmischern heraushören. Die Bauarbeiter schauen die letzte Mieterin an wie Jäger den Hasen. Auch mit Bedauern, ja sogar Bewunderung. So viele Haken haben die hier geschlagen, auch juristische, mitsamt Anhörung vor dem Abgeordnetenhaus, denn sie wollten das Haus selbst kaufen, und am Ende? Wohnen als Extremsportart.

Hasen und Mieter haben es nicht leicht in Berlin Mitte. Menschen wie dich und mich wird es hier in zehn Jahren nicht mehr geben, formulierte das kürzlich ein volksverbundener Rechtsanwalt gegenüber einem trostsuchenden Klienten. Der Durchschnitts-Mitte-Normalmieter, dessen Durchschnittlichkeit man vor allem an seinem Jahreseinkommen erkennt, ist also vom Aussterben bedroht? Eine Bürgeriniative kämpft schon Jahre darum, ihn unter Artenschutz zu stellen. Neuanwohner verschicken Karten mit der Aufschrift: »Wir ziehen um! Ab Oktober im Herzen der Macht!« Am Neubau gegenüber vom Deutschen Theater hing lange ein Transparent: »Wir vermieten die Mitte!« In der Marienstraße schaut ein alter Mann aus dem Fenster und raucht eine Zigarette. Hinter sich an der Wand in trübem Licht ein enormes Stilleben mit Bergen und Damwild am Abend, vor sich auf der anderen Straßenseite ein Schaufenster, dem sich entnehmen läßt, daß es möglich ist, Dachgeschosse für 6000 DM monatlich zu mieten. Der alte Mann raucht noch eine Zigarette. Warum, denkt er jetzt sicher, mußte die Macht ihr Herz ausgerechnet in Mitte verlieren?

Anfang September hat die Bezirksverordnetenversammlung Berlin-Mitte die »Aufstellung einer Milieuschutzsatzung für die Friedrich-Wilhelm-Stadt« beschlossen. Danach müssen alle Bauvorhaben geprüft werden, Luxussanierungen weitgehend ausgeschlossen.

Natürlich gibt es auch jetzt schon noch-nicht-milieugeschützte Mieter, die mit der Auskunft »Ich wohne hier!« und dem Zusatz, daß weder an ihnen selbst noch an ihren Wohnungen irgend etwas zu modernisieren sei, ein entschieden investitionsfeindliches Verhalten zeigen. Wohnen als eine Art gewaltloser Widerstand. Überwintern als Protest. – Was? Überwintern? Ich? Aber nicht mit mir, ruft die letzte Mieterin des Hauses Am Zirkus 3. Sicher hat sie das abschreckende Beispiel aus der Marienstraße 29 vor Augen, wo sich gerade eine ganz neue, kälteresistente großstädtische Lebensform erprobt. Den zweiten Winter ohne Heizung. Mehrere Modernisierungsverweigerungsparteien haben dort zwar noch ihre Öfen, aber keine Schornsteine mehr. Käufer sprangen ab – ein Haus mit solchen Mietern? Jetzt wurde die Marienstraße 29 wieder verkauft – an »die Hühnerbaronin«, eine, so schrieben Zeitungen sinngemäß, unter entschieden geflügelfeindlichen Bedingungen hühnerzüchtende Bürgerin. Die Familie ohne Schornstein bekam eben von ihr die zweite Modernisierungsankündigung. Alle Schornsteinlosen sind Vegetarier.

Als die letzte Mieterin des Hauses Am Zirkus 3 vorläufig zum letzten Mal in ihrem Leben heizte, ging man in den anderen Stockwerken gerade dazu über, die Kamine abzureißen. War das ein Qualm in der Wohnung der letzten Mieterin! – Nein, Schluß jetzt, morgen schon zieht sie hier aus. Mit ihrer Familie. Und in der neuen Wohnung wird sie nie mehr die Tageszeit an der Tönung der blickdichten Folie vor den Fenstern ablesen müssen wie seit drei Monaten. Hellgrau bedeutet Sonne, dunkelgrau eher Abend. »Und keiner macht mir Löcher in die Decken!« Sie hebt den vorwurfsvollen Blick langsam nach oben. Da ist es. Das Loch! Notdürftig verklebt. Dort drüben im Schlafzimmer sei noch eins. – Widerständlerin ist die Video-Installateurin eigentlich nicht. Nur sei es eben nicht leicht gewesen, so schnell eine neue Wohnung zu finden, von der sie sich vorstellen kann, sie irgendwann einmal zu mögen. Später. Wenn sie die alte vergessen hat. Eine neue Wohnung in Mitte! Und bezahlbar.

Gegenüber der letzten Mieterin wohnte Frau Dünnland. Frau Dünnland sagt, sie habe ihre Wohnung schon selbst luxussaniert. Vor drei Jahren. Jetzt hat ihr Flur trotzdem rohe Steinwände. Jeden zweiten Tag kommt sie vorbei und paßt auf, daß keiner was falsch macht. Denn sie will hier wieder einziehen. Und zwar nicht zu der 18 DM pro qm-Miete, die auf die Neumieter wartet. Manche zahlen, etwa in der Albrechtsstraße, auch 20 oder 25 DM. Frau Dünnland nicht. Alles ausgehandelt, sagt sie. Man muß kämpfen bis zum Umfallen, sagt sie, dann hat man manchmal schon vorher Glück. Frau Dünnland macht einen sehr wehrhaften Eindruck. In ihrer Übergangswohnung in der Chausseestraße – »Sehen Sie nur diesen Ausblick hier! Könn'se glatt vergessen!« – erklärt sie, wie alles anfing.

Im letzten Herbst las ein Mieter des Hauses Am Zirkus 3 Zeitung. Auf der Arbeit. Arbeit und Zeitung waren sehr langweilig. Darum las er aus lauter Verzweiflung die Annoncen für Kapitalanleger, obwohl er sich eigentlich überhaupt nicht für Kapital interessiert, schon weil er keins hat. Und da geschah es. Er sah sein eigenes Haus. In der Zeitung. Als Kapitalanlage! Bis zu diesem denkwürdigen Tag dachten alle, das Haus Am Zirkus 3 gehöre der Wohnungsbaugesellschaft Mitte. Aber Frau Dünnland behielt die Nerven und telefonierte mit der Dr. Lübke Immobilien, bei der sich alle steuersparwilligen Kapitalanleger melden sollten. Sie sagte, daß sie dringend eine richtig gute Kapitalanlage brauche und darum gern so eine schöne Wohnung kaufen würde, auch wegen der vierzig Prozent Sonderabschreibung Ost. Daß sie arbeitslos ist, sagte sie der Dr. Lübke Immobilien nicht. Und so lasen alle Mieter zusammen den Steckbrief ihres Hauses: »Lage im Herzen Berlins ... vielfältiges kulturelles Angebot in unmittelbarer Nähe ... direkt gegenüber der Bundeszentrale der FDP ... Einbau von hochwertigen Poggenpohl-Einbauküchen«. – Und was ist mit den Mietern, die drin wohnen, fragte Frau Dünnland noch. Da solle sie sich mal keine Sorgen machen, tröstete Lübke-Immobilien, der Bauträger habe viel Erfahrung im Entmieten. Sagt Frau Dünnland. – Soso, dachte die Mietergemeinschaft. Es war ein richtiges Künstlerhaus. Bildhauer, Installateure, Maler. Der Chefzeichner des Berliner Ensemble hatte gerade von Peymann seine Kündigung bekommen. Die Wohnung aber ursprünglich von Helene Weigel. BE weg und Wohnung auch? Beides zugleich? Also beschlossen sie, keine einzige Poggenpohl-Einbauküche in ihr Haus zu lassen.

Laut Senatsbeschluß von 1994 sollen Mieter bei Privatisierungen Vorkaufsrecht haben. Im Sommer 1998 bemühten sie sich vergeblich, ihr Haus zu kaufen. Die WBM verkaufte lieber an jemanden, den sie viel besser kannte, nämlich die G.+R.-Altbausanierung. Für 1050 DM pro qm. Die G.+R. Altbausanierung wiederum verkaufte an steuersparende Kapitalanleger für ungefähr 6240 bis 6700 DM pro qm. – Ahnen Sie die Gewinnspanne, fragt der Bildhauer, welcher einst über der jetzigen letzten Mieterin wohnte. Beide haben Kinder. Beide gehen nicht mehr zurück. Eine Rückabwicklung des Kaufvertrags wie bei anderen Häusern (Am Wöhlertgarten!) konnten sie nicht durchsetzen. Und die Grundrißänderungen! Sogar schöne alte Flügeltüren müssen raus im Zuge der Parzellierung. Hier wohnen künftig nur noch Yuppies mit ihrer Angorakatze, glaubt der Bildhauer, aber keine Familien mit Kindern. Gegenüber der Parteizentrale der FDP! »Der Westerwelle ist mir in den letzten Wochen dreimal über die Schnürsenkel gelaufen.«

Natürlich gibt es noch Kinder hier, sagt Julia Humeniuk vom Spielplatz und Jugendzentrum »Paradieschen«. Nur haben die neuen oft reiche Eltern, die anderen ziehen allmählich weg. Für die Kinder ändere sich wenig. Zeit hat keiner. Die einen nicht, weil sie soviel arbeiten müssen. Die anderen nicht, weil die Untätigkeit sie lethargisch mache. Ist schon seltsam, nicht wahr? Manchmal denke sie, diese Gesellschaft habe 'ne Meise. Julia Humeniuk glasiert die letzten Töpferarbeiten. Für viele Kinder ist das »Paradieschen« wie eine zweite Familie. Es entstand im Herbst 1989 als Bürgerinitiative. Ab Januar wird es wohl schließen müssen. Keine Fördergelder mehr. Die Protestplakate hat Juila Humeniuk trotzdem abgehängt. Den Kindern macht das Angst, sagt sie und vertraut – auf wen, weiß sie selbst nicht genau. Auch ihr Haus wird gerade modernisiert. Aber man habe sie nicht rausdrängen wollen. Ein Rechtsanwalt riet ihr, dem Investor nur immer zu sagen, was sie wolle. Und das mache sie jetzt und fühle sich wunderbar dabei. Julia Humeniuk vergißt auch nie ihren Hauptwillen: »Ich will nicht mehr Miete zahlen!« – Sie hat keine Angst. Sie vertraut auf – den Investor? ihr Glück? – sie weiß es selbst nicht genau.

War sie bei Rechtsanwalt Roesener in der Großen Hamburger Straße? Roesener findet es eigentlich viel besser, Ausländer zu sein als Mieter. Denn Ausländer hätten Ausländerbeauftragte. Mieterbeauftragte gibt es nicht. Das mache er jetzt. Mieterberatungen. Roesener kommt aus Westberlin, aber er mag Mitte. Sogar die Altmieter, die er vertritt. Selbst wenn er nie begreifen wird, daß manche ausziehen, nur weil sie eine Kündigung kriegen. Er vertritt auch nichtauszugswillige Mieter mit seltsamen Verkehrsunfällen, die nach ihrer Rückkehr aus dem Krankenhaus plötzlich kein Gas und keinen Strom mehr hatten. Oder Menschen, die nach ihrem Sommerurlaub ihre Wohnung geräumt und versiegelt fanden. In Mitte, sagt er, muß man grundsätzlich Mitglied des »Mietervereins« oder der »Mietergemeinschaft« sein, mindestens aber eine gute Rechtsschutzversicherung haben. Um die letzten kleinen Läden in der Oranienburger Straße, die christliche Buchhandlung und den Zeitungs- und Gemüseladen, fürchtet Roesener auch. Deren Häuser werden jetzt auch modernisiert. Hier gibt es bald nur noch Schuhgeschäfte, Galerien oder Puffs, glaubt er.

Seit ein paar Wochen ist in Roeseners Innenhof ein großes tiefes Loch. Das erste Zeichen! Die Modernisierung geht los. Seitdem paßt er gut auf das Loch auf, daß er nicht im Dunkeln hineinfällt.

Die Familien ohne Schornstein aus der Marienstraße aber hatten soeben ein Treffen mit der »Hühnerbaronin«, dem Mieterverein und dem Bezirksamt. Wir kriegen eine Heizung, ruft eine Vertreterin des Widerstands noch ungläubig ins Telefon. Am BE hängt das Transparent: »Wie machen wir's, daß alles frisch und neu und mit Bedeutung auch gefällig sei? Faust. Goethe.« Das ist die Frage. Faust hat an das Wohnen in Mitte gedacht.

Wismar und die Schatten der Vergangenheit

Hinter Neubukow hält der Zug noch in Teschow, Hagebök, Steinhausen-Neuburg, Kartlow, Hornstorf. Dann, nein, nicht das definitive Ende der Welt, sondern Wismar.

Wismar liegt abseits. Es lag immer – bis auf eine kurze heftige Blüte – abseits, eine verschmähte Schöne. Eine lang mißbrauchte auch. Das hat den Charakter der Stadt geprägt.

Hier möchte man beinahe Rilkes von falscher Euphorie der Askese nicht ganz freiem Wort glauben, daß Armut ein großer Glanz von innen sei. Oder von sehr weit her. Man hat ihn noch vor Augen, aber er ist unerreichbar.

Selten hat eine Stadt so lange die launische Härte der Geschichte zu spüren bekommen wie Wismar. Erst verwöhntes Hansekind, dann jahrhundertlang dafür büßen müssen. Selten kam Geschichte so konstant in Gestalt von Zerstörung und langanhaltendem Verfall daher.

Ricarda Huch hat die besondere Atmosphäre Wismars beschrieben, diese Erstarrung im Glanz besserer Zeiten und stille Verzeiflung über den Niedergang. »Kein Lärm dringt aus den Gassen oder vom Hafen her, wo es sonst in Seestädten so ausgelassen zugeht; diese Häuser scheinen von lautlosen Tränen überströmt zu sein.«

Tatsächlich hängt an diesem Dezembertag ein schwerer kalter Nebel über der Stadt. Die Menschen flanieren nicht an so einem Tag, sondern hasten ihren Zielen entgegen. Ist noch etwas vom Wissen um die Vergeblichkeit in ihrer Eile, die Wismar so lange und nachdrücklich erfahren mußte, ja für die Wismar geradezu ein Synonym zu sein scheint? Als Ricarda Huch hier Ende der zwanziger Jahre stand, drängte sich ihr der Geist einer verlorenen Stadt auf: »Erklärt sich die Schwermut, die über Wismar liegt, nur aus dem Verfall einer einst blühenden Stadt? Oder verbirgt sich ein Geheimnis ihrer Geschichte dahinter? Und wie kommt es, daß eine Stadt, die sich einmal so reich und mächtig darstellen konnte, so verkümmerte? Allmählich beginnt Wismar wohl, seine Verarmung zu überwinden, aber nicht die *Schwermut seiner Erscheinung ...«*

Natürlich paßt das nicht zum heutigen Selbstbild Wismars. Es paßt überhaupt nicht in eine Zeit, in der man optimistisch, voller Tatenkraft und Zukunftsgewißheit zu sein hat. Schon zu DDR-Zeiten fühlte sich Fritz Rudolf Fries berufen, Wismar von der Last der Schwermut freizusprechen: »Wir sagen es gleich, es ist alles anders in Wismar, als man, etwa bei Ricarda Huch nachlesen kann. Es ist alles anders geworden ... Denn hier gehen all diese Fahrgastschiffe vom Stapel, mit denen man als Zivilist, nicht als Ware, befördert wird, die Wolga oder den Ob auf und ab und übers weite Meer. Eine Werft baut eine Stadt um.«

Der Hafen liegt danieder, die Zukunft der Werft scheint ungewiß. So ist das mit dem Optimismus. Er verbraucht sich schneller als man denkt. Aber diese Lektion hat Wismar gelernt. Die Stärke der Stadt kommt aus ihrer Leidensfähigkeit. Ein Erfahrungsvorsprung, der sich nicht in Zahlen und Daten messen läßt. Seelenstärke, deren zögerlicher Habitus mitunter darüber hinwegtäuscht, daß hier schon ganz andere Mächte abprallten und sich in ihrem trivialen Tatenwahn selbst zerstörten. Das schwermütige, behäbige Wismar, das kaum geneigt ist, an schnelle Heilungen zu glauben, bleibt präsent, dunkel strahlend und stolz die Wunden herzeigend.

Und Wismar hat sichtbar schwere Wunden, von denen Ricarda Huch noch nichts wissen konnte. Wismars Wahrzeichen sind drei gewaltige Dome auf engstem Raum. St. Georgen traf den ekstatischen Dichter Theodor Däubler wie ein Blitz aus einer anderen Welt, berichtet Ernst Barlach. Als er mit Däubler mitten in der Nacht aus dem Ratskeller kam, wo sie »bei gutem Wein und ebensolchen Reden, nach Kräften eingeheizt hatten«, warf sich Däubler vor dem Turme auf den Bauch, und »nur mit List war es mir möglich, ihn in seiner langen Suade zu unterbrechen und wieder auf den Weg zu bringen.«

Die Dome künden von Wismars bester, der Hansezeit. 1283 war Wismar dem Städtebund beigetreten und reich geworden. Vor allem am Bier, das man im großen Stile exportierte. Mitte des 15. Jahrhunderts gab es 200 Braustellen in der Stadt, die 400 000 Hektoliter Bier herstellten. Bier war im Mittelalter eines der Hauptnahrungsmittel. Es zeitigte die ambivalentesten kulturgeschichtlichen Folgen. Und wenn man zurecht darauf hinweist, daß erst mit der Ersetzung der morgendlichen Biersuppe durch den Kaffee der Breughelsche Dauerrausch ausnüchterte und die sachliche Tätigkeit der Modernen beginnen konnte, dann sollte man auch erwähnen, daß mit der Bierbrauerei architektonisch das Fachwerk durch den Backsteinbau abgelöst wurde. Seit den zwanziger Jahren ist dann kein Bier mehr in Wismar gebraut worden. Heute gibt es am Lohberg beim alten Hafen eine »Erlebnisbrauerei«.

St. Nikolai, wie von Claude Monet gemalt. Der Dunst nimmt dem Bau seinen Scharfkantigkeit, verwischt die Konturen, die sich seltsam blau einfärben. St. Nikolai überstand als einziger der drei Dome die insgesamt zwölf schweren Bombardements Wismars.

Der Apfelbaum im Hof der Heilig-Geist-Kirche hat alles Laub verloren. Aber einige rote Äpfel leuchten hartnäckig durch den kalten Nebel, der sich den ganzen Tag nicht hebt. Eine Stimme dringt herüber: »Ungesunde Luft das. Meine Mudder kann das nich vertragen mit dem Herzen. Geht dann gar nich mehr raus mit ihre siebenundachtzig. Muß ich dann alles besorgen. Mach ich auch. Hab ja Zeit.« Das ist sie, diese Schwermut zwischen Gleichmut und Fatalismus, von der Ricarda Huch sprach. Ganz ohne Sentimentalität, zum identitätsstiftenden Ferment der Wismaraner herabgesunken. Die Eingeweihten erkennen sich daran sofort.

Das alles hört man hier nicht gern. Das Diktum Ricarda Huchs paßt nun mal nicht in diese Zeit, es ist hinderlich in all dem Bemühen Wismars, eine strebsame neubundesdeutsche Stadt zu sein. Aber jenseits der falschen Aufbruchseuphorie verbirgt sie eben darin die Kraft, mit der Krise in Permanenz zu leben.

Aus der benachbarten Musikschule dringen bemühte Klavierübungen herüber, die plötzlich abbrechen. Vielleicht hat ein uninspirierter Klavierschüler in diesem Moment begriffen, daß er nicht zum Virtuosen geboren ist? Wismar kann seine schwere Geschichte nicht einfach abwerfen. Sie macht die Stadt zu einem nicht leicht manövrierbaren Lastkahn, der später ankommt, aber mit um so reicherer Fracht beladen.

Nein, diese Stadt ist kein Leichtgewicht mit Fremdverkehrsverein und Kurkonzert. Hier geht man durch die Ruinen von lang zurückliegendem märchenhaften Erfolg und Reichtum. Von Fall, Demütigung und Verarmung. Man muß die Spuren in den Gesichtern der Häuser und der Menschen lesen wollen, erst dann wird die Intensität des Schweren, des Langsamen erfahrbar.

Der Niedergang der Stadt beginnt mit dem Niedergang der Hanse. Die Handelswege verlaufen mehr und mehr weit abseits von Wismar, an der westlichen Atlantikküste. Auf dem letzten Hansetag 1669 in Lübeck sind von vormals einhundertachzig nur noch neun Städte vertreten.

Der Dreißigjährige Krieg bringt eine flüchtige Hoffnung. Wallenstein ist Herzog von Mecklenburg geworden und Wismar sieht sich bereits als herrschaftlicher Kriegshafen. Doch Wallenstein wird gestürzt und für Wismar beginnt die lange Nacht schwedischer Besatzung.

An der Wand des Rathauskellers sind gerade einige alte Wandmalereien freigelegt worden. Trinkszenen sind darauf zu sehen, was sich dadurch erklärt, daß hier früher einmal ein Weinkeller nebst Schankraum betrieben wurde. Das Rathaus war im Dezember 1990 durch einen Brand schwer beschädigt worden. Inzwischen ist es wieder instandgesetzt. Bedenkt man, daß 1990 auch der Giebel von St. Georgen einstürzte, möchte man fast glauben, es seien die kleinen und großen Katastrophen so etwas wie Adrenalinstöße für diese schwerblütige Stadt.

Den Marktplatz besetzen vorweihnachtliche Verkaufstände und Rummelbuden. Belagern wie eine feindliche Armee die »Wasserkunst«. Das ist ein höchst bedeutsames Denkmal früher Versuche einer städtischen Wasserwirtschaft. Allerdings waren die Wismaraner von dieser Art »Kunst« der Wasserverteilung nie sehr angetan. Denn wenn es beim Nachbarn eine Überschwemmung gab, hieß das noch lange nicht, daß bei einem selber auch nur einen Tropfen ankam. Dieser Renaissance-Pavillon wurde bereits 1580 nach Plänen Philipp Brandins errichtet und arbeitete immerhin bis 1897. Ausgehöhlte Baumstämme leiteten das Wasser aus einer nahegelegenen Quelle mittels des natürlichen Gefälles zu den über zweihundert Häusern der Altstadt.

Am Markt steht auch der »Alte Schwede«, das 1380 erbaute älteste erhaltene Bürgerhaus der Stadt. Die Nachbildung eines martialischen Schwedenkopfes schmückt das Tympanon des Portals und wirkt wie ein Beutestück aus großer Schlacht. Aber es ist doch bloß ein Ornament der Freude.

Draußen auf dem Marktplatz herrscht unterhaltungsindustrielle Zerstreuungsgswut, die sich als »Weihnachtsmarkt« tarnt. Neben »Grillhütten« und heulenden und pfeifenden Geräten, die aus einem Folterkeller oder einem Pilotenausbildungscamp entnommen zu seien scheinen, schreit es in großen grellen Leuchtbuchstaben: »Versuch dein Glück!« Das alles ballt sich unter den so übel mißbrauchten Klängen von »Stille Nacht, heilige Nacht« als sentimentaler Konsumpeitsche zu einer dunklen Wolke des Unbehagens zusammen. »Zirkustiere bitten um Futtergeld« steht auf einem Pappschild am Rande dieser Retortenfröhlichkeit geschrieben. Daneben ein Kerl mit Ganovengesicht, der ein elend aussehendes Pony an der Leine zerrt. Zu welchem Zirkus er denn gehöre? Höhnisches Grinsen als Antwort.

Also fort von hier, hinunter zum Hafen. Durch die Neustadt Richtung Wassertor, dem einzigen, das von fünf Stadttoren übrigblieb. Auf einer polierten Messingplatte an einem renovierten Wohnhaus überrascht lesen: »Was du von dem Vater ererbt hast, erwirb es, um es zu festigen.« Auf gerade dieses Zitat aus dem »Faust« muß man erst einmal kommen.

Genau wie Neapel. Chemnitz

Hier erfand man die Thermosflasche und das erste synthetische Vollwaschmittel der Welt. Aus Chemnitz kamen nicht nur die Horch-Autos und Lokomotiven für die Bagdad-Bahn, sondern auch, ungefähr zur selben Zeit, die Schriftsteller Stefan Heym und Stephan Hermlin. Heyms und Hermlins Geburtshäuser sollen ganz dicht beieinandergestanden haben, weil die Stadt nicht sehr groß ist, so daß selbst die großen Geister etwas zusammenrücken mußten. Und Philosophen gibt es auch. Steffen Dietzsch, ein Chemnitzer Kind, jetzt Philosophieprofessor, ist seit fast zehn Jahren nicht mehr hier gewesen. Chemnitz liege übrigens genau wie Neapel an einem Vulkan, sagt er und verspricht, den Krater zu finden.

Eine vergessene Stadt? Alle reden von Leipzig, der Boomtown, oder von Dresden, das sich jedes Jahr ein Stück mehr von seinem einstigen Glanz zurückholt und große Firmen wie Siemens oder AMD (Advanced Micro Devices) gleich dazu. Auch VW, obwohl bereits in Chemnitz ansässig, wird mit seinem neuen Werk jetzt wohl nach Dresden gehen. Dabei ist Chemnitz/Zwickau die klassische Autoregion Sachsens. Ab und zu spricht man von ihren Arbeitslosenstatistiken. Über zwanzig Prozent waren es zuletzt, bevor die »Wahlkampf-ABM« kam, wie man hier sagt.

Ein harter Wind schlägt uns ins Gesicht. Er bewacht den riesigen Karl-Marx-Kopf vor der früheren SED-Bezirksleitung, einem Gebäude von fulminanter Trostlosigkeit. Andere Städte haben schöne Kathedralen als Wahrzeichen, Chemnitz hat einen monströsen Schädel. Vielleicht läßt er sich in Wotan uminterpretieren? Der Blick paßt, die Haare auch. Außerdem gab es im Chemnitzer Opernhaus zu Jahrhundertbeginn große Wagner-Aufführungen.

Niemand ist so einsam wie dieser Marx auf dem großen leeren Platz, alleingelassen mit den Fallböen, die er wohl noch immer für den Sturm der Geschichte hält. Auf einem gigantischen Tieflader kam er 1973 aus Leningrad an. So einen wird man nicht mehr los. Obwohl, 1990 wollte ein Texaner den Marx kaufen. Er hatte schon viele Dserschinskijs, Molotovs und Stalins, einen ganzen texanischen Park voll. Aber da wollten die Chemnitzer plötzlich nicht. Der Nischel bleibt hier, haben sie gesagt und zur Sicherheit Unterschriften gesammelt. Nicht, weil sie ihn liebten. Aber doch, weil man sich nicht einfach so verkauft, nicht mal den »Nischel«. Der schaut finster auf die Diskothek gegenüber. Darum hat er die beiden steilen Falten auf der Stirn. Gut, daß Marx sich nicht umdrehen kann. Hinter seinem Rücken ist nämlich Anfang der Neunziger das Arbeitsamt eingezogen. Es braucht fast genauso viel Platz wie früher die SED-Parteileitung.

»Am 21. April 1953 wurde die Bevölkerung mit der Entscheidung zur Umbenennung bekanntgemacht«, steht in einem Endachtziger-DDR-Stadtführer. Dabei war Marx nie hier, sagt Steffen Dietzsch, der hatte nie was mit Chemnitz zu tun! Glaubten sie also schon '53 nicht mehr an die Einheit Deutschlands, sonst hätte man den Namen doch für Trier aufgehoben. Mit Marx harren an diesem verregneten Juli-Vormittag vorm Arbeitsamt nur ein Gartenzwerg mit Lampe und ein erzgebirgisches, kerzentragendes Räuchermännchen aus. Sie gehören dem Souvenierladen gleich hinter dem Denkmal. Seltsame Stadtmitte. Aber sie ist ja nicht für Menschen gemacht, höchstens für Aufmärsche.

»Außerordentliche Freude erregte unter den Bewohnern

von Chemnitz die Nachricht, daß von den Landständen der Bau der längst projectirten Eisenbahn von Chemnitz über Lungwitz und Glauchau definitiv beschlossen worden ist.« Man habe sofort mit der Absteckung der Strecke begonnen. »Tausende von leider brodlosen Menschen erwarten mit Sehnsucht bei diesem Bau Beschäftigung und Verdienst zu finden. Möge diese längst ersehnte Eisenbahn den Bewohnern der Stadt zum Segen werden.« Das ist der letzte Eintrag einer alten Stadtchronik vom Frühjahr 1855. Wie jeder Segen war auch dieser nie weit von der Vernichtung. Aber es wurde gebaut, was sich Jahrzehnte zuvor noch niemand vorstellen konnte. Lokomotiven, dann Autos und große Maschinen. Seit 1836 schon hatte Chemnitz eine Technische Hochschule. Weithin wußte man plötzlich den Namen dieser Bergarbeiterstadt vorm Erzgebirge. Bis sie auch den verlor, wie im Krieg zuvor schon ihr Gesicht. Man hat es ihr einfach weggebombt.

Der Philosophieprofessor winkt ab, Chemnitz sei halt die Krise, schon immer, er kenne das. Vielleicht denkt er daran, wie er mit sechzehn die Stadt verließ, weil man hier keine Luft mehr bekam. Und das lag nicht nur an den großen Industrie draußen vor der Stadt, die die Straßen schwarz und die Fenster blind machte. Die den Menschen hier den Atem nahm. Manche Häuser stehen da wie absichtslose Mahnmale des Industriezeitalters. Wie verkohlt. Wie in den alten Arbeiterfilmen, ergänzt der Philosoph. Man wäre nicht erstaunt, wenn jetzt ein großer Demonstrationszug um die Ecke käme.

Farbflecken brechen schon die grauen Fronten. Die Häuser legen den Ruß eines ganzen Jahrhunderts ab, zeigen ihre längst vergessenen Klinkerfassaden und die vielen Stuck-Dreiecke und Bögen. Was muß das für eine Zeit gewesen sein, als man selbst Arbeiterwohnungen noch einen griechischen Traum mitgab über jedem einzelnen Fenster?

Als in Berlin die Love-Parade war, gab es in Chemnitz auch eine politische Demonstration. »Mut zur Demokratie« hieß sie. Die Philharmonie spielte dazu eine ganze Beethoven-Symphonie, und Menschenketten gingen durch die Stadt.

Studentenpfarrer Vogel mag so was. Im Fernsehen kamen abwechselnd die Demos aus Berlin und Chemnitz. Der Pfarrer ist selbst erstaunt, was manchmal aus Dingen werden kann, die eigentlich ganz anders gedacht waren. Zuerst wollte nur die NPD einen Aufmarsch machen. Da bekam Vogel einen Anruf aus dem Rathaus, ob sich nicht eine linke Gegendemo organisieren ließe, dann könne man beide einfach verbieten und sei die NPD los. Auch in Chemnitz lebt man mittlerweile in einem sehr pragmatischen Zeitalter. Das wollen wir doch mal sehen, dachte Vogel und organisierte. Die »Freie Presse« druckte täglich Kolumnen von bekannten Chemnitzern, die sagten, warum wir Demokratie brauchen und die NPD nicht. 4000 Menschen kamen. Die 400 NPD-Jungs aber standen umstellt von Polizei zwischen zwei Kaufhäusern, konnten nicht weg und mußten Beethoven hören.

Studentenpfarrer Vogel hatte nicht immer so gute Beziehungen zum Rathaus. Im letzten Jahr zum Beispiel beschlossen die Stadtoberen, daß Chemnitz ordentlicher werden müsse. So ungefähr wie New York ja auch ordentlicher geworden ist. Sie hatten viel von New York gehört, und fanden, Obdachlose, Penner und Alkoholiker auf einem stadteigenen Parkplatz, das sehe einfach nicht gut aus. Also ließ die Polizei den Parkplatz räumen. Der Unterschied zu New York ist nun, daß immer mehr Menschen auf den Parkplatz kamen und sich mal wegräumen ließen. Event nennt man das wohl. Und dann erschien auch noch Pfarrer Vogel und machte einen Parkplatz-Gottesdienst.

Eigenartige Leute, diese Chemnitzer. Lassen sich den »Nischel« nicht wegnehmen und ihre Penner auch nicht. Obwohl sie beide nicht besonders mögen. Vielleicht ist es diese unberechenbare Resistenz der Ostdeutschen, die der Westen so unterschätzt. Sonst hätte die CDU wohl auch nicht die »Neue Berliner Illustrierte« (NBI) als »Neue Bundesländer Illustrierte« wiederaufgelegt. Als Wahlkampfzeitung. Man lächelt, wenn man darüber redet. Auch in Chemnitz. Es ist ein beinahe nachsichtiges, doch irgendwie auch böses, wiedererkennendes Lächeln. Diese Mischung aus

Zynismus und Dummheit der Oberen, wie gut man sie kannte.

Das hier war ein wunderbares Kino, sagt der Philosoph und zeigt auf einen Berg Bauschutt, in dem zwei große Balken stecken. Ist schon seltsam, mit Einheimischen durch eine fremde Stadt zu gehen. Er komme sich vor wie Ernst Jünger, sagt Dietzsch. Wie ein Hundertjähriger, der die Orte seiner Kindheit wiedersieht. Und alles ist noch genau so, wie es war, nur völlig anders. Solche Anblicke machen jeden zum Philosophen. Nur die »Golanhöhen« stehen da wie immer.

Die »Golanhöhen« sind das Chemnitzer Neubaugebiet draußen vor der Stadt. Eine Kriegserklärung aus Beton. Eigentlich heißt es »Fritz Heckert«. Das war ein kommunistischer Reichtagsabgeordneter. Damals in Karl-Marx-Stadt hieß alles, was irgendwie wichtig war, entweder Marx oder Heckert. Auf dem Fritz-Heckert-Platz stand 1954 sogar Hochwasser, sicher um gegen den neuen Namen zu protestieren. Das Fritz-Heckert-Kombinat aber war der größte Werkzeugmaschinenhersteller der DDR. Das Kombinat gibt es nun nicht mehr, dafür seit Mitte der Neunziger eine »Fritz-Heckert-SS« auf den »Golanhöhen«. Pfarrer Vogel hat jedoch schon lang nichts mehr von ihr gehört, vielleicht fühlte sie sich ja nicht richtig ernstgenommen. Woher sollen junge Nazis schon wissen, wer Fritz Heckert war und was ein Kommunist ist? Oder ein Faschist? Und gegen irgendwas muß man doch sein, wenn man jung ist und von den »Golanhöhen« kommt. Die Alten hatten es da viel besser, die hatten noch Gründe. Die alternative Jugend von Chemnitz gibt derweil die Zeitschrift »Deutsches Neuland« heraus, eine Parodie auf das »Neue Deutschland«, die aussieht wie die »Weltbühne«. Vegetarier aller Länder, vereinigt euch! steht darüber. Überhaupt ist in Chemnitz alles ein bißchen anders, als man es gewohnt ist. Hier kann es schon mal passieren, daß CDU und PDS im Rathaus gemeinsam einen SPD-Mann verhindern. Das ist zwar absurd, aber andererseits auch wieder kein schlechtes Zeichen. Man kennt sich halt von früher, da kommen politische Hysterien gar nicht erst hoch.

Chemnitz entstand aus Schloß Chemnitz, einem Benediktiner-Kloster, gegründet 1136. Es liegt oben auf dem Tuffstein-Felsen. Der Felsen ist hohl, sehr lange schon, ein einziger riesiger Bierkeller. Außen am Kloster anstatt eines Heiligen ein Trinker aus Stein. Er darf den Krug über die Jahrhunderte hinweg nie absetzen, was ja auch eine Strafe ist. In der Kirche hängt im Altarraum ein riesiges Viereck. So ungefähr wie Malewitschs »Schwarzes Quadrat«, nur daß dieses hier tiefblau ist und an den Seiten leicht gebogen. Der heilige Geist im Quadrat! Natürlich ist das die Stadt der Expressionisten. Das erkennt man schon an den Buslinien. Die »23« zum Beispiel fährt nach Rottluff. Zu Jahrhundertbeginn setzte ein Herr Schmidt, Maler, sich den Namen hinter seinen eigenen, und in dieser Verbindung vergaß man beide nie wieder.

In Richtung Rottluff liegt auch der Vulkan. Nach einstündiger Suche quer durchs Unterholz geben wir auf. Was ist das auch für ein Vulkan, den man im Unterholz suchen muß? Der Philosoph beschreibt, wie er früher den Berg hinaufgestiegen sei und ganz oben, rund um den Kegel, sagt er, waren keine Bäume mehr. Wann das denn gewesen sei, fragen wir forschend zurück. Zur Schule, antwortet der Philosoph, ging er damals jedenfalls noch nicht. Trotzdem weiß jeder hier um die Existenz des Berges. Daran erkennt man den echten Chemnitzer. Der Vulkan muß ungefähr so alt sein wie der »Versteinerte Wald« gegenüber der Oper. So 250 Millionen Jahre, Unterperm, Rotliegendes.

Also suchen wir etwas viel Einfacheres, nämlich die Chemnitzer Industrie. 30 große Fabriken mit jeweils mehr als 1000 Beschäftigten gab es hier. Den VEB Werkzeugmaschinenbau »Fritz-Heckert«, den VEB Nähmaschinenbau »Malimo«. »Die Malimo-Technologie hat ihren Siegeszug rund um die Welt angetreten«, steht in der DDR-Stadtchronik. In 18 Länder werde sie geliefert. Manches scheint heute länger her zu sein als das Unterperm. Doch die Chemnitzer Wirtschaftsförderungs- und Entwicklungsgesellschaft ist zuversichtlich. Das ist ihr Beruf. Sie gab Chemnitz den Beinamen »InnovationsWerkStadt Sachsen«. Die Lage muß also ernst sein. Von ehemals 90 000 Industriearbeitsplätzen existieren noch 39 000. »Heute kann man sagen, daß einige der ehemals strukturbestimmenden Maschinenbaubetriebe privatisiert und erhalten werden konnten und teilweise eine positive wirtschaftliche Entwicklung nehmen«, heißt es im Jahresabschlußbericht 1997.

Wer raucht, existiert. Das ist bei Städten wie Chemnitz genau wie bei den Menschen und Vulkanen. Aber irgendwann muß jeder mal aufhören. Nur daß man sich das Leben danach so schwer vorstellen kann.

Sinnbild Golzow

Wollte man die Zeit abbilden, für welche geometrischen Figuren müßte man sich entscheiden? Gerade Linien, plötzlich abbrechend und anderswo weiterlaufend – oder Kreise?

Auch der neueste Film der Golzower Lebensläufe »Brigitte und Marcel« gibt darauf keine Antwort. Er begnügt sich damit, das merkwürdige Ineinander von Fortlaufen und Abbrechen zu zeigen. Chronos, die Zeit. Langandauernd. Der Chronist als ihr Beobachter, außerhalb stehend. Außerhalb wovon? Auch die Art des Anschauens ist dem Wandel unterworfen. Das läßt die meisten Chroniken enden, wenn sich die Zeit ändert.

Seit 1961 begleitet Winfried Junge nun schon die »Kinder von Golzow«. Sie bekommen inzwischen Enkel. Ein ganzes Netz von Beziehungen verwebt sich. Es wird unübersichtlich.

Ursprünglich sollten es ja sozialistische Musterporträts werden. Behütetes Leben, das jedem seine Chance gibt. Stimmte schon bis 1989 nicht. Brigittes Lebensmöglichkeiten waren von Anfang an eingeschränkt. Nach der achten Klasse bereits verläßt sie die Schule, arbeitet in einem Geflügelzuchtkombinat. Monotonie und Tristesse fressen die Träume früh. Dazu kommt eine Herzkrankheit, mit siebzehn das erste Kind. Brigitte ist nicht stark, sie zwingt das Schicksal nicht, unterliegt und stirbt mit neunundzwanzig. Der Sohn Marcel, ohne Vater, wächst bei der Großmutter auf, früh ohne Illusionen auch er.

Ein kühl distanzierender Dokumentarist hätte vermutlich schnell den Anschluß an diese unspektakulären und sich nach außen abschließenden Lebensläufe verloren. Wen interessieren schon solch profane Biographien? Aber Barbara und Winfried Junge vermögen sich einzufühlen in diese scheinbare Traumlosigkeit. Und entdecken eine ungeahnte Kraft. Die des Duldens, des Aushaltens.

Der fünfzehnte Film der Golzow-Reihe, und immer noch kein Ende. Der ORB produziert mit und läßt sich darin hoffentlich auch nicht beirren. Denn das gibt es kein zweites Mal. Natürlich ist das Faszinosum dieser Filme die Zeit. Der Blick geht weit zurück. Was wandelt sich? Fast alles. Was bleibt gleich? Ebenfalls fast alles. Und wir erfahren, daß alle Antworten vorläufig, alle Fragen absolut sind.

Merkwürdiges Ineins von Linien und Kreisen. Junge springt filmisch zwischen den Jahrzehnten hin und her. Blickt zurück, wie die Eule der Minerva, wenn es zu dämmern beginnt. Und man versteht immer noch nicht. Wie Entscheidungen fielen, warum sie unterblieben. Man ist ratlos, sieht fremdes Leben fast lückenlos dokumentiert. Das, was einen Menschen zu dem macht, was er ist, verrät es uns nicht.

Junges Einfühlungsvermögen trägt die »Kinder von Golzow« durch die Zeitenwechsel. Fast vier Jahrzehnte persönliche Nähe. Und ein ungeheures Maß an Ausdauer. Des Filmers und der Gefilmten.

Nach dem Tod Brigittes begleitet Junge deren Sohn. Auch er verläßt nach der achten Klasse die Schule. Unheilvolle Wiederholungen? Marcel wird Schlosserlehrling und mittenhinein kommt die Wende. Sorge, er könnte wie so viele die Balance verlieren, sich fallenlassen. Abschluß der Berufsausbildung ohne feste Arbeitsstelle. Aber Marcel duldet nicht nur wie seine Mutter, sondern lernt zu kämpfen.

Was wiederholt sich, was ist neu? Junge hütet sich zu antworten. Chroniken sind lang und machen weise. Vieles, was neu zu sein vorgibt, ist doch bloß Wiederholung. Und Alltag kreist immer. Bis auf die wenigen Momente, wo man sich entscheiden, den Kreislauf durchbrechen, einen energischen Schritt voran setzen muß.

Was immer gleichbleibt ist Außenwelt. So erstaunlich das klingt. Natürlich sind die Autos heute andere, natürlich gibt es viel neue Farbe und auch Freiheit. Freiheit von etwas und für etwas. Aber die Rituale ähneln sich bis zum Verwechseln. Ob Jugendweihe oder Bundeswehrgelöbnis, das Außen weiß vom Innen wenig. Das bleibt. Und in der Spanne von Innen und Außen das kreisende und vorwärtsstolpernde Leben.

Junges Chronik definiert Alltag. Inmitten der großen Themen, der großen Wenden wirkt das Biographische subversiv. Es bringt den pathetischen Anspruch einer Gesellschaft auf sein tatsächlich lebbares Maß zurück.

Alltag, das ist nicht weniger als die Kreisläufe von Geburt, Schule, Schmerz, Beruf, Freude, Liebe, Krankheit, Trennung und Tod. Kein geringer Anspruch für eine Chronik. Junge weiß, sie muß immer vorläufig und unvollständig bleiben. Im Extrakt: gelassene Bescheidenheit. Authentisch, nie beliebig.

Original und Kopie in Weimar

»Weimar Hauptbahnhof. Willkommen in der Kulturstadt Europas 1999!« Einen Augenblick unwillkürlich zögern und dann doch aussteigen. Woran denkt man in den ersten Weimarer Minuten? Ferdinand Freiligrath, der Vormärzdichter, dachte an Detmold. Das habe auch so etwas irgendwie Beschränktes, aber er sei ganz sicher, man könne hier hervorragend arbeiten.

»Und denen, die wieder schreiben werden, Weimar sei viel zu klein, zu provinziell, denen rate ich ...« Pressekonferenz im »Mon Ami« am Goetheplatz. Es ist 12.00 Uhr. Bernd Kauffmann, der »Generalbeauftragte Weimar '99« läßt den

Stimmbogen jetzt dramatisch abfallen, um ihn erst bei dem Satzteil: »... im Gegensatz zu der extrem positiven Presse im Ausland!« wieder aufzufangen und seinem Nachbarn von der Deutschen Bahn entspannt zuzunicken. Der begreift sofort: »Die Deutsche Bahn gratuliert Weimar!« ruft er, »unser Geschenk an Europas Kulturstadt 1999 ist das DB-Weimar-Ticket. Ein Jahr lang nach Weimar zum halben Preis!« Und außerdem natürlich der Bahnhof, den man wieder zu »einer der ersten Adressen« der Stadt gemacht hätte.

Bahnhöfe! Der Sprecher des Deutschen Sparkassen- und Giroverbandes lächelt überlegen. »Meine Damen und Herren«, beginnt er, »Goethes zweites Gartenhaus unterstreicht beispielhaft den Förderwillen und die Förderkraft der Sparkassenfinanzgruppen.« Zweites Gartenhaus? Ja genau, man baue kurz vor das erste einfach noch ein zweites. Eins zum Nachdenken! Über die Bedeutung der Originale in einer von Kopien geprägten Zeit, erläutert der Sparkassenmann und läßt ein drittes Gartenhaus hereinbringen, eins ganz aus Marzipan. Es ist etwas kleiner als das Original. Der Einsatzpunkt für die Volkswagen-Specherin ist gegeben. Sie bückt sich kurz und stellt ein blaues, mit Stricken verschnürtes Auto gerade vor den Weimar-Generalbeauftragten hin. Das Auto ist auch etwas kleiner als das Original. Dies, sagt sie, ist der »Weimar-Beetle«. Über den Organisatoren und Sponsoren steht in großen Buchstaben »Salve«, das Willkommenswort aus Goethes Wohnhaus am Frauenplan. Über eine Kopie von Goethes Wohnhaus ist bis Redaktionsschluß nichts bekannt geworden. Draußen wartet das Original des »Volkswagen-Weimar-Beetles«.

Es regnet. Die »Sparkasse« verteilt Schirme. Im Pressezentrum fragen verzweifelte Journalisten, wie man wohl von hier zum Hotel »Elephant« komme, wo jetzt das Presse-Lunch beginne. Nur die »Berliner Zeitung« schreibt schon einen Bericht im Arbeitsraum, obwohl eigentlich noch gar nichts passiert ist. Auch hat sie zwei Schirme. Durch den Regen zum »Elephant«. Ohne Schirm. Früher dachte man beim »Elephant« an Thomas Manns »Lotte in Weimar«, an diese seltsame späte Begegnung des Dichters, der nicht mehr Werther war, mit Charlotte, die nicht mehr Charlotte war. Da begriff man den Unterschied zwischen Leben und Kunst. Sowas gibt's in Detmold nicht. Aber heute denke ich an Udo Lindenberg.

Das »Elephant« hat seit letztem Jahr eine Udo-Lindenberg-Suite. Früher war das die »Führer-Suite«. Ganz genau, sagt das Mädchen an der Garderobe, drei Jahre lang. Sicher ist Lindenberg der einzige, der diesen Raum neutralisieren kann.

Die FAZ wirft jetzt ihre Serviette auf den Tisch und beschließt laut: »Ich gehe jetzt ins Schiller-Haus.« Stille. Die anderen schämen sich, immer noch zu essen und versuchen, sich ein gutes Gewissen zu machen. »Schon fertig mit den Recherchegängen?« fragt mit höflichem Desinteresse die Deutsche Welle den MDR. Fast, antwortet der MDR, die Fürstengruft fehle noch. Das ist eine erschütternde Auskunft. Nie zuvor wäre ich auf den Gedanken gekommen, daß man in die Fürstengruft auch Recherchegänge machen kann. Aber vielleicht will der MDR ja nur nachsehen, ob Goethe und Schiller noch da sind. Das muß man jetzt nämlich. Der thüringische Hochadel fordert laut Paragraph 5 des Entschädigungs- und Ausgleichsleistungsgesetz des Bundestages vom 27. September 1994 »enteignetes Kunstgut« zurück. Der Paragraph 5 regelt die Rückgabe »beweglicher Sachen«. Und auf der Seite 3 der »Thüringischen Allgemeinen« steht gerade, auch um die Särge von Goethe und Schiller sei längst der Besitzerstreit entbrannt sei. Irgendwie sind Särge ja auch bewegliche Sachen.

Und jetzt fahren wir zum DNT, beschließt die Deutsche Welle. Anerkennende, ratlose Blicke ob dieser Ortskenntnis. Na, ins Deutsche National Theater! Nur die Engländer und Amerikaner bleiben noch etwas länger. Sie haben viel Sinn für historische Orte.

Vor der Musikhochschule »Franz Liszt« wartet ein Reiter im Regen. Wenn man nicht wüßte, daß das Carl August ist, müßte man den lorbeerumkränzten Heroen für Cäsar halten. Und diese beschwichtigende, gönnerhafte Gebärde! Das ist auch Klassik. Eigentlich etwas sehr Bedenkliches. Das Schöne ist nur, daß nicht mal die Klassiker als Klassiker zur Welt kommen. Ein Umstand, den vergessen zu machen sie selbst und die Nachwelt sich dann lebenslang bemühen. Unsterblichkeit ist auch eine Todesart. Darin liegt Weimars Problem. Und das Goethes auch.

Schiller blickt, wie das alle Kantianer machen, nach oben. In den »gestirnten Himmel über mir«. Goethe ist noch unsicher. Von seinen Rockschößen rinnt der Regen Er sieht zwar nicht richtig nach unten, will es aber jederzeit können. Schon wegen der Mineralien! Er hat so eine große Mineraliensammlung. Und wegen dieser urgoethischen, schönen Gewißheit natürlich, daß das Ganz-Unten und das Ganz-Oben doch irgendwie zusammenhängen. Goethe und Schiller halten ihren Ewigkeitsfreundschaftsruhmeskranz in den Händen. Nichts hat unser Bild der »Weimarer Klassik« so geprägt wie dieses Denkmal vorm Theater. Das ist vorbei.

Aber vor zehn Jahren im Herbst waren beide plötzlich wieder ganz jung. Und Goethe trug ein Schild um den Hals, darauf stand: »Wir bleiben hier!« Jetzt verteilt eine Frau Flugblätter mit dem Foto von damals. »Keine nationalen Kulturgüter in Fürstenhand!« steht heute darauf.

15.00 Uhr. Die Sache wird ernst. Das Orchester spielt das »Festliche Präludium« von Richard Strauss, und man wird die ganze Zeit Adornos Wort über Strauss nicht los, daß es keine triumphalen Sonnenaufgänge gebe. Wozu dieses Pathos? Stockholms Oberbürgermeister rettet den Ton. Er bringt Weimar Grüße von den zahlreichen »steuerzahlenden Stockholmern«, die keine Ahnung hätten von Kunst. Nur Mut, Weimar! Bernhard Vogel erfindet für sein Thüringen und was sonst noch im Osten liegt, den revolutionären Begriff »junge Länder«, um sodann eindrucksvoll zu erklären, wie alt sie eigentlich sind. Er schafft es, fast alle großen Namen Weimars aufzuzählen. Nur der Bundespräsident will augenscheinlich endlich mal etwas richtig Gegenwärtiges sagen und berichtet von zwei Jugendlichen, die stundenlang auf dem Weimarer Markt mit Riemenpeitschen knallten, um sich anschließend »einer sinnlosen Trunkenheit« hinzugeben. Aha, Neonazis, denkt man noch, als Herzog die Täteridentitäten preisgibt: der 26jährige Goethe und der 18jährige Carl August. Herzog kann sich einen neuen »Literaturkanon« vorstellen und das so schön begründen, daß man den Einwand »Zwangsklassik!« gleich wieder vergißt.

Und dann beginnt er, die Namen von Weimar zu systematisieren. Goldenes Zeitalter: völlig klar. Silbernes Zeitalter: Franz Liszt. Das Bauhaus als bronzenes Zeitalter? Die Bauhaus-Galerie ist gleich gegenüber. Wohin gehört eigentlich Nietzsche? Ihn, der im Balkonzimmer der »Villa Silberblick« fast ein Jahrzehnt lang verdämmerte, während »die stadtbekannte Schwester des weltbekannten Philosophen« unten den »Willen zur Macht« kompilierte, Nietzsche nennt keiner. Als Sohn der Stadt verschwiegen schon in der DDR, ist er noch immer nicht wirklich in Weimar angekommen. Alle erinnern an das Doppelgesicht der Stadt. »Zwischen uns und Weimar liegt Buchenwald«, hat Richard Alewyn einmal gesagt. Auf Schloß Ettersburg spielte Goethe den »Orest« in seiner »Iphigenie«. Man liebte das Theater im Freien. Auf der anderen Seite des Ettersberges liegt Buchenwald. Seit dem 22. Januar gibt es eine Verbindung zwischen beiden Orten. Man kann den Weg laufen. Es ist eine Zeitschneise.

Nach der Maßstäbe setzenden Leistung des Ensembles – »Faust« in nur zwanzig Minuten! (in der Mitte zwischen Ernst und Gaukelei, so könnte es gehen) – wandert ein Phantom durchs Theater. Schwarzer Hut. Sonnenbrille. Ein Attentäter? Das Phantom hält genau auf den Tisch zu, an dem Herzog mit Vogel und dem Weimarer Oberbürgermeister Volkhard Germer Sekt trinkt. Udo Lindenberg nickt dem Bundespräsidenten einen kurzen Rockergruß zu, behält den Hut auf und nimmt Platz. Draußen vorm Theater finden derweil zwei Männer, daß die Politik eine Hure sei und der Oberbürgermeister ihr Sohn, weil er schon in der DDR mal zwanzig Jahre Stadtschulrat war.

Überall das »Salve«. Auf Prospekten, Plakaten, vor Geschäften. Hinunter an die Ilm, zu Goethes Gartenhaus.

Es ist niemand mehr im Park. Da! – riesengroß, weiß auf blauem Grund schimmert es durch die Bäume. »Salve!« Und daneben ist auch die Erklärung: »Hier entsteht Goethes zweites Gartenhaus!« Das erste ist geschlossen. Nur ein einsames weißes Security-Auto mit einem einsamen weißen Security-Mann wacht davor. Personenschutz für Goethe, frage ich. Nein, sagt er, japanisches Feuerwerk. Heute abend! Er bewache nur die Absperrungen.

Vorbei am ACC, dem Alternativen Cultur Centrum. »Goethe trifft Nina« nannte es sich nach 1989. Wunderbar sitzt man im Sommer hier draußen. Gute Weine. Das ACC ist genau gegenüber dem Schloßturm. Und je länger man ihn vom ACC aus anschaut, desto schiefer wird der Turm. Für diesen Sommer ist die Ausstellung »Who the fuck is Wieland?« geplant. Das ACC ist eben sehr alternativ. 19.00 Uhr. Die Stadt rüstet zum großen »Viehauftrieb«. Französische Aktionskünstler werden die Hirten sein, der »Viehauftrieb« war ihre Idee. Mit echten Tieren und Kopien. Natürlich. Alle warten auf die Herde. Aber die Herde sind doch wir, dichtgedrängt. Was ist Original, was Kopie? Dann schwanken sie heran, riesige, surreale Metallvögel und Giraffen, wie aus einem Dali-Bild genommen. Flucht ins Schillerhaus. So viele stehengebliebene Uhren in den Räumen. An der Wand neben Schillers Schreibtisch lehnt ein Degen. Auf dem Pult steht ein Globus mit Schere. Deep Purples »Smoke on the water« füllt von der Straße her Schillers Arbeitszimmer. Wer soll hier arbeiten können? Die Menge spült einen durch alle Zimmer, bis hinüber zu Goethe. Ins Haus am Frauenplan. Jetzt die Schwelle. »Salve« steht darauf. Schwarze Intarsienarbeit. Das Original. Plötzlich sind nur noch wenige Menschen da. Es ist schon 22.00 Uhr. In Goethes Sterbezimmer mit diesem Bett, vor dessen Kargheit man immer wieder erstaunt, tritt kurz eine Frau, sagt »Ah, nice, the working room!« und geht wieder. Das Feuerwerk hat schon begonnen.

Auf dem Rückweg dann die Kapitulation. Ich kaufe einen Schirm. »Salve« steht darauf.

Obdachlosen-Zeitungen verkaufen mit OKW

Vorm Ostbahnhof steht ein kleiner gelber VW-Bus. Darin sitzen drei Männer. Wolfgang, Steffen und Jürgen. Vor ihnen auf dem Boden eine Kiste voll Weintrauben und Apfelsinen. Manchmal stoßen ihre Füße gegen die Kiste. Es ist eng im Bus. Sie rauchen. Nicht jeder raucht mit soviel Selbstgefühl. Sie reden jetzt nichts. Von hinten brennt die Heizsonne, auf eine Gasflasche gesteckt, beinahe Kreise in ihre Rücken. Der Rauch wird heiß. Wunderbar heiß, finden Wolfgang, Steffen und Jürgen. Die Tür bleibt zu, draußen warten minus drei Grad, und husten müssen sie ohnehin. »Strassenfeger«-Advent. Wolfgang, Steffen und Jürgen haben es geschafft. Das Leben schaut nicht mehr weg, wenn sie es ansehen. Obwohl sich keiner über den anderen Illusionen macht. Das Leben nicht über Wolfgang, Steffen und Jürgen. Wolfgang, Steffen und Jürgen nicht über das Leben. Es läßt einen schrecklich fallen manchmal. Es ist kein Kumpel, nie gewesen. Doch man verkehrt wieder miteinander. Nicht freundschaftlich gerade, aber doch mit gegenseitigem Respekt. Das hat die Zeitung geschafft, der »Strassenfeger«. An einer Zeitung kann man sich gut festhalten.

Ostkreuzwolfgang zum Beispiel, den alle nur OKW nennen. Aber OKW dürfe ich nicht schreiben, sagt OKW, das bedeute nämlich auch »Oberkommando der Wehrmacht« und alte Leute würden dann immer einen Schreck kriegen. Dabei heißt er nur so, weil er jahrelang am Ostkreuz mit dem »Strassenfeger« gestanden hat. Das war, als er nicht mehr am Zoo selbstgehäkelte Topflappen verkaufte. Damit wiederum fing er an, als er nicht mehr Kellner war. Weil ofW, sagt OKW, isses verdammt schwer im Beruf. – ofW? – Ja genau, ohne festen Wohnsitz. Obwohl, fast ein halbes Jahr sei er noch aus irgendwelchen Kellern ganz normal zur Arbeit gegangen. Aber er hatte doch mal eine Wohnung? Klar, OKW zeigt jetzt zwei Eckgoldzähne unten, oben hat er dafür keine mehr, unterm Arsch sei ihm die abgefackelt. Und er war ohne Versicherung. – Trotzdem, du warst auch schuld, beharrt Jürgen, man hätte was machen können! – Hätte man, gibt OKW zu, aber damals habe er eben von nichts gewußt. Heute sei das ganz anders. Liegt auch an der Zeitung.

Steffen, Jürgen und Wolfgang gehören sozusagen zum »Strassenfeger«-Management. Sie wissen, was man alles machen kann und welche Verbindungen man braucht. Inzwischen haben sie sogar wieder eine Wohnung. An dem kleinen gelben Bus holen sich die Verkäufer ihre Zeitungen ab. 1075 eingetragene Verkäufer gibt es, aber nur 60 bis 80 »feste«. Manche kommen jeden Tag. – Guck mal, sagt Steffen, da vorn an den Hochhäusern unterm untersten Balkon wohnte mal Hans-Dieter. Noch bei minus zwanzig Grad schlief der draußen!

15.00 Uhr. Gleich geht Jürgen in der S-Bahn Zeitungen verkaufen. Aber wir müßten noch warten. Worauf, frage ich, da fahren doch immerzu S-Bahnen? Ja, sagt Jürgen, aber die falschen. Er verkaufe grundsätzlich nur auf der Erkner-Strecke, und da wiederum exakt zwischen Ostbahnhof und Hirschgarten. Noch nie woanders. Das sei genauso wie bei OKW und Steffen. Steffen erklärt jetzt, wie er sich »den Standort Kaufhalle Friedrichsfelde Ost aufgebaut« habe. Und da dürfe kein anderer ohne seine Erlaubnis stehen. Deshalb hätten sie das System der Standortsicherung eingeführt. Ich gebe zu, mir das alles viel einfacher vorgestellt zu haben. Jürgen, Steffen und OKW lächeln nachsichtig. Ja, guck mal, Mädchen, wir haben doch Stammkunden, und die kaufen eben nur bei uns. Jürgens Handy meldet sich. Manchmal passiere ihm das auch in der S-Bahn, sagt Jürgen, das sei dann immer ein bißchen komisch. Ja, können Sie sich denn ein Handy leisten, hätte ihn mal eine Oma gefragt. Sie besitze ja selber keins. Nee, leisten nicht, aber gut gebrauchen, habe er da geantwortet. Doch der Oma reichte das nicht. Er mußte ihr und dem ganzen Abteil schließlich seine Lebensgeschichte erzählen. Wie er, ein Monteur aus dem Saarland, vom Baugerüst fiel und sein Körper ein Knochenhaufen war. Mehrere Schädelbrüche, Trümmerbrüche auch. Er habe hinterher den eigenen Anblick nicht mehr ertragen. Den Jürgen, den er kannte, gab es nicht mehr. Er verließ seine Frau, die Kinder, fuhr durchs Land, und irgendwann Anfang der Neunziger blieb er in Berlin. Dann kamen die Drogen. Lange her, sagt Jürgen, sehr lange. Aber noch nie habe er so viele Zeitungen verkauft wie an jenem Tag. Und alles wegen des Handys! Und wegen seines Krebses natürlich. – Aber das mit dem Krebs stimmte nicht? – Natürlich stimmte das! Da, da und da! Jürgen zeigt auf Ohr, Hals und Magen. Er lächelt. Über den Krebs, mein Erschrecken oder beides?

Die Erkner-Bahn von Westkreuz kommt. Jürgen winkt ab. Viel zu voll. In vollen Zügen könne man keine Zeitungen verkaufen und wer weiß, wer da vorher schon durchgegangen ist. Der Zweite zu sein, oder gar der Dritte, das wäre die dümmste Situation überhaupt. Darum nehme er nur die Züge, die hier ab Ostbahnhof losfahren. 15.58 Uhr. Müde Menschen aus der Ahrensfelde-, der Schönefeld- und der Strausberg-Bahn steigen um. Als sich die Türen schließen, klingt Jürgens Stimme plötzlich anders. »Guten Tag, bitte entschuldigen sie die Störung ...« Das »ö« sehr langgezogen. Da ist etwas Litaneiartiges in seinem Tonfall, das er bis eben nicht hatte. Aber sollte, wer eine Obdachlosenzeitung in der Hand hält, denn wie ein Eisverkäufer reden? Man muß wohl schon in der Stimme das Andere spüren, das Bedürftige auch, und darf es doch zugleich nicht überreizen. Auch Obdachlosenzeitungen verkaufen, hat seine eigene Professionalität. Das Sprechen strengt Jürgen an. Er ist gerade vierundvierzig geworden. Der Hals ist dick vom Schilddrüsenkrebs, er hat über den Rollkragenpullover noch einen Schal gebunden. Ein Mann liest Computerkataloge, manche schlafen. Niemand schaut auf. Jürgen verkauft keine einzige Zeitung. Warschauer Straße, Ostkreuz, Rummelsburg. Jede Station ein neuer Waggon. Alle umsonst. Man liest »Berliner Zeitung« oder »15.00 Uhr aktuell«. Da, eine Frau im schwarzen Pelzmantel winkt Jürgen zu. Sie nimmt die erste Zeitung des Tages. Los, raus hier!, flüstert Jürgen mir zu, dort drüben, der Wachschutz! – Ja, und? – Zeitungen in der S-Bahn verkaufen ist verboten, ob ich das denn nicht gewußt habe?

Wenn sie dich das erste Mal erwischen, sagt Jürgen, kriegst du ein »Begehungsverbot«, beim zweiten Mal die Anzeige wegen Hausfriedensbruch. Er kenne einen, der habe schon so viele Hausfriedensbruch-Anzeigen, daß er in den Knast mußte. Wir sind in Karlshorst. Auch gut, sagt Jürgen, 16.56 Uhr ist eine in Hirschgarten abgefahren, die kommt gleich. Er kennt die Zeiten auf jeder Station. Ein Stück nach hinten müßten wir aber gehen, denn man fange einen Zug entweder von ganz hinten oder ganz von vorn an. Dann könne es auch nicht passieren, daß zwei Verkäufer denselben Wagen »machen«. Ein Pfuscher, ein Dilettant, wer in der Mitte einsteigt! Die Bahn nach Westkreuz wäre übrigens viel besser als die nach Ostbahnhof, und er wüßte auch nicht, woran das läge. Da seien einfach andere Leute drin. Jürgen hat recht. Auf den letzten vier Bänken sitzen jetzt acht Mädchen. Überall, wo man Löcher reinmachen kann, sind welche. In Ohren, Unterlippen, Nasen, Lederjacken. Anstelle der Nieten manchmal auch Widerhaken oder Ringe. Schwarze Haare mit lila Ecken drin, lila Lippenstift. Sehr laut. Gegen die wird Jürgens Stimme kaum reichen. Doch da werden die acht Walküren leise. Ein Augenblick großer Ratlosigkeit folgt. Dann erscheinen acht genietete Portemonnaies. Man legt zusammen. Jürgen bedankt sich mit all seinem nicht unbeträchtlichen Charme bei den wehrhaften Jungfrauen. – Hast'e die Gruftis gesehen, fragt er hinterher. Das passiere ihm oft, daß ihm Leute was geben, von denen er es nie erwartet hätte. Zeitungen verkaufen, macht auch Spaß. Die Tage bekommen ihre Mitte. Jedermanns Tage brauchen eine Mitte.

Wieder Rummelsburg. Schon beginne ich ein wenig Mitleid zu empfinden mit den vielen Menschen, die ganz dringend irgendwo hinmüssen und genauso aussehen. Wie wir nach Karlshorst zu fahren, um gleich wieder zurückfahren zu können, ist doch viel schöner. Viel meditativer. Meditation ist ja ein nicht Ankommen-Müssen. Außerdem ist Hin- und Zurückfahren gut für die Menschenkenntnis. Wie jede richtige Erkenntnis verläuft sie in mehreren Stufen. Zuerst: sehen lernen. Kauft der oder kauft der nicht? Als nächstes kommt die Systematisierung des vermutlichen Beweggrunds. Die beiden Frauen zum Beispiel, die Jürgen gerade zwei Mark gegeben haben. Schon gut so, sagt die eine. Es klingt streng, mahnend beinahe. Sie hat diese ergeben-verkniffene Miene, wie man sie von manchen seiner früheren Lehrer kennt. Es gibt viel Übel in der Welt, steht in solchen Gesichtern, und es ist nicht zu erwarten, daß sich das mal ändern könnte. Trotzdem, ein bißchen Mühe sollten auch Sie sich geben, junger Mann! – Das ist der pädagogische Typus. Dann gibt es noch den künstlerischen Typus. Wie die Dame im roten Mantel hier kurz vor Wuhlheide, die Jürgen heranwinkt, aus einer winzigkleinen roten Tasche eine noch winzigkleinere zieht und ihm mit so verbindlichen, huldvollen Gebärden den Betrag überreicht, als wolle sie sagen: Nur weiter so!

Oder jener Tagesspiegelleser in Ostkreuz, der ohne den Blick aus dem Kulturteil zu heben, seine ausgestreckten Arm, mit zwei Mark bestückt, uns geduldig entgegenhält.

Männer, sagt Jürgen, kaufen übrigens genausoviel wie Frauen. Bei ihm jedenfalls. Und dann sind da noch die Omas und Mütter mit Kindern. Mütter mit Kindern müssen einfach. Jürgen weiß das. In Karlshorst – wie oft waren wir jetzt eigentlich schon hier? – schauen zwei Mädchen den Zeitungs-Mann da vorn mit offenen Mündern an. Menschen ohne Zuhause soll es geben? Ist das nicht gelogen? Sie rütteln an ihrem Vater. Väter können immer was machen.

Jürgens Zeitungen sind alle. Seit der letzten Ausgabe ist der »Strassenfeger« nicht mehr geheftet und etwas größer im Format. Er paßt jetzt nicht mehr so gut in Jürgens Jeansjacke. Ab Januar wird der »Strassenfeger« – nach Zusammenschluß mit dem »Looser« – »Strassenzeitung« heißen. Man geht mit der Zeit und wird überregional.

Dreizehn Stück hat Jürgen verkauft in zwei Stunden.

Hundertwasser in Wittenberg

Der Himmel über Wittenberg ist ein Grabstein. Jeden Augenblick könnte er runterfallen. Unter ihm steht die Sekundarschule »Johannes Bugenhagen«. Und gleich dahinter die »Pestalozzi«-Sonderschule für Lernbehinderte. Beide tragen genau dasselbe Betonapokalypsebleigrau wie er. Häuser wie ewiger November. Der Himmel über Wittenberg beschließt, mit ein bißchen Regen die Stimmung abzurunden. – Friedensreich Hundertwasser verfaßte 1958 sein »Verschimmelungsmanifest« gegen den Funktionalismus. Damals existierte der eigentliche Anlaß seines Schreibens noch gar nicht. Weder die Sekundarschule »Johannes Bugenhagen« noch die »Pestalozzi«-Schule. An solchen Dingen erkennt man den eigentlichen Visionär. Es klingelt zur Pause. Große Hofpausen hören sich überall gleich an, sogar auf Betonplattenschulhöfen. Durch die Bäume schimmert eine große blaue Krone mit goldenen Kugeln oben drauf. Das muß sie sein, die dritte Schule des DDR-Neubaugebietes »Völkerfreundschaft«. Das Hundertwasser-Gymnasium. Aber keiner schaut hin. Hatte man nicht eben gerade aufgehört, selber solche bunten Bauklötzerburgen zu bauen?

Es hundertwassert sehr, je näher man kommt. Sogar die Bäume tun, was sie dem Architekten schuldig sind. Sie wachsen aus den Fenstern. Überhaupt die Fenster. Die Fenster sind das Allerwichtigste, denkt Hundertwasser. Es sind die Augen eines Hauses. Am liebsten wären ihm tausend. Er schafft aber immer nur sehr viele. Und nie dürfen es zwei gleiche sein. Das unterscheidet Hundertwasser von seiner großen Lehrerin, der Natur. Sie hat viel mehr Sinn für Symmetrie. Wir sollten also dankbar sein, daß die Natur uns gemacht hat und nicht Friedensreich Hundertwasser.

Neben der Schule gibt es ein Hundertwasser-Informationszentrum. Am Anfang war es schwer, Hundertwasser hier durchzusetzen, sagt Barbara Urbisch vom »Förderverein Hundertwasser«. Manchmal denke sie, wer hier wohnt, ist entweder Rentner, Kind oder arbeitslos. Kann man bei

60-70 Prozent Arbeitslosenquote solch extravagante Schulen bauen? Die sollen das Geld lieber uns geben, dachte man anfangs. Im Mai wurde das Gymnasium eingeweiht. Inzwischen verschicken alle hier Hundertwasser-Postkarten. Wer gefragt wird, wo er wohnt, kann sagen: Na beim Hundertwasser-Gymnasium. – So was habt ihr in Wittenberg? lautet regelmäßig die erstaunte Rückfrage. – Natürlich, Luther hatten wir ja auch.

So gewöhnten sich die Einwohner des Wohngebietes »Völkerfreundschaft« an ihre neue Schule. Und dann sagten sie noch etwas zu den Stadtvätern: Jetzt steht bei uns so eine flippige Schule und alle Häuser drumherum sind immer noch grau. Was denn da wohl die Touristen aus aller Welt denken sollten? Die Stadtväter sahen das ein und sanierten das Wohngebiet »Völkerfreundschaft«.

Zwei Engländer möchten von Barbara Urbisch gern das große Schulmodell kaufen, begnügen sich dann aber doch mit Hundertwasser-Tellern, Hundertwasser-Tassen und Hundertwasser-Plakaten. Hundertwasser-Socken (zwei verschiedene, Aufschrift: Für Individualisten, Preis: 40 DM) gibt es hier noch nicht. Nur in Wien. Böswillige Interpreten mögen Hundertwassers Individualistensocken nicht und finden überhaupt diese ganze bunte Massenproduktion schauderhaft. Barbara Urbisch vom Hundertwasser-Förderverein sieht das anders. Der Meister sei gar nicht durchgeknallt, sondern vielmehr ein Philosoph. Ich gebe zu bedenken, ob das manchmal nicht dasselbe sei, aber Frau Urbisch ist schon mitten in der Philosophie. Warum wohl nenne Hundertwasser die aus den Fenstern wachsenden Bäume »Baummieter«? Keiner von den Umstehenden weiß es. »Na ganz einfach, wir gewähren ihnen Mietrecht, und sie zahlen den Mietzins in Form von Sauerstoff und Blattgrün.« Stilles, nachdenkliches Nicken. Und warum wohl läßt Hundertwasser die Dächer begrünen? Weil es unten zu wenig Fußballplätze gibt, denke ich. Aber das ist ganz falsch. Hundertwasser begrünt die Dächer, um der Natur oben zurückzugeben, was er ihr unten wegnimmt, erfahren wir. Und man müsse das Dach nicht mal gießen.

Jeden Tag um 15.00 Uhr macht der Förderverein eine Hundertwasser-Führung durch die Schule. Auch wenn manche sagen, der Wittenberger Hundertwasser sehe aus wie alle anderen Hundertwässer auch, so ist dieser hier trotzdem ein Novum. Sein allererster Plattenbau! Typ »Erfurt« von 1975. Ungefähr so scheußlich wie die Pestalozzi- und die Bugenhagenschule. Genau das, was der Meister Strafanstalts- oder Hühnerstallarchitektur nennt. Vielleicht hat er den Wittenbergern deshalb kostenlos einen Plan gezeichnet. Und die haben ihn dann (wegen der Mehrkosten) nur beschlossen, weil Sachsen schon vor der Tür stand und das Projekt für sich haben wollte. Der Wittenberger Hundertwasser-Mythos aber geht so: Anfang der Neunziger sollten die Schüler ihre künftige Schule malen. Die Erwachsenen sahen die Bilder und erkannten: Das ist ja echter Hundertwasser! Also schrieb man ihm einen Brief und legte die Bilder dazu. Der Meister antwortete.

Immerhin, zum Teil ist die Original-Typ-Erfurt-Architektur noch zu sehen. Dieser Bruch im Gebäude ist lobenswert. Gar nicht hundertwässerisch. Nunja, sagt Barbara Urbisch, er entstand aus Geldmangel. Wo das Geld aufhörte, fängt »Typ Erfurt« wieder an. Die Treppenaufgänge heißen jetzt »Baumstämme«. Sie sind mit braunen Dachziegeln von Abbruchhäusern verkleidet. Das sieht richtig gut aus. Mit der Alte-Dachziegel-Idee konnte sich sogar eine neue Firma in Wittenberg gründen. Alle wollen jetzt solche Terrassenwände haben. Und die Pflasterung ist schön, ruft begeistert eine Magdeburgerin. Alle Pflastersteine – gebrauchte – sind natürlich verschieden. Aber sehr dekorativ gelegt.

Eigentlich war die Magdeburgerin mit ihrem Mann extra hergekommen, um Hundertwasser nicht gut zu finden. Magdeburg hat im Augenblick nämlich ein sehr gespanntes Verhältnis zu dem Österreicher. Es gibt dort sogar eine Anti-Hundertwasser-Bürgerinitiative. Weil Hundertwasser genau gegenüber dem Magdeburger Dom, diesem frühesten Zeugnis gotischer Baukunst in Deutschland, einen zweiten Dom bauen will – einen Naturdom. Einen Widerruf des Originaldoms sozusagen. Ein Fanal gegen die architektonische Himmelsstürmerei, die mit den gotischen Kathedralen begann und mit unseren Wolkenkratzern endet. Hundertwasser hält die gerade Linie für »gottlos«, »unmoralisch« und die zeitgenössische Architektur für ein Verbrechen. Magdeburgs wunderbarer Dom ist insofern umwerfend modern. Voller gerader Linien. – Die Bürgerinitiative aber will Hundertwassers Naturdom nicht. Jedenfalls nicht vor dem anderen. Über 10 000 Unterschriften sammelte sie schon für einen »freien Domblick«. Die DDR-Plattenbauten, die den Platz verstellten, sind bereits abgerissen. Für das einzigartige Ensemble aus Dom, Fundamenten der Kaiserpfalz (von hier aus regierte der erste deutsche Kaiser Otto I.) und Barockhäusern hat Magdeburg gerade Aufnahme ins Weltkulturerbe beantragt. Gehört Hundertwasser auch zum Weltkulturerbe?

Die Magdeburgerin vergißt schon ihren Widerstand. Sie findet den Österreicher mit den zwei verschiedenen Socken jetzt sehr harmonisch. Wir stehen auf der Dachterrasse. Ein blauer Zwiebelturm ist hier oben und ein Fruchtkapsel-Turm. Der Zwiebelturm stehe für den Islam und für die russisch-orthodoxe Religion, die Fruchtkapsel aber für die Naturreligionen. Die Magdeburgerin überlegt zaghaft, warum unsere Schulen Islam-Türme oder Orthodoxen-Türme brauchen. Dort drüben, erklärt Barbara Urbisch und weist auf die Neubauwohnung gegenüber, 4. Stock oben, ist die »Live Cam« installiert. Diese Kamera sei täglich von 7.00 Uhr bis 17.00 Uhr geschaltet, und immer, wenn Hundertwasser Lust habe, könne er sich von seinem Hausboot »Regentag« in Neuseeland (da ist er meistens) seine Wittenberger Schule anschauen. Friedensreich Hundertwasser war ja noch nie in Wittenberg. Auch nicht zur Einweihung.

Die Schüler des Gymnasiums sind es schon gewohnt, daß etwas ältliche Menschen, die unmöglich noch eine Schule besuchen können, mitten am Tag mit Fotoapparaten durch ihre Flure laufen. Wir erfahren, wie schwer es die Wittenberger Fliesenleger hatten, als sie ohne Wasserwaage und Lot einfach kreuz und quer Fliesen legen sollten. Die Fliesen gehören zum »Fensterrecht«. Es besagt, daß jeder, so weit sein Arm reicht, aus dem Fenster malen oder kreuz und quer Fliesen legen darf, wie er will. Oder soll. Oder muß. Anfang der Achtziger sagte der Architekt zu seinen Studenten an der Wiener Kunstakademie: »In der Meisterklasse Hundertwasser lernt man nichts, im Gegenteil, es wird versucht, Gelerntes zu verlernen.« Einen allerersten Lehrauftrag verlor er 1959, nachdem er seine Schüler eine geschwungene Linie durch sämtliche Räume der Wiener Kunstakademie ziehen ließ. Das haben – in kleinerem Maßstab – jetzt sogar die Wittenberger Fußbodenleger geschafft und kreative Bögen ins Linoleum geschnitten.

Innen ist das Gymnasium bis auf die zwei schwangeren Hundertwasser-Säulen in der Aula ziemlich normal. Dafür haben die Schüler selbst Lehmsäulen errichtet, wunderbare Gardinen aus der AG Seidenmalerei aufgehängt und Mandalas an den Wänden. Große grüne Papp-Dinosaurier lagern in den Fluren. Sogar die Toilettenschilder sind selbstgemacht. Im Sommer kann man oben auf dem Gras-Dach Musik machen oder zeichnen. Und bald kommt sogar die Schul-Sternwarte. Man wartete, bis »Sofi« vorbei war, denn jetzt ist sie viel billiger.

Fast hätte man geglaubt, in einem so vorsätzlich kreativen Haus fällt einem nichts mehr ein. Und ein ganzes Hundertwasser-Wohngebiet wäre wohl sicher die Real-Apokalypse. Aber als Kontrast zur »Unwirtlichkeit unserer Städte« ist Hundertwasser gerade richtig. Hundertwasser ist nicht das alter ego des Magdeburger Doms. Er ist das alter ego des DDR-Billigfunktionalismus. Sein nächstes Projekt im Osten sind die »Hohen-Haine-Dresden«: »Die Wohnungen hängen unter den Wiesen.« Hier wird er auch endlich sein 1000-Augen-Haus bauen dürfen. Kurt Biedenkopf sah das Modell und sagte: »Das ist ja fantastisch.« Genauso hätte er sich als Junge seine Sandburgen gewünscht. Und jetzt kann man da sogar reingehen.

Hundertwasser baut für Menschen bis sechs Jahre und

etwas Ältere, die es den Bauklötzer-Türmen ihrer Kindheit noch immer übelnehmen, daß sie jedesmal eingestürzt sind. Hundertwasser will nicht verstehen, daß Technik, Architektur immer schon Austritt aus dem Naturzusammenhang sind. Im Augenblick gestaltet er gerade den Bahnhof von Uelzen. Oder sagen wir: läßt gestalten. Sicher war er auch noch nie in Uelzen. Aber er mag das Projekt. Er hat nur ein Problem. Mitten durch den Bahnhof laufen mehrere dieser schrecklichen »gottlosen geraden Linien«. Wenn er sie nur ein klein bißchen verbiegen dürfte! Uelzen liegt an der ICE-Strecke.

Die Kneipen vom Schiffbauerdamm

Die Spree trägt heute selbstmörderbleigrau. Am anderen Ufer das »Albrechtseck«. Oben auf der Brücke geht die S-Bahn in die Kurve und hat jedesmal Angst runterzufallen. Wer möchte schon gern aufs »Albrechtseck« fallen? Genauso habe ich mir immer eine richtige Selbstmörderkneipe vorgestellt. Früher dachten wir, die Polizistinnen vom Grenzübergang Friedrichstraße würden sich hier abends noch was dazuverdienen. Bei dem Befehl »Bitte!« nahm man unwillkürlich Haltung an und wartete auf das »Wegtreten!« Aber das machten sie dann doch selbst. Brillenträger im Winter hatten es besonders schwer, schon weil sie die Speisekarte an der Wand nicht lesen konnten. Und jetzt ist das »Albrechtseck« plötzlich zu. Im Fenster nur noch die Auskunft »Frühstück unter fünf Mark«. Zum besseren Verständnis ist daneben ein schönes, volles Glas Bier gemalt. Doch, das »Albrechtseck« war was Besonderes. Eine der letzten gelungenen Synthesen von Koma und Preußentum.

Diese schönen jungen Kneipen haben ja keine Disziplin mehr. Das merkt man gleich gegenüber, in der »Ständigen Vertretung«. Alle reden durcheinander. Und so viele bunte Fotos, Plakate, Losungen. »Vom Wessi lernen heißt siegen lernen«, steht neben der roten Fahne mit Sichel. Anstelle des Hammers hat sie eine Banane. Oder Brechts »Die Mutter«.

Was macht »Die Mutter« in der Kneipe? Ich lese den Anfang: »Wer noch lebt, sage nie niemals!« Brecht hat recht. Ich bestelle sofort ein Bier. Dann die zweite Zeile: »Das Sichere ist nicht sicher.« – Ein richtiger Cote-du-Rhone-Satz. Diese existentielle Schwere. Bevor ich die dritte Zeile lese, zähle ich vorsichtshalber den ganzen Text durch. Es sind genau siebzehn Zeilen oder ungefähr 3,0 Promille. Vielleicht sollte man Brecht künftig in Promille angeben?

Aber die »Ständige Vertretung« hat die richtige Speisekarte für Brecht. Unter »Rheinische Spezialitäten« steht »Eifeler Kartoffelsuppe mit gebratener Blutwurst«; bei »Berliner Spezialitäten«: »Traditionelle Soljanka« oder »Hausgemachte Brandenburger Kohlroulade«. – Müssen wir Berliner uns das eigentlich gefallen lassen? Ich frage nach dem Chef. Ein Rheinländer, na bitte. Beim Hinausgehen fällt der Blick auf Brandt mit Mandoline und Kohl im Gegenlicht, oder sind das schon die Brecht-Promille?

Bis zum BE ist es sehr weit. Noch vier Kneipen. Zuerst »Brokers Bierbörse«, dann »Engelbrecht«, »van Gogh« und das »Ganymed«. In der »Bierbörse« steht »Fürst Bismarck« gerade bei 4 DM, der Apfelkorn bei 4,20 DM. 1,5 Liter Pitcher Binding Lager gibt es schon für 16,80 DM. Dazu das Börsenlied »High Energy«. Ein Überfallkommando in roten Jacken stürzt herein, verteilt sich, ruft »Thai Fun!« und plötzlich liegt vor jedem eine Tüte Chips der Zukunft. »Thai Fun.« Das mittelalterliche Ehepaar, das schon vorhin sehr verzweifelt aussah, entschließt sich zu gehen.

Das »Engelbrecht« war früher der »Trichter«. Ungefähr zu der Zeit, als das »Deutsche Theater noch das »Deutsche Theater« war. Man konnte sich hier ganz langsam in die Wirklichkeit zurücktrinken. Nach »Calderons Traum« mit Ulrich Mühe, nach Senecas oder »Dantons Tod«, all diesen wunderbaren, hochartifiziellen Theater-Delirien. Aber dann nahmen sie die alten Fotos ab, schafften die alten Stühle raus, auch den Laubengang und übermalten die kleine Tänzerin hinten an der Wand mit markigem Pseudo-Sitte. Sogar ein Pseudo-Willi-Sitte-Triptychon ist da. Es gibt keinen »Trichter« mehr. Wir gehen vorbei. Im »van Gogh« dann plötzlich die Gewißheit, daß alle Menschen hier in der Werbung arbeiten. Sie sprechen so uneigentlich-eigentlich, so sagenhaft direkt-abgeleitet. Noch ein Cote-du-Rhone. Ich möchte das Lächeln der Dame gegenüber anfassen. Sicher ein Implantat. Virtual Reality? Wir sind es selbst.

Das »Ganymed« fiel schon immer aus der Reihe. Hier erklärte Heiner Müller einst Wolfgang Harich, daß er Georg Lukács doch ziemlich faschistoid finde. Worauf Harich aufstand und sein Rotweinglas in der Hand zerdrückte. So war das »Ganymed«. Heute spielt ein grauhaariger seriöser Herr Klavier. Udo Lindenbergs »Sonderzug nach Pankow«, die Kaffehaus-Light-Variante. Niemand hört zu. Nur ein großer schwarz-weißer Hund blickt ihn teilnehmend an: Wir sind nun mal die Underdogs hier, Hunde und Klavierspieler.

1.00 Uhr. In »Brokers Bierbörse« ist »Fürst Bismarck« auf 4.20 DM gestiegen. Das »Engelbrecht« hat schon geschlossen. Beuys schaut aus der »Ständigen Vertretung« durch uns hindurch auf den Tränenpalast gegenüber. Er hat jetzt noch mehr Ähnlichkeit mit Tom Waits als sonst.

Liebe Provinz!

Man trifft Dich neuerdings überall, ein bißchen zu oft selbst für eine alte Bekannte. Man weiß sich gar nichts mehr zu sagen. Seit Du auch in den Metropolen ein ständiges Zimmer hast, in jeder Kneipe, in jeder Behörde herumsitzt, mag ich Dich nicht mehr. Es wird ein bißchen sehr ungemütlich, wenn man Dich den ganzen Tag so reden hört. Man vergißt beinahe, wo man ist. Megalopolis – ein alter Hut, ich weiß. Kein Grund, sich einen noch älteren aufzusetzen.

Was ich jetzt aber von Dir höre, hätte ich selbst Dir nie und nimmer zugetraut. Ich weiß, es ist eine Bagatelle. Aber literweise Wasser in eine Kaffeetasse gießen geht auf die Dauer nicht. Daß Du Straßen, die im Osten ja alle nach irgendwelchen russischen Kommunisten, Puschkin, Tolstoi, Gorki oder Tschechow heißen, ordentlich eindeutschst, kann ich ja noch verstehen. Bildungslücken hat jeder, und der Bildungsbürger weiß für die sogar ein lateinisches Wort: Gymnasium. (Zu deutsch Turnanstalt oder Treffpunkt der Philosophen und Rhetoren.) Außerdem kann sich mittlerweile wohl auch der letzte eher etwas unter einem »Platz der Einheit« vorstellen. So gut so deutsch.

Aber daß nun selbst der nach Marc Aurel bei allen Oberstudienräten beliebteste Übervater verornamenteten Bildungsgutes daran glauben muß! Ich meine die Bad Doberaner Schule, in die ich einmal ging (ich ging nicht gern, aber immerhin regelmäßig – und so was verbindet), die seit 1947 eben nach Johann Wolfgang von Goethe heißt. Hieß richtiger, denn nun heißt sie wieder wie schon bei Kaisers, Reichskanzlers und Führers: Friedrich-Franz-Gymnasium. Ein Werk von ekelhaften Reaktionären oder von Touristikmanagern, die daraus Kapital schlagen wollen, daß hier die Schweriner Großherzöge samt Hofstaat in ihren überdimensionierten Bungalows gelegentlich badeurlaubten? Wohl eher nicht. Mir scheint, liebe böse Provinz, es ist Dein Werk – die Realsetzung eines Bewußtseins. Ja wie soll man sich denn nach Goethe nennen, wenn einem der verblichene Landesvater aus der Ferne winkt?

Sehen wir es so: Goethe ist erlöst von der Repräsentationspflicht, jetzt muß ein familiär begünstigter Berufspolitiker seine Biographie hinhalten für die Schülerchroniken aller Jahrgänge. Da wird es doch interessant. Was die frischgebackenen Lateiner aus der höfischen Langeweile zu lernen wissen, würde mich interessieren. Unterschiedliches vermutlich. Vielleicht, daß es auch fortschrittliche Absolutisten und absolutistische Demokraten gibt?

Sollen wir nun froh sein, daß wir nach jeder geschichtlichen Wende die Hälfte unserer Ehren-Namen neu bedenken dürfen? Anderswo hat man von Anfang an Namen durch Zahlen ersetzt und sich damit manches erspart. Aber so auch die Stadt noch mehr zu einem unansprechbar-kalten Gegenüber gemacht.

Der Name als Stachel oder einfach als Name, den man hinnimmt. Es gibt tatsächlich wichtigeres als wie man heißt. Ein bißchen traurig über Dich bin ich aber doch, daß Du wieder einmal meinst, auf der Gewinnerseite zu stehen. Das macht Dich so langweilig, und außerdem stimmt es nicht.

Auch wenn oder weil Du's nicht siehst, die Erinnerung geht auf Schleichwegen und beständiger, wenn es an Macht fehlt, den aufgehobenen Wünschen Realität zu geben. Namen wie Wünsche haben ihre Halbwertzeit. Irgendwann hören sie auf zu strahlen, man muß keine Angst mehr vor ihnen haben. Dann sind sie, falsch verwandt, bloß belanglos, allenfalls grotesk.

Aber warum erzähle ich Dir das, übermorgen wirst du es auch schon immer gewußt haben.

VI. Finten, Scheinangriff und Grabenkampf

Günther Krause und der unstillbare Ehrgeiz

Börgerende hat nur eine einzige, aber sehr lange Straße. Makellos asphaltiert. Schön gepflasterter Bürgersteig. Hier wohnt der vormalige Verkehrsminister Günther Krause. Ganz vorn an der Straße stehen die »Volkshäuser«, jüngstes Projekt des Unternehmers Krause. Hinten mündet sie in die Ostsee. Warum ist das Meer im unternehmerischen Sprachgebrauch – »Ins-Wasser-Fallen«, »Baden-gehen« – eigentlich so übel beleumundet?

In der Mitte der Straße steht ein Bus. Ein richtiger BVG-Doppelstock-Bus, die höchste Erhebung weit und breit. Nicht viele Berliner Busse sehen in ihrem Leben die Ostsee. Die Linienführung ist auch ungewöhnlich. »Von Rostock nach Bonn« steht dran, »Mit Günther Krause«. Abfahrt: September '98. Neben dem Bus ein alter Zaun mit alten Bäumen und altem Haus dahinter. Das sind Krauses Nachbarn. Vor dem Haus warten ein Gartenzwerg, ein Hahn, ein Strandkorb und zwei Plastestühle. Man hört nur den Wind und aller Viertelstunde den Hahn. So zeitlos, so ziellos ist Mecklenburg.

Da plötzlich hört man auch Günther Krause. Er sagt, daß es jetzt losgeht. Zeit und Ziel sind sofort wieder da. Es ist genau 12.30 Uhr. Wir fahren mit dem Bus nach Rostock zum Wahlkampf.

Wieder vorbei an den »Volkshäusern«. Keiner baut so billig wie Krause. Das sind ja richtige Plattenbauten! – Nein, sagt der Wohnungsbauingenieur Krause langsam, voll bedrohlicher Nachsicht, das hier wären überhaupt keine Plattenbauten, das sei vielmehr Großtafelbau. Für den Großtafelbau nehme man vor allem viel gebrannten Ton. Krause spricht nun über Zuschlagstoffe und Alternativen der Deckenfertigung. Seine Decken seien übrigens »geschüttet« und sieben neue Häuser würden heute gerade übergeben.

Zum erstenmal fällt jetzt der Name eines der drei Hauptfeinde Krauses. Es ist die WIRO, die Rostocker Wohnungsbaugesellschaft, die immer das beste Bauland bekomme, obwohl Krauses Häuser doch viel besser seien. Die anderen beiden Hauptfeinde sind die Rostocker Verkehrsbetriebe und die Rostocker Stadtwerke. Ansonsten hat Krause nur noch Neben- und Unterfeinde wie den Ministerpräsidenten Seite. Aber der regt ihn nicht auf: Fragen Sie ihn doch selbst, warum er mich nicht leiden kann!

Der Bus schwankt durch die Felder. Auch alt geworden!, kommentiert Krause die verzweifelten, stark asthmatischen Motorgeräusche und steckt sich das erste Zigarillo des Tages an. Vielleicht ist das ja eine gute Gelegenheit, über den Einigungsvertrag zu reden. Herr Krause, würden Sie alles noch einmal genauso ...? – Krause schaut auf, wie man jemanden bei einer Alkoholkontrolle fixieren würde. Sein Blick ist jetzt noch stechender: Haben Sie den denn gelesen? Die Antwort fällt auch aus wie bei einer Alkoholkontrolle, also eher abwiegelnd. – Halina, guck' doch mal, wo der Einigungsvertrag liegt!

Halina ist Krauses Assistentin, 19 Jahre alt, sehr blond, die Tochter seines Anwalts. Sie hat gerade ein BWL-Studium in Cambridge abgebrochen und findet Mecklenburg, den Wahlkampf und »den Professor« »total gut«. Nur daß sie aus München kommt, das soll doch besser nicht in der Zeitung stehen, weil da versteht man hier oben eben keinen Spaß, sagt Halina. – Womit bitte? – Na eben wenn einer aus München kommt!

Halina findet den Einigungsvertrag nicht. Dafür »CDU-Landkarten« von Mecklenburg-Vorpommern, 100 Stück. Was sind eigentlich CDU-Landkarten? Krause fragt den Busfahrer, ob er nicht wisse, wo der Einigungsvertrag ist, sie hätten doch schließlich immer einen an Bord. Der Busfahrer zögert, er könne jetzt hier echt nicht weg. Der vormalige Verkehrsminister versteht das sofort. Wir sind kurz vor Rostock.

Also, sagt Krause, vierzig Prozent des Vertrages sind nicht umgesetzt. Nehmen wir mal Artikel 17, die Rehabilitationsgeschichten: Fahnenflucht bleibt ein Strafbestand, ist doch grotesk, wie? Hier, Artikel 28, 29 (Krause hat jetzt doch ein Exemplar gefunden) Wirtschafts- und Außenwirtschaftspolitik, achtzig Prozent nicht erfüllt. Weiter, Artikel 33, Gesundheitswesen ... Weiß doch jeder Idiot, daß das nicht erfüllt ist! Artikel 44, Rechtswahrung ...

Krause läßt den Vertrag sinken. Von 5500 Regelungen 3000 vollständig umgesetzt, 2500 nur teilweise. »Rückgabe vor Entschädigung« schließlich, der meistkritisierte Grundsatz des Einigungsvertrages, sei mit der Bundesregierung nicht anders machbar gewesen. Im allerersten Entwurf hätte ja noch »Entschädigung« gestanden.

Krause nickt jetzt manchmal beim Reden und lächelt. Er grüßt Bekannte auf den Straßen draußen. Wir halten direkt auf Rostocks Universitätsplatz, mitten in der Stadt. Keiner hat die Standortgenehmigung. Vergessen! Kinder, da müßt Ihr aber doch dran denken, mahnt Krause.

Die Assistentin und der Busfahrer bauen den Stand auf. Ein erster Interessent nähert sich vorsichtig: Kann ich auch so'n Stift haben? – Sicher!, sagt Krause und gibt dem Mann noch ein CDU-Kartenspiel dazu. Er steht hinter seinem Tisch und ruft, wie man das auf Marktplätzen nun einmal macht, wenn man einen eigenen Stand hat, egal ob man Fische verkaufen will oder die CDU: Komm' Se nur heran! Mein Name ist Günther Krause. Ich kandidiere für den Deutschen Bundestag!

Okay, Herr Krause, sagt einer, die A 20 find ich gut!

Krause erklärt jetzt jedem, der will, die CDU-Landkarte: Da ist die A 20 schon drauf, das unterscheidet uns von der SPD!

Ein Eisenbahner kommt. Die A 20 ist ihm sichtlich egal. Darf ich Sie über die CDU infomieren, fragt Halina, die Assistentin. – Nee, weiß ich schon alles, antwortet der Eisenbahner. – Aber über Günther Krause, beharrt die Assistentin. – Der Eisenbahner bleibt stehen, mustert Krause ausgiebig und fragt: Sind Sie eigentlich berufstätig? Dann bricht es aus ihm heraus. 21 000 Bahnarbeitsplätze habe Krause vernichtet! Und das ganze Land sei voll von Kinderschändern und Verfassungsschutz, überhaupt solle Krause doch mal versuchen, von Neustrelitz nach Rostock zu fahren! Dauert viel länger als früher. Bahnreform? Ha!!!

Krause beginnt behutsam, die Kinderschänder von der Bahnreform zu trennen und diese wiederum vom Verfassungsschutz. Inzwischen beharrt eine alte Dame darauf, weil Krause doch beschäftigt ist, daß ich ihr das CDU-Parteiprogramm erkläre. Zur Entschädigung schenke ich ihr hinterher ein Feuerzeug »Feuer und Flamme für unser Land! CDU«.

Schwer zu sagen, wie er das geschafft hat, aber Krause ist jetzt tatsächlich bei der WIRO, der Rostocker Wohnungsbaugesellschaft, angekommen. Die WIRO ist ganz sicher einer der wenigen Gegenstände, die den kleinen Bahnangestellten, der ein bißchen so aussieht wie Robert Carlyle in »Ganz oder gar nicht« und bestimmt immer ein braver Gewerkschafter war, überhaupt nicht interessieren. Als er schließlich geht, hat er gelernt, daß nur beinharte Konkurrenz hilft. Konkurrenz vor allem für die WIRO und die Rostocker Verkehrsbetriebe und die Stadtwerke! Warum sei das Gas denn hier wohl dreimal so teuer wie in Essen? Warum fahren in Rostock Straßenbahnen, von denen Stuttgarter ihm, Krause, versichert hätten, solche könnten sie sich nicht leisten?! 50 Millionen jährlicher Zuschuß für die Straßenbahn, Wahnsinn! Und nehmen wir nur mal Bayern, vor 35 Jahren sei das auch das ärmste Bundesland gewesen, genau wie wir, aber jetzt? Sehen Sie, sagt Krause.

Junge Männer mit Fahrrädern, Büroangestellte, ältere Frauen und kleine Kinder nicken schweigend und haben meerblaue Augen. Plötzlich ist er weg, keiner merkt es, jeder diskutiert längst mit jedem. Über Rostock, aber auch über die große Politik: Bald werden die roten Horden den Bundestag stürmen, dann wißt ihr, daß ihr wieder reingefallen seid, ruft ein schmächtiger Radfahrer. Krause redet inzwischen im Bus mit einer blonden Frau und ihrem Mann. Herr, Krause, wir schätzen Sie sehr, sagt sie, warum mußten die uns eigentlich einen Ostfriesen als Bürgermeister herschicken?

Da reckt sich ein Kopf durch die Bustür: Mein Name ist Hölke. Ich wollt' Ihnen nur sagen, Herr Krause, ich wähl Sie! – Krause lächelt.

Papa, hast' mal Geld für was zu essen? – Das ist Krauses jüngster Sohn Jann-Henning, 17 Jahre alt. Der mittlere, Haie-Jann ist auch da. Alle tragen sie weiße T-Shirts mit einem großen Krause-Kopf vorne drauf, drunter steht wieder »Günther Krause, von Rostock nach Bonn«. Auf dem T-Shirt sieht der vormalige Verkehrsminister ungefähr aus wie Elvis Presley, nur daß Elvis im Gegensatz zu Krause nicht Klavier und Orgel spielen konnte. Eigentlich wollte er ja Kirchenmusiker werden.

Die blonde Frau, die Krause so mag, kommt jetzt, nach einer Viertelstunde ungefähr, zu einem sehr überraschenden Punkt. Leider sei sie keine CDU-Wählerin: Herr Krause, wenn Sie doch nur in einer anderen Partei wären, ich würde Sie sofort wählen! – Krause erklärt ihr, das habe er schon oft gehört in den letzten Wochen, es sei aber auch egal. Er wolle ohnehin nur ihre Erststimme, im übrigen könne sie wählen, wen sie wolle. Er sei nämlich nicht so ein Listenkandidat wie die anderen. Listenkandidaten müßten sich auch benehmen wie Listenkandidaten, und dazu habe er, Krause, noch nie Lust gehabt. Eine sehr erregte fremde Frau stürzt jetzt in den Bus. Herr Krause, um Gottes willen, dort drüben, die »Sozialistische Alternative«! Die habe genau gegenüber ihren Stand aufgebaut, und ob er da nicht mal was dagegen tun könne? Sie selbst sei auch schon da gewesen und habe gefragt, ob sie sich nicht schämen würden. Sie hätten sich nicht geschämt. – Krause gesteht seine vollständige Nichtkompetenz, wir hätten nämlich eine Demokratie. Die Frau sieht jetzt aus, als ob sie überlege, was eigentlich übler sei, die Demokratie oder der Sozialismus. Wenn die wüßte, daß er Wolfgang Methling, seinen PDS-Konkurrenten im Wahlkreis Rostock-Stadt, am 27. besuchen will – oder der ihn, je nachdem, wer gewinnt. Denn der Methling, sagt Krause, sei schon in Ordnung. Es lohne sich, mit dem zu reden. Es klingt wie: Von wem kann man das sonst schon sagen?

Wir fahren nach Bentwisch, nahe Rostock, zu Möbel Höffner. Die »Junge Union« sitzt jetzt auch mit im Bus, etwa 20 Jahre alt mit Basecap. Sie reden über eins von Krauses Lieblingsprojekten. Aus Rostocks schwimmendem Riesenkaufhaus ein Multiplexkino machen! Überhaupt: vollhochseetaugliche Multiplexe, die man über die Ostsee von Stadt zu Stadt ziehen könnte, das ist eine Idee nach Krauses Geschmack. Da ist zugleich viel Verkehr drin und der Bau auch! Seine Promotion schrieb er zu der Frage, wie man Prinzipien der integrierten, flexiblen Fertigung in der Automobilwirtschaft auf den Wohnungsbau übertragen kann. So seien dann übrigens später die Rostocker Stadtteile Schmarl und Groß-Klein entstanden. Im Westen gäbe es das bis heute nicht.

Wirklich schwer zu verstehen, wie sich das Wort »Affäre« so unablöslich an diesen Tüftler und Techniker hängen konnte. Es paßt gar nicht zu ihm, nicht zu dieser millimetergenauen Intelligenz. Daß er im Verkehrsministerium soviel bewegt hätte wie kein anderer vor ihm, bestreitet niemand. Nur verzeiht man zuviel Bewegung vielleicht nicht mal einem Verkehrsminister. Der Vorschlag zur Privatisierung der Autobahn, das war zuviel, sagt Krause, vergessen Sie die Putzfrau! Und: die Privatisierung wird trotzdem kommen!

Vor Möbel Höffner in Bentwisch ist fast niemand. Die Söhne und die Assistentin bauen trotzdem noch mal den Stand auf. Krause steigt nicht mehr aus, er wirkt müde jetzt und zündet sich eine neue »Al Capone. Sweets« an. Da ist Cognac drin, sagt er, woll'n Sie auch mal'n Zug?

Die letzten Jahre haben den Mann verändert. Nicht in dem, was er denkt. Aber sein Lächeln ist nicht mehr so selbstherrlich-auftrumpfend wie früher, er hat jetzt einen irgendwie resignativen, beinahe melancholischen Zug um den Mund. Vielleicht ist Melancholie ja die Humanität der Intelligenz, überlege ich noch, da will Krause wissen, ob ich schon mal darüber nachgedacht hätte, warum wir in Deutschland so wenig Kreisverkehr haben. – Nein, nicht? Ganz einfach, weil man da nämlich mitdenken muß. Das Prinzip in

Deutschland aber sei, und nicht nur im Verkehr, die 100prozentig geregelte Ampel. Anfahren und halten – mein Gott, diese Abgase beim Stehen! – anstatt den Verkehr aus ganz unterschiedlichen Richtungen im Fließen zu halten. Eine Ampelgesellschaft sei das hier, jawohl. Außerdem habe der Kreisverkehr, ob mir das schon mal aufgefallen sei, immer eine Spur mehr als die Zufahrtsstraßen!

Am Sonnabend fuhr Krause das erste Mal zusammen mit Angela Merkel Bus, seiner vormaligen Pressesprecherin und heutigen Chefin im CDU-Landesverband. Sie fand Krauses Kandidatur eigentlich sehr befremdlich. Am Sonntag hatte er Geburtstag. Am Montag ließ er sich scheiden. Man übersteht alles, glauben Sie mir, sagt Krause. Offen blieb, welchen der drei Tage er meinte.

Karl Eduard von Schnitzler kämpft immer noch gegen den Klassenfeind

150 zu 80, sagt die Krankenschwester anerkennend und packt das Blutdruckmeßgerät ein. Schnitzler zur Krankenschwester: »Sehen Sie, er steigt nicht, auch wenn die Kollegin hier da ist.« Schnitzler raucht eine dicke Zigarre, von der schwächere Naturen noch am späten Nachmittag tot umfallen würden. Er hat sie nicht mal beim Blutdruckmessen aus dem Mund genommen. Jetzt ist Vormittag.

Auf dem Tisch brennt eine Kerze. Seit neun Jahren ist Karl Eduard von Schnitzler nicht mehr auf Sendung. »Wissen Sie, was die erste Maßnahme war, als sich am 30. Oktober '89 die sogenannte Wende ankündigte? Die allererste Maßnahme war das Verbot des Schwarzen Kanals. Das war die gefährlichste Sendung!« Wie spricht man eigentlich mit einem der letzten großen Ideologen des Jahrhunderts? Alles ist anders geworden, nur er sieht aus wie immer. Beinahe. Schnitzler weist mich auf die Couch, dorthin wo sonst seine Freunde, die Generale Keßler und Baumgarten sitzen.

– Herr von Schnitzler, was hat die DDR falsch gemacht?

– Ich halte die Frage »Was haben wir falsch gemacht?« für falsch. Die Frage muß lauten: Was haben wir richtig gemacht?

– Was haben wir richtig gemacht?

– Fast alles. Das Falsche in den Mittelpunkt zu stellen, schadet der Wahrheitsfindung. Für mich ist die Haltung zur DDR eine der wichtigsten Fragen heute in der Politik überhaupt.

– Aber sie ist doch weg?!

– O ja. Die Politik der Anpassung begann nicht erst mit Gorbatschow. Sie begann mit dem Tode Stalins, bei uns mit dem Tode Ulbrichts. Ich halte Ulbricht für den größten deutschen Staatsmann des Jahrhunderts.

Man hätte es wissen müssen. Die Katastrophe des Realsozialismus hat das Schnitzlersche Universum nur an seinen äußersten Umlaufbahnen berührt. Darin liegt ein oft unterschätzter Vorzug fester Weltbilder. Schnitzlers Buch »Provokation« (1993) beginnt: »Die Deutsche Demokratische Republik war das Beste, was in der Geschichte den Deutschen, den Völkern Europas und der Welt aus Deutschland begegnet ist.« Fundamentalisten sind eigentlich immer unterhaltsam, zumindest, wenn man ihnen nicht gerade ausgeliefert ist. Im Augenblick liegen die Dinge anders.

– Ich empfehle das Buch »Wider den Revisionismus« von Kurt Goßweiler. Darin finden Sie die Antworten auf sämtliche Fragen der letzten sechzig Jahre! Der Sozialismus stand immer im Krieg.

– Goßweiler mit ß?

– Jawohl.

– Die schlimmsten Exzesse in der Sowjetunion geschahen Ende der dreißiger Jahre, da fühlte sich Stalin nicht akut bedroht!

– Stalin fühlte sich immer bedroht. (legt die Zigarre weg) Aber er ist nie zu einer Bedrohung geworden! (dann ernsthaft böse) Darf denn nur die Konterrevolution bewaffnet sein? Darf nur der Imperialismus Krieg führen?

Márta Rafael, Schlagersängerin, von Schnitzlers letzte Frau, kommt herein, stellt die Einkaufstaschen ab. Hast du alles gekriegt?, fragt Schnitzler anteilnehmend und setzt schnell hinzu, daß er nicht vergessen habe, die Kerze anzumachen. Wegen der Zigarre! Hier, Schnitzler weist hinüber auf die Generals-Couch, die Kollegin schreibt gerade die Geschichte neu. Frau von Schnitzler hat den müden, leicht nervösen Blick von Menschen, die schon zuviel von der Welt sehen mußten. Sehr gut, sagt sie, sehr gut, wenn man die richtigen Quellen hat, kann man davon lange leben!

– Verstehen Sie, frage ich, daß so viele in der DDR Gorbatschow als Befreiung empfunden haben?

– Honecker nicht.

– Klar, das Politbüro nicht, Hager nicht ...

– Hager war für Gorbatschow.

– Das wundert mich.

– Mich nicht. (jetzt zu seiner Frau gewandt) Die Kollegin hat versprochen, mir zu zeigen, was sie schreibt!

Márta Rafael nickt stumm und schaut mich an wie einen durchgefallenen Prüfling.

–Wissen Sie, ich habe ganze Leitzordner voller Lügen der Westpresse über mich. Márta? Wieviel »Kanäle« habe ich ... genau, ich habe 1519 »Kanäle« gemacht.

Gorbatschow fällt ihm wieder ein. Er habe sehr früh eine deutsche Übersetzung seiner ersten Reden lesen können und auf Seite 68 oder 69 gewußt: Das ist unser Mann nicht.

– Gorbatschow hat all unsere Schwächen ausgenutzt und sämtliche Prinzipien verraten.

– Welche Prinzipien?

– Lesen Sie im Manifest nach!

– Aber, Herr von Schnitzler, so geht das doch nicht ...

– Natürlich! (jetzt aufbrausend, Anflug revolutionären Zorns), genauso geht es, genauso muß es gehen!

– Ist das Manifest eine Bibel?

– Nein. Marxismus ist die Theorie, Leninismus ist die Praxis.

– So einfach?

– Ja. Man muß vereinfachen.

– Aber in Marx liegen verschiedene Wege. Auch ein evolutionärer. Vielleicht ist das revolutionäre Pathos sogar das

Vergänglichste an Marx, dem 19. Jahrhundert zugehörig? Entscheidend ist doch, daß Marx sich den Kommunismus als eine zivilisatorisch überlegene Gesellschaftsform dachte, nicht als Rückfall an den Feudalismus.

– Intellektuelle Schwafelei!

– Herr von Schnitzler!

– Intellektuelle Schwafelei, sage ich, und sonst gar nichts. (Pause) Keine Substanz!

– Dann hätte Marx nicht seine drei Bände Kapital zu schreiben brauchen. Muß man nicht sagen, daß die DDR einfach an der Produktivkraftentwicklung gescheitert ist?

– Erstens ist der Sozialismus nicht gescheitert, und zweitens ist die DDR nicht ehemalig, sondern sie ist sehr gegenwärtig, sonst würde nicht Herr Gauck existieren und würde nicht Herr Schily existieren. Mit dem habe ich noch ein besonderes Hühnchen zu rupfen, mit dem Herrn Schily.

– ?

– Egal. Wen hat die DDR eigentlich unterdrückt?

– ??

– Wir haben in der DDR die Feinde des Friedens und die Feinde des Sozialismus unterdrückt. So einfach ist das.

– Würden Sie nicht ...

– So einfach! So einfach!

– ... würden Sie nicht zugeben, daß die Freiräume des Einzelnen sehr zurückgeschnitten wurden?

– Das ist ganz unvermeidlich. Lesen Sie mal bei Rosa Luxemburg nach. Den Passus von der Freiheit des Andersdenkenden hat sie revidiert. Revidiert!

– Nicht vielleicht ausgesetzt für bestimmte Zeiträume?

– Ja, könnte man sagen. Aber, ich wiederhole es zum ichweiß-nicht-wievielten Male in unserem Gespräch, es ist Krieg geführt worden gegen den Sozialismus. Immer. Und im Krieg gelten Kriegsgesetze. Kalter Krieg ist kein Zuckerlecken.

– Gewöhnlich begrenzt man den kalten Krieg auf einen historischen Zeitraum

– Das ist ja der Fehler! Der kalte Krieg geht weiter. Schauen Sie nach Jugoslawien, ein Krieg, an dem sich nun auch die Herrn Rühe und, wie heißen die Brüder?, Scharping beteiligen. Und Herr Fischer!

– Es hat sich also seit Anfang der fünfziger Jahre nichts geändert?

– Doch. Es hat sich verschärft. Jetzt sind die Leute wehrlos. Damals hatten sie noch den »Kanal«.

– Sie hatten nie Zweifel, daß Ihr Auf-letzte-Konsequenzen-Gehen auch eine Selbsteinschränkung sein könnte? Die Frage ist, was Wahrheit ist, bloßes Destillat von Wirklichkeit oder ein Relationsgefüge?

– Das ist doch Geschwätz, Kollegin, verzeihen Sie, das ist Geschwätz!

– Mehr nicht?

– Mehr nicht, denn es gibt Grundwahrheiten. Der Imperialismus ist ein Verbrechen an der Menschheit.

Und ich müsse ihm nichts über den Imperialismus erzählen, denn den kenne er seit genau achtzig Jahren. Im Frühjahr hatte er Geburtstag. Seine Autobiographie »Meine Schlösser« beginnt: »Als mich das Licht der Welt erblickte, flackerte es.« Nicht schlecht, das Licht der Welt! Jetzt sagt von Schnitzler: »Ich bin zwischen Oktoberrevolution und Novemberrevolution geboren.« Damals hetzte man Liebknecht gerade durch die Straßen Berlins, auch durch Dahlem. Und die Bürger, sein Vater, der kaiserliche Beamte, nahmen Gewehre und Hirschfänger von den Wänden und was man sonst noch für eine richtige Jagd braucht. Immer wieder hat der Sohn es später beim Familienessen gehört. Daß man auch eine Aktie am Ende der »Verbrecherbande Liebknecht / Luxemburg« habe! Bei den Kindern der Landarbeiter auf der Domäne Dahlem und später in der SAJ (Sozialistische Arbeiterjugend) klang es plötzlich anders. Karl-Eduard von Schnitzler beschloß, an ihren Luxemburg und ihren Liebknecht zu glauben. Es gab nichts dazwischen. Vielleicht hat er sich das mehr gemerkt als alles andere.

– Liebknecht hätte der deutsche Lenin werden können. Vielleicht. Die Sozialdemokraten stimmten 1914 für die Kriegskredite. Das ist der Revisionismus, den ich meine, die

Anpassung, wie sie heute Gysi und Bisky pflegen. Oder Herr Schröder, mit seinem Fischer, dem grünen Anhängsel. Was ist eigentlich aus den 68ern geworden?

– Das wollte ich Sie fragen!

– Na, Kanzler und Vizekanzler. Sehen Sie!

– Zählt '68, und das war doch mehr als ein Mentalitätswandel, wirklich nicht? Sind Adenauer und Schröder dasselbe?

– Nein, Adenauer war eine viel stärkere, größere Persönlichkeit. Und ein konsequenterer Feind.

Im September 1933 wurde Schnitzler verhaftet. Mit fünfzehn Jahren. Die großbürgerliche Familie ließ ihre Beziehungen spielen. Der Junge kam wieder frei, Tante Helene in Leipzig nahm ihren Lieblingsneffen auf. Aber zuerst sollte er sich doch mal was ansehen. Zur Abschreckung. Der Fünfzehnjährige wurde im Leipziger Reichsgericht Zeuge der Begegnung Dimitroff – Göring. Die Tante hatte ihn zum Reichstagsbrand-Prozeß geschickt.

– Dimitroffs Faschismusanalyse hat hundertprozentig Gültigkeit bis heute. Oder nehmen Sie den bürgerlichen Philosophen Max Horkheimer. Der hat gesagt, wer über Faschismus redet, muß über Kapitalismus reden. Das ist doch eine große Erkenntnis. Da ha'm Sie's!

– Horkheimer war sich der formalen Gestaltungsräume der bürgerlichen Gesellschaften immer bewußt. Er hat diesen Staats-Sozialismus nie als Alternative gesehen. Was bedeutet für Sie eigentlich das Wort »Kommunismus«?

– (schweigt lange) Na Gott, da gibt es doch Formulierungen bei den Klassikern, die mir jetzt nicht gegenwärtig sind ... geregelte Wechselbeziehung zwischen Gesellschaft und Person! Verhältnisse, in denen die Interessen des Einzelnen mit denen der Gesellschaft übereinstimmen!

– Arme Einzelne! (So könnte man jede Monarchie definieren.) Klingt das nicht ein bißchen repressiv?

– Das Wort »repressiv« lehne ich grundsätzlich ab. Kommunismus ist auch nicht aktuell, sondern Kampf. Kampf gegen Imperialismus und Faschismus.

– Wo ist der Faschismus?

– Ich würde eher fragen: Wo ist der Kampf?

– Haben Sie das »Schwarzbuch« gelesen?

– Große Teile. Es überrascht mich nicht. Solche Bücher existieren seit Lenins Zeiten. Rot gleich braun, das ist eine der übelsten Geschichtslügen. Bücher wie das von Goßweiler gibt es nicht und das Schwarzbuch gibt es. Warum?

– ?

– Sehen Sie, Sie wissen es nicht. Ich weiß es. Ich bin Kommunist. Kennen Sie das Wesen des Werbefernsehens?

– ??

– Das Werbefernsehen hat den Sinn, gegen den Kommunismus etwas Wirksames zu finden und den Faschismus zu verharmlosen.

– ???

– Sie hören nicht zu, wenn ich was sage. Ich habe gesagt, daß ein Bedürfnis erweckt wird. Sie werden doch nicht behaupten, daß Coca-Cola von den Leuten gewünscht wird. Oder ein Schwarzbuch. Meinungen sind Produkte. Der Mensch ist ein Produkt seiner Umwelt. Denken Sie mal bis zuende durch, was das heißt!

– Sie sind die Widerlegung!

Schnitzler ist wohl ein Gnostiker. Die Gnosis glaubte an eine versprengte Geistsubstanz, eingeschlossenen in feindlicher Materie. Irgend etwas in der Art muß es sein. Man lebt nicht bequem als Gnostiker, schon gar nicht mit Systemnahen-Rente. Vor ein paar Wochen mußte Schnitzler aus seinem alten Haus ausziehen. Er konnte die Miete nicht mehr zahlen. Die Hälfte seiner Bibliothek und Bilder hat er verkauft. Was sind schon Bilder, Häuser und Bücher gegen den Komfort einer festen Überzeugung?

Von Eisbären und Liquidatoren

»Attilaaa!« Elf Stockwerke Beton. Ein Hausflur wie in Andreas Dresens »Nachtgestalten«. Und als der Angestellte Peschke im Film in den Fahrstuhl wollte, standen schon zwei Skinheads drin. »Attilaaa!« Wohnen in solchen Häusern wirklich nur Skinheads und Hunnen? Die Ruferin steht mit unwilliger Gebärde auf dem ersten Treppenansatz. Sie ist es. Ursula Böttcher, die Frau mit der weltberühmten Bärennummer. Sie hebt Attila, den Hunnen hoch. Attila bellt versöhnlerisch. Er ist etwas kleiner als die Tiere, mit denen Ursula Böttcher sonst Umgang hat. Ein Yorkshire-Terrier. Und seit zwei Wochen muß er ganz allein drei Eisbären ersetzen. Denn am 7. September hat Ursula Böttcher ihre Familie verloren. Tromsö, Kenny und Maika.

Am Montag, dem 6. September, ging Ursula Böttcher zu ihrem Chef. Natürlich ist es kein gutes Zeichen, wenn der Chef von Beruf »Liquidator« ist. Kurt-Christian Knischewski, Liquidator, so unterschreibt er. Das Objekt der Liquidation ist die Berliner Circus Union, Rechtsnachfolger des Staatszirkus der DDR. Zu ihm gehören Ursula Böttchers weltberühmte Eisbären. Und doch, es schien alles gut zu gehen. Bald sollten die abzuwickelnden Eisbären Tromsö, Kenny, Maika, Olaf und Boris in einem spanischen Safari-Park leben. Zusammen. Das war Ursula Böttchers größter Wunsch. Alles war geregelt. Nur eins nicht. Nehmen wir Tieflader, oder wie sonst reisen fünf Eisbären nach Spanien? Darüber war zu reden. Also ging Ursula Böttcher zu ihrem Chef. Da war der Fahrer eines französischen Tierparks schon in der Stadt. Und der Wagen des Berliner Zoos stand abfahrbereit. In ein paar Stunden würden sie Ursula Böttchers Eisbären abholen. Und sie wußte noch immer nichts. Sie erfuhr es jetzt. Vergessen Sie Spanien, sprach der Liquidator. Er habe beschlossen, die Bären aufzuteilen. Zuerst sagte Ursula Böttcher nichts. Und dann sagte sie: Nein!

Natürlich war das leichtsinnig. Wer ist sie denn, »Nein!« sagen zu können? Natürlich, die »Baroness of the bears«, wie die Amerikaner sie nannten, einzige Trägerin eines Zirkus-Oscars, der je an Nicht-Artisten vergeben wurde, sie ist eine Welt-Sensation überhaupt – aber kann das genügen? Für Herrn Knischewski ist Ursula Böttcher eine DDR-Altlast. Und Herr Knischewski der Chef aller Altlasten.

Am nächsten Morgen ging sie wie immer nach Hoppegarten, ins Bärenquartier. Da stand Tromsö reisefertig in der Kiste. Das Auto, das Maika in den Berliner Zoo holen sollte, wartete schon. Ich habe mich nicht mal von ihnen verabschieden können, sagt Ursula Böttcher. Der Liquidator aber lächelte: Frau Böttcher, sehen Sie es gelassen!

Und das kann sie nicht. Bären, Löwen und Tigern stand sie völlig gelassen gegenüber. Jahrzehntelang. Aber dem Herrn Knischewski? Unmöglich.

Ursula Böttcher, einundsiebzig Jahre alt, sitzt zu Hause auf ihrem Sofa und versteht noch immer nichts. Attila erwidert verständnisvoll ihren Blick. Direkt vor Ursula Böttchers Balkon findet gerade ein Kaulsdorfer Volksfest statt. Die aufblasbare Ritterburg verstellt die Aussicht. »Mambo Nr. 5« füllt Ursula Böttchers Wohnzimmer. Sie hört es nicht. Ihre Augen sind von durchdringendem Blau. Mit diesen Augen hat sie Herrn Knischewski angesehen und ihm mitgeteilt, daß sie ihn für furchtbar gemein und hinterhältig halte, worauf dieser sprach: Vorsicht, sonst mache ich von meinem Hausrecht Gebrauch! Das heißt, erläutert Ursula Böttcher, er läßt mich rauswerfen aus Hoppegarten.

Sie ist sehr klein. 1,58 Meter. Das fiel dem Generaldirektor des VEB Zentralzirkus der DDR 1961 auch schon auf. Und er überlegte nach Art der Zirkusdirektoren: 1,58 m Uschi und 3 Meter nochwas ein Eisbär. Welch effektvoller Kontrast! Und so herrlich steigerbar. Je mehr Eisbären ... Also begann der Generaldirektor: »Uschi, Sie kennen doch die Eisbären-Nummer, die wir von Trolle gekauft haben und die jetzt der Schneider vorführt?« – »Natürlich, die läuft ganz gut.« – »Ich könnte mir aber vorstellen, daß sie noch besser ankäme, wenn eine Frau in der Manege stünde.« – »Sie meinen ...?« Ursula Böttcher gab zu bedenken, daß sie mit ihren Löwen derzeit sehr viel Spaß habe und ohnehin überhaupt nicht die Absicht ..., da habe sie der Generaldirektor unterbrochen: »Frau Böttcher! Sie haben zwei Möglichkeiten: Entweder Sie übernehmen die alten Bären – oder Sie kriegen eine Hundenummer!« Ob ich mir vorstellen könne, wie sie das gekränkt habe? Hundenummer! Attila besieht zweifelnd die Empörung seiner Beschützerin. Was soll an einer Hundenummer Kränkendes sein? Überhaupt muß kein normaler Hund so leben wie er. Umstellt von Eisbären. Dort, wo andere Hundebesitzer Hundefotos haben: Eisbären. In der Anbauwand: Eisbären. Meist aus Porzellan. Mit und ohne Schals. Auch als Kerzenleuchter. Auf dem Videorekorder: Eisbären. Neben dem Telefon: Eisbären. Nur über dem Eßtisch hängen – Löwen.

Jeder fängt mal klein an. Ursula Böttcher begann mit Löwen. Davor war sie die Putzfrau. Doch durchaus karrierebewußt. Also bald schon oberste Putzfrau beim Zirkus. Und sie sah die jungen schönen Bewerberinnen, die sich meldeten auf die Zirkus-Annonce: »Attraktive Löwenbändigerin gesucht!« So ungefähr. Die angehenden Löwenbändigerinnen hörten die Löwen fauchen, und »das Herz rutschte ihnen in die viel zu kurzen Röcke«. So steht es in Ursula Böttchers Autobiographie »Kleine Frau, bärenstark«. Siegfried Blütchen, ihr Bruder, hat sie aufgeschrieben, denn Ursula Böttcher verfaßte selbst während ihrer Jahre in Amerika nur ein paar Postkarten. Darauf stand etwa: »Vorige Woche mußten wir Neptun einen Zahn ziehen lassen. Das geht nur in Vollnarkose, sonst traut sich kein Zahnarzt ran. Bei dieser Gelegenheit haben wir ihn einmal gewogen und gemessen. Er wiegt 803 Kilo und mißt vom Kopf bis zu den Plattfüßen 3,42 m.« Egal, ob Eisbär oder Löwe, Angst hat sie noch nie gehabt. Sobald man Angst hat, ist es vorbei, sagt Ursula Böttcher. Die Tiere spüren das. Angst habe sie vor Spinnen. Tiere mit mehr als vier Beinen findet sie unheimlich. Gegenüber Löwen und Eisbären habe sie einfach immer gedacht: Ich bin der Chef! Dieses Gefühl fand sie sehr angenehm. Genau wie der Herr Knischewski ihr gegenüber. Insofern kann Ursula Böttcher den Herrn Knischewski sogar verstehen.

Im Frühjahr machte sie wohl den ersten Fehler. Da wollte Ursula Böttcher und die Eisbären wieder mit dem Zirkus Busch-Roland auf Tournee gehen. Schließlich hatten sie einen Vertrag. Interessiert keinen Menschen, sagte da der Herr Knischewski sinngemäß. Da war er gerade Frau Böttchers Chef geworden, also Liquidator der Berliner Circus Union Gmbh. Natürlich sieht es kein Liquidator gern, wenn seine Liquidationsobjekte erstmal auf Tournee gehen. Zu Ursula Böttchers Entschuldigung muß man aber sagen, daß keiner sofort perfekt ist in einer neuen Rolle. Und die des Liquidationsobjekts füllte sie eben nur sehr unvollkommen aus, gerade zurückgekehrt von einem überaus erfolgreichen Winter-Gastspiel in ihrer Heimatstadt Dresden. Fotos zeigen sie mit Kurt Biedenkopf. Und nun das. Natürlich sieht es wiederum auch kein Zirkus gern, wenn Eisbären ihre Verträge nicht erfüllen, nur weil sie mal eben liquidiert werden sollen. Also ging der Zirkus Busch-Roland vor Gericht. Das Gericht entschied: Vertrag ist Vertrag, und so ließ man die Eisbären per Gerichtsvollzieher aus ihrem Winterquartier in Hoppegarten holen. Mag sein, daß das falsch war. Als Geste. Denn Menschen, die Macht über einen haben, sollte man gefallen. Und Ursula Böttcher gefiel Kurt-Christian Knischewski überhaupt nicht. Darum hat er das jetzt gemacht mit den Bären, sagte eine seiner Mitarbeiterinnen zu dem Betreuer der Tiere, Joachim Krebs, der sich am 7. September weigerte, die Bären zu verladen. Er sollte mit ihnen zusammen nach Spanien gehen. Er kennt alle ihre Eigenheiten seit über zehn Jahren, weiß genau, was sie fressen. Jetzt ist er arbeitslos.

Aber Ursula Böttcher will sowas eigentlich gar nicht sagen. Sie hat einen Aktenordner neben sich und hält ihn hartnäckig geschlossen: »Was ich Ihnen alles zeigen könnte!« Kann sie aber nicht, denn Kurt-Christian Knischewski hat sie darüber belehrt, was alles passieren könne, wenn sie jetzt »betriebliche Interna« preisgäbe. Gekündigt ist sie erst ab 30. November. Das Kündigungsschreiben hat sie in ihrem Buch schon mal abgedruckt: »Sehr geehrte Frau Böttcher! Hiermit kündige ich Ihr Beschäftigungsverhältnis zum 30.11.1999, hilfsweise zum nächstmöglichen Termin, aus betriebsbedingten Gründen. Mit freundlichen Grüßen! Kurt-Christian Knischewski«. Nach 47 Jahren Zirkus und einer Weltkarriere eineinhalb Zeilen. Und noch immer der Zwang, Herrn Knischewski nicht gänzlich zu mißfallen. Denn sonst darf sie nicht mehr nach Hoppegarten. Aber sie muß nach Hoppegarten. Und zwar täglich. Dort sind noch immer Kenny und Boris. Kenny, der jeden Tag auf Tromsö wartet, mit dem er zusammen schlief und spielte. Tromsö aber wird er nie wieder sehen, denn der ist ja in Frankreich. Im Zoo Amneville. Warum haben sie Kenny und Tromsö getrennt? Nur weil ein Liquidator keine Ahnung hat von Eisbärenfreundschaften? Ich begreife das nicht, sagt Ursula Böttcher. Vor ihrem Balkon spielen sie wieder »Mambo Nr. 5«. Sie versteht auch nicht, daß der Zoo ihre beiden »Männer« überhaupt genommen hat. Für bares Geld, vermuten Fachleute. Denn kein Zoo mache sowas freiwillig. Zoos wollen züchten. Sie brauchen also einen Mann und viele Frauen. Schon zwei männliche Eisbären beißen sich gegenseitig tot. Darum geben zoologische Gärten männliche Eisbären mit einem Jahr ab. Aber warum möglicherweise einen französischen Zoo bezahlen, wenn in Spanien alles für sie kostenlos vorbereitet wurde?

Überhaupt, das Geld. Die Liquidation des vormaligen Staatszirkus der DDR hätte seit »Eröffnung« 1992 »bereits einen zweistelligen Millionenbetrag verschlungen«, teilte Kurt-Christian Knischewski mit. Ja, wissen Sie denn auch, wie der zustandekommt, fragt der Pressesprecher des Zirkus Busch-Roland und erinnert sich gerade noch rechtzeitig an seine »Stillschweigeklausel«. In einem Pressetext ist die Rede von Zahlungen an seinen Zirkus. Busch-Roland hatte Ursula Böttchers Bären immerhin vorzeitig aus dem Vertrag entlassen, damit sie nach Spanien gehen kann. Ist so was eigentlich kostenlos? Überhaupt werden ostdeutsche Zirkusleute ganz böse, wenn es um ihre »Privatisierungsgeschichte« geht. Der DDR-Zirkus war im Unterschied zu anderen VEB's kein maroder Betrieb, sondern Weltklasse. Man kann die Sache also trotzdem in den Sand setzen. Aber das wäre schon eine andere Geschichte. Die wolle und könne sie nicht erzählen, sagt Ursula Böttcher. Viele denken ohnehin, bei dieser überstürzten Abwicklung jetzt gehe es eigentlich um die Immobilie. Das riesige Winterquartier des ehemaligen Staatszirkus der DDR liegt nämlich ungemein attraktiv bei der Galopprennbahn Hoppegarten. Was für ein Platz für ein Pferdewetter-Nobelhotel. Ursula Böttcher schüttelt unwillig den Kopf. Sie haßt es, solche Dinge denken zu müssen. Dinge, die sich nicht wirklich beweisen lassen. Es hieß lange, Eisbären, die gefährlichsten Raubtiere der Welt, kann man nicht dressieren. Sie wären zu unberechenbar. Ihre Miene verrät ja nichts von dem, was sie vorhaben. Genau wie bei jedem durchschnittlichen Geschäftemacher. Und trotzdem hält Ursula Böttcher Bären für vergleichsweise ungefährlich.

Kurt-Christian Knischewski wurde im November 1998 zum Liquidator bestellt. Zuvor war ein letztes Privatisierungskonzept für die Berliner Circus Union gescheitert. Der zuständige Gutachter war – Kurt-Christian Knischewski.

Aber daß der Berliner Zoo ihre Maika abholte, kann Ursula Böttcher gut verstehen. Zuchtfähige Eisbärenweibchen seien unbezahlbar. Und fast nirgends zu bekommen. Höchstens als Staatsgeschenk, ergänzt am Telefon der Pressesprecher des Zirkus Busch-Roland und kombiniert ein bißchen: Kurt-Christian Knischewskis engste Liquidierungsberaterin heißt Ursula Klös. Ursula Klös ist die Schwiegertochter des früheren Berliner Zoodirektors und heutigen Aufsichtsratsvorsitzenden von Zoo und Tierpark Heinz-Georg Klös. Ihr Mann wiederum arbeitet ebenfalls in leitender Stellung im Zoo. – Jawohl, daß Maika in den Berliner Zoo kam, sei in gewissem Sinne logisch. Ursula Böttcher hat ihre Bärin noch nicht besucht. Ich gehe dort nicht mehr hin, sagt sie.

Es klingelt an der Tür. Ein Meinungsforschungsinstitut steht draußen. »Ich habe keine Meinung«, bescheinigt die Bärenbändigerin barsch dem aufrichtig überraschten Institut, »ich habe zu gar nichts eine Meinung. Ich will meine

Ruhe.« Und meine Bären, hätte sie hinzufügen können, aber was soll ein Meinungsforschungsinstitut von solcher Auskunft halten?

Der Liquidator hat am 6. September eine Presseerklärung mit der Überschrift »Eisbären nach Odyssee im Ruhestand« herausgegeben. Die fängt so an: »Nach monatelangem Suchen und Verhandeln ist es gelungen, für die fünf Eisbären der Dressur von Frau Ursula Böttcher endgültige Unterkünfte zu finden ... Damit können die weltberühmte Dresseuse wie auch ihre Schützlinge in den wohlverdienten Ruhestand treten.« Von wegen Ruhestand, ruft die »weltberühmte Dresseuse«, ich habe wegen Spanien auf meine Karriere verzichtet! Angebote hatte sie noch für die nächsten fünf Jahre. Zirkus Krone wollte sie haben. Ein französischer Zirkus schrieb an Herrn Knischewski mit inständigem Interesse. Alles könne er bieten und natürlich eine volle Übernahme. – Knischewski sagte überall ab. Nie wieder Zirkus! entschied er kategorisch. Wahrscheinlich hält er Zirkus, insbesondere Raubtierdressuren, für entartete Kunst. Denn auch im Innern eines Liquidators schlägt ein menschliches Herz. Ein tierschützerisch engagiertes Herz. Ursula Böttcher beruhigte ihn. Jeder wisse, wie sehr sie ihre Bären liebe. Was man schon an ihrem Alter erkenne. In Zoos würden sie zwanzig, bei ihr über dreißig. Und wie sie gewacht habe bei ihnen, wenn sie krank waren. Nein, Ursula Böttcher versteht den abstrakten Tierschutz nicht. Was heiße denn »artgerecht«? Leben wir etwa artgerecht? Ihre Zuwendung gleiche das Künstliche am Zirkusbärenleben doch wieder aus. Den tierfreien Zirkus der Zukunft mag sie sich nicht vorstellen. Zirkus – ist das nicht allein schon der Geruch? Als Kind im Dresdner »Sarrasani« auf ihrem billigen Stehplatz – sehen konnte sie da fast nichts, aber riechen konnte sie alles. Und kam fast jeden Tag wieder.

Die »Amerika-Mappe«. Ein dicker Ordner voller Zeitungsausschnitte aus den USA. Alle über sie und die Bären. Eisbären, durch Feuerreifen springend. Ursula, auf Eisbären reitend. Ursula, Eisbären küssend. Attila sieht auf die Bilder mit ungeheucheltem Desinteresse. 16. July 1980: »Alaska, a 10 foot polar bear, takes a cube of sugar from the lips of trainer Ursula Böttcher.« Nein, es habe überhaupt keinen Spaß gemacht, Alaska zu küssen. Abgesehen davon, daß man bei der Mund-zu-Schnauze-Zuckerübergabe den Pranken des Bären wehrlos ausgeliefert sei. Das Schlimmste aber war Alaskas Spucke, dieses durchdringende Lebertran-Aroma. Ihre heutige Bärengruppe hat sie zur Wendezeit gerade »aufgebaut«. Darum sind es auch nur fünf geworden. Als die nächsten fünf kommen sollten, gab es die DDR schon nicht mehr, keinen Staatszirkus und keinen, der noch fünf Eisbären bezahlt hätte. Aber es sei auch so eine recht ansehnliche Nummer geworden. Ja, sie hätte gern weitergemacht.

Sie hat immer weitergemacht. Sogar 1990 nach dem tödlichen Unfall ihres Lebenspartners Manfred Horn. Nemo, ein Kodiak-Bär, ging nicht auf seinen Platz zurück. Dem Dompteur fiel ein Stück Fleisch aus der Tasche. Er merkte es nicht. Der Bär sprang auf Manfred Horn zu. Er wollte das Fleisch, nicht ihn. Aber er warf ihn um. Das ist das Schlimmste, sagt Ursula Böttcher, wehrlos am Boden liegen. Plötzlich bist du nicht mehr Leittier, sondern – Opfer. Sie stand dabei. Sie schrie die Bären an, gab ihnen mit der Eisengabel eins über die Schnauze. Umsonst. Vier Bären zugleich konnte sie nicht abwehren. Hinterher haben die anderen ihren Mann hochgehoben: »Und da habe ich seine Beine gesehen. Es war wie im Film, wenn man Skelette tanzen sieht. Nur noch Knochen, kein Stück Fleisch mehr dran. Auch die rechte Seite war zerfleischt, und die rechte Schulter war weg. Und dann hat er gesagt: Menschenskinder, hoffentlich kann ich morgen arbeiten.« Manfred Horn starb am 23. Oktober 1990. Tötet die Killerbären, schrieb damals die Boulevardpresse. Aber sie habe nie so denken können. Ein Tierpark bei Hagenbeck nahm die Kodiaks. Ursula Böttcher sieht sie noch heute auf das Gelände laufen. Es sei ein schöner Augenblick gewesen.

Raubtierdressur, das ist eine Überlegenheit der Psyche. Ich bin das Leittier, sagt Ursula Böttcher, und wie in der Natur versucht immer mal einer, mir diese Position streitig zu machen. Da muß man in Sekundenschnelle richtig reagieren. Sie ist einundsiebzig. Ihre Ärztin sagt, sie könnte auch zur Nasa gehen, wenn sie das mit den Bären nicht mehr machen darf. Bemannte Raumfahrt, das wäre doch was für Ursula Böttcher. Oder ich dressiere weiße Mäuse, überlegt die Dompteuse. Sie ist noch nicht sicher. Es war kein gutes Jahr für sie. Im Frühjahr verlor sie Norda, die letzte Bärin ihrer alten Gruppe. Sie war 37 Jahre alt und sehr krank. »Das ist, als ob Sie 150 wären«, erklärt Ursula Böttcher. Ein Tierarzt gab Norda die Spritze. Ursula Böttcher blieb bei ihr bis zuletzt.

Attila wird das jetzt zu elegisch. Immer nur Eisbären! Er will endlich raus. Im Hausflur grüßt ein junges Mädchen. Aber sie kennt Ursula Böttcher nicht. Keiner weiß hier, wer die kleine Frau mit den hellen Augen ist. Sie war ja nie zu Hause. In den nächsten Jahren wollte Ursula Böttcher all ihre Freunde besuchen. Ursula Böttchers Freunde wohnen »auf der ganzen Welt«, denn dort habe sie ihr Leben verbracht. Genauer ließe sich das nicht eingrenzen. Aber zwischendurch wäre sie immer nach Spanien zu ihren Bären gekommen. Die Bären und sie kennen den Rio Safari Park bei Alicante seit langem. »Wir hatten alles dort.« »Alles« bedeutet in der Eisbärenwelt, jede Menge Wasser, Fische und weiße Sägespäne. Das Bären-Schwimmbecken ist schon ausgehoben. Die Gehege sollten jetzt nach Ursula Böttchers Vorstellungen gebaut werden. Ute Kuhn vom Rio Safari Park kann sich die Absage aus Berlin auch nicht erklären. Keiner kann das.

Aber vielleicht ist alles ganz einfach. Sicher dachte der Liquidator im letzten Augenblick: Eisbären in Spanien – ist das nicht bärenfeindlich? – Welch ein Unsinn, ruft Ursula Böttcher. Ihre Bären wären schon in Florida und auf den Kanaren gewesen. Jahrelang. Es ginge ihnen genau wie uns. Wir halten es überall aus, zur Not sogar kurz vorm Nordpol. Aber wir lieben Spanien.

Wem gehört das Deutsche Theater?

Christian Grashof hebt den Bistrotisch hoch. Wohin? In die Sonne! Und trägt ihn von den »Kammerspielen« rüber zum »Deutschen Theater«. Kleines DT-Kaffeegartenschisma. Die Kellnerin schweigt. Grashof ist schließlich DT-Schauspieler. Ein DT-Schauspieler bestimmt selbst, wo ein DT-Bistrotisch steht. Was bestimmt er noch?

Grashof baut sich eine Bühne. Gleich gibt er das improvisierte Einpersonen-Stück »Wir und unser Theater«. Die Sonne begreift ihre Rolle sofort – Scheinwerfer! – und schaltet auf Höchstleistung. Grashof lehnt sich weit zurück. Schwarzes Jackett, schwarze Sonnenbrille. Den Namen Radunski überhört er. Und wen könnte er, der Sprecher der Schauspieler, sich denn nun vorstellen als neuen Intendanten? Dorn? Oder Schirmer? – Jemanden, antwortet Grashof langsam, der mindestens die Potenz eines Peymann besitzt! Etwas anderes könne er sich »für dieses Haus« gar nicht vorstellen. Grashof schaut über die Ränder seiner Sonnenbrille hinweg, ob alles angekommen ist. Etwas sagen, ohne etwas gesagt zu haben. Grashof mag das. Die anderen, der Senat, die Medien wollen mit ihnen, den Schauspielern, dem Deutschen Theater spielen? Das kann er aber doch besser. Das hat er schließlich gelernt.

»Schirmer? ... Was? Wer? ... Wer ist das? ... Kenn ich nicht.« Kennt er wirklich nicht. Jetzt der Anflug einer jähen Ahnung: Ob das der sei, der gesagt habe, er wolle hier »lebendiges Theater« machen? Lebendiges Theater ...! Grashof zerkleinert das Wort im Mund und ißt es auf. Als er fertig ist, sagt er: »Soso!« Man hört, daß es nie wieder so selbstbewußte Arbeiter geben wird wie in der DDR. So selbstbewußte Schauspieler vielleicht auch nicht.

Ein »Strassenzeitungs«-Verkäufer, der aussieht wie König Lear im letzten Akt, kommt quer über den Vorplatz direkt auf Grashof zu. Er will ihm eine »Strassenzeitung« verkaufen. Grashof kauft sie, Lear wünscht ihm »einen gesegneten Lebensweg«. Grashof sagte »Danke!« Das einzige Wort, das meint, was es sagt. Und daß man Radunski notfalls aus der Verlegenheit helfen und Langhoff einfach behalten würde, das meint er auch so.

Sarkasmus ist die Friedfertigkeit der Unversöhnlichen. Einfach über ihre Köpfe hinweg den Intendanten aushandeln! Wie in jeder Familie gäbe es auch bei ihnen mal Andeutungen von ... Grashof sucht das richtige Wort, findet keins und probiert statt dessen einen Gesichtsausdruck leichter mittelfristiger Ermattung. Jedenfalls müsse man da doch nicht gleich die Familie auswechseln. Oder den Familienvater. Grashof erläutert das anschaulich an Michael Preetz sowie dem Wesen des Stürmers, um zu dem Schluß zu kommen, daß Hertha viel humaner sei als Theater.

Und man könne das DT nicht mal ändern. Es ist, wie es ist, sagt Grashof und versteht nicht, warum er das auch noch erklären soll. Na, sehen Sie mal, die Mnouchkine gab es schon, als wir beide noch gar nicht wußten, daß es die Mnouchkine gibt, richtig? – Richtig! – Brecht gab es schon, als es die DDR noch gar nicht existierte, richtig? – Richtig! – Grashof findet noch viel mehr Beispiele dafür, daß etwas von Ewigkeit zu Ewigkeit seinem eigenen Wesen nach existiert, unabhängig davon, ob sonst noch was existiert. Er bestimmt den Ort des Deutschen Theaters im Weltbauplan Gottes. Dabei senkt sich von hinten ein großer schwarzer Motorradhelm immer tiefer über Grashofs Kopf. Er merkt es nicht. Der Motorradfahrer macht schließlich eine Gebärde wie: Schauspieler!, setzt den Helm selbst auf und fährt los.

Ja, es gäbe das Geheimnis eines Ortes, schließt Grashof, zählt viele Namen auf und weist hinter sich auf die Tafel »Hier sah Lenin die ›Weber‹« sowie Hermann Görings Mitteltreppe im Foyer (»Die gab es vorher nicht!«). Und wie kommt ein solches Haus in den Ruf eines etwas behäbigen »Stadttheaters«? An den »Zahnärzten und Rechtsanwälten«, für die man jetzt vor allem spiele, läge es nicht. Grashof denkt nach. Vielleicht über die abgründige Natur der Zahnärzte. Ähnlich radikaler Beruf wie der des Schauspielers. Dieses Bis-an-die-Wurzeln-Gehen. Aber die Ostler müßten wiederkommen, noch viel mehr als jetzt. Dann könnte man auch mal Volker Braun spielen, richtige Gegenwartssachen ...

Thomas Langhoff sagt, er habe sich vorgenommen, die Arbeit des Senats nicht mehr zu kommentieren. Die beiden Silben des Wortes »Arbeit« fallen in der Mitte auseinander. Er läßt sie liegen. Thomas Langhoff sitzt in dem Intendantenbüro, das schon seinem Vater gehörte. »Lustig und unverzagt« wolle man weitermachen. Wir reden über die Oper. Er inszeniert ja gerade eine. Und was hält er von Friedrich Schirmer oder Dieter Dorn als seinen möglichen Nachfolgern? Langhoff antwortet, er halte alle beide für »ehrenwerte Personen«. Habe man vielleicht einen verschiedenen Begriff von Tradition? Ist Tradition Schlamperei? – Nein, ruft Langhoff mit revolutionärem Elan, Tradition sei eine Flamme! Und man müsse sie ständig neu entzünden, gerade an diesem Haus. Mag sein, daß sie nicht gerade loderte zuletzt. Das lag an allem möglichen und auch »an einer Reihe Fehlentscheidungen von mir«. Dabei habe er lange schon nach Gegenpolen zu sich selbst gesucht, aber so schnell keine gefunden. Lang, Gosch und die anderen, »wir kommen ja doch alle aus demselben Stall«. Vielleicht war das falsch.

Und doch, er habe keine Angst vorm »Bürgertheater«. Er sei doch selber einer. Ein Bürger. »Zu uns kommen die Zahnärzte und zu Castorf die Kinder der Zahnärzte«, hat man gesagt. Na und? Das störe ihn doch gar nicht: »Denn wer heute das Theater besucht, ist ein progressiver Mensch. Zahnärzte und ihre Kinder!« Thomas Langhoff sieht jetzt sehr optimistisch aus. Es fällt schwer, die Frage zu stellen, was denn werden solle, wenn die Zahnärzte einmal aussterben und nur noch ihre Kinder da sind. Ein kurzer Schatten erscheint auf der Stirn des Intendanten, so als überlege er, ob es möglich sei, daß der Typus des Bürgers einmal austürbe. Wäre das nicht gleichbedeutend mit dem Ende der Kultur? Vielleicht müßte man den Begriff des Bürgers nur präziser definieren. Wir einigen uns auf den Bürger im Thomas Mannschen Sinne. Das »Deutsche Theater« setzt also auf den melancholischen, ironischen Zahnarzt der Zukunft. Auf einen integrierten Ost-West-Zahnarzt der Zwischenräume.

Schirmer sagt, Theater müsse erotisch sein. Wie hat er das gemeint, Herr Langhoff? Ist das DT-Ensemble vielleicht – zu alt? Langhoff schnellt vor mit der Energie eines Dreißigjährigen: Was, Erotik? Das ist doch keine Frage des Alters! Er habe ein überaus erotisches Verhältnis zu Inge Keller. Zum Beispiel.

Nina Hoss kommt von der Probe. Sehr jung, sehr schön. Und aus Stuttgart, genau wie Friedrich Schirmer. Am DT hat sie ihr erstes großes Engagement. Ende Mai wird sie die neue »Minna von Barnhelm« sein. Wegen der Schauspieler wollte sie hierher. Sie arbeite gerade mit Dieter Mann. Jemanden, der überaltert sei, habe sie noch nicht getroffen. Nina Hoss ist 23. Die Generation Kinder der Zahnärzte.

Langhoff hat recht. Erotik ist eine Frage der Zwischenräume, der Distanz. Der Kartoffelsalat-Weitwurf an der Volksbühne wirkt sogar ausgesprochen unerotisch. Und worauf verstand und versteht sich dieses Deutsche Theater wie kein zweites? Auf Distanzen und Zwischenräume. Vielleicht hat Grashof es ja so gemeint. Das Deutsche Theater existiert.

Und seinem Freund Volker Braun werde er jetzt gleich sagen, er soll was ganz Starkes schreiben, das inszeniere er dann sofort, ruft Langhoff noch im Gehen.

Zweimal Brussig im Kino

I.

Auf Thomas Brussig beispielsweise habe ich schon gewartet, als ich noch gar nicht wußte, daß es ihn gibt. Ein fröhlicher Immoralist, ein Simplicissimus im Kampf um die Deutungsgewalt von Geschichte. Heiner Müller postmodern. Allen Tugendtrompetern ein Greuel. Vor zehn Jahren wäre dieser Film eine »Verunglimpfung der DDR« gewesen, heute gilt er denen, die nicht über die eigenen Verrenkungen lachen können, als »unerträgliche Verharmlosung eines totalitären Unrechtsregimes«. Warum das? Ist es nicht heilsam, dieses Lachen, ist es nicht souverän? Wer will, daß wir ständig gesenkten Hauptes herumlaufen, wo wir doch, streng genommen, überhaupt nichts verbrochen haben – außer, daß wir keine binnenzonalen Widerständkämpfer waren. Obwohl, widerständig irgendwie schon, aber eben keine Kämpfer. Darum können wir heute über uns lachen. Die anderen, die bitterernst-kämpferischen Bohley, Lengsfeld, Templin würden nie über sich lachen. Das ist die eigentliche Mauer zwischen uns. Über diesen inneren Zusammenhang von Freiheit und Lachen wäre an anderer Stelle zu reden.

»Das bist auch Du!«, gesamtdeutsch gesehen, faßt Brussigs Schreibimpuls zusammen. Und der immer geradeheraus unverbogene Westjüngling fragt: Wieso ich? Niemals! Solche Charakter-Krüppel kann es nur im Osten gegeben haben. Eigentlich schade, möchte man antworten, da ist euch was entgangen. Zumindest ein Stück Spielkultur mit der Macht.

Zwei souveräne Wendebücher haben wir nun von Thomas Brussig bekommen. Bücher für freie Geister, Nicht-Traumatisierte, Nicht-Besessene. Sie kommen jetzt ins Kino.

Zuerst war da die Idee von Regisseur Leander Haußmann, dann das Drehbuch und schließlich der Roman. Was oberflächliche Rezensenten dazu verführt hat, zu meinen, »Sonnenallee« könne als Buch nichts taugen, sei ein halbes Rohfabrikat auf Pointenjagd. Aber gerade das stimmt nicht. Noch mehr als in »Helden wie wir« tritt hier die epische Qualität Brussigs hervor. Ein grandioser Erzähler! Keine bloße Anekdotensammlung zum DDR-Alltag (obwohl auch das nicht zu verachten wäre), sondern ein Text voller Ironie *und* Melancholie. Eine poetische Liebeserklärung an die eigene Jugend einerseits und postume Feier des bösen Blicks auf die Absurditäten von offiziösen DDR-Ritualen andererseits. Strafenshalber Diskussionsbeiträge für FDJ-Versammlungen (einschließlich ihrer allseits bewußten Peinlichkeit) – was ist das für ein seltsames, höchst lächerliches Staatswesen? Eine gefährliche Diktatur? Wohl eher eine sehr »kommode Diktatur«, wie Günter Grass sagte, ein Filzpantoffelkönigreich.

Muffig, kleinkariert, bis zur Lästigkeit fürsorglich, ehrlich besorgt und erziehungswahnsinnig zugleich.

Und nun der Film. Leander Haußmann gelingt das Kunststück, Unterhaltung und – eine sehr gegenwärtige – Provokation zusammenzubringen. Noch war der Film gar nicht in den Kinos, schon kamen die ersten Haßreaktionen. Ein Berliner Stadtmagazin verstieg sich zu dem absurden und vorsätzlich bösartigen Urteil, »Sonnenallee« erinnere an »nationalsozialistische Lustspielfilme« und an die »bundesdeutschen Klassenzimmer- und Kasernenhofkomödien der 50er und 60er Jahre.« Gesamturteil: »Politische Instinktlosigkeit«, also Unterschätzung des Gegners (PDS!), dem solche fröhlichen Filme als »überlange Wahlkampfspots« gerade recht kämen. Irgendwie geht die Komödie also auch nach dem Film weiter. Jeder, der nicht dem Götzen »Unrechtsstaat« in bleischweren Grautönen opfert und die Erlösungshoffnung durch »Recht und Freiheit« gut bundesdeutsch als ultima ratio inszeniert, dient also dem Gegner. Das hatten wir doch alles schon einmal. Auch die Demontage unliebsamer Künstler.

Brussig und Haußmann räumen in burlesker Überspitzung mit der Legende vom braven Staatsvolk DDR auf, das zum Staat ein »inzestuöses Verhältnis« unterhielt, wie manche Pseudo-Psychoanalytiker mittlerweile ganz ungeniert behaupten. Die im Osten seien eben nie richtig erwachsen geworden und seelisch alle irgendwie krank. »Sonnenallee« schlägt das Klischee souverän aus der Hand. Vielleicht ist Selbstironie ja die höchste Form des Selbstbewußtseins?

»Sonnenallee«, immerhin der erste Film des Theaterregisseurs Haußmann, besticht durch die glückliche Synthese von Allegorie auf den DDR-Alltag und Präzision im Detail. Wunderbare Schauspieler! Wer das Buch noch nicht gelesen hat, dem sei gesagt: Die »Sonnenallee« liegt mitten in Berlin. Die Mauer teilte sich in ein ganz kurzes Stück Osten und ein sehr langes Westen. Wenn Oberschüler Micha aus dem Haus tritt, erschallt es vom Aussichtsturm, auf dem Westschulklassen in den Osten blicken, wie in ein Wildgehege:

»Eh guck mal, 'n echter Zoni!« Immer wartet der ABVer schon auf Micha, zwecks »Fahndungskontrolle«. Denn Micha und seine Gang haben ihm die sicher geglaubte Beförderung vermasselt. Hätte er auf dem Polizeifest doch nicht Michas Kassette mit »Moscow, Moscow« gespielt!

Die Poesie von »Sonnenallee« kommt aus der Erinnerung an eine nicht rückholbare Intensität des Wünschens. Das große richtige Leben trieb uns um, eingesperrt in der kleinen spießigen DDR. So flächendeckend spießig war sie ja auch wieder nicht, denn Gefangene unserer Vorurteile waren wir wohl weniger als heute mancher »geborene Demokrat«. Unsere Generation blickte neugierig in den Westen und ahnte nicht, daß niemand zurückblickt – es sei denn vom Aussichtsturm an der Mauer!

Haußmann gelingt eine ganz und gar nicht-nostalgische Vergegenwärtigung von Jugend, die längst in einer eigenen Gegen-Welt zum offiziösen DDR-Selbstbild lebte. Gewiß keine Verklärung der DDR, aber ihre Entdämonisierung. Allerdings scheint Brussigs Buch nuancenreicher als der Film. Die schöne Geschichte vom in den Todesstreifen gewehten Liebesbrief etwa fehlt im Film. Gänzlich mißlungen, weil mit dem ironischen Erzählprinzip brechend, erscheint der Schluß, der etwas vom Aufbruchspathos späterer Montagsdemonstrationen andeuten will. Befreiung aus dem Geiste der Rock-Musik ja, aber dieser »Tanz in die Freiheit« wirkt denn doch etwas zu gezwungen.

Nach »Sonnenallee« und »Helden wie wir« wird der Streit um die richtige Sicht auf DDR anders geführt werden. Jenseits des bloßen Entweder-Oder. Weg von der Opfer-Täter-Perspektive. Nicht der Westen hat uns befreit, nicht eine Handvoll Bürgerrechtler, sondern wir selbst. Jeder für sich. Eben weil wir keine Fanatiker waren, sondern – rückblickend dürfen wir das sagen – ganz vernünftige und pragmatische Leute. Wo sind wir eigentlich hingelangt, daß uns das schon wieder zur Sensation wird? Wo doch der Herbst 89 vor allem die Bewährung unserer Gelassenheit und Ironie war. Kein revolutionäres Pathos, kein mörderischer Haß. Statt dessen

Plakate: »Schnitzler in die Muppetsshow!« und über einem Egon Krenz mit Kopftuch: »Großmutter, warum hast du so große Zähne?« Auf die Ankunft dieses Geistes in der Gegenwart haben wir gewartet.

II.

Zu Beginn fahren russische Panzer vorm Haus vorbei. Richtung Prag. Die Gläser in den Schränken klirren – und Klaus Uhltzscht wird geboren. Es ist Sommer 1968.

Was folgt, ist eine »Erziehung der Gefühle« mit Hindernissen. Bis ins Groteske gesteigert. Aber Thomas Brussigs »Helden wie wir« unterscheidet sich doch erheblich von dem so erfolgreich in den Kinos laufenden Happening »Sonnenallee«. Und dieser Unterschied war so nicht zu erwarten. Denn »Helden wie wir« als Buch ist das Werk eines pointenbegabten Skeptikers, eine Sturzgeburt an Einfällen. Ein Bestseller, aber schlicht unverfilmbar. So schien es.

Nun kommt die Geschichte von Klaus Uhltzscht, dem persönlichen Blutspender von Erich Honecker, der mit seinem Riesenpenis die Berliner Mauer zum Einsturz bringt, doch in die Kinos. Wie geht das?

Auf Umwegen. Nicht wegen des Riesenpenis, diesem klassischen Pubertätstraum(a), sondern wegen Brussigs indirekter Erzählweise. Also muß der junge Regisseur Sebastian Peterson, in Westdeutschland geboren und Absolvent der Babelsberger Filmhochschule, in seinem Erstlingsfilm die Geschichte von ihrem Erfahrungskern her neu ins Bild setzen. Dieser Kern ist: Die DDR mit Kinderaugen gesehen und als sperriger Kontext einer durchschnittlichen Pubertät.

Ein Großteil der Kopien von Sebastian Petersons Brussig-Verfilmung »Helden wie wir« werde wohl auf der »anderen Seite der Mauer« landen, mutmaßte soeben die »Woche«. In manchen Köpfen hat man mit viel Beton bereits neue Mauern errichtet. Ostalgie! Heißt so in Hamburg alles, was sich nicht bedingungslos verwestlicht?

Moralisten und Moral, das ist ein Gegensatz wie Krieg und Frieden. Die Moralisten zeigen sich von Thomas Brussig irritiert bis verärgert. Überhaupt, das Bild jammernder dumpfer Ostler handhabt man in manchen (auch linken!) Medien wie eine standardisierte Größe. Seht diese kulturelle Unterentwickeltheit, wie sie uns zurückwerfen, diese schwerblütigen Fleischfresser aus dem Osten! So ungefähr. Da stört eine übermütige Comedie-Begabung wie Brussig. Ein Ostler, der das Spießertum karikiert? Das kann nur eine besonders heimtückische Spielart von Ostalgie sein.

Klaus Uhltzscht, nicht sehr hell im Kopf, wird von großen Gefühlen getrieben. Ein bißchen wie Goethes Werther. Nur, daß Uhltzscht sich nie umbringen würde, sondern nach jeder Niederlage beharrlich weiter mit im Strom schwimmt: ein hoffnungsloser »Flachschwimmer«. Die Nichtschwimmer gehen heroisch unter, die Schwimmer retten sich, aber das Schicksal der »Flachschwimmer« ist vor allem peinlich.

Der Sohn einer Hygieneinspektorin und eines Stasimannes, selber angehender »Tschekist«, ein Spielball von allen und jedem – bringt die Berliner Mauer schließlich zum Einsturz. Ein schönes Sinnbild für den Zufallsgenerator, mittels dessen der »Weltgeist« Schicksal spielt.

Peterson übersetzt den inneren Monolog Klaus Uhltzschts in eine filmische Collage. Und das ist mutig, denn jede Collage nimmt das Tempo aus der Bilderfolge. Während also Haußmanns »Sonnenallee« als berückend-machtvoller Bildersog daherkommt, besteht Peterson auf Brüchen. Peterson stellt die Frage nach dem vielstrapazierten »wahren Leben im falschen« sehr viel nachdrücklicher als Haußmann. Die Irrungen und Wirrungen des Klaus Uhltzscht gewinnen so an Intensität. Daniel Borgwardt, von Peterson an der Rostocker Schauspielschule für die Rolle entdeckt, zeigt uns Klaus Uhltzscht als einen von der Größe seiner Phantasien überwältigten Simplicissimus. Einen, der schon als Kind die Stasi beobachtet und darüber Protokoll führt. Ein DDR-Musterschüler mit eingebautem Webfehler, der über kurz oder lang jedes System sprengt – ungewollt natürlich, in der Absicht, alles besonders gut zu machen.

Bald verliebt sich Uhltzscht in die Tochter seines Observierungsobjekts »Individualist«. Diese hatte ihm schon Jahre vorher auf der Spielplatzschaukel erklärt, daß Holland das schönste Land der Welt sei. Jetzt druckt sie im Oppositionszirkel Flugblätter. Klaus Uhltzschts Weisheit, daß jedes unbeschriebene Stück Papier ein potentielles Flugblatt sei, entzückt seine Stasichefs genauso wie seine oppositionelle Freundin. Natürlich hat Klaus Uhltzscht dann doch noch sein Coming Out als guter Mensch, die holländischen Tulpen und Windmühlen winken aufreizend idyllisch zu uns hinüber.

Klaus Uhltzscht, der einst als »Romeo« für die Stasi Nato-Sekretärinnen in geheimer Mission verführen wollte und statt dessen in einem als Postaußenstelle getarnten Stasi-Büro sitzt, wo es auch nicht sehr viel anders zugeht als in jeder richtigen Postaußenstelle. Wo er, der »Flachschwimmer«, wöchentlich schwimmen gehen und im Stasi-Chor singen muß, also unweigerlich bald so mies werden wird, wie er sich fühlt. Dieser Durchschnittstyp Klaus Uhltzscht aber bemerkt plötzlich einen Schmerz, der ihn verwirrt und zögern läßt, ihm seine Naivität nimmt.

Ein durch Lebensschmerz geläuterter »Flachschwimmer«! Darauf läuft Petersons »Helden wie wir«-Interpretation hinaus. Das ist sympathisch gedacht. Doch die Zusammenschau von individueller Reifung und Geschichtskaleidoskop mittels Archiv-Dokumenten sowie an sich gelungener Tricksequenzen (»Als unser Teddy in Gefängnis geworfen wurde«), läßt manches mitunter allzu sprunghaft wirken. Dennoch behauptet Petersons »Helden wie wir« gegenüber der burlesken »Sonnenallee« eine eigenständig-stille Qualität.

Werden aus DDR-Kleinkindern Ausländerfeinde?

I.

Die Empörung der Ostdeutschen hat einen Namen: Christian Pfeiffer, Kriminologe aus Hannover. Pfeiffer fand heraus, warum ostdeutsche Jugendliche öfter Ausländer überfallen als die im Westen. Denn Pfeiffer sah Fotos von DDR-

Kinderkrippen. In düsterer konformistischer Verschwörung saßen die Kleinsten nebeneinander auf dem Topf. Alle gleichzeitig. Ein folgenreiches Szenario, findet Pfeiffer. Undenkbar im Westen. Denn würde sich ein freies, individualistisches Kleinkind eines freien, individualistischen Landes je mit anderen freien, individualistischen Kleinkindern zur selben Zeit, im selben Raum ...? Ja, man muß die Frage zuspitzen: Würde es sich überhaupt auf den Topf setzen?

Aber Pfeiffer hat ja recht. War schon ziemlich autoritär ausgedacht, dieses DDR-Erziehungssystem.

Elke Plöger, zuletzt Gleichstellungsbeauftragte in Sachsen-Anhalt, beschäftigt schon länger die Frage, worauf wohl die höhere Vergewaltigungsquote im Westen zurückgehen mag. Sie kam nie drauf, erst durch Pfeiffer. Es muß an der Erziehung liegen. Erziehung zu Eigeninitiative und unbedingter Durchsetzungsfähigkeit! Dieselbe Struktur des Arguments. Fast ist man versucht zu fragen, welche Erziehung eigentlich solch erstaunlich faltenlosen Verstand zuwege bringt.

Pfeiffer macht keinen Unterschied zwischen Absicht und Wirkung. Das ist recht unerwachsen. Er denkt nicht mit, was unbedingt mitzudenken ist: daß der übergroße Teil der DDR-Bürger ein distanziertes, ein ironisches Verhältnis hatte zu seinem autoritären Staat. Alles Autoritäre steht auf der Grenze zur Lächerlichkeit. Das Umgebungsklima entscheidet da über seine Wirkung. Die übermächtige Umgebung der DDR war die Bundesrepublik. So sprach man vor und nach den Fahnenappellen – richtig paramilitärisch war das an den Schulen – übers Westfernsehprogramm vom Vorabend. Wir hatten keine Angst mehr. Das mag in den Fünfzigern und vielleicht noch in den Sechzigern anders gewesen sein. Die Späteren aber lernten schon als Kinder, mit diesem Staat und seinen Forderungen zu spielen. Der eigentliche Erzieher der Generation der heute Überdreißigjährigen war Udo Lindenberg, nicht Margot Honecker. Und diese Generation hat nun also Kinder, die heute Ausländer jagen. War das konformistische Topfsitzen der Eltern als geistiger Einfluß wirklich prägender als Lindenberg?

Pfeiffer fiel auf, daß werdende Männer ländlicher Gegenden im Osten stark zur Rottenbildung neigen. Er führt es auf den Topf-Kommunismus zurück. Auf die Ur-Rotte der Einjährigen. Rottenbildung ist ein pubertäres Phänomen der männlichen Jugend vieler höherer Säugetierarten. Die Absonderung der männlichen Jugend als Kraftprobe. Man tut sich zusammen, um gezielt die übrige Sozietät zu terrorisieren. Und womit läßt sich eine Gesellschaft schocken, die durch nichts mehr zu schocken ist? Kinder und Jugendliche haben ein gutes Gespür für die letzten Tabus. Tabu heute ist, was einem nicht ohne weiteres nachgesehen wird. Nicht nachgesehen wird der Hitlergruß und ausländerfeindliches Betragen. Plötzlich erlangt man das Außerordentliche: öffentliche Beachtung.

Aber Pfeiffer hat noch mehr Erklärungen für die dumpfe Ausländerfeindlichkeit der Ost-Jugend. Die Familie. In der DDR habe es besonders viele Trennungs- und Scheidungskonflikte gegeben und außerdem berufstätige Mütter. Keine Welt für Kinder? Manchmal denken Menschen im Westen laut darüber nach, ob frühere DDR-Bürger eigentlich richtige Erwachsene sind. Sie formulieren das dann bloß ein bißchen anders. Haben Ostdeutsche ein Gewissen? Die meisten sind ohne Gott aufgewachsen. Folglich ohne Moral? (Es ist ein noch immer vieldiskutiertes akademisches Thema, ob Moral – ein Gewissen! – ohne Gott überhaupt möglich ist.) Und dazu nun diese höhere Scheidungsquote. Zeugt das nicht von menschlichem Wildwuchs? Zuerst zeugt es davon, daß Sich-scheiden-lassen in der DDR viel leichter war. Dieses ganze Vermögensverteilungsproblem entfiel, erstens, weil fast keiner eins hatte, und zweitens, weil man, frau vor allem, auch allein klarkam. Und dann zeugt diese Scheidungsrate auch noch vom Grundproblem der Ehe in jeder hochindividuierten Gesellschaft, egal ob Ost oder West: Das enge Zusammenleben von zwei Erwachsenen ist so gut wie unmöglich. Es war also schon in gewissem Sinne leichtfertig, Frauen den Erwachsenenstatus zuzuerkennen. Denn nun müssen, wenn es gut gehen soll, beide noch viel erwachsener sein, als sie es zu früheren Zeiten je brauchten. Das Erwachsensein der Männer bislang war ja auch nur ererbt. Man besaß die Befehlsgewalt. Konvention, nicht Reflexion.

Pfeiffer sagt ein interessantes Wort, wenn er über die Entwicklung eines Menschen spricht: Ausbildung »eines gelassenen Selbstvertrauens«. Darum ginge es. Und gerade das, so provokant es klingen mag, machte die DDR einem vielleicht sogar leichter. Den Frauen ohnehin.

Vieles ist erklärbar, und doch bleibt ein Rest. Fast fünfmal soviele Überfälle Jugendlicher auf Ausländer gab es 1997 in Ostdeutschland im Vergleich zum Westen. Obwohl dort noch immer viel weniger Fremde leben.

Die jungen Rechtsradikalen sind Wende-Kinder. Noch in der DDR geboren, kennen sie das Land doch nicht mehr. Und haben Eltern, in deren Leben plötzlich kein Stein mehr auf dem anderen blieb. Was bedeutete das für eine Kindheit?

Bürgerlich ist es, sich eine Existenz zu gründen und je nach dem Ertrag sich ein, zwei Kinder zu leisten. DDR-Biografien sind ganz und gar unbürgerlich. Plötzlich fanden sich fast Vierzigjährige in einer Art zweiten Pubertät wieder: in einer plötzlich ausgewechselten Welt, einem plötzlich ausgewechselten Leben. Ohne Boden. Und nie für möglich gehalten: ohne Arbeit. Aber mit Familie.

Bürgerlich ist es, die Risiken seines Lebens zu kennen. Wer aus der DDR kam, kannte sie nicht. Die Umbruchsphase war für die wenigsten reibungslos. Und manche gewannen nie mehr festen Boden unter den Füßen. Die Kinder haben das gespürt.

Kindsein ist etwas sehr Undemokratisches. Es hat etwas von Urhöhle, von Stall. Und die Leittiere sollten schon glaubhaft sein. Sie sollten einen festen Tritt haben im Leben. Man muß, wie auch immer, zu ihnen aufschauen können. Das gibt eine Grundzuversicht ins Leben. Die Wende-Kinder haben ihre Eltern oft anders erlebt. Ihr – vorbewußter – Begriff von Freiheit wurde die negative Überdosis. Freiheit, die vor allem eins bedeutete: Entwertung. Wie die Buchbestände ganzer Verlage auf dem Müll landeten, so auch die

Lebensläufe. Die Kinder haben das nicht verstanden, nur registriert. Darin liegt vielleicht ein beinahe tragisches Moment. Tragisch nicht im pathetischen Sinne, sondern in dem ursprünglicheren, daß niemand einfach Schuld daran trägt. Was kann der Westen dafür, daß er so stark ist? Und daß Umbrüche, selbst wenn man sie wollte, oft so weh tun? Und nun scheinen feste Ordnungen manch jungem Menschen wieder erstrebenswert. Eine werthafte Welt hat Hierarchien. Weltbilder aus Qualitäten und Hierarchien – substanziale, mythische Weltbilder also – sind einfach, sind plausibel. Man kann sich gut in ihnen orientieren. Solche Weltbilder sagen zum Beispiel: ein Schwarzer gehört nicht nach Brandenburg.

Eine Jugend, die nicht ins Freie will, das ist schon erschreckend. Auf soetwas wären ihre Eltern, in der DDR großgeworden, nie gekommen. Ordnung gab es da genug. (Die Neonazis in der DDR sind wohl anders zu begreifen – sie glaubten, eine besonders ausgefallene Protestkultur gegen die antifaschistischen Politopas zu sein.)

Nein, die dumpfen Jungs im Osten sind weniger eine späte Reaktion auf die DDR; sie sind eher eine Reaktion auf die jüngste Vergangenheit der letzten zehn Jahre. Auf einen ostdeutschen Weltenwechsel, der in gewissem Sinne radikaler war als der Übergang vom Kaiserreich in die Weimarer Demokratie. Ein Weltenwechsel des Alltags.

Natürlich geben die Erfahrungen der Wende-Kinder nicht vor, was aus ihnen wird. Und wie viele Eltern werden ihnen eine Sicherheit vorgespielt haben, die sie selbst nicht besaßen.

Es geht nicht darum, alles was Pfeiffer sagt, einfach umzudrehen. Aber man könnte es – vielleicht mit dem größeren Recht. Die Ostdeutschen spüren das in seinen Vorträgen. Und das – nicht Verstocktheit, wie Pfeiffer meint – macht sie zornig und wütend. Denn gerade die DDR besaß jene Stallwärme, die Pfeiffer ihr so abspricht. Der Einzelne war gemeint, war wichtig. Wie von jeder Stallwärme so konnte einem auch von dieser ganz übel werden. Und wer da nie rauswollte, ist ein Schaf, völlig klar. Genau wie jene, die wieder zurückwollen. Einfach deshalb, weil man als Erwachsener sich niemals mit letztem Ernst wünschen kann, wieder Kind zu sein. Und der Parteistaat behandelte Erwachsene wie Kinder, wenn er in den Betrieben den »Wettbewerb der sozialistischen Arbeit« veranstaltete. Die DDR duldete keine Erwachsenen. Man mußte es im Verborgenen sein. Das hatte vielleicht sogar seinen Reiz. Wie Ernst Jünger sagte: Das eigentliche Unglück sei nicht unterschätzt, sondern überschätzt zu werden. Es ist etwas kränkend, aber nicht existentiell bedrohlich.

Das ist der Unterschied zu heute. Es ist viel gesagt worden über die »Kälte der bürgerlichen Gesellschaft«. Ostdeutsche spüren sie noch schärfer. Und vergessen dabei oft, sie zu bejahen. Denn diese »Kälte der bürgerlichen Gesellschaft« ist nur ein anderes Wort für ihre Professionalität. Sie ist eben keine Gemeinschaft, sondern ein Funktionszusammenhang. Entweder der Einzelne paßt da rein, oder er fliegt raus.

Viele Wende-Kinder haben zu früh eine Erfahrung gemacht, die Erwachsene lange vor ihnen verbergen sollten: Daß im Grunde jeder einer zuviel ist. Und universell austauschbar.

II.

Sie sind sehr jung. Sie stehen vor dieser Brandenburger Dorfkneipe und warten. Sicher fällt ihnen die Lerche auf die Nerven. Und das Van-Gogh-Raps-Gelb haben sie noch nie bemerkt. Es hat etwas seltsam Zielloses, ihr Nursodastehen.

Sie sind, ahne ich plötzlich, einfach zu jung fürs Dorf. Und sind sie nicht auch – zu jung für die Demokratie? Das Landleben und die Demokratie sind was für Menschen, die schon alles hinter sich haben. Für Erwachsene.

Europa zum Beispiel ist schon sehr alt. Seine späte Jugend fiel wohl in die Zeit der Glaubenskriege. Der dreißgjährige dauerte am längsten. Irgendwann beschloß Europa da, erwachsen zu werden. Es gab sich eine Ausgleichsform. Eine Befriedungsform. Eine Schadensbegrenzungsform. Eine Form der gemäßigten Mitte – Demokratie ist eine »Form danach«. Eine, die Inhalte voraussetzt. Eine Selbsterfahrungsform nicht.

Jugend ist Selbsterfahrung.

Irgendwo hier muß Botho Strauß wohnen, ganz allein auf einem Hügel. Ziemlich undemokratische Lage. Strauß ist dem Archaischen näher als dem Demos. Kinder und Künstler sind so. Müssen wir deshalb Angst vor ihm haben? Strauß mißtraut den Brandenburgern auch. Frühgeduckt, frühgealtert, gottlos, formlos, sagt er in »Die Fehler des Kopisten«. Sinngemäß. Der gleichmacherische Osten. In dieser Diagnose treffen sich so unterschiedliche Charaktere wie Strauß, der Dichter, Pfeiffer, der Kriminologe und Jutta Limbach vom Bundesverfassungsgericht.

Der Osten halte, sagte Jutta Limbach anläßlich des 50. Grundgesetz-Geburtstages, noch immer Gleichheit für wertvoller als Freiheit, »in scharfem Gegensatz zu den Westdeutschen.« Christian Pfeiffer entdeckt hier die Wurzel des jugendlichen Ausländerhasses im Osten. Für Limbach und Pfeiffer heißt der Gegenbegriff zur Gleichheit demokratisches Bewußtsein. Anders Strauß. Für ihn gehören Gleichheit und Demokratie eher zusammen. Beides Worte für die Vernichtung von Qualitäten.

Natürlich könnte man sagen: alles nicht so wichtig, Intellektuelle irren sowieso öfter, schon weil sie viel mehr lesen. Trotzdem, es muß ein Problem darin liegen.

Ostdeutsche fallen unter die pädagogische Kategorie der Schwererziehbaren. Denn sie haben sich über viele Jahrzehnte angewöhnt, »denen da oben« nicht zu glauben. Damit hört man nicht einfach auf, nur weil man neue Eltern bekommt. »Für Freiheit und Demokratie!« heißt es heute überall. »Für Frieden und Sozialismus!« hieß es früher in der DDR. Klingt das nicht fast – gleich? Und hatte man nicht eine seltsame Erfahrung gemacht mit diesen Dingen, gegen die man so schwer sein kann, wenn man kein Misanthrop oder Monster ist? Alltagsdenken ist Analogiedenken. Es registriert die Gemeinsamkeiten von Dingen, die ganz verschiedene Wurzeln haben können. Die Ostdeutschen kennen inzwischen schon zwei Alltagswelten und darum auch besonders viele Analogien.

Das macht resistent. Resistent sogar gegen die guten Dinge. Gerade gegen sie.

Und seltsam genug scheint die bundesrepublikanische Öffentlichkeit diesen Resistenz-Effekt immer noch zu verstärken. Denn sie läßt uns glauben, Demokratie heile alles. Ja, es handele sich gar um ein so hochwirksames Präparat, daß sich zeitgenössische europäische Staatswesen entschlossen haben, es einem besonders kranken und gewalttätigen Patienten jetzt gewaltsam zu verabreichen. Ob der Patient überlebt, ist im Augenblick noch unklar. Sind Schwerverletzte und Halbtote eigentlich besonders demokratiebegabt?

Die meisten Tatbestände des Lebens sind undemokratisch. Es gibt keine demokratische Liebe. Es gibt keinen demokratischen Tod. Es gibt kein demokratisches Schöpfertum (was größere und geringere Künstler allzeit zur Demokratieverachtung bewogen hat, in dramatischer Verwechslung des eigenen und der Welt). Kinderwelten sind undemokratisch, denn sie wiederholen unaufhörlich jene Herr-und-Knecht-Dialektik, die Hegels »Phänomenologie des Geistes« beschrieb – den ursprünglichen Kampf um Anerkennung. Kinderwelten sind, genau wie Botho Strauß, dem Archaischen näher. Müssen wir deshalb Angst vor ihnen haben? Vor ihrer Roheit. Ihrer Aggressivität. Jugend ist – auch – amoralisch. Vormoralisch. Die Märchen wissen das. Deshalb schicken sie ihre Helden in die Welt hinaus. All diese Kraftproben, ehe man wieder nach Hause kommt und ein gütiger, weiser König wird. Also einer, der einen Begriff hat von Moral. Der ein Maßverhältnis anstelle der Maßlosigkeit setzt. Radikalismen sind pubertäre Maßlosigkeiten.

Aber wir sagen, der Jugend fehlen die Werte. Und der ostdeutschen besonders. Denn, so meint man, sie hatte schlechte Erzieher. Sie wisse nichts von Freiheit und der Würde des Einzelnen. Man hat ihr einfach nichts davon gesagt. Darum schlage sie jetzt die Schwächsten. Die Ostdeutschen müßten Demokratie erst lernen.

Daniel Goldhagen überlegte laut, Serbien zu besiegen, zu besetzen und umzuerziehen. So wie Deutschland – Westdeutschland – 1945. Jutta Limbach erinnerte sich kürzlich auch an 1945. Alles nicht so schlimm mit den Ostdeutschen sagte sie, denn die Umfragewerte im Westen für die Demokratie wären damals auch nicht besser gewesen. Das komme alles noch. Man müsse es eben lernen.

Da ist es wieder, das bloße Analogiedenken. Man registriert Oberflächen-Parallelen. Aber man analysiert nicht. Wenn jedoch der Osten und Jutta Limbach, Christian Pfeiffer, Botho Strauß und Daniel Goldhagen genauso denken – analogistisch, nur in verschiedene Richtungen – dann gibt das einen seltsamen Synergieeffekt. Er reißt Gräben auf. Denn Analogiedenken ist auch sehr affektiv, parodistisch beinahe. Als ich zum ersten Mal von Goldhagens Besetzen-und-Umerziehen-Plan las, hielt ich das für eine geniale Parodie auf die Kriegsphilosophie überhaupt. Die Sache auf den Punkt treiben, wo er ins Absurde kippt! Aber Goldhagen meinte es ernst. Ein Bekannter dachte, als er zum ersten Mal von Christian Pfeiffers Analyse des Ausländerhasses in Ostdeutschland hörte, an Comedy. Aber auch Pfeiffer meinte es ernst. Wir haben es offenbar mit einer zunehmend sich selbst parodierenden Wirklichkeit zu tun, die ihre eigenen Parodien nicht erkennt. Warum nicht? Gemeinsam ist Pfeiffer, Limbach und Goldhagen offenbar das Vertrauen in die fast unbegrenzte Erziehbarkeit des Menschen. Aber Erziehung ist in Wahrheit kein Erziehungs-, sondern ein Übersetzungsproblem. Ein Übersetzungsproblem zwischen Welten. Wie spricht man hinein in fremde Welten? Als ob die unserer Kinder einfach für uns erreichbar wäre. Als ob nicht überhaupt jeder in seiner eigenen Welt existierte! Welten entstehen durch Erfahrungen. Erfahrungen sind – undemokratisch.

Die Konservativen haben dafür seit je einen Sinn besessen. Die moderne Humanität, diese Similisonne des Menschentums, sei den guten und den bösen Geistern, den Höhen und den Abgründen gleich weit entfernt, sagte Ernst Jünger. Sie sei ein Traum, wie ihn ein Straßenbahnpassagier um drei Uhr nachmittags träumt, eine Angelegenheit der Straßenbahnpassagiere überhaupt. »Es ist unmöglich an ihr teilzuhaben ..., insofern man Krieger, Gläubiger oder Dichter, Mann, Weib oder Kind ist, ja schon insofern man die fehlende Flasche Sekt im Leib hat.« Ernst Jünger irrte. Erst wer all das weiß, mag zum Demokraten taugen. Demokratie ist das Reflexivwerden der Anfänge.

Die Ostdeutschen und der Krieg

Ostdeutsche und Westdeutsche reagierten verschieden auf den Krieg gegen Jugoslawien. Das war zu erwarten und kam dennoch überraschend. Vielleicht, weil vorher niemand darüber nachgedacht hat. Und noch immer weiß man nicht wirklich, warum die übergroße Mehrheit der Ostdeutschen, genannt werden 64% bis 70%, die NATO-Einsätze ablehnt. Fast scheint es, als würde das Nachfolge-Staatsvolk sich noch einmal hinter der Nachfolge-Partei versammeln.

Sicher gibt es jene, deren mythisches Weltbild die NATO noch immer für das Instrument des aggressiven Imperialismus hält. Er spüre, nachdem er fast das gesamte sozialistische Weltsystem verdaut hat, halt wieder seinen leeren Magen. Jene gibt es. Sie sind nicht wichtig. Schwerer wiegt schon die vorbewußte Assoziation des Begriffs NATO. Das Wort zielte ja immer auch auf sie, die Ostdeutschen, genau wie die Pershings und Cruise Missiles.

Man hat vermutet, daß die Ostdeutschen eben slawischer fühlen würden. Wieso »slawisch«? Jugoslawien war für den DDR-Bürger immer der Inbegriff westlichen Auslands. Man kam leichter in die Bundesrepublik als zu den verräterischen, pro-westlichen Genossen dort unten. Das »pro-westlich« ist ja nun vorbei.

Die Logik, wie in Kriegszeiten üblich, ist simpler geworden. Man unterstellt dem, der gegen den Krieg ist, eine andere Parteinahme. Genau das trifft nicht zu. Es ist unwesentlich, will man die Ablehnung der Ostdeutschen verstehen.

Sie ist eine Ablehnung des Krieges als Mittel, keine Bewertung des Konflikts. Sie macht die Schrecken eines Milosevic nicht geringer.

Also, überlegt man, haben die Ostdeutschen eben kein Gefühl für den zivilisatorischen Rang universalistischer Werte? Es gibt Umfragen, nach denen »Frieden« im Osten als höheres Gut wahrgenommen wird als »Freiheit«. Aber um die spontane Ablehnung dieses Krieges zu erklären, ist das zu abstrakt.

Denn letztlich gründet die Zustimmungsverweigerung der Ostdeutschen in einem Mißtrauen gegen die Abstraktheit. In dem Unglauben an die Möglichkeit, jemanden zur Demokratie zu bomben. Man bombt ihn nur immer weiter davon weg. – Ja, es ist am ehesten der Argwohn in die Abstraktheit. Darum ist auch nicht der Pazifismus als Selbstwert ausschlaggebend wie für westliche Kriegsgegner. Oder Bedenken gegen die deutsche Kriegsbeteiligung. Zwei Prinzipienfragen, aber man hält Prinzipien für nicht so wichtig im Osten. Es liegt an der anderen geschichtlichen Erfahrung. Daß die Praxis ganz selten die Neigung zeigt, sich theoriegemäß – prinzipiengemäß – zu verhalten. Jede Absicht hat vor allem unbeabsichtige Wirkungen. Damit hat man im Osten gelebt. Vor der Wende und nachher – anders – wieder.

Natürlich ist dieses Restjugoslawien, egal wie der Krieg ausgehen mag, nun auf lange Zeit verloren für die Demokratie, und damit für das Kriegsziel: einen Gültigkeitsraum für die Menschenrechte in Jugoslawien zu schaffen. Natürlich werden die Serben die Kosovo-Albaner bis zum Letzten büßen lassen für die Angriffe – war das wirklich nicht zu ahnen?

Es befremdet, den Verteidigungsminister mit seinen allabendlichen Greuelbildern zu sehen. Es mag zynisch klingen, aber diese Bilder sind Appell, nicht Argument. Sie waren von vornherein einzukalkulieren – und auf ihnen erst die Strategie eines Krieges abzuwägen. Und wohin führen diese Faschismus-Vergleiche, die viel zu leicht von den Lippen gehen? Faschismus darf doch um den Preis des historischen

Bewußtseins nicht einfach nur ein anderes Wort für das Verabscheuenswerte werden.

Jetzt hören wir, die NATO habe wirklich an den Erfolg des Luftpräzisionskriegs geglaubt und daran, bis zum 50. Geburtstag fertig zu sein. Viele Ostdeutsche dagegen dachten nach dem Beginn der Bombardierungen an den 3. Weltkrieg. Sie hatten Angst. Sie sind hysterisch, sagten die Westdeutschen. Es bleibt nur eine Folgerung: Wir leben – noch immer – in verschiedenen Welten. In verschiedenen geschichtlichen Erfahrungswelten.

Der Politbüro-Prozeß. Eine Betrachtung am Vorabend des 9. November 1999

1971 malte sie alte Kommunisten. Spanier im DDR-Exil, geflohen vor Franco. Es war das erste große öffentliche Bild der Nuria Quevedo. Und fast schwarz. Nur die Kommunisten-Gesichter trugen ein vorsichtiges Steingrau. Die Kunst-Genossen der SED sahen das auch. Sie fragten finster: Seit wann sind Kommunisten schwarz bis steingrau? – Cervantes, ruft die Spanierin, sie habe lauter Ritter von der traurigen Gestalt gemalt. Eine Vorstudie zu diesem Bild hängt heute zwischen den Fenstern ihres Ateliers. Vielleicht fand sie, daß Schwarz bis Steingrau das Verwitterte des kommunistischen Geistes besonders gut trifft. Lebten sie nicht alle nach Kommunisten-Art in einer völlig irrealen Welt? Einer Art höherer Seifenblase, aber aus Stein. Das kommunistische Verhängnis überhaupt. Natürlich merkten sie es nie. Und kämpften immer weiter. – Spanische Widerständler als Don Quichottes. Als Windmühlenflügelkämpfer. Aber gemalt mit jenem Erbarmen, das Cervantes für seinen Untergeher hatte.

Könnte man das Politbüro so zeigen, Honecker? Unmöglich. Selbst für diesen allerletzten Ehrentitel kamen die alten Männer der DDR zu spät. Und dabei war doch etwas Don Quichottisches in ihrem Leben. Verfolgte, die wieder zu Verfolgern wurden. Es kann kein bloßes Verbrecherleben gewesen sein, wenn einer zehn Jahre bei den Nazis im Zuchthaus saß. Und später eine kleine Welt regierte, so wie er sie verstand. Eine Für-uns-oder-gegen-uns-Welt, eine Entweder-oder-Welt, wie sie Verfolgte manchmal haben. Eine, die noch aus den dreißiger Jahren stammte, tapeziert mit ein paar Marx-, Engels- und Lenin-Zitaten. Sehr übersichtlich. Und mit hohen Mauern drumherum, im Geiste und in der Wirklichkeit.

Morgen vor zehn Jahren ist das Politbüro zurückgetreten. Morgen wird der Politbüro-Prozeß endgültig zu Ende sein. Einen Tag nach dem Politbüro-Rücktritt ging die Mauer auf. Wir werden das feiern. Dann wird der »Maueröffner« Günter Schabowski vermutlich verurteilt sein. Wegen »Totschlags in drei Fällen«. Warum drei, hatte ich Schabowski vor zwei Jahren gefragt. Weil drei Menschen an der Grenze ums Leben kamen, als ich Politbüro-Mitglied war, antwortete Schabowski. Und zum ersten Mal seit sehr langer Zeit war wieder die alte metallische Härte in seinem Blick, der inzwischen längst einen Ausdruck von universaler Reue angenommen hatte. So etwas Weiches, Demütiges, das Menschen, die noch alten Schabowski-Augen kennen, unwillkürlich an einen bösen Scherz glauben läßt. Er, ein Totschläger? Totschlag klingt unmittelbar. Dieser hier aber ist unendlich vermittelt. Er trägt die ganze Existenzproblematik eines Staatswesens in sich, so daß die Grund-Folge-Kette, die allein zu einem juristischen Urteil führt, unterwegs immer mal zu reißen droht. Die Crux des Prozesses.

»Ich weiß nicht, was das soll.« Die Spanierin lächelt. Ein Satz, den im Osten häufig hört, wer nach dem Politbüroprozeßs fragt. Mit genau demselben Lächeln. Ein Satz, den man im Westen niemals hört. Was ist das? Ostalgie, PDS-Sympathisantentum oder typisches Unverständnis für rechtsstaatliche Verfahren? – Aber vielleicht geht es nicht mal um das Politbüro, schon gar nicht um jene drei, die davon übrig blieben. Nicht um Krenz, der noch mit Sechzig der FDJ-Junge ist, der er immer war. Nicht um Schabowski, der Dinge gut findet, die funktionieren und dessen spätes Damaskus

’89 darum wohl wirklich echt war. Oder Kleiber. Wer ist eigentlich Kleiber?

Nein, um die drei geht es irgendwie nicht. Aber um unseren Blick auf Geschichte, den dieser Prozeß formt. Und um die jüngste Vergangenheit vor zehn Jahren. Auch um etwas, was die Deutschen wohl noch nie besaßen. Eine glückliche Hand im Umgang mit sich selbst. Thomas Mann nannte es Gnade, in dem Doppelsinn von »Gnade gewähren« und »begnadet sein«. Nichts Juristisches.

Wie gehen Dinge zu Ende, die schon vorbei sind? Vielleicht starb die DDR schon 1953. Oder 1961. 1965. 1968? Jedes Jahr ein bißchen mehr. Wahrscheinlich war sie ohnehin eine Totgeburt. Das Politbüro hatte keine Uhren. Wir wußten das. Auch daß seine Lieder 1989 noch die alten waren. Auf zum letzten Gefecht! Wir dachten manchmal an die Guillotine als Wahrheit der französischen Revolution. Zuerst verbot die DDR sowjetische Zeitschriften. Und sowjetische Filme. Sollten wir lachen? Oder Angst haben? Also beides. War das nicht schon ein geistiger Amoklauf? Dann der Juni des Himmlischen Friedens ’89. Egon Krenz’ Bruderbund mit China. Nein, wir hatten wirklich keine Ahnung, wie das aufhören sollte.

Vielleicht ist darum dieses Erstaunen geblieben über jene Monate vor zehn Jahren, die alle bekannte Logik von Geschichte außer Kraft setzten. Auch jenes völlig unpolitische, juristisch unbedeutende Gefühl: Dankbarkeit. Und, wie die Malerin sagen würde: Erbarmen. »Die Masse« verhielt sich höchst massenuntypisch. Besonnenheit statt Entfesselung. Nichts war wie in Canettis »Masse und Macht«. Die Menge wurde nicht zum Pöbel. Und am 9. November fanden Vorgesetzte ihre Grenzsoldaten in Blumen und Geschenken ertränkt, als sie – das Schlimmste fürchtend – nachsehen kamen, ob sie noch lebten. Und die Macht? Auch sie tat etwas durchaus Machtuntypisches. Sie entmachtete sich selbst. Krenz am Ende der 12. Tagung des Zentralkomitees: »Genossen, ich stehe jetzt auch vor einer Frage, auf die ich keine Antwort habe. Das ZK hat sich aufgelöst. Also müßte jetzt der Arbeitsausschuß seine Arbeit ... Genosse Albrecht? ... Oder wie ist das?« – Was für ein Schlußwort nach vierzig Jahren »führender Rolle der Partei«. Gewöhnliche Diktaturen treten anders ab. Sicher war die DDR eine Diktatur. Auch eine Diktatur der Opfer, wie Friedrich Dieckmann sagte. Vielleicht hatten wir darum nie die Kraft, die alten Männer wirklich zu hassen.

Und nun dieser Ausnahmezustand, wie ihn niemand »verhängen« kann. Ein im Kantschen Sinne »intelligibler Augenblick« der Geschichte. Einer, in dem das Auge-um-Auge-Zahn-um-Zahn-Prinzip der Geschichte plötzlich nichts mehr galt. Gerechtigkeit, kam sie, gerade bei Revolutionen, nicht immer als Rache? – Natürlich, Ausnahmezustände sind schnell vorbei. Und Justiz ist Normalzustand. Denn kein Recht beurteilt, was man nicht getan hat. Es beurteilt nicht jenen Krenz, der binnen von Monaten den irdischen Frieden einem himmlischen vorzog. Und dabei das Gebot des Kremls verletzte, die Lage unter Kontrolle zu behalten. Es beurteilt nicht, was man hätte tun können. – Das ist normal. Aber ist es gerecht in einem größeren Sinne? Kann Recht Geschichte begreifen?

Ja, wer denn sonst? Es gibt nur diese juristische Form im Rechtsstaat, antwortet Peter H. Schiller entschieden und setzt hinzu, daß er jetzt, zehn Jahre danach, selber spüre, wie er toleranter werde. Es hört sich ein bißchen an wie: nachlässiger. Schiller bewacht die Dressler-Ausstellung im Mauer-Museum am Checkpoint Charlie. Lauter Schaukästen mit DDR-Denkbildern. Eins heißt »Der Schoß ist fruchtbar noch ...« DDR-Fahne, darauf ein im ästhetischen Sinne desaströser brauner Haufen, aus dem zielbewußt Kakerlaken quellen. Die Unmittelbarkeit des pädagogischen Anliegens irritiert. Aufklärung muß wirklich eine deutsche Erfindung sein. Und dann sinkt da diese halbverkohlte DDR-Fahne zu Boden, samt einer Lenin-Büste an der Eisenkette. »(Ab)fall der Geschichte« heißt die Installation. Warum bleibt ein Befremden bei diesem Anblick? Das Gezeigte ist doch nicht eigentlich falsch. Nur weil es zu einfach ist?

Der Tod an der Mauer war auch eindeutig. Und jeder hat ein Recht auf seinen Prozeß. Also Karin Gueffroy und die anderen Mütter, Väter, Frauen, Männer und Kinder der Maueropfer erst recht. Karin Gueffroy, die ihren Sohn noch im Frühjahr 1989 an der Mauer verlor, sagte nach den Urteilen 1997, sie habe eine Weile gebraucht, die Strafen als gerecht zu erkennen. Drei Jahre für Kleiber und Schabowski, sechseinhalb Jahre für Krenz. Was sind drei Jahre oder sechs gegen ihr Leid und den Tod eines Zwanzigjährigen. Wollte Karin Gueffroy Sühne? Sie bekam »nur« Recht. Recht ist immer auch das Recht des Angeklagten.

Im Direktorenzimmer des Hauses am Checkpoint Charlie telefoniert die Chefin mit dem SFB. Bis 2.00 Uhr nachts werde man das Museum am 9. November offenhalten. Und draußen den Film »Ode an die Freiheit« zeigen. Sie hat einen russischen Akzent. Eine Russin als Hausherrin am Checkpoint Charlie? Nebenan beugen sich drei alte Männer über ein Manuskript. »Die Motorhaube wurde geöffnet«, liest der erste vor, »unvorstellbar, daß da noch ein Mensch sein konnte!« – »Nee«, ruft der zweite, »Drin fehlt! Drin sein konnte! Und wie nennen wir den unter der Motorhaube? Flüchtling? Oder: der Geschleuste?« Die Korrektoren befinden einmütig, dass »Flüchtling« viel besser klingt. Ukrainerin sei sie, nicht Russin, sagt Alexandra Hildebrandt. Aber den fremden Blick der Demokratiegebürtigen kann auch sie nicht haben. Irgendwie hing das Land, aus dem sie kommt, in dieser Mauergeschichte mit drin. Alexandra Hildebrandt, Malerin aus Kiew, seit 1992 in Berlin und Frau des Museumsgründers, nickt entschlossen. Sie ist sich auch sicher, daß die DDR ohne Mauer nie überlebt hätte. Und daß die Sowjetunion sie nie einfach hätte sterben lassen. Aber, sagt die Vizechefin des Hauses am Checkpoint Charlie, aus der Sicht der Opfer sei dieser Prozeß in Ordnung. Sie kennt Karin Gueffroy. Viele, deren Leben die Mauer zerstört hat.

Der Kalte Krieg an den Wänden der Ausstellung. Er sollte ja so heiß sein, wie es kalt irgend geht. 1950 war die Kartoffelernte der DDR sehr schlecht. Da glaubte sie fest daran, die USA hätten Kartoffelkäfer über ihren Feldern abgeworfen. Die Systematik des Hasses. Ich notiere gerade den lateinischen Kartoffelkäfernamen, als Walter Momper mitteilt, daß wir »Deutschen heute abend das glücklichste Volk der Welt seien«. Franzosen und Japaner mit kleinen Kindern sehen ein Mauerfall-Video.

Dann Fluchtvehikel aller Art. Das kleinste U-Boot der Welt und der größte Heißluftballon Europas. Man geht durch diese Ausstellung und versteht die eigene Reserve gegenüber diesem Prozeß nicht mehr. Über den »antifaschistischen Schutzwall« haben wir doch schon immer gelacht. Dafür, erklärt ein Grenzpolizist im neuesten Mauerfilm »Nach dem Fall«, hätte der »Wall« ohnehin genau falsch rum gestanden. Alle Abwehr ging nach Osten.

Die Mauer war älter als wir. Uns hat sie eingesperrt, nicht jene junge Mutter aus Stuttgart, die mit ihrer zehnjährigen Tochter gerade die Panzer auf dem Potsdamer Platz auffahren sieht. Es ist ein Film über den 17. Juni 1953. Ich frage sie nach dem Prozeß. Sie fragt zurück, wie man etwa nicht dafür sein könne. Verurteilen müsse man die, verurteilen!

»Die Mauer war kein Verbrechen, sondern die Maßnahme eines Staates in höchster Not.« Nein, nicht Krenz hat das gesagt. Es war Stephan Hermlin, der Dichter. Und Heiner Müller berichtete, wie sehr er sich über die Mauer freute. Jetzt würde es innen endlich freier werden! Dann erinnerte er sich – beiläufig, so wie Müller immer etwas einfiel – an Otto Gotsche, den Sekretär Walter Ulbrichts: Jetzt haben wir die Mauer. Und daran werden wir jeden zerquetschen, der gegen uns ist, habe der gesagt. Müller lächelte. Ein Unentschieden zwischen bodenloser Verachtung und Anerkennung. Ein richtiges Dramatikerlächeln.

Hätte die DDR 1961 aufgeben müssen? Kann man das von einem Staat verlangen? Die DDR war nicht demokratisch. Geschichte ist es auch nicht. Wird es nie sein. Die Gründung der DDR war das Ergebnis des undemokratischsten, verbrecherischsten Kapitels Geschichte überhaupt. Mancher hat sich schon gewünscht, diese neue Bundesrepublik könnte die

DDR-Vergangenheit endlich als ihre eigene annehmen. Aber sie kann es wohl nicht. Siegerjustiz, sagt Krenz. Aber das ist es nicht. Nicht im Angesicht der Opfer.

Nur trifft »Totschlag durch Unterlassen«, so die ursprüngliche Anklage, wirklich, was geschehen ist? Man hat das später noch in die Aktivform übersetzt und die drei jüngeren Politbüromitglieder zu »Schreibtischmördern« ernannt.

Mit Krenz sollen 16 Millionen DDR-Bürger auf die Anklagebank gesetzt werden, mutmaßte 1997 Peter-Michael Diestel von der CDU. Mag sein, er hat übertrieben. Aber der Eindruck, die DDR-Geschichte soll gelöscht werden, bleibt. Geschichte, zusammengeschnurrt zum Kriminalfall.

Es ist ja zu wenig, was ein solcher Prozeß übrigläßt. Und zuviel, was er streichen muß. Ein Prozeß endet mit einem Urteil. Nicht mit einer Katharsis.

In der Cafeteria des Hauses am Checkpoint Charlie sitzt ein Mann mit dem gezwirbelten Bart eines chinesischen Weisen. Wolfgang Doppel liest eine Geschichte des Dritten Reiches. Sein Vater war Kommunist unter Hitler, später in der DDR Offizier bei der Polizei. Wolfgang Doppels Vater hat sich erschossen. Da war der Sohn sechs. 1977 kam er ins Zuchthaus. Eigentlich sollte er in den Westen, aber Wolfgang Doppel wollte nicht: Ich wohne hier, teilte er den zuständigen Genossen mit. Erst 1987 sei er freiwillig gegangen, da hätte er wegen »Landesverrat« noch länger sitzen müssen. Und dieser chinesische Weise aus Sachsen sagt jetzt: »Ich weiß wirklich nicht, was das soll.« Und lächelt. Und meint den Prozeß. Er mache unseren Blick nur enger. Denn für das, wofür man »die da« verurteilen müßte, könne man sie nicht verurteilen. Für ihre Beschränktheit. Für ihre Unfähigkeit, Widerspruch zu ertragen. Für alles, was sie zugrundegerichtet haben.

Wolfgang Doppel sagt, er sei eine Art Don Quichotte. Und ich müsse mir gar nichts Trauriges darunter vorstellen. Eher eine sehr realistische Existenzform. Wer selber denkt, bleibt überall ein Windmühlenflügelkämpfer.

Ödipus fatal

Er meldet sich genau um fünf vor zwölf. Ein Westler. Er habe keine These, nur ein Unwohlsein. Diese DDR-Bürger seien also wirklich lauter »Unerwachsene«? Es klingt ein bißchen wie »Untote«. Die Besatzung des Podiums der 2. Arbeitstagung der Arbeitsgemeinschaft für Psychoanalyse und Psychotherapie Berlin schaut fest hinüber zu dem Zweifler im Saal. Sie hatte zuvor Thesen vorgetragen, wonach es ungemein schwer gewesen sei, in der DDR seelisch volljährig zu werden. Das Tagesthema heißt »Pubertät und kultureller Übergangsraum«. Der Mensch neige dazu, das Schwere zu meiden. Ja, und stand nicht selbst Egon Krenz bis ins hohe Alter hinein im Blauhemd neben Erich Honecker? Komplizierend sei hinzugekommen, daß die »im Ödipuskonflikt steckengebliebenen« Ostdeutschen nach 1989 in eine »zweite Adoleszenz« geraten sind. Anpassungsprozesse waren gefordert, vergleichbar denen, »die wir aus der Pubertät kennen«. Positiv interpretiert, wäre dann der typische Ostdeutsche ein doppelt jugendlicher Rentner. Der Fragesteller sieht sich zu einer solchen Sicht der Dinge außerstande.

Mohammad E. Ardjomandi, iranischer Psychoanalytiker, beruhigt ihn: Jede Diktatur, und das wüßte er aus dem Iran, erzeuge Gegenkulturen. Also, wenn man wolle, lauter illegale Erwachsene. Wenn Sie in einer Diktatur gelebt hätten, wüßten sie das, sagt der Iraner nachsichtig in Richtung Podium. Das Podium senkt den Blick. Die vier Thesenbildner sind ja aus dem Osten. Aber sie sind eben auch – Psychoanalytiker.

Die Psychoanalyse ist vielleicht die letzte große Metaphysik. Metaphysiken sind ein Art Legobaukasten. Es gibt für alles bestimmte Steine mit vorgefertigtem Profil. Und wenn man die zusammensetzt, kommen riesige Welterklärungstürme raus. Aus Ich, Es, Über-Ich und Ödipuskomplex kann man sehr viel bauen. Nehmen wir also einen DDR-Pubertierenden. Egal, ob er mit seiner Mutter schlafen wollte oder nicht – er müßte sich jetzt bald trennen von seinen Eltern, um erwachsen zu werden. Der DDR-Pubertierende knallt also voller Aufbruchswillen die Haustür zu. Aber draußen warten schon Schule, FDJ und Armee auf ihn und machen ihm »ein quasi inzestuöses Angebot«. Sagt Annette Simon. Sie trägt eine große rote runde Brille. Der DDR-Jugendliche werde »inzestuös eingemauert«. Darum, sagt die Therapeutin weiter, reden die Ostler noch im Westen soviel über die DDR. Aber wer sein Herkommen ablegen könnte wie einen Anzug, auch wenn er ihm noch nie gepaßt hat, wer keine Vergangenheit hat – ist der etwa erwachsen? Vieles müßte man die Therapeutin jetzt fragen. Zum Beispiel: Inzest setzte doch eine gewisse unausweichliche erotische Anziehung voraus. Hat sie Armee, FDJ und Schule wirklich so erlebt? Das Gesicht der Analytikerin nimmt den Ausdruck einer lebhaften pubertären Trotzreaktion an. Ich habe nur eine These aufgestellt, ruft sie und geht.

»Das Wichtigste in unserem Zusammenhang ist aber, daß die Bewältigung des Ödipuskomplexes dazu führt, Gesetze für die Person und die Gesellschaft als konstitutiv anzuerkennen,« findet die Analytikerin Margarete Meador. Der Durchgang durch den Ödipuskomplex sei die Voraussetzung »für die Übernahme von Verantwortung, d.h. in unserer Kultur, für demokratisches Handeln.« Faszinierendes Gedankenbild, dieser Ödipuskomplex, überlegt halblaut ein Journalist, wirklich schade, daß er nicht existiert. Seltsam, daß alle hier Freud ohne die patriarchalische Familie des 19. Jahrhunderts, ohne das gesetzgebende Über-Ich einer verbindlichen kollektiven Tradition und ohne rigide Triebunterdrückung völlig verständlich finden. Es ist ein bißchen wie in einem Woody-Allen-Film. Intellektuelle irren eben doch viel öfter als andere Menschen, schon weil sie mehr lesen.

Daß die allermeisten Menschen in der DDR ihren Staat etwas lächerlich fanden, wissen die Analytikerinnen natürlich auch: »Viele versuchten, die Gesetze des Vaters Staat mit klammheimlicher Freude außer Kraft zu setzen oder zu umgehen«, erklärt Annette Simon, um einen erstaunlichen Befund anzufügen: »Und das ist eigentlich infantil.«

Aber die anderen sehen das genauso. Es muß also an Freud liegen. Dabei haben die Philosophen Kindern und Frauen immer die Fähigkeit zur solcherart geistigem Spiel, zur Ironie überhaupt abgesprochen. Denn Ironie erfordere Distanz, Selbst- und Weltabstand, kurz Erwachsensein. Frauen aber wären nun mal keine richtigen Erwachsenen. Sprach nicht auch Freud vom »physiologischen Schwachsinn« des weiblichen Geschlechts? Was früher die Frau war, ist also jetzt der DDR-Bürger. Bloß, daß Distanzlosigkeit und das Keine-Vorbehalte-Haben nun als erwachsen gilt. Natürlich, sagt die Therapeutin, erwachsen ist es, sich aufrecht zum Gesetz zu verhalten. Wenn es sich um ein Unrechtsgesetz handele, könne man ja dagegen kämpfen. Aber Erwachsensein, heißt das nicht zuerst, Verantwortung für andere übernehmen zu können? In der DDR übernahm man sehr früh solche Verantwortung und heute immer später oder gar nicht mehr. Vielleicht setzt das Zeitalter lebenslanger Pubertät jetzt erst ein.

Die Arbeitsgruppen beginnen. Ich denke noch immer darüber nach, ob Kämpfen erwachsen ist. Es muß ein typischer Fehler von Frauen in nichttherapeutischen Berufen sein, das Kämpfen gegen einen stärkeren Gegner immer für ein bißchen dämlich zu halten. Im Arbeitskreis »Der süße Brei« soll nun gezeigt werden, wie ein ostdeutsches »Über-Ich durch sexuelle Reizüberflutung in den neuen Bundesländern« durch sein »unterentwickeltes Ich« durchlässig wird »für ungezügelte Es-Forderungen«. Die Wahl zwischen den sieben Arbeitskreisen ist entschieden! Doch dann fällt der »Der süße Brei« einfach aus. Also nehmen wie die AG 4 »Erfahrungen aus deutsch-deutschen analytischen Prozessen«. Osttherapeut mit Westpatient. Westtherapeutin mit Ostpatientin. Der Westpatient berichtet dem Osttherapeuten über sein Leben auf Reisen. Da warnt die Westtherapeutin den Osttherapeuten: Der will dich entwerten, klein machen! Es laufe immer darauf hinaus: Wer hat eigentlich den schöneren Phallus? Die etwas barsche Ost-Analytikerin von vorhin mit der roten Brille meldet sich und sagt, daß sie mit einer Westpatientin dasselbe erlebt habe: »Ich war in einem

Film von Antonioni, aber den kennen Sie ja nicht ...!« Alle suchen jetzt zusammen nach einer Erklärung. Die Ost-Analytikerin gesteht inzwischen ein, wie »schmerzlich« es sei, bestimmte Filme nicht zu kennen. Die Therapeuten schauen sie sehr verständnisvoll an. Es muß sich um einen Fall von »projektiver Identifikation« handeln, beschließt die Arbeitsgemeinschaft »Erfahrungen aus deutsch-deutschen analytischen Prozessen«. Da meldet sich eine im Osten tätige Westtherapeutin und gesteht, seit geraumer Zeit unter einem Schuldgefühl zu leiden. Erstaunte Blicke. Es handele sich um die Schuld, privilegiert gewesen zu sein, fährt die West-Ost-Therapeutin fort und wird unterbrochen von einer Osttherapeutin mit überwiegend Westpatienten, die ankündigt, jetzt das Gegenteil aussagen zu wollen ...

Wohin geht man nach einem Analytiker-Kongreß? Im Babylon läuft »Psycho« in der Alfred-Hitchcock-Reihe. Von wegen, es gibt keinen Ödipus-Komplex! Dieser hier wird alles überdauern. Auch die Psychoanalyse.

Abbilder, Urbilder, Vorbilder in Weimar

I.

In Abteilung 3 der Ausstellung »Aufstieg und Fall der Moderne / Die Kunst der DDR« schaut man den Eintretenden an wie ein Wirt, der schon wieder einen betrunkenen Gast bedienen muß. Ein wenig ängstlich. Ein wenig um Verständnis bittend, aber es doch nicht erwartend. Die Schlacht tobt in den Zeitungen. Hier drin ist es still. Zwei Frauen stehen vor Willi Sittes »Die rote Fahne – Kampf, Leid und Sieg«. Sie sehen den Kopf Thälmanns und denken darüber nach, ob das jetzt schon affirmativ ist. Aber das Bild fasziniert sie. Es hat Kraft. Ähnlich und doch ganz anders Tübkes »Mensch – Maß aller Dinge« oder Heisigs »Ikarus«. Ikarus, der in die Sonne fliegt. Jeder weiß ja, was ihm geschieht. Eins ist diesen Bildern gemeinsam, sie eröffnen Reflexionsräume. Es sind – Denkbilder. Das Begleitblatt zur Ausstellung nennt die Gemälde aus dem Palast der Republik, die heute in Depots verwahrt werden, »überwiegend staatsaffirmativ«. Warum »überwiegend« – weil sie gegenständlich sind? Oder weil man verlernt hat zu sehen?

Ein Stockwerk tiefer in der von den Nazis nie vollendeten »Halle der Volksgemeinschaft« (die DDR baute sie als Fabrikgebäude zu Ende) wird man des Unterschieds ansichtig. Adolf Hitlers Lieblingsbilder. Egal ob »Venus und Adonis« (vor 1933) oder »Wassersport« (1936). Man versucht, ernst zu bleiben. Und dann »Die Wacht«. Zwei Adler vor sturmumtosten Felsen. Natürlich ist das zum Lachen. Und wie. Welch seltsame Heiterkeit vor diesem Kraftkitsch. »Die Kunst dem Volke – erworben Adolf Hitler« ist eine sehr komische Ausstellung. Reflexionsräume in diesen Bildern? Keine. Aber wer Kunst nur in gegenständlich und ungegenständlich teilt, wer nie wußte, daß der Sozialismus eine tragische Idee war – ist? –, der Nationalsozialismus dagegen die niedrigste, auf die Menschen verfallen konnten, der mag kein Gespür dafür haben.

Wir stehen in der Rotunde der DDR-Kunstausstellung. »Das ist ja echt zoomäßig hier«, sagt ein untersetzter Dresdner, der sich als Musikproduzent vorstellt. Bilder, dicht an dicht, oft in drei Reihen übereinandergehängt. Klar, daß kein einziges hier Luft kriegt. Aber besser haben sie es hier schon als in den Depots der Treuhand oder anderen Kellern. Denn in Museen hängt DDR-Kunst nicht mehr. 350 von 16 000 Stück »Lagerbestand« sind hier. »Ich find's gar nicht so schlimm, wie's zu lesen war«, sagt ein Mann, der für die Kempinski-Hotels eine Zeitung macht. Eine Hotel-Zeitung also. Adornos Wort von der »Hotelbildmalerei« fällt mir ein. Sollten die modernen Ausstellungsmacher etwa jedes Bild mit erkennbar-natürlichen Objekten für Hotelbildmalerei halten? Dann ließe sich der Streit vielleicht doch noch schlichten – denn die Hotelbildmalerei ist längst bei der Avantgarde angekommen. Das Subalterne und das Originale, das Gefällige und das Sich-Sträubende. Alles ist hier. Nebeneinander. Übereinander. Zoo, sicher. Aber eigentlich ist Zoo doch gar keine schlechte Idee. Verführung zum Sehen, zum Neu-Entdecken! Neben vielen Bildern kleben kleine gelbe Zettel. Das sind alles Maler, die ihre Sachen rausnehmen wollen, erklärt die Pressesprecherin Susanne Meyer. 29 Jahre ist sie alt, aus Münster und wollte mal über DDR-Kunst ihre Magisterarbeit schreiben. Sie fand keinen Betreuer. Susanne Meyer glaubt an ein ungeheures Mißverständnis. Verschiedene »Hängeteams«, sagt sie, hätten ganz verschiedene Hängungen probiert. Und es sei alles überhaupt nicht wertend gemeint. Ist es eigentlich eine Schmach, neben Tübke zu hängen? Neben diesen unendlich filigranen, vergangenheitstiefen postmodernen Sinn-Bildern. Daß man nicht sortiert hat, daß jeder sich sein eigenes »Bild« machen muß, scheint der Ausstellung zum Verhängnis zu werden. Aber mit etwas Gelassenheit und Selbst-Abstand könnte man es auch als Vorzug nehmen. Trotz der Herden-Atmosphäre. Atmen können die Bilder hier nicht. Aber atmen sie denn leichter in Depots?

Der »Keil«-Raum am Ausgang soll das Neue symbolisieren. Hier, erklärt Susanne Meyer, greifen die Künstler »schon zu anderen Darstellungsweisen als ihnen vorgegeben waren. Sie malen wie im Westen. Wie überall.« Verräterisches Wort. Man sieht Rechtecke und »Gemeinschaftsbilder«. Muster, würde Bernhard Heisig, der Menschenmaler, wohl sagen. Aber das mild verächtliche Wort registriert etwas Tatsächliches: Auflösung des Werkcharakters der Kunst, Übergang in Aktion. In Provokation. Happening. In bloße Paradoxa des Verstehens. Kondensationsformen des Abstrakten. Endpunkte auch dies.

II.

Bilder sind unmittelbar. Sie sind Verdichtungen zur Gegenwart. Über Zeichen kann man streiten. Zeichen sind Stellvertreter, sie transportieren etwas anderes, nie sich selbst. Zeichen kann man widerlegen. Bilder nicht.

Jemandem seine Bilder zu nehmen heißt ihn auslöschen. Sein Weltverhältnis. Seine Erfahrungen. Das gilt für Gesellschaften wie für Menschen.

Woher dieser seltsame Eifer, alles für »unwert« – verräterisches Wort – zu erklären, was aus der DDR kam? Literatur und Malerei traf es besonders hart und – unvorbereitet. Georg Baselitz probierte in der FAZ gleich nach 1989 einen weitumschauenden Sucher-Blick: Echte Maler? Aus dem Osten? Unmöglich. Er könne keine entdecken.

1983 gingen Bilder aus der DDR quer durch die Bundesrepublik. Günter Grass schrieb dazu, daß »die Künste und mit ihnen die Dichter und Maler »ortlos« geblieben« wären. Ohne Mauer. Ja, im Osten habe man »deutscher« gemalt. Grass meinte dieses Wort positiv – die Tradition von Otto Dix und Max Beckmann, vergessen im Westen, wurde den DDR-Malern Schutz vor Vereinnahmung. DDR-Kunst, fragte der Kunstkritiker der FAZ. Eduard Beaucamp in der früheren Akademie der Künste Ost, wieso denn das? Was die malten, käme doch gar nicht aus der DDR, das käme doch von viel weiter her.

Die DDR war langsam. Auch daran ist sie zugrundegegangen. Sie war langsamer sogar im Vergessen. Sie hielt hartnäckig fest am Werkcharakter von Kunst – am Bildcharakter der Bilder. Daraus ist nun ein ästhetisches Verdikt geworden. Freie Kunst entsteht nur in einem freien Lande, glauben die Demokratiegebürtigen. Diktaturen sind ein Glücksfall für den Künstler, bemerkte Heiner Müller, für den Dramatiker überhaupt. Welcher wirkliche Maler wäre kein Dramatiker? Man erkennt es am besten an Blumenstilleben, diesen größten aller Vanitas-Bilder. Daß die Zeit der Kunst und die Zeit des Fortschritts nicht dieselben sind, hat man schon vergessen. Die DDR-Abteilung der vielgeschmähten Weimarer Ausstellung »Aufstieg und Fall der Moderne« zog daraus nur die letzte Konsequenz. Man sah die Bilder vorher gar nicht mehr an, orderte sie nur aus den Depots – egal was, Hauptsache viel! – und arrangierte sie zu einem Mittelding aus Zirkus und Kuriositätenkabinett auf grauen Plastikfolienwänden.

Zu den elf Werken aus dem Palast der Republik liest man im Ausstellungsführer: »Es sind Schaustücke einer großen

Selbstdarstellung des Staates.« Ein Bild, wo es denn eins ist, ist zuerst Selbstdarstellung des Künstlers, gleichgültig, wieviel »Objektivität« es in seinen Kosmos hineinzieht. Daher die Tiefe der Verletzung. Eine Zeit, die den Kunstbegriff auffasert zwischen Aktion, Happening und Installation – im rasenden Stillstand der Provokation – versteht das nicht mehr. Die mußten doch alle sozialistischen Realismus malen, äußerten selbst Akademiker in Weimar. Behält Arnold Gehlen, der große Skeptiker und Interpret im Angesicht der klassischen Moderne, doch recht, daß alles auf einen Endpunkt zutreibt? Auf eine neue Verkindlichung, die nun nicht länger Protest, sondern unentrinnbarer geistiger Habitus wird.

Und Sie waren nie abstrakt, fragte ich Bernhard Heisig vor einem Jahr, als man ihn nicht im Reichstag malen lassen wollte. Na klar, rief Heisig, und wie abstrakt er gewesen sei. Er war der Bierholer bei den Abstrakten. Aber irgendwann hatte er keine Lust mehr zum Abstrakt-Sein, zum Bierholen, und wurde Bernhard Heisig. Der Menschenmaler.

Versteht diese Gesellschaft keine Bilder mehr? Hält sie jedes Bild, auf dem sich etwas »erkennen« läßt, für ein Abbild? Oder, schlimmer noch, für ein Vor-bild, Idealisierung? Wo Abbild und Vor-bild unter realsozialistisch zusammenfallen, entsteht Kitsch. Wieviel Kitsch zeigt Weimar?

Zwei Diktaturen, zweimal gegenständliche Malerei. Der Weimarer Ausstellungskurator Achim Preiß hat diese populäre Parallele inszeniert. Er zeigt Adolf Hitlers Lieblingsbilder gleich neben der DDR-Malerei. Das Feuilleton der »Süddeutschen Zeitung« fand das wunderbar: »So (...) desavouieren sich zwei verfeindete Ideologien nur durch sich selbst – und jede auf ihre Weise.« Aber Leserbriefe an den »Tagesspiegel« sahen das dieser Tage ganz anders: besser hätte man den Kontrast zwischen zweimal »Gegenständlichkeit« gar nicht in Bild rücken können als durch dieses Nachbarschaft! So verläuft die Kluft zwischen Fortschritt und Reaktion doch nicht einfach zwischen Gegenständlichkeit und Abstraktheit, sondern zwischen guten und schlechten Bildern? Dem grotesken Kraftkitsch der NS-Malerei entsprach in der DDR in ihren besten Augenblicken ein vergangenheitstiefes bildgewordenes Sinnen, das seine Hoffnung – in oft kaum verborgenem Zweifel, aber dennoch – auf Zukunft stellte. Die DDR wollte Gegen-Bild sein zu den deutschen Katastrophen des Jahrhunderts. Viele hatten es ihr anfangs geglaubt. Manche wohl zu lange. Aber das ist nicht mal wesentlich. Man wähnte sich in einem sinnhaften Kontinuum von Geschichte – noch in der Verzweiflung an dem Staat, der diesen Anspruch erhob. Man malte gegenständlich.

Geld, sagte mir der Maler Bernhard Heisig über sein neues gesamtdeutsches Land, sei doch keine Idee. – Das wäre aber doch das Schöne am Geld, gab ich zu bedenken. Heisig verstand es nicht. Er könne einfach keine Geld-Bilder malen. Geld ist auch abstrakt.

Man hätte die Geschichte der DDR beinahe tragisch nennen können, wenn das Hauptmerkmal dieses komischen kleinen Landes nicht Dummheit gewesen wäre. Dummheit ist die Unfähigkeit, Erfahrungen zu machen. Dumme sind nie tragisch.

Die alte Bundesrepublik wollte kein Gegen-Bild sein. Das ist ihre Stärke und ihre Schwäche zugleich. Die Bundesrepublik war der glücklichere der beiden deutschen Staaten, und wie alle Glücklichen vielleicht auch etwas gedankenlos. Die Klugen dort wußten, daß Gegen-Bilder fast immer Trug-Bilder sind. Daß es genauso unmöglich, verhängnisvoll ist, mit ihnen zu leben wie ohne sie. Was macht man mit solchem Wissen? Zum Beispiel eine negative Kunst-Theologie. Man erläßt ein »Bilderverbot«, um das Recht des Bildes zu wahren. In der Mitte von Adornos »Ästhetischer Theorie« steht noch immer das Bild – als durchgestrichenes. Die Bildbedürfnsse des Volks übernahmen längst Fotographie und Film. Also tat man, was alle Spezialisten tun. Man versenkte sich in die eigenen Grundlagen – in die innere Rationalität des Bildes. Kunst heute ist Reflexionskunst. Arnold Gehlen hat früh bemerkt, daß solche Auflösungen von einer (erschöpfbaren) Substanz leben. Die galoppierende Avantgarde ist in sich immer konsequenter und ärmer geworden zugleich. Weltlos. Was ist die Mitte der Nicht-Bilder? Besonders mißlaunige Zeitgenossen vermuten längst: das Nichts persönlich. Und nun kommen da diese Maler aus der früheren DDR, vor deren Bildern man stehen kann und nur zu sehen braucht. Ohne Erklärung. Ohne den Kommentar, der das alter ego des abstrakten Kunstwerks ist.

Überbebilderung, Inflation der Abbilder ist die Realität unserer medialen Gesellschaft. Auch ein Bildersturm. Die wirklichen Bilder hat sie fast verloren.

VII. Zum Schlu(ss)ß: Arme Sprache!

Und langsam stirbt der Seelefant

Kurz vor Weihnachten 1996 schrieb Stephanus Peil aus Westerburg im Westerwald »O du fröhliche« an die Wandtafel seiner Grundschulklasse. Er erkannte sofort seine Verantwortung. Im Sommer 1996 waren die ersten Wörterbücher in neuer Rechtschreibung erschienen. Seine Schüler sollten den alten Text gleich in einer zukunftsfrohen orthographischen Fassung lernen. Also »gnadenbringend« suchen. Stephanus Peil aus Westerburg im Westerwald machte eine betrübliche Erfahrung. Der »Duden« kannte das Wort »gnadenbringend« nicht. Mag sein, daß der Lehrer schon das für ein schlechtes Zeichen hielt. Statt »gnadenbringend« fand Peil aber das Wort »Unheil bringend«. Nun gut, dachte Peil und kämpfte ein leichte Entrüstung seines Sprachgefühls nieder, was richtig ist, muß richtig bleiben. Nein, anders: was richtig wird, muß immer schon richtig gewesen sein! Aber dann sah Peil das Furchtbare. Er sah das Wort »heilbringend«. »Unheil bringend«, aber »heilbringend«? – Seit diesem Augenblick hat die Welt des Stephanus Peil tiefe, unheilbare Risse.

Spandauer Ratskeller. Der Vorsitzende des Vereins für deutsche Rechtschreibung und Sprachpflege e.V. Manfred Riebe schaut Peil ermutigend an. Das ist der Mann, stellt er vor, der die Bibel aller Rechtschreibreformgegner verfaßt hat, die »Peilsche Wörterliste«. In der Peilschen Wörterliste stehen alle sprachlichen Betrüblichkeiten der Zukunft wie »ein frisch gebackenes Ehepaar« (aber »ein frischgebackenes Brot«), »der schwarze Peter« (aber »der Schwarze Erdteil«). Peil ist gerade dabei, alle seine Zeitungen abzubestellen. Wißt ihr, was ihr schreibt ab August, wenn die neue Rechtschreibung für euch verbindlich wird? »Mode bewußt«, schreibt ihr, und »ein selbst bewußter Mann«. – Unmöglich, rufe ich. – Der Verfasser der Peilschen Wörterliste lächelt ein trauriges, defätistisches Lächeln wie alle Menschen, die zuviel wissen und sehr darunter leiden. Den Komma-Teil der Reform wolle die Presse übrigens nicht übernehmen. Weil man dann den Sinn der Sätze nicht mehr verstehen könne. Ein Umstand, den zu fürchten Zeitungen im Unterschied zu Kultusministerien (und Regierungen überhaupt) besonderen Grund haben. Der Anfang einer neuen babylonischen Sprachverwirrung? Allein sechzehn verschiedene Neuschreib-Wörterbücher gibt es jetzt schon.

»Schluss(ß) mit der Rechtschreibreform!« lautet das Thema im Spandauer Ratskeller. Über achtzig Prozent der Deutschen sind gegen die Rechtschreibreform. Auf dem Podium sitzen sechs Männer. Rechts außen steht das Namensschild »Ingrid Stahmer«, aber dahinter ist niemand. Eberhard Diepgen, die Finanzsenatorin und der Kultursenator sind auch eingeladen. Sie haben nicht abgesagt. Sie sind auch nicht da. Aber ganz kann der Senat dem Berliner Verein für deutsche Rechtschreibung und Sprachpflege, Träger des Volksbegehrens, derzeit nicht ausweichen. Man sieht sich vorm Verfassungsgericht.

Berliner Verfassungsgericht, einen Tag zuvor. Im Saal 240 schauen alle griechischen Göttinnen auf einmal hinunter auf den schmalen blonden Anwalt. 27 Jahre ist Jörg Seppelt alt und hat gerade seinen »Antrag auf einstweilige Anordnung« wiederholt. Die geringe Zahl der Auslegestellen zum Volksbegehren in Berlin (91 gegenüber 2234 in Schleswig-Holstein), die viel zu kurzen Öffnungszeiten, keine Benachrichtigung der Bürger – all das sei nicht vereinbar mit der Berliner Verfassung. Es wäre de facto eine Behinderung. Eine Behinderung mit Verfassungsrelevanz eben. Denn die Berliner Verfassung erlaube seit 1995 nicht nur erstmals Volksbegehren, sondern möchte auch, daß der Bürger daran teilnehmen kann. Und er, Jörg Seppelt, könne das beweisen. Außerdem wolle er den 13. Juni, den Tag der Europawahl, zur Eintragung fürs Volksbegehren. Zufrieden schauen die griechischen Göttinnen in ihren römischen Waffenröcken auf den jungen Krieger ganz in schwarz unten im Saal. Das Gericht denkt inzwischen darüber nach, ob das Volk als

»gleichwertig« oder »gleichartig« anzusehen sei. Auf dem Konzil von Nicäa, als es um die drei Personen Gottes ging, hatte man einen ähnlichen Streit schon mal. Dauert immer sehr lange sowas.

Vielleicht sechzig Neuschreibversehrte sind in den Spandauer Ratskeller gekommen. Auch der junge Anwalt. Aber kein Gegner ist im Raum. Also überzeugt man sich selbst noch einmal von dem, was man längst schon weiß. Auf revolutionären Versammlungen ist das so. Die Rechtschreibreform sei reaktionär, beginnt jemand mit düsterer Entschlossenheit, »sie wirft die deutsche Sprache zurück auf das Niveau von 1810!« Im »Kohlhaas« stünde »Eisen verarbeitende Industrie« und das bekämen wir heute wieder? Das ist das Schlimmste!, bestätigt der Publizist Hans Krieger, Verfasser des Buches »Der Rechtschreibschwindel. Zwischenrufe zu einem absurden Reformtheater«, man verletze den produktiven Nerv unserer Sprache lebensgefährlich – nämlich die Fähigkeit, neue Wörter zu bilden. Und verhindere, die Bedeutung der Regeln wie bisher aus dem Innern der Sprache zu erfassen. Das Sprachgefühl werde außer Kraft gesetzt und Kindern die Chance genommen, es überhaupt zu entwickeln. – Menschen, denen man den Weltuntergang voraussagt, müssen ungefähr so aussehen wie Kriegers Zuhörer jetzt. Sind Sprachuntergänge etwa keine Weltuntergänge?

Das Bordorchester der »Titanic« hat bis zum letzten Augenblick weitergespielt. Auch der Moderator im Spandauer Ratskeller begreift jetzt seine Dirigentenfunktion und berichtet vom Deutschunterricht des Sohnes, der gerade die vielversprechenden Worte »Kleeernte« und »Schneeerwartung« lerne. In der dritten Klasse. »Zooorchester« und »Seeelefanten« hatte er sicher schon.

Oberstudienrat Manfred Riebe, in gelbem T-Shirt, das aussieht wie das Duden-Cover (nur daß anstatt »Duden« »Dulden?« daraufsteht), berichtet die gräuliche (bisher: greuliche) Moritat vom Versuch der »Schleswig-Holsteiner Landeszeitung«, eine Ausgabe in fehlerfreiem Neudeutsch zu drucken. Zwanzig Duden-Redakteure überwachten die Produktion des Blattes. Umsonst. Die Fehlerquote stieg um vierzig Prozent. Vielleicht waren es auch nur zuwenig Duden-Redakteure, überlege ich.

Die »Schleswig-Holsteiner Landeszeitung« gab auf. Nur an den Schulen hält man durch trotz nachweislichen Fehleranstiegs zwischen zwei und vierzig Prozent. Kinder können sich nicht wehren. Das einzige Argument für die Rechtschreibreform – daß alles einfacher werde: längst widerlegt. Auch wenn es scheinbar weniger Regeln sind. Ist doch logisch, rechnet Hans Krieger vor, wenn ich 120 Sektflaschen in 6 Zwölfer-Kartons verpacke, habe ich immer noch 120 Flaschen. Nein, sagt Krieger und sieht aus, als ob er in einen bodenlosen Abgrund schaue, keine Orthographiereform, eine Unterrichtsreform hätten wir gebraucht. Was sei denn lernen? Verständnis für den Gegenstand entwickeln! Statt dessen werde die Kasernenhofpädagogik nochmals verstärkt. Denn zu verstehen sei nun nichts mehr, nur auswendig zu lernen.

Und was soll eigentlich künftig aus Kindern werden, die Bücher lesen? Man vermutet, die Bücherleser werden künftig nicht mehr aufs Gymnasium kommen, weil sie alles falsch schreiben. Lesen und schreiben, das geht nicht mehr zusammen.

Manche bestellen jetzt noch ein Bier und begreifen doch immer weniger, warum eine Reform, an die niemand glaubt, trotzdem kommen soll. Da erinnert sich einer an die Autoindustrie. Wörter und Autos wären in der modernen Welt vor allem eines – Handelswaren. Und genau wie in der Autoindustrie brauche man darum öfter mal ein neues Modell. Das steigere den Umsatz. Bloß die öffentlichen Kassen werden wahrscheinlich schon zusammenbrechen, bevor das letzte »Schiffahrtsmuseum« in »Schifffahrtsmuseum« umgetauft ist, vermutet der Berliner Bürgerbund. Nach ersten Schätzungen werde die Reform über 50 Milliarden kosten. Und Berlin hätte die Chance, sie doch noch zu stoppen. Alternativen, aus der Eigenlogik der Sprache heraus entwickelt, lägen bereits vor, ergänzt der Obenstudienrat im »Dulden?«-T-Shirt.

Nach drei Wochen haben erst 16 000 Berliner unterschrieben. Anfang Juli ist Schluß. Es scheint aussichtslos. Kein Wunder, sagt ein alter Mann aus Prenzlauer Berg, bei mir im Haus weiß doch kein Mensch, wo man unterschreiben kann. Stünde ja auch nirgends was dran. Da ruft Ursula Würz aus Schleswig-Holstein mit tiefer kampfbewährter Stimme: »Berliner! Ich kann als Schleswig-Holsteinerin sagen, die Berliner sind alle noch viel mehr dagegen als die Schleswig-Holsteiner!« Sie hätte überhaupt noch keinen einzigen Berliner getroffen, der die Reform gut fände. Ein revolutionärer Ruck, wie ihn einst in etwas anderem Zusammenhang Roman Herzog forderte, geht plötzlich durch den Spandauer Ratskeller. Man beschließt Flugblattaktionen vor Supermärkten und Fußballstadien und hofft inständig auf das Urteil des Verfassungsgerichts sowie den Tag der Europawahl. Schließlich haben die Schleswig-Holsteiner auch am 27. September, dem Tag der Bundestagswahl, abgestimmt. Die Sprache dem Volk, fordert die Schleswig-Hosteinerin. Hans Krieger, Verfasser des Rechtschreibschwindel-Buches, merkt an, das man das jetzt nur noch richtig interpretieren müsse. Denn die Sprache gehöre keineswegs dem Jetzt-Volk, noch weniger natürlich irgendwelchen Kommissionen, sondern sie gehöre dem Volk als Sprachgemeinschaft, das in die Vergangenheit und Zukunft hineinreiche. Darum könne die Sprache normalerweise auch kein Gegenstand von Volksbegehren sein. »Aber«, sagt Krieger, »in diesem Falle besteht das Volksbegehren in der Abwehr staatlicher Willkür.«

Beifall. Nur Stephanus Peil, Verfasser der Peilschen Wörterliste, gelingt nicht mal ein vorsichtiges Lächeln. Seit Februar ist er krank geschrieben. Wegen der Rechtschreibreform. Ich kann das nicht, sagt der Mann, der sich standhaft weigerte, die Zeugnisse seiner Klasse in neuer Rechtschreibung zu verfassen und dafür vor die Bezirksregierung Koblenz geladen wurde, ich kann einfach nicht mehr Lehrer sein. Diese unheilbringende Schizophrenie! Oder: diese Unheil bringende Schizophrenie?

Das Fremde in der Sprache

Fremdwörter sind Stolpersteine. Kaum ist man richtig in Gang gekommen, schon steht eines dieser unaufschlüsselbaren Lautgebilde quer. Man kann sie überlesen, sicher. Aber auch das ärgert. Überall finden sie sich. Meist da, wo sie nicht hingehören. In Behördenbescheiden etwa, die man sowieso nicht versteht. Das sind die *falschen* Fremdwörter. Produkte einer verkünstlichten Wirklichkeit, Plagiate, der mutierten Vorstellungskraft eines Bürokraten entsprungen.

In der DDR gab es eine subversive Gegensprache zur offiziellen Sprachbarbarei. Eine Gegensprache zum bundesdeutsch-institutionalisierten Sprachliberalismus indes haben wir noch nicht gefunden. Darum wohl auch ist soviel Sprachlosigkeit inmitten der neuen Sprachflut. Zielte das DDR-System auf die Nivellierung des Individuellen im Kult der Opferung von Autonomie, so bleibt vom Zerbrechen des Scheins von Sinn nun Unbehagen. Ernüchternde Heilung des Ich oder heillose Flucht in neue Fremdbestimmungen?

Und weiter verwandelt die Illusion der totalen Kommunikation diese in inszenierte Pseudokommunikation, in die sich universell setzende »Talk-Show«, Ahnungslosen Sicherheit vorspielend: andere bereden die Dinge, andere sind also für sie zuständig. Die Zuschauerperspektive des Einzelnen wird total. Monolog der Oberfläche mit sich selbst. Verloren geht damit die Anstrengung, die eigene Sprache der Erfahrung wegen aufbringen muß: Wirklichkeit entzieht sich im letzten Moment immer noch den präzisesten Worten.

Das Wort zur Parole gemacht, taugt nicht, Wahrheit von Irrtum zu scheiden. Unter dem Gesichtspunkt der Machtstabilisierung wird Sprache eindimensional eingeebnet: »Sie wird nur Laut ohne Inhalt, sie wird Zeichen, daß etwas geschieht, aber sie erzeugt kein Geschehen mehr, sie ist der Pfiff, das Schreibkommando, das hier wirkt. Es wird Wirklichkeit kommandiert, nicht mehr schöpferisch erzeugt ...« So pointiert es bereits 1946 Max Picard in »Hitler in uns selbst«, einem Buch, in dem er mit totaler Sprachzerstörung abrechnet. Der ins Bild gesetzte Widerspruch fällt auseinander. Die Fähigkeit miteinander zu sprechen, endet. – Wir kennen die Verführung des aufdringlich Grellen aus der Werbung: man nimmt es nicht ernst, aber es wirkt trotzdem oder gerade deshalb. Unausdeutbar tiefe Symbole werden fortgesetzt zu eindimensionalen Zeichen umfunktioniert, zu Etiketten von Ideologien oder Markenprodukten.

Als Adornos »Kleine Proust-Kommentare« 1958 im Hessischen Rundfunk gelesen wurden, beklagten Hörer die Mühe, die seine Sprache bereitet. Grund, die nächste Sendung den hochaktuellen »Worten aus der Fremde« zu widmen: »Versuche der Formulierung, die, um die gemeinsame Sache genau zu treffen, gegen das übliche Sprachgeplätscher schwimmen und sich gar bemühen, verzweigtere gedankliche Zusammenhänge getreu im Gefüge der Syntax aufzufangen, erregen durch die Anstrengung, die sie zumuten, Wut.« Und war es Zufall, daß Victor Klemperers »LTI« (Lingua Tertii Imperii), dieses »Tagebuch eines Philologen«, 1990 bei Reclam Leipzig bereits in die 10. Auflage ging? Die Sprache der »Weltrevolution« und die des »tausendjährigen Reiches« haben eines gemeinsam: falsches Pathos, fraglose Selbstgewißheit. Den Mythos, der Freiheit einzieht, weil nicht ästhetisch gebraucht. Aufgeblasene Worte, die trivialerweise reale Macht haben. Deshalb blieb einem das Lachen über die stereotypen Wendungen in den Leitartikeln des »Neuen Deutschland« im Halse stecken, fürchtete man sie. Obwohl es doch *nur* eine entpersönlichte, eine kaputte Sprache war. Und weil so viele das spürten, war LTI wohl – ungewollt – das meistverbreitete staatsfeindliche Buch in der DDR. Weil es Humanität an Sprache mißt, die, nichtinstrumentalisierbar vieldeutig, sich schneller Tat entzieht.

Die subtil agierende Brutalität neuer Bürokratrie fordert subtile Gegenwehr, wo technisierte Sprache den Fröbelschen Kindergarten zur Tagesstätte (KITA) versachlicht, den hoffnungsvollen Lehrling zum Vorgang des Auszubildenden (AZUBI) degradiert. Biedere Wortkonglomerate »urdeutscher« Worte. Da sind die ostdeutsch wahrlich Vorgeschädigten weiter auf sprachliche Monokultur verpflichtet worden.

Die *wirklichen Fremdwörter* sind nicht nur fremde äußere Zutat, sondern werden Sprachbilder da, wo sie die Grenzen bloßer Informationsübermittlung überschreiten. Sie verdunkeln nicht künstlich, produzieren keine neuen Mythologien, sondern behalten skeptische Distanz zu sich selbst. Und für uns fast schon unglaublich: sie wollen nichts verkaufen, nichts eintreiben, an- oder abmahnen. Sie sind nicht austauschbar. Wie in Rilkes Sonetten des Orpheus »polyphones« Licht nicht nur anders klingt als »vielstimmig«, auch anderes meint. Das Fremdwort erscheint da als einzig möglicher Wort-Umweg, wo man sonst schweigen müßte. Und es wird Orientierungshilfe dem, der den schnellen Bescheidwissern mit ihrem Gerade-heraus-Meinen nur Ahnungslosigkeit oder simple Zwecke zubilligen mag. Und überall, wo sich solch ein unveräußerlicher Rest Sprachverweigerung in der sich wortreich feilbietenden Warenwelt zeigt, gilt das für unanständig. Stört es doch die sinnvergessene Selbstläufigkeit des Alltags. Denn nur medien- und mundgerecht gebraucht, fühlen ferngelenkte Meinungen sich heimisch. Die fremdscheinende Wortverborgenheit paßt nicht ins Kalkül, bleibt ein wacher Mißton in all der markt- und modegerechten Uniformierung. Friedrich Gundolf schreibt 1931 kurz vor seinem Tod: »Fremdworte gehören zur Sprachgeschichte jedes Volkes, und sie grundsätzlich auszurotten, ist ein Bestreben für Pedanten oder Fanatiker. Jedes Volk hat sich mit Fremden, aus Fremden gebildet und bereichert, also auch mit Geräten, Waren, Einrichtungen, Werten und Lastern von drüben versehen, deren Namen ihm eingeredet bleiben ... Jedes Fremdwort ist zu ertragen, wenn es zuerst als solches dem Sprecher oder Schreiber eingefallen und nicht ergrübelt und bezweckt ist.«

Diese Fremdwörter werden »Einbrüche von Freiheit«, nicht konsumierbar, eigener unabschließbarer Übersetzung aufgegeben.

Gratulation, Glückwunsch, Dank!

Wenn ich höre, jemand will eine Reform machen, kriege ich sofort einen Schreck. Jetzt wird alles noch viel schlimmer! Dann aber habe ich gleich ein schlechtes Gewissen, denn beim Wort Reform einen Schreck zu bekommen, ist doch ziemlich reaktionär.

Aber vielleicht fehlte uns nur eine musterhafte Reform. Eine, wo wenigstens die Lobbyisten in orgiastische Zustände verfallen und der Rest des guten Willens sehr effektiv im dunklen Loch der Bürokratie entsorgt wird.

Renten- und Gesundheitsreform waren ja bislang bloß zaghafte Aufwärmübungen fürs kommende Reformwerk. Jeder, der einmal eine bedeutende Reform durchziehen will, muß vorher üben. Vor allem, wie man Reformgegner unauffällig fertig macht.

Also, Glückwunsch zur Rechtschreibreform! Das komplette Chaos.

Alle Achtung. Achtzig Prozent der Bevölkerung sind dagegen. Macht nichts. Der perfekte Reformer hat Machiavelli gelesen und ist stark. Wenn es um den Fortschritt geht! Als nächstes schaffen wir die Buchstaben ganz ab und ersetzen sie durch kleine Bildchen. Sollte man mal durchrechnen, was das bringt bei Duden & Co.

Erklären wir also die »Rechtschreibreform« zum Modellfall aller Reform. Ein Meisterstück an Strategie und Taktik. Die ewigen Meckerer mußten ganz schön lange suchen, bis sie im Keller eines Altersheimes oder auf dem dritten Hinterhof eines Abrißhauses die Liste aufspürten, auf der sie einmal die Woche montag früh zwischen sechs und halb sieben ihr Kreuz für den Stopp der Rechtschreibreform machen durften. Hätten eben in ihren Jugend Pfadfinder sein sollen.

Trotzdem haben diese sektiererischen Sprachnostalgiker annährend hunderttausend ahnungslose Berliner zur Unterschrift gegen die »Rechtschreibung der Zukunft« verführen können. Reicht aber nicht, dafür ist gesorgt. Dank der Wachsamkeit der zuständigen Organe. Die »Medienanstalt Berlin und Brandenburg« etwa klassifizierte den Rechtschreibreform-Veto-Radiospot des stadtbekannten (Stadt bekannten?) Querulanten Manfred Krug erst als politisch umstritten und verbot ihn dann. Reformfeinde müssen leiden, aber richtig!

Quellen

Kerstin Decker

Der Tagesspiegel: Heiner Geißler zieht um; Johannes Raus Tante. Uta Ranke-Heinemann will Bundespräsidentin werden; Hans Modrow, der Asket vom Frankfurter Tor; IM Heiner? Heinrich Fink, der Allesversöhner; Die Übertreterin – Wie die Neuköllner CDU ihre absolute Mehrheit verlor; Dagmar Schipanskis Lippenstift; Mit der Aura von Zeus und Beuys – Peter-Klaus Schusters Jahrhundertausstellung; »Ich will das Mahnmal!« Lea Rosh; Paul Raabe, der Wundertäter; Gysis große Schwester; Heinrich Vogelers Sohn kehrt zurück; Günter Schabowski macht wieder eine Zeitung; Jeanne d'Arc im Rechtsstaat. Als Daniela Dahn Verfassungsrichterin werden wollte; Als ich wie ein Vogel war. Thomas Schoppe von Renft; Heinz Florian Oertel in Eisenhüttenstadt; Der Schreiebändiger. Darf Bernhard Heisig in den Reichstag?; Lebenslänglich Goethe: Egon Günther; Das Volk, so nah. Wolfgang Thierse macht Wahlkampf; Robert Havemanns Sohn wird Verfassungsrichter; Ist André Brie zu intelligent für seine Partei?; Manfred Bofinger wäre gern wieder Kind; Der Mambospieler. Michael Gwisdek will immer die große Tasse; König im Niemandsland. Hilmar Thate; Benno Pludra, ein Seemann auf Dauerlandgang; Genau wie Neapel. Chemnitz; Original und Kopie in Weimar; Obdachlosenzeitungen verkaufen mit OKW; Hundertwasser in Wittenberg; Günther Krause und der unstillbare Ehrgeiz; Karl Eduard von Schnitzler kämpft noch immer gegen den Klassenfeind; Von Eisbären und Liquidatoren; Wem gehört das Deutsche Theater?; Werden aus DDR-Kleinkindern Ausländerfeinde? I; Die Ostdeutschen und der Krieg; Der Politbüroprozeß. Eine Betrachtung am Vorabend des 9. November 1999; Ödipus fatal; Abbilder, Urbilder, Vorbilder in Weimar I
Ticket: Die Kneipen vom Schiffbauerdamm
Zitty: Der Schlagzeilenpoet – Franz Josef Wagner, Chefredakteur von Berlins größter Zeitung; Peymann, der Bewässerungsingenieur; Wohnen in Mitte
Die Tageszeitung: Werden aus DDR-Kleinkindern Ausländerfeinde? II; Abbilder, Urbilder, Vorbilder in Weimar II
Vom Octopus zum Oxymoron. Der Philosoph in den Hackeschen Höfen aus: Die Berliner Gesellschaft. Ein Sittenbild – gestern, heu-

te und morgen. Wir danken dem Bostelmann & Siebenhaar Verlag für die freundliche Genehmigung zum Abdruck.

Gunnar Decker

Das Magazin: Böwe, das Beuteltier; Leben, was man singt – Barbara Thalheim; Rabe mit Brille. Honeckers Anwalt Friedrich Wolff; Nuria Quevedos Bilder
Ticket: Christoph Schlingensief und die totale Aktion; Kindfrau traumverloren. Regine Zimmermann am Gorki-Theater
Weibblick: Die Müllexpertin
Neues Deutschland: Zweimal Brussig im Kino; Sinnbild Golzow; Gratulation, Glückwunsch, Dank!
neue deutsche literatur: Liebe Provinz!; Das Fremde in der Sprache
FAZ: Wismar und die Schatten der Vergangenheit

ISBN 3-360-00922-3

Rosa-Luxemburg-Str. 39, 10178 Berlin
Umschlagentwurf: vier**plus** Werbeagentur
Druck und Bindung: Salzland Druck Staßfurt